一生必读的经典古诗词

知远 —— 编

化学工业出版社

·北京·

图书在版编目（CIP）数据

一生必读的经典古诗词/知远编. —北京：化学工业出版社，2018.8（2020.5重印）
ISBN 978-7-122-32433-7

Ⅰ.①一… Ⅱ.①知… Ⅲ.①古典诗歌-诗集-中国 Ⅳ.①I222

中国版本图书馆CIP数据核字（2018）第135300号

责任编辑：旷英姿　　　　　装帧设计：尹琳琳
责任校对：王素芹

出版发行：化学工业出版社（北京市东城区青年湖南街13号 邮政编码100011）
印　　装：大厂聚鑫印刷有限责任公司
710 mm×1000 mm 1/16　印张20¾　字数340千字　2020年5月第1版第3次印刷

购书咨询：010-64518888　　　　　售后服务：010-64518899
网　　址：http://www.cip.com.cn
凡购买本书，如有缺损质量问题，本社销售中心负责调换。

定　价：52.80元　　　　　　　　　　　　　　　版权所有　违者必究

前　言

　　古诗词是中国古代灿烂文化的瑰宝，是富有生命力的文化精髓，是中华民族骨子里的骄傲与挚爱。它们以凝练的语言、美妙的韵律，浓缩了几千年来人们的所见所思、所悟所闻、所感所叹。它们穿越历史的时空，让今天的我们还能与古人神交，体味历史长河中曾经的那些悲与喜、苦与乐、无奈与追逐、迷茫与奋斗。

　　诗词是阐述心灵的文学艺术，诗人、词人用凝练的语言、绵密的章法、充沛的情感以及丰富的意象高度集中地表现自己所经历的社会生活和人们的精神世界。诗歌起源于上古的社会生活，是因劳动生产、两性相恋、原始宗教等而产生的一种有韵律、富有感情色彩的语言形式。"诗言志，歌永言，声依永，律和声。"早期的诗、歌与乐是合为一体的，伴随着历史的前行，慢慢地发生着变化。诗歌在唐代进入鼎盛时期，唐诗成为中国文学史上最璀璨的明珠之一。词起源于隋唐，流行于宋代，是当时的人们对文学形式的独特选择，并在宋代进入鼎盛时期，与唐诗有着不相上下的文学价值。

　　"文章合为时而著，歌诗合为事而作。"所有的文学都不只是一种单纯的文字游戏，而是饱含着情感的文学创作。《诗经》的无邪、《楚辞》的浪漫、唐诗的璀璨、宋词的意蕴……人与诗词、事与诗词、时与诗词，都是紧密结合在一起的，每一句诗词背后都是当时当地人、事、物的综合呈现，是人对事物情境的感悟，是一去不复返的情感迸发。每一个字都承载着人的情感，都潜藏着人们对它们的思想寄寓，而这些由汉字组合而成的文字艺术——诗歌词赋，因为不同的创作个体、不同的创作时空而变得精彩纷呈，让每一代人都有了独特的文学风格。正如王国维先生所说，"凡一代有一代之文学：楚之骚、汉之赋、六代之骈语、唐之诗、宋之词、元之曲，皆所谓一代之文学，而后世莫能继焉者也"。

《一生必读的经典古诗词》精选了300首经典的古诗词，每一首都堪称不可错过的诗词精华，让读者在一本书里品读从西周至清代，从《诗经》至纳兰词，在诗词的海洋里领略不一样的古韵芳华，在古人的智慧里照见今天的自己。

每一代人都有自己的文学形式与文学风华，我们品读古诗词，是为了学习，更是为了继承与发扬。我们精挑细选，捧出那些曾经在历史的长空中闪耀过的诗词精品与读者共享，希望有更多的人喜爱古诗词，希望有更多的人珍爱源远流长的中华文化。

编　者

2018年5月

目录

经典古诗

一、诗经

关　雎	2
桃　夭	3
击　鼓	4
静　女	6
子　衿	7
蒹　葭	8
采　薇	9

二、楚辞

离　骚	11

三、汉魏晋南北朝诗

垓下歌	30
琴　歌	31
上　邪	33
江　南	33
长歌行	34
陌上桑	35
孔雀东南飞	36

行行重行行	42
迢迢牵牛星	43
观沧海	45
龟虽寿	46
短歌行	47
七步诗	48
饮马长城窟行	49
车遥遥篇	51
悼亡诗	52
归园田居	54
饮　酒	55
赠范晔	56
入若耶溪	57
敕勒歌	58
木兰诗	59

四、唐诗

蝉	61
野　望	62
风	63

滕王阁诗…………………… 64	月下独酌…………………… 90
送杜少府之任蜀州………… 65	将进酒……………………… 91
渡汉江……………………… 66	宣州谢朓楼饯别校书叔云… 92
咏　柳……………………… 67	古朗月行…………………… 94
回乡偶书…………………… 68	早发白帝城………………… 95
登幽州台歌………………… 68	次北固山下………………… 96
春江花月夜………………… 69	黄鹤楼……………………… 97
感遇·其一………………… 71	别董大……………………… 98
望月怀远…………………… 72	钓鱼湾……………………… 99
凉州词……………………… 73	题破山寺后禅院…………… 100
登鹳雀楼…………………… 74	劝学诗……………………… 101
凉州词……………………… 74	望　岳……………………… 102
过故人庄…………………… 75	春　望……………………… 103
望洞庭湖赠张丞相………… 76	月　夜……………………… 104
春　晓……………………… 77	春夜喜雨…………………… 105
宿建德江…………………… 78	绝　句……………………… 106
从军行·其四……………… 79	蜀　相……………………… 107
闺　怨……………………… 79	闻官军收河南河北………… 108
出　塞……………………… 80	登　高……………………… 109
芙蓉楼送辛渐……………… 80	旅夜书怀…………………… 109
使至塞上…………………… 81	逢入京使…………………… 111
鹿　柴……………………… 82	白雪歌送武判官归京……… 111
山居秋暝…………………… 83	征人怨……………………… 113
终南别业…………………… 84	枫桥夜泊…………………… 114
相　思……………………… 85	寒　食……………………… 115
九月九日忆山东兄弟……… 85	逢雪宿芙蓉山主人………… 116
送元二使安西……………… 86	丹阳送韦参军……………… 116
渡荆门送别………………… 87	滁州西涧…………………… 117
望庐山瀑布………………… 88	塞下曲……………………… 118
黄鹤楼送孟浩然之广陵…… 88	夜上受降城闻笛…………… 119
行路难……………………… 89	喜见外弟又言别…………… 120

游子吟	121
登科后	122
城东早春	122
题都城南庄	123
牧童词	124
秋思	125
早春呈水部张十八员外	126
春雪	127
十五夜望月	128
酬乐天扬州初逢席上见赠	129
竹枝词	130
秋词	131
乌衣巷	131
望洞庭	132
赋得古原草送别	133
长恨歌	134
琵琶行	139
大林寺桃花	142
暮江吟	143
钱塘湖春行	144
问刘十九	145
江雪	146
渔翁	146
赠婢	147
闻乐天授江州司马	149
离思·其四	149
菊花	151
遣悲怀·其二	151
题李凝幽居	152
寻隐者不遇	153
小儿垂钓	154

宫词	155
李凭箜篌引	156
雁门太守行	157
忆扬州	158
江南春	159
赠别二首	160
山行	161
秋夕	162
清明	163
泊秦淮	163
陇西行	164
商山早行	165
锦瑟	166
无题·相见时难别亦难	167
无题·昨夜星辰昨夜风	168
乐游原	169
夜雨寄北	170
不第后赋菊	171
蜂	172
台城	173
寄人	174
赠邻女	175
溪居即事	176
金缕衣	177

五、宋诗

村行	178
山园小梅	179
江上渔者	180
乡思	181

泊船瓜洲 …………………… 182	观书有感 …………………… 200
元　日 …………………… 182	乡村四月 …………………… 201
登飞来峰 …………………… 183	题临安邸 …………………… 202
梅　花 …………………… 183	游园不值 …………………… 203
书湖阴先生壁 …………………… 184	约　客 …………………… 203
春日偶成 …………………… 185	过零丁洋 …………………… 205
饮湖上初晴后雨 …………………… 186	寒　菊 …………………… 206
题西林壁 …………………… 186	绝句·古木阴中系短篷 …………………… 207
惠崇《春江晚景》 …………………… 187	
六月二十七日望湖楼醉书 …… 188	**六、元明清诗**
牧童诗 …………………… 189	
夏日绝句 …………………… 189	墨　梅 …………………… 208
三衢道中 …………………… 190	石灰吟 …………………… 209
游山西村 …………………… 191	言　志 …………………… 210
临安春雨初霁 …………………… 192	别云间 …………………… 210
书　愤 …………………… 193	舟夜书所见 …………………… 211
十一月四日风雨大作 …………………… 194	竹　石 …………………… 212
冬夜读书示子聿 …………………… 195	所　见 …………………… 213
示　儿 …………………… 195	岁末到家 …………………… 213
四时田园杂兴·其二十五 …… 196	论　诗 …………………… 214
四时田园杂兴·其三十一 …… 197	己亥杂诗·其五 …………………… 215
晓出净慈寺送林子方 …………………… 198	己亥杂诗·其一二五 …………………… 216
宿新市徐公店 …………………… 198	村　居 …………………… 217
小　池 …………………… 199	狱中题壁 …………………… 218
春　日 …………………… 200	

醉美古词

一、唐五代词

忆秦娥·箫声咽	220
渔歌子	221
忆江南	222
长相思	222
浪淘沙·借问江潮与海水	223
菩萨蛮·小山重叠金明灭	224
更漏子·玉炉香	225
梦江南·梳洗罢	226
更漏子·柳丝长	226
谒金门·风乍起	227
南乡子·细雨湿流光	228
鹊踏枝·几日行云何处去	229
浣溪沙·菡萏香销翠叶残	230
相见欢·无言独上西楼	231
破阵子·四十年来家国	232
浪淘沙·帘外雨潺潺	233
相见欢·林花谢了春红	234
虞美人·春花秋月何时了	234
菩萨蛮·人人尽说江南好	235
女冠子·四月十七	236
思帝乡·春日游	237
生查子·春山烟欲收	238
诉衷情·永夜抛人何处去	239
菩萨蛮·枕前发尽千般愿	240

二、宋词

蝶恋花·伫倚危楼风细细	242
雨霖铃·寒蝉凄切	243
望海潮·东南形胜	244
八声甘州·对潇潇、暮雨洒江天	246
苏幕遮·怀旧	247
渔家傲·秋思	248
天仙子·水调数声持酒听	249
千秋岁·数声鶗鴂	250
浣溪沙·一曲新词酒一杯	251
清平乐·红笺小字	252
蝶恋花·槛菊愁烟兰泣露	253
玉楼春·春景	254
生查子·元夕	256
玉楼春·别后不知君远近	257
踏莎行·候馆梅残	258
蝶恋花·庭院深深深几许	259
玉楼春·尊前拟把归期说	260
桂枝香·金陵怀古	261
卜算子·送鲍浩然之浙东	262
江城子·密州出猎	263
江城子·十年生死两茫茫	264
水调歌头·明月几时有	265
浣溪沙·山下兰芽短浸溪	266
念奴娇·赤壁怀古	267

卜算子·黄州定慧院寓居作……268	钗头凤·世情薄……………296
蝶恋花·春景………………269	蝶恋花·送春………………297
临江仙·梦后楼台高锁……270	青玉案·元夕………………298
鹧鸪天·彩袖殷勤捧玉钟…270	鹧鸪天·晚日寒鸦一片愁…299
卜算子·我住长江头………272	西江月·夜行黄沙道中……300
清平乐·春归何处…………273	丑奴儿·书博山道中壁……301
浣溪沙·漠漠轻寒上小楼…274	清平乐·村居………………302
八六子·倚危亭……………275	破阵子·为陈同甫赋壮词以寄之
鹊桥仙·纤云弄巧…………276	……………………………302
踏莎行·雾失楼台…………277	永遇乐·京口北固亭怀古…303
青玉案·凌波不过横塘路…278	扬州慢·淮左名都…………305
踏莎行·杨柳回塘…………279	踏莎行·燕燕轻盈…………307
苏幕遮·燎沉香……………280	暗香·旧时月色……………308
蝶恋花·早行………………281	疏影·苔枝缀玉……………309
惜分飞·泪湿阑干花著露…283	贺新郎·九日………………311
点绛唇·蹴罢秋千…………284	卜算子·片片蝶衣轻………312
如梦令·常记溪亭日暮……285	满江红·翠幕深庭…………313
如梦令·昨夜雨疏风骤……285	一剪梅·舟过吴江…………314
一剪梅·红藕香残玉簟秋…286	虞美人·听雨………………315
醉花阴·薄雾浓云愁永昼…287	
武陵春·春晚………………288	**三、金元明清词**
声声慢·寻寻觅觅…………289	
采桑子·恨君不似江楼月…290	摸鱼儿·雁丘词……………316
忆王孙·春词………………291	临江仙·滚滚长江东逝水…318
满江红·怒发冲冠…………292	一剪梅·雨打梨花深闭门…319
诉衷情·当年万里觅封侯…293	长相思·山一程……………320
卜算子·咏梅………………294	如梦令·万帐穹庐人醉……320
钗头凤·红酥手……………295	木兰词·拟古决绝词柬友…321

经典古诗

一、诗　经

　　《诗经》是中国最早的一部诗歌总集，是中国古代诗歌的开端，收集了西周初年至春秋中期（前11世纪至前6世纪）的诗歌，共311篇，其中6篇只有标题，没有内容，取其整数称《诗三百》。诗经在内容上分为《风》《雅》《颂》三个部分。《风》是周代各地的歌谣；《雅》是周人的正声雅乐，又分《小雅》和《大雅》；《颂》是周王庭和贵族宗庙祭祀的乐歌，又分为《周颂》《鲁颂》和《商颂》。主题涵盖了劳动与爱情、战争与徭役、压迫与反抗、风俗与婚姻、祭祖与宴会等方方面面，反映了周初至周晚期约五百年间的社会面貌。孔子评论《诗经》说："《诗》三百，一言以蔽之，曰：'思无邪。'"

关　雎

关关雎鸠①，在河之洲。窈窕淑女②，君子好逑③。
参差荇菜④，左右流之。窈窕淑女，寤寐求之⑤。
求之不得，寤寐思服。悠哉悠哉⑥，辗转反侧。
参差荇菜，左右采之。窈窕淑女，琴瑟友之。
参差荇菜，左右芼之⑦。窈窕淑女，钟鼓乐之。

①关关：象声词，雌雄二鸟相互应和的叫声。雎鸠（jū jiū）：一种水鸟名。②窈窕淑女：贤良美好的女子。窈窕，身材体态美好的样子。淑，好，善良。③好逑（hǎo qiú）：好的配偶。④荇（xìng）菜：水草类植物，可供食用。⑤寤寐（wù mèi）：醒和睡。指日夜。⑥悠哉（yōu zāi）悠哉：意为"悠悠"，就是长。这句是说思念绵绵不断。⑦芼（mào）：择取，挑选。

经典古诗

赏析

这首《国风·周南·关雎》是《诗经》的第一篇，在中国文学史上有着举足轻重的地位。在《诗经》中，孔子唯一单独评论过的只有《关雎》这一篇，谓之"乐而不淫，哀而不伤"。为何《关雎》这首爱情诗能有如此高的地位？这或许跟中国古人以"夫妇关系为人伦之始"不无相关。

本诗讲述的是一个男子对心上人纯洁的爱恋之情，全诗可分为三部分。

第一部分为前四句，以比兴的手法，从河滩上雎鸠的叫声入题，引出男主人公对淑女的思念。一唱一和的鸟叫声传入男子耳中，不知不觉间便勾起了他对爱情的渴望，对淑女的爱慕。全诗的主旨就在"窈窕淑女，君子好逑"一句，此后均是围绕这一句而展开。

第二部分为第五句到第十二句，还是以比兴的手法，描述了男子对淑女的思念以及求之不得的苦闷，日思夜想，以至于连觉都睡不着。

第三部分为最后八句，描写了男子在失眠时幻想求得淑女后的情形，想方设法地去亲近她，让她高兴，表达了渴望与淑女喜结良缘的强烈渴望。

全诗以采荇起兴，"流""采""芼"对应整个追求的过程，"求之""友之""乐之"体现了男子感情上的层层推进，非常生动。"君子"和"淑女"结合本就是理想的婚姻，在情感的表达上又非常有节制、有美感，语言朗朗上口，本诗千百年来备受推崇也就不足为奇了。

桃 夭

桃之夭夭^①，灼灼其华^②。之子于归^③，宜其室家^④。
桃之夭夭，有蕡其实^⑤。之子于归，宜其家室。
桃之夭夭，其叶蓁蓁^⑥。之子于归，宜其家人。

①夭夭：茂盛的样子。②灼灼：花朵色彩鲜艳如火。华同"花"。③之子：这位姑娘。于归：古时称女子出嫁为"于归"或"归"，是到了夫家的意思。④宜：和顺，使动用法，使……和顺。室家：家庭。此处指夫家，下文的"家室""家人"均指夫家。⑤蕡（fén）：果实很多的样子。⑥蓁蓁（zhēn）：茂盛的样子。

赏析

本诗出自《诗经·国风·周南》，是少女出嫁时的祝贺之词，表达了对女子婚后家庭幸福美满的诚挚祝福。

第一部分以桃花起兴，"桃之夭夭，灼灼其华"，用盛开的桃花比喻新娘的美貌动人，桃花的艳丽与新娘因兴奋激动而潮红的脸交相辉映，比喻贴切，开千古以桃花咏美人的先河，后世多有模仿，如崔护的"人面桃花相映红"等。"之子于归，宜其室家"，意思是今天你出嫁了，你的夫家一定会因为你而和和顺顺、美满幸福。古往今来，女子的美分两个方面，一是外表容貌之美，二是道德品行之美，这里前一句赞美了女子容貌之美，后一句赞美了女子道德品行之好，能够使家庭和睦幸福，堪称貌美贤良的完美女子。

第二、三部分以桃子、桃叶作比，比喻女子嫁到夫家后能早生贵子，开枝散叶，建立一个幸福美好的大家庭，是一种对新婚女子多子多福的质朴祝福。"室家""家室""家人"，只是一种结构上的错落变化，其意义相同，指其家庭和家人。

全诗语言优美而凝练，以桃起兴，以花、果、叶作比，由桃的开花到结果，再到枝繁叶茂，循序渐进，与新妇初嫁、生子，到子孙满堂，正好一一对应，自然贴切，浑然天成。

击 鼓

击鼓其镗①，踊跃用兵②。土国城漕③，我独南行。
从孙子仲④，平陈与宋⑤。不我以归⑥，忧心有忡⑦。
爰居爰处？爰丧其马？⑧于以求之⑨？于林之下。
死生契阔⑩，与子成说⑪。执子之手，与子偕老。
于嗟阔兮⑫，不我活兮⑬。于嗟洵兮⑭，不我信兮⑮。

①其镗：即"镗镗"。镗（tāng），鼓声。②踊跃：积极练兵、操练。兵：武器、刀枪之类。③土国城漕：指修路和筑墙。土，挖土。国，指都城。城，修城。漕，卫国的城市。④孙子仲：即公孙文仲，字子仲，

邶国将领。⑤平：平定两国纠纷。陈、宋：诸侯国名。⑥不我以归：是不以我归的倒装，有家不让回。⑦有忡：忡忡，忧虑不安状。⑧爰（yuán）：哪里，疑问代词。丧：丧失，跑失。⑨于以：在哪里。⑩契阔：聚散、离合之意。契，合。阔，离。死生契阔即生离死别之意。⑪子：你，即妻子。成说：约定，盟约。⑫于嗟：叹词。⑬活：借为"佸"，相会之意。⑭洵：久远。⑮信：守信，守约。

赏析

本诗出自《诗经·国风·邶风》，其宣泄了一个久戍不归的征夫对战争的怨恨，以及对家乡亲人的思念。

全诗可分为五部分，第一部分以一句"击鼓其镗"起兴，把读者带入了一个战火纷飞的惨烈战场，统治者穷兵黩武，战事不断。"土国城漕，我独南行"，同是征役，其他人在国内修路筑墙，离家不远，还可以每天回家陪陪妻儿，唯独我要去遥远的南方打仗。南征既离家远，又艰苦，还充满了危险，表达出了主人公的怨恨不满之情。

第二、第三部分描述南征的情况。跟从孙子仲去平定陈国与宋国，遥远的征途、频繁的战事，使我回不了家，令我忧心忡忡。艰难的征旅在简单的叙事中跃然纸上，让人为之心酸。居无定所，不知道下一步去向何方，爱马也跑丢了，该到哪里去找寻？一连串感叹式的自问让强烈的悲愤之情喷涌而出。然后通过马逃于山林间躲避战争的行为，突出强调了主人公内心对战争的怨恨和常年征役的不满。

第四部分发出深深的感慨，遥想当初，立下誓言，生死相守，永不分离，一起白头到老。"死生契阔，与子成说。执子之手，与子偕老"是经典名句，今天多用来形容夫妻情深，白头偕老。

第五部分将全诗推向了一个高潮，尽管誓约仍在，但你我相隔太远，我们根本无法相会，我们分离太久，我根本无法履行约定。战争带给征夫的痛苦让我们一下子感同身受，这是对战争的无言控诉，是对和平生活的深切向往，它深深地打动了人们的心弦，千百年后，读来依然让人唏嘘不已。

静 女

静女其姝①，俟我于城隅②。爱而不见③，搔首踟蹰。
静女其娈④，贻我彤管。彤管有炜⑤，说怿女美⑥。
自牧归荑⑦，洵美且异⑧。匪女之为美⑨，美人之贻。

①姝（shū）：美好。②俟（sì）：等待。③爱：通"薆"字，隐蔽，躲藏。④娈（luán）：面目姣好。⑤炜（wěi）：光明，光泽。⑥说（yuè）怿（yì）：喜悦。⑦牧：野外。归：赠送。荑：初生的茅草，象征婚姻。⑧洵美且异：确实美得特别。洵，实在，诚然。异，特殊。⑨匪：非。女：汝，指荑。

赏 析

本诗出自《诗经·国风·邶风》，这是一首描写男女青年私下密会、馈赠礼物的纯真无邪的爱情诗。诗以一个男子的口吻，讲述了他约会时的情景和内心活动，将其心上人，一个美好淑娴的女子形象间接地衬托了出来。全诗从约会、赠物、回忆三个方面展开描写，层层深入，表现出了女子的恬美，也流露出了男子的幸福感。

第一部分描写约会的场景，"静女其姝，俟我于城隅"，漂亮的女子与我约在城墙边上相会，一个"静"字，一个"姝"字，刻画出了女子的文静大方和姣美容貌。"爱而不见，搔首踟蹰"，早早地到了约会地点，女子故意躲起来不见我，我的内心又焦急又忐忑，急得抓耳挠腮，不知所措，女子古灵精怪的形象与男子的憨厚老实形成对比，让画面栩栩如生。

第二部分描写见面时的场景。心爱的女子终于出来和我见面了，还送了我一根彤管做礼物，彤管泛着光泽，非常漂亮。

第三部分接着写由礼物而引发的回忆，女子自野外回来，带给我一根漂亮的荑草，白白嫩嫩，又漂亮又特别，让我爱不释手。"洵美且异"，可以看出男子对荑草的喜爱程度远超彤管，荑草本不如彤管珍贵，但心爱之人所赠，而且是非

常用心去采集回来的,饱含了恋人对自己的情意,其意义就非同一般了。并非荑草宝贵,而是因为它来自心爱之人,爱屋及乌,倍感珍贵。

全诗情节曲折,感情真挚,人物描写惟妙惟肖,男女主人公刻画得个性鲜明,充满着浓郁的生活气息,通过男子那种沉浸在热恋中的幸福感,颂扬了他们之间美好纯真的爱情。

子　衿

青青子衿①,悠悠我心。纵我不往,子宁不嗣音②?

青青子佩,悠悠我思。纵我不往,子宁不来?

挑兮达兮③,在城阙兮④。一日不见,如三月兮。

注释

①子衿:周代读书人的服装,此处指心上人。子,男子的美称。衿,即襟,衣领。下文"子佩"意同。②宁(nìng):岂,难道。嗣(yí)音:寄传音讯。嗣,通"贻",给、寄的意思。③挑(tāo)兮达(tà)兮:独自走来走去的样子。④城阙:城门两边的观楼。

赏析

本诗出自《诗经·国风·郑风》,描写了一位女子对心上人深切的思念。

全诗分为三部分,第一、二部分抒发了女子浓烈的相思之情。以男子青色的衣领和玉佩代指心上人,以物寄思,以小烘大,突出恋人在女子心目中的重要性。望穿秋水的女子迟迟见不到恋人的身影,于是心中生起了埋怨:我不去找你,你就不能寄封信给我?我不去找你,你就不能来找我?爱之深,责之切,浓浓的爱意化成了不满与幽怨。第三部分描写女子为了见到恋人的身影而登上了城楼,目光扫视城中来来往往的人群,始终找不到恋人的踪迹,急得她心烦意乱,在城楼焦急地来回踱步。一日见不到,就像隔了三个月一样漫长!

全诗通过细腻传神的心理和动作描写,表现了女性在爱情中的大胆与热烈,是一首优美经典的情思之歌。

蒹 葭①

蒹葭苍苍②，白露为霜。所谓伊人，在水一方。
溯洄从之③，道阻且长④。溯游从之⑤，宛在水中央。
蒹葭萋萋，白露未晞⑥。所谓伊人，在水之湄⑦。
溯洄从之，道阻且跻⑧。溯游从之，宛在水中坻⑨。
蒹葭采采，白露未已⑩。所谓伊人，在水之涘⑪。
溯洄从之，道阻且右⑫。溯游从之，宛在水中沚⑬。

注释

①蒹葭（jiān jiā）：芦荻，芦苇。蒹，没有长穗的芦苇。葭，初生的芦苇。②苍苍：茂盛状。下文"萋萋""采采"义同。③溯洄（sù huí）从之：意思是沿着河道向上游去寻找她。溯洄，逆流而上。从，追求。④阻：险阻，难走。⑤溯游：顺流而涉。游，通"流"，指直流。⑥晞（xī）：晒干。⑦湄（méi）：水和草交接之处，指岸边。⑧跻（jī）：升高，这里形容道路又陡又高。⑨坻（chí）：水中的小洲或高地。⑩已：止，这里的意思是"干"，变干。⑪涘（sì）：水边。⑫右：迂回曲折。⑬沚（zhǐ）：水中的小块陆地。

赏析

本诗出自《诗经·国风·秦风》，表现了主人公对爱情的追求，以及对于心上人可望而不可即的失落心情，含蓄隽永，意境悠长。

全诗可分为三部分，每部分都以"蒹葭""白露"起兴，鲜明的秋天景色，既点明时令，又契合此时主人公内心的感受，很好地起到了烘托气氛的作用。每一联的最后一句为主人公脑海中的想象之景：对心上人思念越深，其形象越鲜明，恍惚之间，就如出现在了对面水边上。但是，等真正逆流而上去寻找，却又充满阻隔，以致最后幻象破灭，才发现其只是水中月、镜中花，追求而不得，主人公因此满怀愁绪，感情浓得化不开。

经典古诗

全诗循环往复，层层递进，突出追求之路的艰难与漫长，更是借秋景将主人公内心的惆怅心情烘托到了极致。美好爱情因阻隔而不可追求，这种不圆满的凄美引得千年来读者为之揪心。

全诗虚实结合，创造出了扑朔迷离的意境，有一种意境之美感。诗人准确地抓住了人物心理变化的细节，情景交融，将主人公那种求之不得的苦闷心理表现得含蓄而生动。反复吟咏之间，情景相映，余味无穷。

采 薇①

采薇采薇，薇亦作止②。曰归曰归③，岁亦莫止④。靡室靡家⑤，猃狁之故⑥。不遑启居⑦，猃狁之故。

采薇采薇，薇亦柔止。曰归曰归，心亦忧止。忧心烈烈，载饥载渴。我戍未定，靡使归聘⑧。

采薇采薇，薇亦刚止。曰归曰归，岁亦阳止⑨。王事靡盬⑩，不遑启处⑪。忧心孔疚⑫，我行不来⑬！

彼尔维何？维常之华⑭。彼路斯何⑮？君子之车。戎车既驾，四牡业业⑯。岂敢定居？一月三捷。

驾彼四牡，四牡骙骙⑰。君子所依，小人所腓⑱。四牡翼翼⑲，象弭鱼服⑳。岂不日戒㉑？猃狁孔棘㉒！

昔我往矣㉓，杨柳依依㉔。今我来思㉕，雨雪霏霏㉖。行道迟迟㉗，载渴载饥。我心伤悲，莫知我哀！

①薇：豆科野豌豆属的一种，种子、茎、叶均可食用。②作：指薇菜冒出地面。止：句末助词，无实意。③曰：句首、句中助词，无实意。④莫：通"暮"，也读作"暮"，本文指年末。⑤靡（mǐ）室靡家：没有正常的家庭生活。靡，无。室，与"家"义同。⑥猃狁（xiǎn yǔn）：北方边境一个少数民族。⑦不遑（huáng）：不暇。遑，闲暇。启居：跪、坐，指休息、休整。⑧聘：问候的音信。⑨阳：农历十月，小阳春季节。

9

⑩靡盬（gǔ）：无休无止。盬：止息，了结。⑪启处：休整，休息。⑫孔疚：很痛苦的样子。孔，甚，很。疚，病，苦痛。⑬我行不来：意思是"我不能回家"。来，回家。（一说，我从军出发后，还没有人来慰问过）⑭常：常棣（棠棣），植物名。华：花。⑮路：高大的战车。⑯牡（mǔ）：雄马。业业：高大的样子。⑰骙（kuí）：雄壮，威武。这里的骙骙是指马强壮的意思。⑱小人所腓（féi）：士兵们的庇护。小人，指士兵。腓，庇护，掩护。⑲翼翼：整齐的样子。指马训练有素。⑳象弭（mǐ）：以象牙装饰弓端的弭。弭，弓的一种，其两端饰以骨角。鱼服，鲨鱼皮制作的箭袋。㉑日戒：日日警惕戒备。㉒孔棘（jí）：很紧急。棘，急。㉓昔：从前，文中指出征时。㉔依依：形容柳条轻柔地随风摇曳的样子。㉕思：用在句末，没有实在意义。㉖雨（yù）雪霏（fēi）霏：下着纷纷大雪。雨，动词，降落。霏霏，雪花纷落的样子。㉗迟迟：迟缓的样子。

赏析

这首诗出自《诗经·小雅·采薇》，描写了一个久戍之卒解甲退役、独自还乡路上的复杂心情。

全诗分为三个部分，第一部分为前三个结构相似、回环往复的章节，描写士兵回忆征战时的艰辛，为了抵抗入侵的猃狁，不得不远离家乡，来到艰苦的边陲参加战斗。长期征战使他厌倦战争，思念亲人。思念家人的个人情和为国赴难的责任感，同时纠缠在这个年轻士兵的脑海里，让他的内心充满了矛盾和痛苦。

第四、五章为第二部分，笔锋一转，描绘了紧张的战争生活：整齐的军队，奔腾的车马，威武的士兵，激烈的战斗，将士们严阵以待，气势如虹。言语中充满了作为士兵的自豪感，这正是矛盾心理中责任感占据了上风的体现。

最后一章为第三部分，士兵从战争回忆中突然惊醒，眼前飘飘扬扬下起了大雪，回想出发时还是美好的春天，如今已是寒冬，生命随战争空逝，路途漫漫，又饿又渴，让他黯然神伤。这种伤情拉动了心理情绪的暗转，矛盾中个人之情开始占了上风。"昔我往矣，杨柳依依。今我来思，雨雪霏霏"，以乐景写哀情，使哀情更哀，达到了极佳的艺术效果。"我心伤悲，莫知我哀"，悲伤的是国无宁日，是个人生命的空耗，是战友牺牲我独生的愧疚，大雪纷飞的旷野中，无人能慰解我的伤悲。这首诗表达了诗人对战争的强烈厌恶之情。

经典古诗

二、楚 辞

楚辞,是屈原创作的一种新诗体。《楚辞》是中国文学史上第一部浪漫主义诗歌总集。全书以屈原作品为主,其余各篇也是承袭屈赋的形式,收录了屈原、宋玉及汉代淮南小山、东方朔、王褒、刘向等人辞赋共十七篇。因运用了楚地的文学样式、方言声韵和风土物产等,具有浓厚的地方色彩,故名《楚辞》。《楚辞》经历了屈原的作品始创、屈后仿作、汉初搜集,至刘向辑录等历程,对后世诗歌产生了深远影响,开创了中国浪漫主义文学的先河。

离 骚

原文

帝高阳之苗裔兮①,朕皇考曰伯庸②。摄提贞于孟陬兮③,惟庚寅吾以降④。皇览揆余初度兮⑤,肇锡余以嘉名⑥:名余曰正则兮,字余曰灵均⑦。

注释

①高阳:颛顼之号。苗裔(yì):苗,初生的禾本植物。裔,衣服的末边。此苗裔连用,喻指子孙后代。②朕:我。皇考:已故父亲(或祖先)的美称。③摄提:太岁在寅时为摄提格。此指寅年。贞:正。孟:开始。陬(zōu):正月。④庚寅(gēng yín):指庚寅之日。古以干支相配来纪日。降:降生。⑤揆(kuí):推理揣度。初度,初生时的气度。⑥肇(zhào):开始。锡:赐。名:命名。⑦字:表字,这里活用作动词。

译 文

我是远祖高阳氏的后人,我的先父叫作伯庸。在太岁寅年的正月里,我正好出生在庚寅那天。先父端详了我初生时的气度,占卜后给我赐了一个美名:名正则,字灵均。

原 文

纷吾既有此内美兮①,又重之以修能②。扈江离与辟芷兮③,纫秋兰以为佩④。汨余若将不及兮⑤,恐年岁之不吾与⑥。朝搴阰之木兰兮⑦,夕揽洲之宿莽⑧。日月忽其不淹兮⑨,春与秋其代序⑩。惟草木之零落兮⑪,恐美人之迟暮⑫。不抚壮而弃秽兮⑬,何不改此度⑭?乘骐骥以驰骋兮⑮,来吾道夫先路⑯。

注 释

①内美:内在的美好品质。②重(chóng):再。③扈(hù):楚方言,披挂。江离、芷:均为香草名。④纫(rèn):草有茎叶可做绳索。秋兰:香草名。即泽兰,秋季开花。⑤汨(mì):水疾流的样子,此处用以形容时光飞逝。⑥不吾与:宾语前置,即"不与吾",不等待我。⑦搴(qiān):拔取。⑧揽(lǎn):采摘。宿莽:草名,经冬不死。⑨忽:迅速的样子。⑩代序:指不断更迭。⑪惟:思虑。⑫迟暮:衰老。⑬抚:趁。⑭此度:指现行的政治法度。⑮骐骥(qí jì):骏马。⑯道:通"导",引导。

译 文

我虽然拥有了这些与生俱来的慧质,但还是不断地加强自身修为才能的培养。我把江离和白芷披戴在身上,又把秋兰佩挂在腰间。时光飞逝,我难以追赶,但岁月不会停留在那儿等待我。早晨在山间攀折木兰,傍晚在河洲中采摘宿莽。日月穿梭不曾停歇,四季更替永无止息。想到草木会日渐凋零,就特别担心

经典古诗

楚怀王也会日渐衰老。为什么不趁着壮年扬弃污秽,改变态度调整这些制度呢?骑上千里马奔驰吧,我会在前面为你开路!

原文

昔三后之纯粹兮①,固众芳之所在②。杂申椒与菌桂兮③,岂维纫夫蕙茝④?彼尧舜之耿介兮⑤,既遵道而得路⑥。何桀纣之猖披兮⑦,夫唯捷径以窘步⑧。惟夫党人之偷乐兮⑨,路幽昧以险隘⑩。岂余身之惮殃兮⑪,恐皇舆之败绩⑫。忽奔走以先后兮,及前王之踵武⑬。荃不察余之中情兮⑭,反信谗而齌怒⑮。余固知謇謇之为患兮⑯,忍而不能舍也。指九天以为正兮⑰,夫唯灵修之故也。曰黄昏以为期兮⑱,羌中道而改路⑲。初既与余成言兮⑳,后悔遁而有他。余既不难夫离别兮㉑,伤灵修之数化㉒。

注释

①三后:夏禹、商汤、周文王。②固:本来。③申椒、菌桂:均为香木名。④蕙(huì)、茝(chǎi):均为香草名。⑤耿介:光明正大。⑥遵道:遵循正道。⑦猖披:猖狂。⑧捷径:邪道。⑨偷乐:苟且享乐。⑩幽昧(mèi):黑暗。⑪殃(yāng):灾祸。⑫败绩:喻指君国的倾危。⑬踵武:足迹,即脚印。⑭荃(quán):香草名,喻楚怀王。⑮齌(jì)怒:暴怒。⑯謇謇(jiǎn jiǎn):形容忠贞直言的样子。⑰九天:古人认为天有九重,故言。正:通"证"。⑱期:约定。⑲羌:楚语,表转折,相当于现在的"却"。⑳成言:诚信之言。㉑既:本来。㉒数化:多次变化。

译文

从前楚国三位贤王德行美好纯粹,贤士们都聚集在他们的身边。与花椒菌桂聚集在一起,除此之外,还有蕙草白芷。尧舜他们是多么的光明正直,沿着正道使国家走上了坦途。桀纣他们多么的狂妄邪恶,贪图捷径以致无路可走。有人结党营私贪图享乐,国家前途将会黑暗险阻。我会害怕惹火上身吗?我只是担心国

家会倾塌。我前前后后匆促奔走,希望圣上追随先王的足迹。你不体察我的耿耿忠心,反而听信谗言对我发怒。我明明知道忠言会招来祸患,想忍耐却又忍不住。就让上天为我做证吧,全部都是君王的原因啊。明明与我相约黄昏,为什么却中途改道变卦呢?当初和我约定了的誓言啊,后来又反悔生出其他想法。我倒是不因与君王分隔而难过,而是因为君王的反复无常而伤心。

原文

余既滋兰之九畹兮①,又树蕙之百亩②。畦留夷与揭车兮③,杂杜衡与芳芷。冀枝叶之峻茂兮④,愿竢时乎吾将刈⑤。虽萎绝其亦何伤兮⑥,哀众芳之芜秽⑦。众皆竞进以贪婪兮⑧,凭不厌乎求索。羌内恕己以量人兮⑨,各兴心而嫉妒⑩。忽驰骛以追逐兮⑪,非余心之所急。老冉冉其将至兮⑫,恐修名之不立。朝饮木兰之坠露兮,夕餐秋菊之落英⑬。苟余情其信姱以练要兮⑭,长顑颔亦何伤⑮?擥木根以结茞兮⑯,贯薜荔之落蕊⑰。矫菌桂以纫蕙兮⑱,索胡绳之纚纚⑲。謇吾法夫前修兮⑳,非世俗之所服。虽不周于今之人兮㉑,愿依彭咸之遗则㉒。

注释

①滋:栽种。②树:种植。③畦(qí):五十亩为畦,分畦种植。留夷、揭车:均为香草名。④冀(jì):希望。峻:长。⑤竢:等待。刈(yì):收获。⑥萎:枯萎。绝:落尽。⑦芜(wú):荒芜。秽(huì):污秽。⑧竞进:争着向上爬。⑨羌(qiāng):楚人语气词。⑩兴:生。⑪忽:急。驰骛(wù):乱驰。⑫冉冉(rǎn rǎn):渐渐。⑬英:花。⑭苟:确实。信姱(kuā):诚信而美好。练要:心中简练合于要道。⑮顑颔(kǎn hàn):因饥饿而面黄肌瘦的样子。⑯擥(lǎn):持取。⑰贯:拾取。⑱矫:举起。⑲索:草有茎叶可做绳索。此作动词,意为搓绳。纚纚(lí lí):形容绳索好。⑳法:效法。㉑周:合。㉒彭咸:殷贤大夫,谏其君,不听,投江而死。

经典古诗

译文

　　我栽了很多的兰花，又种了无数的蕙草。分垄栽培了留夷和揭车，中间夹种着些杜衡芳芷。我希望它们能枝繁叶茂，等待我去收割。即使枯死了我也不悲伤，悲哀的是这些花草变成了遍地荆棘。大家都争名逐利，贪婪成性，欲壑难填。猜忌别人，宽待自己，钩心斗角，相互嫉妒，急于奔走，追名逐利，这些都不是我内心所追求的。衰老慢慢降临了，我担心美好的名声还没来得及树立。清晨饮下木兰上滴下的露水，晚上用菊花残瓣来充饥。只要我品行高洁，长久的神形消损又有什么关系？我用木兰的根绕结上白芷，再穿上薜荔的花蕊。我用肉桂的枝条缀结上蕙草，把胡绳搓得又长又好。我向古代的贤人学习穿戴，这不是一般人所能做到的。我虽不能迎合现在的普罗大众，但我愿意遵循彭咸的遗训。

原文

　　长太息以掩涕兮，哀民生之多艰①。余虽好修姱以鞿羁兮②，謇朝谇而夕替③。既替余以蕙纕兮④，又申之以揽茝⑤。亦余心之所善兮，虽九死其犹未悔⑥。怨灵修之浩荡兮⑦，终不察夫民心。众女嫉余之蛾眉兮⑧，谣诼谓余以善淫⑨。固时俗之工巧兮，偭规矩而改错⑩。背绳墨以追曲兮⑪，竞周容以为度⑫。忳郁邑余侘傺兮⑬，吾独穷困乎此时也。宁溘死以流亡兮⑭，余不忍为此态也⑮。鸷鸟之不群兮⑯，自前世而固然⑰。何方圜之能周兮，夫孰异道而相安⑱？屈心而抑志兮⑲，忍尤而攘诟⑳。伏清白以死直兮㉑，固前圣之所厚㉒。

注释

①民生：万民的生存。艰：难。②修姱（kuā）：洁净而美好。鞿羁（jī jī）：马缰绳和络头，比喻束缚。③谇（suì）：进谏。替：废。④纕（xiāng）：佩带。⑤申：重复。⑥悔：怨恨。⑦灵修：指楚怀王。⑧众女：比喻群臣。⑨谣：诋毁。诼（zhuó）：诽谤。⑩偭（miǎn）：违背。改：更改。错：通"措"，措施，指先圣之法。⑪绳墨：正曲直之具。曲：斜曲。⑫周容：迎合讨好。⑬侘傺（chà chì）：失意而神情恍惚的样

子。⑭溘死：突然死去。流亡：随水漂流而去。⑮此态：指小人工巧、周容之丑态。⑯不群：指不与众鸟同群。⑰前世：古代。⑱异道：不同的道路。⑲屈：委屈。⑳尤：过错。攘：除去。诟（gòu）：耻辱。㉑伏：通"服"，信服。㉒厚：厚待。

译文

我一边流泪一边叹息，为民生之艰难而深感哀伤。我虽爱好修饰，严于律己，但早上才进谏，晚上就丢了官。他们因为我佩戴蕙草而罢免我，又攻击我采集了芳芷作为配饰。这些都是我所追求的，哪怕是为之死去我也不后悔。怨恨楚王昏聩糊涂，始终不能体察我的忠心。很多女人都嫉妒我的美貌，造谣污蔑我内心淫荡。时人善于投机取巧，违背规矩又篡改措施。背弃准则以追求邪曲，竞相苟且取悦成为习惯。我忧愁郁闷又惆怅不已，在这个时代里独自困窘。我宁愿猝死在野外，也不愿做出这种媚俗的丑态。雄鹰卓尔不群，自古以来就是这样。方榫圆孔怎么能够对得上呢？不是一路人又怎么能走到一起呢？宁愿委屈内心、压抑志向，包容过错、含垢忍耻。为了保持节操清白而死，历来为圣贤所珍视。

原文

悔相道之不察兮①，延伫乎吾将反②。回朕车以复路兮③，及行迷之未远④。步余马于兰皋兮⑤，驰椒丘且焉止息⑥。进不入以离尤兮⑦，退将复修吾初服⑧。制芰荷以为衣兮⑨，集芙蓉以为裳⑩。不吾知其亦已兮⑪，苟余情其信芳⑫。高余冠之岌岌兮⑬，长余佩之陆离⑭。芳与泽其杂糅兮⑮，唯昭质其犹未亏⑯。忽反顾以游目兮⑰，将往观乎四荒⑱。佩缤纷其繁饰兮⑲，芳菲菲其弥章⑳。民生各有所乐兮㉑，余独好修以为常㉒。虽体解吾犹未变兮㉓，岂余心之可惩㉔？

①相道：观看。②延：长，久。③回：调转。④行迷：指迷途。⑤步

经典古诗

徐行。㊄皋（gāo）：水边高地。⑥止息：休息一下。⑦尤：罪过。⑧修吾初服：指修身洁行。初服：未入仕时有服装。⑨制：裁制。⑩芙蓉：莲花。⑪不吾知：宾语前置，即"不知吾"，不了解我。⑫苟：如果。⑬高：指帽高。⑭陆离：修长而美好的样子。⑮芳：指芬芳之物。⑯唯：只有。⑰游目：纵目瞭望。⑱往观：前去观望。⑲缤纷：极言多。⑳章：明显。㉑民生：人生。㉒常：常规，习惯。㉓犹：尚且。㉔惩：惧怕。

译文

后悔当初不曾细察前程，踌躇不前又要回头。调转我的车头走回正道，趁着在迷途上走得还不算远。我的马徐徐走在长满兰草的湿地上，跑上椒山暂且休整。进谏不成反而遭到贬谪，那就回去重新穿回当初的衣服。采菱叶做上衣，用荷花做下摆。无人欣赏我也不介意，只要我内心正直又高洁。把我的帽子做得高高的，把我的佩带做得长长的。芬芳污垢夹杂在一起，只有高洁品行不会被玷污。我回头张望，我将去四方荒远之地游览。佩戴上五彩缤纷的装饰，散发着浓郁的芬芳。人们各有其喜好，我独爱好高洁，并习以为常。即使粉身碎骨我也不改初衷，我的心中还会有什么可畏惧的？

原文

女嬃之婵媛兮①，申申其詈予②。曰鲧婞直以亡身兮③，终然殀乎羽之野④。汝何博謇而好修兮⑤，纷独有此姱节⑥。薋菉葹以盈室兮⑦，判独离而不服⑧。众不可户说兮⑨，孰云察余之中情⑩？世并举而好朋兮⑪，夫何茕独而不予听⑫。

注释

①女嬃（xū）：屈原的姐姐。婵媛（chán yuán）：牵挂。②申申：反反复复，一遍又一遍。詈（lì）予：责备我。③鲧（gǔn）：传说中禹的父亲。婞（xìng）直：刚正。④羽之野：羽山的郊野。⑤博謇：过于刚直。⑥姱（kuā）节：美好的节操。⑦薋（cí）：动词，把草堆积起来的意思。

菉（lù）葹（shī）：都是恶草，比喻奸邪小人。菉，草的名称。葹，草名，即苍耳。⑧盈室：满屋。⑧判：区别。⑨众：众人。⑩云：助词，无实义。⑪朋：朋党。⑫茕（qióng）：孤独。

译文

姐姐对我非常关切，再三向我告诫。她说鲧太刚直且不顾性命，结果被杀死在羽山郊外。你何必这样老爱忠言又独爱修饰，用那么多美好品行显得与众不同？屋里堆满了寻常花草，你却与众不同不肯佩戴。你又不能挨家挨户去说明你心中的想法，谁能明白体察咱们的内心啊？世人都爱成群结伙、朋比为奸，你为何就是不听我的劝告呢？

原文

依前圣以节中兮①，喟凭心而历兹②。济沅湘以南征兮，就重华而陈词④。启《九辩》与《九歌》兮⑤，夏康娱以自纵⑥。不顾难以图后兮⑦，五子用失乎家巷⑧。羿淫游以佚畋兮⑨，又好射夫封狐⑩。固乱流其鲜终兮⑪，浞又贪夫厥家⑫。浇身被服强圉兮⑬，纵欲而不忍⑭。日康娱而自忘兮⑮，厥首用夫颠陨⑯。夏桀之常违兮⑰，乃遂焉而逢殃。后辛之菹醢兮⑱，殷宗用而不长⑲。汤禹俨而祗敬兮⑳，周论道而莫差㉑。举贤而授能兮㉒，循绳墨而不颇㉓。

注释

①前圣：前代圣贤。节中：节制不偏，保持正道。②喟：叹息声。凭：愤懑。历：经历。兹：现在。③济：渡过。④就：靠近。重华：舜的名字。⑤启：禹之子。夏朝的开国君主。《九辩》《九歌》：相传是启从天上偷带到人间的乐曲。⑥夏康：启子太康。⑦图：图谋。⑧五子：指夏康等兄弟五人。用：因此。⑨羿：指后羿。淫、佚：指过度享乐。畋：打猎。⑩封狐：大狐。⑪鲜：少。⑫浞（zhuó）：寒浞，羿相。厥：

经典古诗

其,指羿。家:妻室家小。⑬浇(ào):寒浞之子。强圉(yǔ):强壮多力。⑭不忍:不能加以克制。⑮日:天天。自忘:忘记自身的安危。⑯用夫:因此。颠陨:坠落。⑰夏桀(jié):夏之亡国之君。常违:"违常"的倒装,即违背常理的意思。⑱辛:殷纣王之名。菹醢(zū hǎi):古时的一种酷刑,把人剁成肉酱。⑲用而:因而。⑳俨(yǎn):庄严。祗(zhī):与"敬"意思相同,指敬重法度,不敢胡作非为。㉑莫差:没有丝毫差错。㉒授:任用。㉓颇:倾斜。

译文

我遵循前贤节制性情却遭遇厄运,这让我心中的愤懑至今未息。渡过沅水湘水向南而行,我要到虞舜那儿说道说道:夏启创制《九辩》和《九歌》,恣意寻欢作乐以致堕落放纵,不居安思危,看不到隐患,以致酿成五子内乱。后羿爱好打猎嬉戏,喜欢射杀大狐狸。本来淫乱之徒就没好结局,又被寒浞杀死霸占了妻室。寒浇自恃身强体壮,放纵欲望不加节制,日日寻欢作乐以致忘形,终究脑袋掉了地。夏桀行为总是违背常理,最后也是遭了殃。纣王把忠臣剁成肉酱,殷朝王位终不长久。汤与禹态度谨慎恭敬,周朝先王们讲究法理不出差错,大举任用贤能人员,遵循规矩不出差池。

原文

皇天无私阿兮①,览民德焉错辅②。夫维圣哲以茂行兮③,苟得用此下土④。瞻前而顾后兮⑤,相观民之计极⑥。夫孰非义而可用兮⑦?孰非善而可服⑧?阽余身而危死兮⑨,览余初其犹未悔⑩。不量凿而正枘兮⑪,固前修以菹醢⑫。曾歔欷余郁邑兮⑬,哀朕时之不当⑭。揽茹蕙以掩涕兮⑮,沾余襟之浪浪⑯。

①私阿:偏私。②民:人,指君王。错:同"措",施行。③茂行:美好的德行。④下土:天下。⑤瞻前而顾后:观察古往今来的成败。⑥相

观：观察。计极：最终的想法。⑦非义：不行仁义。⑧非善：不行善事。⑨玷（diàn）：临危，遇到危险。⑩览：反观。⑪量：度。凿：木器上的孔。枘（ruì）：插孔用的木栓。⑫前修：前贤。⑬曾：同"增"，屡次。歔欷（xū xī）：悲伤抽泣的声音。⑭当：遇。⑮茹（rú）：柔软。⑯浪浪（láng）：泪流不止的样子。

译文

上天对一切都不偏不倚，有德的人就给予推举辅助。所以，只有德行高尚的人，才能统治天下。回顾过去又想想未来，观察人们立身处世的根本。谁不是因为忠义而被任用啊，谁不是因为品行良好而成为世人的楷模？我身陷危难，几蹈死地，却初心不改，毫不后悔当初的追求。不量凿眼就去削榫头，这是前人遭殃的原因。我心情抑郁、啼嘘不已，哀伤自己生不逢时。拿着柔软的蕙草掩面痛哭，热泪滚滚沾湿了衣裳。

原文

跪敷衽以陈辞兮①，耿吾既得此中正②。驷玉虬以椉鹥兮③，溘埃风余上征④。朝发轫于苍梧兮⑤，夕余至乎县圃⑥。欲少留此灵琐兮⑦，日忽忽其将暮。吾令羲和弭节兮⑧，望崦嵫而勿迫⑨。路漫漫其修远兮⑩，吾将上下而求索。饮余马于咸池兮⑪，总余辔乎扶桑⑫。折若木以拂日兮⑬，聊逍遥以相羊⑭。

①敷（fū）：铺开。衽（rèn）：衣襟。②中正：治国之道。③驷：驾车。驷：同拉一辆车的四匹马。虬（qiú）：传说中无角的龙。鹥（yī）：传说中身披五彩的凤鸟。④上征：上天远行。⑤发轫（rèn）：出发。苍梧：地名，舜所葬的九嶷山在其境内。⑥县圃（pǔ）：神山，在昆仑山之上。⑦灵琐：君门。⑧令：命令。羲和：神话中的太阳神。弭（mǐ）节：缓慢行驶。⑨崦嵫（yān zī）：神话中太阳所入之山。⑩漫漫：路遥远的

经典古诗

样子。**修远**：长远。⑪**咸池**：太阳沐浴的神池。⑫**总**：整理系结。**辔**：马缰绳。**扶桑**：神树名，太阳升起于树下。⑬**若木**：神树名，太阳所入之处的树木。**拂日**：拂拭太阳，使其光明。⑭**逍遥**：自由自在的样子。**相羊**：徜徉，徘徊。

译文

铺开衣襟跪诉衷情，我豁然开朗如找到了正路。驾着玉虬乘着彩凤，飘飘然飞到了天上。清晨从苍梧出发，傍晚就到了昆仑山。本想在神山逗留片刻，但此时已经夕阳西下，夜色降临。我让羲和缓缓前行，太阳将落入崦嵫山也不急迫。前面的路漫长又遥远，我将上上下下去探索。让我的马在咸池中喝水，把缰绳拴在扶桑树上。折下若木枝条来遮挡太阳，让我无拘无束地自由徜徉。

原文

前望舒使先驱兮①，后飞廉使奔属②。鸾皇为余先戒兮③，雷师告余以未具④。吾令凤鸟飞腾兮⑤，继之以日夜⑥。飘风屯其相离兮⑦，帅云霓而来御⑧。纷总总其离合兮⑨，斑陆离其上下⑩。吾令帝阍开关兮⑪，倚阊阖而望予⑫。时暧暧其将罢兮⑬，结幽兰而延伫⑭。世溷浊而不分兮⑮，好蔽美而嫉妒⑯。

注释

①**前**：在前面。**望舒**：月神。②**后**：在后面。**飞廉**：风神。**奔属**：奔跑跟随。③**鸾皇**：神鸟名，常用以比喻贤士淑女。**先戒**：在前面警戒。④**雷师**：雷神。⑤**飞腾**：腾空而飞。⑥**日夜**：指日夜兼程。⑦**飘风**：旋风。**屯**：聚集。**离**：依附。⑧**帅**：率领。**御**：迎接。⑨**离合**：忽散忽聚。⑩**斑**：五彩缤纷。⑪**帝**：天帝。**阍**（hūn）：守门人。**关**：此处指天门。⑫**阊阖**（chāng hé）：天门。⑬**暧暧**（ài ài）：昏暗的样子。⑭**结**：编结。**延伫**：长久站立。⑮**溷**（hùn）**浊**：混乱污浊。⑯**蔽**：掩盖。

译文

让月神望舒为我开道，风神飞廉紧随其后。鸾鸟凤凰为我在前面警戒，雷神却告诉我还没有准备停当。我让凤凰展翅腾飞，夜以继日地飞翔。旋风把分散的云朵聚集在了一起，率领着云霓将我恭迎。云霓飘忽，忽聚忽散，色彩斑斓，上下翻飞。我让守卫打开天门，他却倚靠着天门对我视而不见。此刻光线暗淡，太阳将要西沉，我编织着兰花久久徜徉。这世道混乱，善恶不分，总是遮蔽嫉妒美好的事物。

原文

朝吾将济于白水兮①，登阆风而绁马②。忽反顾以流涕兮③，哀高丘之无女④。溘吾游此春宫兮⑤，折琼枝以继佩⑥。及荣华之未落兮⑦，相下女之可诒⑧。吾令丰隆椉云兮⑨，求宓妃之所在⑩。解佩纕以结言兮⑪，吾令蹇修以为理⑫。纷总总其离合兮⑬，忽纬繣其难迁⑭。夕归次于穷石兮⑮，朝濯发乎洧盘⑯。保厥美以骄傲兮⑰，日康娱以淫游⑱。虽信美而无礼兮⑲，来违弃而改求⑳。览相观于四极兮㉑，周流乎天余乃下㉒。望瑶台之偃蹇兮㉓，见有娀之佚女㉔。吾令鸩为媒兮㉕，鸩告余以不好。雄鸠之鸣逝兮㉖，余犹恶其佻巧㉗。心犹豫而狐疑兮㉘，欲自适而不可㉙。凤皇既受诒兮㉚，恐高辛之先我㉛。

注释

①白水：神话中的水名，饮后不死。②阆风：神山名，在昆仑山上。绁（xiè）：同"绁"，拴，系。③反顾：回头望。④高丘：高山。⑤春宫：东方青帝的居舍。⑥琼（qióng）枝：玉树的花枝。⑦荣华：花朵。⑧可诒（yí）：可以赠送。⑨丰隆：云神。⑩宓（fú）妃：神女，伏羲氏之女。⑪佩纕：佩用的丝带。结言：约好之言。⑫蹇（jiǎn）修：伏羲氏之臣。⑬离合：言辞未定。⑭纬繣（wěi huà）：不相投合。难迁：难以迁就。⑮次：住宿。穷石：西极的山名。⑯濯发：洗头发。洧（wěi）盘：

经典古诗

传说中的神水名。⑰保：依仗。⑱淫游：过分的游乐。⑲虽：诚然。⑳改求：另外寻求。㉑览相观：细细观察。㉒周流：周游。㉓瑶台：以玉砌成的台。偃蹇：此处指高耸的样子。㉔有娀（sōng）：传说中的上古国名。佚：美。传说娀氏有个美丽的女儿，叫简狄。㉕鸩（zhèn）：传说中的毒鸟名。㉖鸣逝：边叫边飞。㉗佻（tiāo）：轻浮。㉘犹豫：拿不定主意。㉙自适：亲自去。㉚受诒：指完成聘礼之事。㉛高辛：即帝喾。

译文

明早我要渡过白水河，登上阆风山系马驻足。猛然回头落下滂沱眼泪，哀叹这高山上也没有理想的女子。我匆匆到春宫中一游，折下琼枝当作配饰。趁花朵还没有凋谢，我要去寻找值得我赠送的美女。我让云神驾起云朵，去寻找宓妃的住处。解下佩戴的香囊以订下誓约表达我的心意，我让蹇修前去为我做媒。她态度变幻若即若离，善变乖戾难以迁就。晚上她回到穷石住处，清晨去洧盘梳洗头发。她仗着美貌心骄气傲，整天享乐游玩无度。她虽然貌美但不守礼法，我要弃她另求他人。我仔细观察了四面八方，周游一遍后才降临大地。远望富丽堂皇的瑶台，看见了美女有娀氏简狄。我让鸩鸟前去为我做媒，鸩鸟说那个美女不好。雄鸠叫唤着前去说媒，我又嫌它浅薄轻佻。心里犹豫迟疑不定，想亲自前去又觉得不合适。凤凰已经送去了聘礼，但我害怕高辛会先我娶走简狄。

原文

欲远集而无所止兮①，聊浮游以逍遥②。及少康之未家兮③，留有虞之二姚④。理弱而媒拙兮⑤，恐导言之不固⑥。世溷浊而嫉贤兮⑦，好蔽美而称恶⑧。闺中既以邃远兮⑨，哲王又不寤⑩。怀朕情而不发兮⑪，余焉能忍而与此终古⑫？

注释

①远集：远去。②浮游：漫游。③及：趁着。少康：夏代中兴之主，帝相之子。④有虞（yú）：传说中的上古国名。二姚：指有虞氏的两个

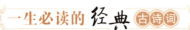

女儿。⑤理弱：指媒人软弱。⑥导言：媒人撮合的言辞。固：牢靠。⑦嫉贤：嫉妒贤能。⑧称恶：称赞邪恶。⑨闺中：女子居住的内室。邃：幽深，深远。⑩哲王：明智的君王。寤：醒来，指觉悟。⑪怀：怀抱。⑫终古：永久。

译文

我想到远方去又无处安身，只好四处游荡逍遥。趁少康还没成家，有虞氏的两个姑娘还待字闺中。使者无能媒人笨拙啊，恐怕这次说合希望还是很小。世间混浊而又妒贤嫉能，喜欢遮蔽美好而颂扬邪恶。美人闺房幽深难通，贤能君王又没醒悟过来。满腔衷情无处倾诉，我又怎么能长久忍受得了这痛苦的一生呢？

原文

索琼茅以筳篿兮①，命灵氛为余占之②。曰两美其必合兮，孰信修而慕之③？思九州之博大兮④，岂唯是其有女⑤？曰勉远逝而无狐疑兮⑥，孰求美而释女？何所独无芳草兮⑧，尔何怀乎故宇⑨？世幽昧以眩曜兮⑩，孰云察余之善恶⑪？民好恶其不同兮⑫，惟此党人其独异⑬。户服艾以盈要兮⑭，谓幽兰其不可佩。览察草木其犹未得兮⑮，岂珵美之能当⑯？苏粪壤以充帏兮⑰，谓申椒其不芳⑱。

注释

①琼茅：灵草。筳（tíng）：小竹片。篿（zhuān）：以茅草和小竹片占卜。②灵氛：传说中的上古神巫。③信修：诚然美好。④九州：泛指天下。⑤女：美女。⑥勉：努力。⑦释：舍弃。⑧何所：何处。⑨故宇：故国。⑩眩曜（yào）：惑乱浑浊。⑪察：明辨。⑫民：指天下众人。⑬党人：朋党之人。⑭服：佩用。要：同"腰"。⑮览察：察看。⑯珵美：即"美珵"，美玉。⑰粪壤：粪土。帏：佩带在身上的香囊。⑱申椒：申地之椒。

经典古诗

译文

我找来灵草和竹片,让占卜师灵氛为我占卜。他说:"双方都美好必然会结合,真正美好的人都值得去爱慕。想想天下之大,难道只有这里有美女吗?"他说:"远走高飞吧不要迟疑,哪个真正寻求美好的人会把你放弃?天下哪里没有芳草?你何必如此困守故地呢?世道昏暗使人目眩神迷,有谁来明察善恶呢?人们的好恶本来就不同,只是这帮小人的爱好更加怪异。人人把艾草挂在腰间,却说幽兰不可佩戴。连草木的好坏都分辨不清,又怎么能正确评价精美的玉器呢?用粪土塞满了香囊,却说花椒不香。"

原文

欲从灵氛之吉占兮,心犹豫而狐疑。巫咸将夕降兮①,怀椒糈而要之②。百神翳其备降兮③,九疑缤其并迎④。皇剡剡其扬灵兮⑤,告余以吉故⑥。曰勉升降以上下兮,求矩矱之所同⑦。汤禹严而求合兮⑧,挚咎繇而能调⑨。苟中情其好修兮⑩,又何必用夫行媒⑪?说操筑于傅岩兮⑫,武丁用而不疑⑬。吕望之鼓刀兮⑭,遭周文而得举⑮。宁戚之讴歌兮⑯,齐桓闻以该辅⑰。及年岁之未晏兮⑱,时亦犹其未央⑲。恐鹈鴂之先鸣兮⑳,使夫百草为之不芳㉑。

注释

①巫咸:古神巫。夕降:傍晚从天而降。②怀:馈。椒糈(jiāo xǔ):以椒香拌精米制成的祭神的食物。要:祈求。③百神:指天上的众神。翳(yì):遮蔽,形容百神之多。④并迎:一起来迎接。⑤皇:皇天。剡剡(yǎn yǎn):发亮的样子。⑥吉故:明君遇贤臣的吉祥故事。⑦矩:量方形的工具。矱(yuē):量长短的工具。⑧合:志同道合的人。⑨挚(zhì):伊尹名。咎繇(jiù yáo):舜之臣。⑩苟:如果。⑪用:凭借。⑫说(yuè):即傅说,相传本是傅岩地区筑墙的奴隶,被商王启用为相。操:持,拿。⑬武丁:即商王。用:重用。⑭吕望:指吕尚,俗称姜太公。⑮举:举用。⑯宁戚:春秋时卫人,放牛时敲着牛角唱着歌,齐桓

公认为是贤人，以他为卿。⑰该：备用。⑱晏：晚。⑲未央：未尽。⑳鹈鴂（tí jué）：鸟名，即杜鹃。㉑为之：因此。

译文

我打算听从灵氛的上卦吉言，心里却犹豫不能裁断。听说巫咸今晚将要降临，我将怀揣香椒前往迎候。天上众神遮天蔽日一齐降临，九嶷山的众神纷纷前去迎接。他们闪耀着灿烂的灵光，巫咸又告诉我吉卦的缘故。他说："上天入地去求索吧，去寻找那些志同道合之人。汤和禹为人正直求贤若渴，才能和伊尹皋陶上下一心。只要内心真正美好高洁，又何必托媒人去介绍呢？傅说曾拿祷杵在傅岩筑土墙，武丁用他为相且毫不怀疑。姜太公在朝歌做屠夫，碰到周文王才得以重用。宁戚喂牛时敲着牛角歌唱，齐桓公听见后任其为大夫。趁现在年纪还不算大，大好时光还未远去。就怕杜鹃鸟叫得太早，令百草因此而不吐露芬芳。"

原文

何琼佩之偃蹇兮①，众薆然而蔽之②。惟此党人之不谅兮③，恐嫉妒而折之④。时缤纷其变易兮⑤，又何可以淹留？兰芷变而不芳兮，荃蕙化而为茅⑥。何昔日之芳草兮，今直为此萧艾也⑦。岂其有他故兮⑧，莫好修之害也⑨。余以兰为可恃兮，羌无实而容长⑩。委厥美以从俗兮⑪，苟得列乎众芳⑫。

①偃蹇（yǎn jiǎn）：盛多美丽的样子。②薆（ài）：遮蔽。③谅：信。④折：摧毁。⑤变易：变化。⑥茅：比喻已经蜕化变质的谗佞之人。⑦直：竟然。⑧他故：其他的理由。⑨害：弊端。⑩无实：无内在实质。容长：外貌美好。⑪委：丢弃。⑫得：能够。

经典古诗

译文

为什么我的佩玉这么高贵出众，人们却要遮蔽它的光彩？这些小人不讲信用，担心他们会因为嫉妒而将玉佩摧毁。时世纷乱变化莫测，我又如何在这里逗留？兰草、白芷被同化，变得不再芬芳，荃草和蕙草也变成了杂草。为什么曾经的那些香草，如今都变得与白蒿、艾草为伍了！难道有什么其他原因吗？不爱好修洁的结局罢了。我本以为幽兰是可靠的，谁知道也是徒有其表，抛弃了美质而追随流俗，苟且地站在芳草行列。

原文

椒专佞以慢慆兮①，樧又欲充夫佩帏②。既干进而务入兮③，又何芳之能祗④？固时俗之流从兮，又孰能无变化？览椒兰其若兹兮，又况揭车与江离⑤？惟兹佩之可贵兮⑥，委厥美而历兹⑦。芳菲菲而难亏兮⑧，芬至今犹未沫⑨。和调度以自娱兮⑩，聊浮游而求女⑪。及余饰之方壮兮⑫，周流观乎上下⑬。

注释

①慆（tāo）：意同"慢"，傲慢的意思。②樧（shā）：指茱萸这类形状像椒但无芳香的草。③干进：求进。务入：钻营。④祗（zhī）：尊敬，爱护。⑤揭车、江离：比喻自己培育的一般人才。⑥兹佩：喻指屈原的内美与追求。⑦历兹：到如今这一地步。⑧芳菲菲：指香气浓郁。⑨沫（mèi）：消失。⑩和调度：指调节自己的心态，缓和自己的心情。自娱：自乐。⑪聊：姑且。求女：寻求志同道合的人。⑫方：正。⑬上下：到处。

译文

花椒变得专横谄媚而傲慢，茱萸想冒充香草挤进香囊。它们蝇营狗苟不断钻营，又怎么会重视自己的品行呢？世俗历来就随波逐流，又有谁能坚定不移呢？看花椒兰草都变成这样了，又何况揭车和江离！只有我的配饰最可贵了，保持其

 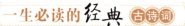

美德一直至今。浓烈的香气难以消散,芬芳依旧未曾玷污。调整心情以求自娱自乐,姑且游荡四方寻找知己。趁着我的配饰还璀璨华丽,且天上地下游览一番。

原文

灵氛既告余以吉占兮①,历吉日乎吾将行②。折琼枝以为羞兮③,精琼靡以为粮④。为余驾飞龙兮⑤,杂瑶象以为车⑥。何离心之可同兮⑦?吾将远逝以自疏⑧。遭吾道夫昆仑兮⑨,路修远以周流。扬云霓之晻蔼兮⑩,鸣玉鸾之啾啾⑪。朝发轫于天津兮⑫,夕余至乎西极⑬。凤皇翼其承旂兮⑭,高翱翔之翼翼⑮。忽吾行此流沙兮⑯,遵赤水而容与⑰。麾蛟龙使梁津兮⑱,诏西皇使涉予⑲。

注释

①吉占:指两美必合。②历:选择。③羞:通"馐",指美食。④琼靡(mí):玉屑。粮(zhāng):粮食。⑤飞龙:长翅膀的龙。⑥象:象牙。⑦离心:不同的去向。⑧远逝:远走。⑨遭(zhān):楚地方言,转向。⑩晻蔼(ǎn ǎi):旌旗蔽日的样子。⑪鸣:响起。⑫天津:天河的渡口。⑬西极:西方的尽头。⑭翼:古代一种旗帜。⑮翼翼:整齐和谐的样子。⑯流沙:指西极,其处流沙如水。⑰赤水:出自昆仑山的水名。容与:徘徊。⑱麾(huī):指挥。梁津:在渡口搭桥。⑲西皇:帝少嗥。涉予:帮助我渡过河流。

译文

灵氛告诉我得了吉卦,选个好日子我就出发。折下琼枝当菜肴,捣碎美玉为干粮。我驾驭着飞龙拉的马车,车上用美玉和象牙做装饰。两心不同怎么来配合啊?我将远走他乡离开故国。我转道向昆仑山奔去,路途遥远,正好可以周游观察。举起云霓遮住太阳,车上的玉铃发出清脆的响声。清晨从天河的渡口出发,傍晚就到了西天的尽头。凤旗庄严肃穆,连绵不断,在天空中舒展飞舞。忽然来到了一片流沙地,只能沿着赤水河岸缓缓前行。我指挥蛟龙在渡口架起桥梁,让西皇帮我渡过了河流。

经典古诗

原文

路修远以多艰兮①,腾众车使径待②。路不周以左转兮③,指西海以为期④。屯余车其千乘兮⑤,齐玉轪而并驰⑥。驾八龙之婉婉兮⑦,载云旗之委蛇⑧。抑志而弭节兮⑨,神高驰之邈邈⑩。奏《九歌》而舞《韶》兮,聊假日以媮乐⑪。陟升皇之赫戏兮⑫,忽临睨夫旧乡⑬。仆夫悲余马怀兮⑭,蜷局顾而不行⑮。

乱曰⑯:已矣哉!国无人莫我知兮⑰,又何怀乎故都?既莫足与为美政兮⑱,吾将从彭咸之所居⑲。

注释

①艰:指路途艰险。②腾:飞驰。③不周:山名,在昆仑西北。④西海:神话中西方之海。⑤屯:聚集。⑥轪(dài):车辖。⑦婉婉:在前进时蜿蜒曲折的样子。⑧委蛇(wēi yí):旗帜飘扬舒卷的样子。⑨抑志:抑制自己的情绪。弭(mǐ)节:放下赶车的马鞭,使车停止。⑩神:神思,指人的精神。邈邈(miǎo miǎo):浩渺无际的样子。⑪假日:借时机。⑫陟(zhì):登。皇:天。赫戏:光明辉煌的样子。⑬旧乡:指楚国。⑭仆:御者。怀:思。⑮蜷(quán)局:卷屈不行的样子。⑯乱:终篇的结语。⑰国无人:国家无人。莫我知:即"莫知我"的倒装。⑱足:足以。为:实行。美政:理想的政治。⑲居:住所,这里是指一生所选择的道路和归宿。

译文

路途多么的遥远而艰难,我让随从车辆侍候身侧。走过不周山向左转去,遥指西海作为我的目的地。我把千余辆车汇集一起,玉制的车轮并驾齐驱。八匹龙马驾着车蜿蜒前行,车上的云旗时卷时舒。定下心来徐徐前进,心思飞到了千里之外。奏起《九歌》,跳起《韶》舞,暂且放纵娱乐一番。登上光明的上天,忽然俯身看到了我的故乡。我的仆人和马都非常悲伤怀念,徘徊不前,留恋不已。

尾声:都算了吧!这儿没人能了解我的内心,我又何必对故土念念不忘呢?既然没人能与我一起推行理想的政治,那我将追随彭咸而去了。

三、汉魏晋南北朝诗

项 羽

项羽（前232—前202），名籍，字羽，楚国下相（今江苏宿迁）人，楚国名将项燕之孙，军事家。项羽早年起义反秦，于巨鹿击败秦军主力。秦亡后称西楚霸王，定都彭城（今江苏徐州）。后与刘邦展开了历时四年的楚汉战争，兵败垓下（今安徽灵璧县东南），突围至乌江（今安徽和县乌江镇）边自刎而死。

垓下歌①

力拔山兮气盖世②，时不利兮骓不逝③。
骓不逝兮可奈何④，虞兮虞兮奈若何⑤！

注释

①垓（gāi）下：古地名，在今安徽省灵璧县南沱河北岸。②兮：文言助词，类似于现代汉语的"啊"或"呀"。③骓（zhuī）：乌骓，宝马名，项羽的坐骑。逝：奔跑。④奈何：怎样；怎么办。⑤虞：即虞姬。奈若何：拿你怎么办。若，你。

赏析

前202年，楚汉相争，项羽被困于垓下，几番突围失败，兵孤粮尽。夜晚四面响起楚歌，楚营里的将士们听见家乡的歌声，军心涣散，纷纷逃跑。霸王见大势已去，心如刀绞，与虞姬对饮帐中，悲声唱道："力拔山兮气盖世，时不利兮骓不逝。骓不逝兮可奈何，虞兮虞兮奈若何！"虞姬凄然起舞，忍泪唱了首《和垓下歌》："汉兵已略地，四方楚歌声。大王意气尽，贱妾何聊生！"为了让项

羽不再有牵挂，唱罢即拔剑自刎。这两首诗，虽真实性存争议，但对爱情的忠贞却是感天动地的，是历史上少见的绝命悲歌。

在《垓下歌》中，刚强如山的项羽在一筹莫展之际发出了"虞兮虞兮奈若何"的感叹，可见铁骨铮铮的霸王也有他柔软脆弱的一面，这脆弱他不会向其他人表露，但在虞姬面前，他不必掩饰，他可以将他的弱点和失败——袒露，可以脆弱得像个孩子，这正是虞姬魅力的侧面体现。绝望之际，项羽实在不忍心让虞姬跟着他受罪。

一曲听罢，虞姬悲从中来，想想帐外已是一片混乱，她知道这样的局势对霸王来说意味着什么。但在虞姬心中，不论成败，霸王永远是那个了不起的英雄，她愿意生死相随。时至今日，现实无情，"大王意气尽，贱妾何聊生"，突出重围东山再起已经不可能，她深知霸王此时的用心，那我又何必在这人世苟活呢！坚贞的爱情，驱逐了死亡的恐惧，一曲歌罢，虞姬从霸王腰间拔出利剑，横刀自刎，一腔热血喷薄而出，当她虚弱地躺在霸王怀里，感受着霸王剧烈的心跳，脸上却含着满足的笑容，她知道，在这个男人心中永远有她。

项羽虞姬其情惊天地，其义泣鬼神，这两首诗也成为千古绝唱。

司马相如

司马相如（约前179—前118），字长卿，蜀郡成都人，西汉辞赋家，中国文化文学史上杰出的代表。工辞赋，作品辞藻富丽，结构宏大，使他成为汉赋的代表作家，后人称之为"赋圣"和"辞宗"，其代表作品为《子虚赋》等。他与卓文君的爱情故事也广为流传。

琴　歌

凤兮凤兮归故乡，遨游四海求其凰。
时未遇兮无所将，何悟今兮升斯堂！
有艳淑女在闺房，室迩人遐毒我肠①。
何缘交颈为鸳鸯，胡颉颃兮共翱翔②！

凰兮凰兮从我栖，得托孳尾永为妃③。
交情通意心和谐，中夜相从知者谁？
双翼俱起翻高飞，无感我思使余悲。

注释

①迩（ěr）：近。遐（xiá）：远。②颉颃（xié háng）：上下翻飞。③孳（zī）尾：交尾。

赏析

司马相如年轻时是一个穷书生。一日席间，他见到了美貌与才华并具的卓文君，于是弹了两首多情而又大胆的曲子，令卓文君对他一见倾心，不顾父亲的阻挠，毅然私奔到了成都，当垆卖酒为生。尽管生活极其清贫，但两个人恩爱有加，终获卓父的理解，成为一段爱情佳话。

司马相如以凤自喻，以凰喻卓文君，表达对卓文君的爱慕之情。一日不见，思念得要疯狂，以琴声代替语言，来诉说我的情意，希望能和你携手同行。不能和你在一起，我会痛苦得欲生欲死。此诗写得大胆而狂烈，"交颈""共翱翔""从我栖""孳尾"等词表达了与文君结合的强烈欲望，"中夜相从""翻高飞"等词暗传邀文君半夜幽会，并一起私奔之意。此诗语言流畅，音律婉转，体现了强烈的反封建思想和对婚姻自由的追求，历来为人们所称道。

汉乐府

乐府是自秦代以来设立的配置乐曲、训练乐工和采集民歌的专门官署，后来乐府成为一种诗歌体裁。汉乐府指由汉时乐府机关所采制的诗歌，是继《诗经》之后，古代民歌的又一次大汇集，它开创了诗歌现实主义的新风。汉乐府在文学史上有极高的地位，其与《诗经》《楚辞》鼎足而立。

经典古诗

上 邪①

上邪①！我欲与君相知②，长命无绝衰③。山无陵④，江水为竭，冬雷震震，夏雨雪⑤，天地合，乃敢与君绝。

注释

①上邪（yé）：上天啊。上，指天。邪，语气助词，表示感叹。②相知：结为知己。③命：古与"令"字通，使。绝衰：衰减、断绝。④陵（líng）：山峰、山头。⑤雨（yù）雪：降雪。雨，名词活用作动词。

赏析

《上邪》是一首汉代民间情歌，是一位感情炽热的女子的爱情誓言，表达她对情人忠贞不渝，要相亲相爱永远在一起的强烈意愿。

起句"上邪"气势不凡，直呼上苍，对天盟誓，表明所说内容的庄重真切。"我欲与君相知，长命无绝衰"，紧承起句，一气呵成：上天啊，我要和你相亲相爱，感情永远不消退。紧接着列举了五重誓言：山变平了，江水枯了，这是物质形态的变化；冬天响起阵阵雷声，夏天下起纷纷大雪，这是自然规律的变化；天地重新合二为一，这是颠覆了世间一切。除非这些都出现了，我才会跟你断绝关系。这五重夸张怪诞的誓言，全部违背自然规律，而且一件比一件加深，我们都知道是永远不可能发生的，却偏偏被女主人公用来当作和情人决绝的条件，这分明就是正话反说，与君分开是绝对不可能的，我们会永远相爱下去的。

全诗想象奇特，直抒胸臆，感情强烈，字字千钧，与其他忸怩作态的爱情诗歌截然不同，把一个主动追求幸福生活的女性表现得淋漓尽致，极富浪漫主义色彩，对后世影响巨大。

江 南

江南可采莲，莲叶何田田①！鱼戏莲叶间②，鱼戏莲叶东，鱼戏莲叶西，鱼戏莲叶南，鱼戏莲叶北。

①何：多么。田田：形容荷叶生长茂密的样子。②戏：玩耍，嬉戏。

赏析

这是一首采莲诗，格调明快轻松，描绘了江南采莲季节的美好光景和采莲人的欢快心情。全诗没有一个字直接描述采莲人的动作及场景，而是借鱼儿的戏耍映衬出了一幅明丽的劳动图画，将一派生机盎然的江南景象展现在读者的眼前，让我们仿佛置身其中，内心也轻快明朗起来。

长歌行

青青园中葵①，朝露待日晞②。
阳春布德泽③，万物生光辉。
常恐秋节至，焜黄华叶衰④。
百川东到海，何时复西归？
少壮不努力，老大徒伤悲！

①葵：冬葵，蔬菜名。②晞（xī）：晒干。③布：散布，施予。德泽：恩泽。④焜（kūn）黄：枯黄。华：同"花"。衰：凋零衰败。

赏析

这是一首劝学诗，用"歌以咏志，借物寓理"的方式，从园中葵菜春荣秋谢联想到万物都会经历由盛到衰的普遍规律，由此告诉人们：光阴流逝，一去不复返，千万不要虚度年华。"少壮不努力，老大徒伤悲"为全诗的点睛之句，对大自然春天的欣欣向荣与秋天的萧瑟、江河向东汇入大海无法回头的自然规律进行了升华，劝诫青少年要珍惜美好的青春时光，努力奋发，积极向上。

陌上桑①

　　日出东南隅②,照我秦氏楼。秦氏有好女,自名为罗敷。罗敷喜蚕桑,采桑城南隅。青丝为笼系③,桂枝为笼钩④。头上倭堕髻⑤,耳中明月珠。缃绮为下裙⑥,紫绮为上襦。行者见罗敷,下担捋髭须。少年见罗敷,脱帽著帩头⑦。耕者忘其犁,锄者忘其锄。来归相怨怒,但坐观罗敷⑧。

　　使君从南来⑨,五马立踟蹰。使君遣吏往,问是谁家姝⑩。"秦氏有好女,自名为罗敷。""罗敷年几何?""二十尚不足,十五颇有余。"使君谢罗敷⑪:"宁可共载不?"罗敷前置辞:"使君一何愚!使君自有妇,罗敷自有夫。"

　　"东方千余骑,夫婿居上头⑫。何用识夫婿?白马从骊驹,青丝系马尾,黄金络马头;腰中鹿卢剑⑬,可值千万余。十五府小吏,二十朝大夫,三十侍中郎⑭,四十专城居。为人洁白皙,鬑鬑颇有须⑮。盈盈公府步⑯,冉冉府中趋⑰。坐中数千人,皆言夫婿殊。"

注释

①陌上桑:陌:田间的路。桑:桑林。②东南隅:指东方偏南。隅,方位、角落。③青丝为笼系:用黑色的丝做篮子上的络绳。笼,篮子。系,络绳(缠绕篮子的绳子)。④笼钩:一种工具。采桑用来钩桑枝,行时用来挑竹筐。⑤倭堕髻:即堕马髻,发髻偏在一边,呈坠落状。倭堕,叠韵字。⑥缃绮:有花纹的浅黄色的丝织品。⑦帩(qiào)头:帩头,古代男子束发的头巾。⑧但:只是。坐:因为,由于。⑨使君:汉代对太守、刺史的通称。⑩姝(shū):美丽的女子。⑪谢:这里是"请问"的意思。⑫居上头:在行列的前端。意思是地位高,受人尊重。⑬鹿卢剑:宝剑,荆轲刺秦王时带的就是鹿卢剑。⑭侍中郎:出入宫禁的侍卫官。⑮鬑鬑(lián lián):须发疏长的样子。⑯盈盈:仪态端庄美好。⑰冉冉:走路缓慢。

赏析

这首诗可以理解为聪明貌美的采桑女罗敷巧拒轻浮太守无理要求的故事。

全诗三章。第一章分别从正面和侧面描写罗敷的美丽与高贵,手挎竹篮,头梳堕马髻,耳缀明珠,身穿罗裙,周边的人见了罗敷,纷纷忘了手中的事,驻足观望罗敷的美貌。第二章描述太守提出无理要求而遭罗敷义正词严拒绝的过程,体现了罗敷敢于对抗权贵的勇气和忠于爱情的品行。第三章描写了罗敷对丈夫的赞美,以极其华丽的语言称颂丈夫的容貌、地位的不平凡,从而打消了太守的邪念。

全诗通过正面描写罗敷的衣着和语言,以及侧面烘托其美貌,成功地塑造了一个貌美聪明、品行端正、活泼可爱的女子形象。

孔雀东南飞

汉末建安中①,庐江府小吏焦仲卿妻刘氏,为仲卿母所遣,自誓不嫁。其家逼之,乃投水而死。仲卿闻之,亦自缢于庭树。时人伤之,为诗云尔。

孔雀东南飞,五里一徘徊。"十三能织素,十四学裁衣。十五弹箜篌,十六诵诗书。十七为君妇,心中常苦悲。君既为府吏,守节情不移。贱妾留空房,相见常日稀。鸡鸣入机织,夜夜不得息。三日断五匹②,大人故嫌迟③。非为织作迟,君家妇难为。妾不堪驱使④,徒留无所施。便可白公姥⑤,及时相遣归。"

府吏得闻之,堂上启阿母:"儿已薄禄相⑥,幸复得此妇。结发同枕席⑦,黄泉共为友。共事二三年,始尔未为久⑧。女行无偏斜,何意致不厚⑨?"阿母谓府吏:"何乃太区区⑩。此妇无礼节,举动自专由⑪。吾意久怀忿,汝岂得自由。东家有贤女,自名秦罗敷。可怜体无比,阿母为汝求。便可速遣之,遣去慎莫留。"府吏长跪告,伏惟启阿母⑫:"今若遣此妇,终老不复取⑬。"阿母得闻之,槌床便大怒:"小子无所畏,何敢助妇语。吾已失恩义⑭,会

不相从许⑮。"

　　府吏默无声，再拜还入户。举言谓新妇，哽咽不能语："我自不驱卿，逼迫有阿母。卿但暂还家，吾今且报府⑯。不久当归还，还必相迎取。以此下心意⑰，慎勿违吾语。"新妇谓府吏："勿复重纷纭⑱。往昔初阳岁⑲，谢家来贵门⑳。奉事循公姥，进止敢自专。昼夜勤作息㉑，伶俜萦苦辛㉒。谓言无罪过，供养卒大恩㉓。仍更被驱遣，何言复来还。妾有绣腰襦㉔，葳蕤自生光㉕。红罗复斗帐，四角垂香囊。箱帘六七十，绿碧青丝绳。物物各自异，种种在其中。人贱物亦鄙，不足迎后人㉖，留待作遗施㉗，于今无会因㉘。时时为安慰，久久莫相忘。"

　　鸡鸣外欲曙，新妇起严妆㉙。著我绣夹裙，事事四五通。足下蹑丝履，头上玳瑁光。腰若流纨素，耳著明月珰。指如削葱根，口如含朱丹。纤纤作细步，精妙世无双。上堂拜阿母，母听去不止㉚。"昔作女儿时，生小出野里。本自无教训，兼愧贵家子。受母钱帛多㉛，不堪母驱使。今日还家去，念母劳家里。"却与小姑别，泪落连珠子。"新妇初来时，小姑始扶床。今日被驱遣，小姑如我长。勤心养公姥，好自相扶将㉜。初七及下九㉝，嬉戏莫相忘。"出门登车去，涕落百余行。

　　府吏马在前，新妇车在后。隐隐何甸甸㉞，俱会大道口。下马入车中，低头共耳语："誓不相隔卿，且暂还家去。吾今且赴府，不久当还归，誓天不相负。"新妇谓府吏："感君区区怀㉟。君既若见录㊱，不久望君来。君当作磐石，妾当作蒲苇。蒲苇纫如丝，磐石无转移。我有亲父兄，性行暴如雷。恐不任我意，逆以煎我怀。"举手长劳劳㊲，二情同依依。

　　入门上家堂，进退无颜仪㊳。阿母大拊掌㊴："不图子自归㊵。十三教汝织，十四能裁衣。十五弹箜篌，十六知礼仪。十七遣汝

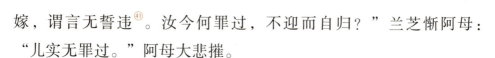

嫁，谓言无誓违[41]。汝今何罪过，不迎而自归？"兰芝惭阿母："儿实无罪过。"阿母大悲摧。

还家十余日，县令遣媒来。云有第三郎，窈窕世无双。年始十八九，便言多令才。阿母谓阿女："汝可去应之。"阿女含泪答："兰芝初还时，府吏见丁宁[42]，结誓不别离。今日违情义，恐此事非奇[43]。自可断来信[44]，徐徐更谓之[45]。"阿母白媒人："贫贱有此女，始适还家门。不堪吏人妇，岂合令郎君？幸可广问讯[46]，不得便相许。"

媒人去数日，寻遣丞请还。说有兰家女，承籍有宦官[47]。云有第五郎，娇逸未有婚。遣丞为媒人，主簿通语言。直说太守家，有此令郎君，既欲结大义，故遣来贵门。阿母谢媒人："女子先有誓，老姥岂敢言！"阿兄得闻之，怅然心中烦。举言谓阿妹："作计何不量。先嫁得府吏，后嫁得郎君。否泰如天地[48]，足以荣汝身。不嫁义郎体，其往欲何云[49]？"兰芝仰头答："理实如兄言。谢家事夫婿，中道还兄门。处分适兄意，那得自任专？虽与府吏要[50]，渠会永无缘[51]。登即相许和[52]，便可作婚姻。"

媒人下床去。诺诺复尔尔[53]。还部白府君："下官奉使命，言谈大有缘。"府君得闻之，心中大欢喜。视历复开书[54]，便利此月内，六合正相应[55]。"良吉三十日，今已二十七，卿可去成婚。"交语速装束，络绎如浮云。青雀白鹄舫，四角龙子幡。婀娜随风转，金车玉作轮。踯躅青骢马，流苏金镂鞍。赍钱三百万[56]，皆用青丝穿。杂彩三百匹[57]，交广市鲑珍[58]。从人四五百，郁郁登郡门[59]。

阿母谓阿女："适得府君书，明日来迎汝。何不作衣裳？莫令事不举[60]。"阿女默无声，手巾掩口啼，泪落便如泻。移我琉璃榻，出置前窗下。左手持刀尺，右手执绫罗。朝成绣夹裙，晚成单罗衫。晻晻日欲暝[61]，愁思出门啼。

府吏闻此变，因求假暂归。未至二三里，摧藏马悲哀[62]。新妇

识马声,蹑履相逢迎。怅然遥相望,知是故人来。举手拍马鞍,嗟叹使心伤:"自君别我后,人事不可量㉝。果不如先愿,又非君所详。我有亲父母,逼迫兼弟兄。以我应他人,君还何所望!"府吏谓新妇:"贺卿得高迁!磐石方且厚,可以卒千年;蒲苇一时纫,便作旦夕间。卿当日胜贵㉞,吾独向黄泉!"新妇谓府吏:"何意出此言!同是被逼迫,君尔妾亦然。黄泉下相见,勿违今日言!"执手分道去,各各还家门。生人作死别,恨恨那可论㉟!念与世间辞,千万不复全。

府吏还家去,上堂拜阿母:"今日大风寒,寒风摧树木,严霜结庭兰。儿今日冥冥㊱,令母在后单㊲。故作不良计㊳,勿复怨鬼神!命如南山石,四体康且直㊴!"阿母得闻之,零泪应声落:"汝是大家子,仕宦于台阁㊵。慎勿为妇死,贵贱情何薄㊶!东家有贤女,窈窕艳城郭。阿母为汝求,便复在旦夕。"

府吏再拜还,长叹空房中,作计乃尔立㊷。转头向户里,渐见愁煎迫。

其日牛马嘶,新妇入青庐㊸。奄奄黄昏后㊹,寂寂人定初㊺。我命绝今日,魂去尸长留。揽裙脱丝履,举身赴清池。

府吏闻此事,心知长别离。徘徊庭树下,自挂东南枝。

两家求合葬,合葬华山傍㊻。东西植松柏,左右种梧桐。枝枝相覆盖,叶叶相交通㊼。中有双飞鸟,自名为鸳鸯。仰头相向鸣,夜夜达五更。行人驻足听,寡妇起彷徨。多谢后世人㊽,戒之慎勿忘㊾。

①建安中:建安年间(196—219)。建安,东汉献帝刘协的年号。②断:(织成一匹)截下来。③大人故嫌迟:婆婆故意嫌我织得慢。大人,对长辈的尊称,这里指婆婆。④不堪:不能胜任。⑤白公姥(mǔ):禀告婆婆。白,告诉,禀告。公姥,公公婆婆,这里是偏义复词,专指婆

婆。⑥薄禄相：官禄微薄的相貌。⑦结发：一种象征夫妻结合的仪式。汉族婚姻习俗，当夫妻成婚时，各取头上一根头发，合而作一结。⑧始尔：刚开始。尔，助词。⑨致不厚：招致不喜欢。致，招致。厚，厚待。这里是"喜欢"的意思。⑩区区：小，这里指见识短浅。⑪自专由：与下句"汝岂得自由"中的"自由"都是自作主张的意思。专，独断专行。由，随意，任意。⑫伏惟：趴在地上。⑬取：通"娶"，娶妻。⑭失恩义：恩断义绝。⑮会不相从许：当然不能答应你的要求。会，当然，必定。⑯报府：赴府，指回到庐江太守府。⑰下心意：安下心，沉住气，受些委屈。⑱勿复重（chóng）纷纭：不必再添麻烦吧。也就是说，不必再提接她回来的话了。⑲初阳岁：农历冬末春初。⑳谢：辞别。㉑作息：原意是工作和休息，这里是偏义复词，专指工作。㉒伶俜（pīng）萦（yíng）苦辛：孤孤单单，受尽辛苦折磨。伶俜，孤单的样子。萦，缠绕。㉓卒：完成，引申为报答。㉔绣腰襦（rú）：绣花的齐腰短袄。㉕葳蕤（wēi ruí）：草木繁盛的样子，这里形容短袄上刺绣的花叶繁多而美丽。㉖后人：指府吏将来再娶的妻子。㉗遗施：赠送，施与。㉘会因：会面的机会。㉙严妆：整妆，郑重地梳妆打扮。下文数句即为穿着打扮的过程，既可理解为打扮漂亮，也可理解为拖延时间。㉚不止：不加挽留，听任其离开。㉛钱帛：指彩礼。㉜扶将：扶持，搀扶。这里是服侍的意思。㉝初七及下九：七月七日和每月的十九日。初七，指农历七月七日，旧时妇女于这天晚上在院子里陈设瓜果，向织女星祈祷，祈求提高刺绣缝纫技巧，称为"乞巧"。下九，古人以每月的二十九为上九，初九为中九，十九为下九。在汉朝时，每月十九日是妇女欢聚的日子。㉞隐隐：和下面的"甸甸"都是象声词，指车声。㉟区区：这里是诚挚的意思，与上面"何乃太区区"中的"区区"意思不同。㊱若见录：如此记住我。见录，记着我。见，被。录，记。㊲劳劳：怅惘若失的样子。㊳颜仪：脸面，面子。㊴拊（fǔ）掌：拍手，这里表示惊异。㊵不图子自归：意思是，没料到女儿竟被驱遣回家。不图，没想到。子自归，你自己回来。古代女子出嫁以后，一定要娘家派人迎接才能回。下文"不迎而自归"，也是按这种规矩说的责备的话。㊶无誓违：不会有什么过失。㊷丁宁：嘱咐我。丁宁，嘱咐，后写作"叮咛"。㊸非奇：不宜，不妥。㊹断来信：回绝来做媒的人。断，回绝。信，使者，指媒人。㊺徐徐更谓之：指以后再慢慢谈它。之，指再嫁之事。㊻广问讯：指多去打听些别人家的姑娘。㊼媒人去数日……承籍有宦官：寻，

经典古诗

随即，不久。丞，县丞，官名。承籍，承继先人的仕籍。宦官，即"官宦"，指做官的人。㊽否（pǐ）泰：这里指运气的好坏。否，坏运气。泰，好运气。㊾其往欲何云：往后打算怎么办。其往，其后，将来。何云，这里指怎么办。㊿要（yāo）：相约。㉛渠（qú）会：同他相会。渠，他。㉜登即：立即，马上。㉝尔尔：如此如此。等于说"就这样，就这样"。㉞视历：翻看历书。㉟六合：古时候迷信的人，结婚要选好日子，要年、月、日的干支合起来都相适合，这叫"六合"。㊱赍（jī）：赠送。㊲杂彩：各种颜色的绸缎。㊳交广：交州、广州，古代郡名，这里泛指今广东、广西一带。鲑（xié）：这里是鱼类菜肴的总称。㊴郁郁：浩浩荡荡的样子。㊵不举：办不成。㊶奄奄（yǎnyǎn）：日色昏暗无光的样子。㊷摧藏（zàng）：摧折心肝。藏，脏腑。㊸人事不可量：人间的事不能预料。㊹日胜贵：一天比一天高贵。㊺恨恨：抱恨不已，这里指极度无奈。㊻日冥冥：原意是日暮，这里用太阳下山来比喻生命的终结。㊼单：孤单。㊽故：有意，故意。不良计：不好的打算（指自杀）。㊾四体：四肢，这里指身体。直：意思是腰板硬朗。㊿台阁：原指尚书台，这里泛指大的官府。㉛情何薄：怎能算是薄情。㉜乃尔立：就这样决定。㉝青庐：用青布搭成的篷帐，举行婚礼的地方。㉞奄奄：通"晻晻"，日色昏暗无光的样子。㉟人定初：即亥时初刻，人们刚刚安歇的时候，晚上九点钟左右。㊱华山：庐江郡内的一座小山。非今日陕西之华山。㊲交通：交错，这里指挨在一起。㊳谢：告诉。㊴戒之慎勿忘：多引以为戒，不要忘记，以劝告世上那些蛮横的父母。

赏 析

这首诗是我国文学史上第一部长篇叙事诗，讲述了焦仲卿与刘兰芝这对恩爱夫妻横遭家长拆散，并最终双双殉情的爱情悲剧，歌颂了焦、刘二人忠贞不渝的爱情，控诉了害人的封建礼教和家长专制，表达了人们对婚姻自由和幸福生活的追求。

全诗洋洋洒洒一千七百多字，条理清晰地叙述了故事的起因（刘兰芝无故被休）、发展（夫妻无奈分别）、高潮（夫妻双双殉情）和结局（两家求合葬），情节曲折，结构严密，矛盾迭起，扣人心弦。故事把焦刘的爱情作为主线，焦氏母子、刘氏兄妹的冲突交织其间，大大增加了故事的阅读性。诗中通过大量的动

作和语言描述,刻画了多位鲜明的人物形象,软弱的焦仲卿、坚贞的刘兰芝、蛮横的焦母、势利的刘兄、善良的刘母,一个个栩栩如生,如在眼前,如闻其声。结尾处,焦刘二人双双化作鸳鸯,此浪漫主义手法的应用,增加了全诗的温情,体现了人们对美好爱情的祝愿和希冀。

这首诗堪称乐府诗的巅峰之作,与北朝的《木兰诗》合称为"乐府双璧",无论其艺术技巧,还是其内容主旨,都给后世带来了巨大影响。

古诗十九首

《古诗十九首》是中国古代文人五言诗选辑,由南朝萧统从传世无名氏古诗中选录十九首编入《文选》而成,是乐府古诗文人化的显著标志,内容多写离愁别恨和彷徨失意。这些诗语言朴素自然,描写生动真切,具有浑然天成的艺术风格,被刘勰称为"五言之冠冕"。

行行重行行

行行重行行①,与君生别离②。相去万余里③,各在天一涯。
道路阻且长④,会面安可知⑤?胡马依北风,越鸟巢南枝⑥。
相去日已远⑦,衣带日已缓⑧。浮云蔽白日⑨,游子不顾返。
思君令人老,岁月忽已晚。弃捐勿复道⑩,努力加餐饭⑪。

注释

①重:又。这句是说行而不止。②生别离:古代流行的成语,犹言"永别离"。生,硬的意思。③相去:相距,相离。④阻:指道路上的障碍。长:指道路间的距离很远。⑤安:怎么,哪里。知:一作"期"。⑥胡马:北方产的马。越鸟:南方产的鸟。均是当时常用的比喻,借喻眷恋故乡的意思。⑦日:一天又一天,渐渐的意思。远:久。⑧缓:宽松。这句诗意思是说,人因相思而身体一天天消瘦。⑨白日:原是隐喻君王,这里喻指未归的丈夫。⑩弃捐:抛弃,丢开。复:再。道:谈说。⑪加餐饭:当时常用的一种亲切的安慰别人的话。

经典古诗

赏析

　　这首诗创作于东汉末年,描写的是动荡的岁月里独守家中的女子对远行丈夫的惦念之情,全诗情真意切,读之使人感动唏嘘。

　　"行行重行行",你走啊走啊老是不停地走,一句话用了四个"行"字,足见丈夫之走得远,走得时间之长,此句一出,伤感和埋怨就已经笼罩了全诗。与君一别,就是上万里。一在天之涯,一在地之角,中间隔着千山万水,道路又远又难走,更加重了会面的难度,使得相聚遥遥无期。在这样战争频发的乱世,生离很可能就是死别,使得这份相思更加有沉重感。"胡马依北风,越鸟巢南枝",胡马尚且依恋故乡吹来的北风,越鸟尚且知道在朝南的树枝上筑巢,你怎么还不回来呢?这是以反问来表达思念之情。

　　"相去日已远,衣带日已缓",呼应上面的"相去万余里",再次强调分离之久远。长久的分离,浓郁的思念,已使得我食不知味夜不成寐,人徒然瘦了一圈。"浮云蔽白日,游子不顾返",浮云遮住了太阳,游子还不知道回来。明说浮云遮日,其实是担心游子的心受到蒙蔽,为外面的风尘与繁华所吸引,忘了家乡忘了亲人,这种猜疑使得女主人公陷入更深的痛苦之中。"思君令人老,岁月忽已晚",对你的思念之苦,使我形容枯槁早生华发,年纪轻轻就现出了一副颓老之态,不知不觉又到了年关,独守空房一年又一年。红颜易老青春难再,这种悲苦无人知晓。"弃捐勿复道,努力加餐饭",什么都不说了吧,希望你能吃饱穿暖好好照顾自己,希望今生还有相见的机会。从自身的抱怨和思念始,以对游子的期盼终,将女子相思的心理变化过程表现得淋漓尽致。

迢迢牵牛星

迢迢牵牛星①,皎皎河汉女②。
纤纤擢素手③,札札弄机杼④。
终日不成章,泣涕零如雨。
河汉清且浅,相去复几许?
盈盈一水间⑤,脉脉不得语⑥。

注释

①迢(tiáo)迢：遥远的样子。②皎皎：明亮的样子。河汉女：指织女星。③纤纤：纤细柔长的样子。擢(zhuó)：拔，抽，伸出的意思。素：洁白。④札(zhá)札：象声词，机织声。弄：摆弄。杼(zhù)：织布机上的梭子。⑤盈盈：水清澈、晶莹的样子。一水：指银河。间(jiàn)：间隔。⑥脉(mò)脉：含情相视的样子。

赏析

本诗借牛郎织女的传说抒发人间情侣远隔两地的相思之苦。

开头两句用互文的手法描写牵牛星和织女星，"迢迢""皎皎"指两颗星皎洁明亮，相距甚远。此处不用织女星而用"河汉女"，既避免了重复单调，又完成了从星到人的转换，使一生动的女子形象呼之欲出，用笔高超，安排得流畅而又不着痕迹。"纤纤擢素手，札札弄机杼。终日不成章，泣涕零如雨"，描写织女的细节，自然承接上句。织女用纤纤素手终日劳作织布，却又无心织布，整日泪如雨下。纤纤素手，以点带面，用白皙修长的手衬托出织女的美丽；泪如雨下，表达了织女孤苦无依的悲伤。

"河汉清且浅，相去复几许？盈盈一水间，脉脉不得语。"这是诗人的感慨：银河又清澈又浅，牛郎织女相距也不算远，但就因为这一水之隔，使他们终年难得见面，脉脉情语无法诉说。"盈盈""脉脉"二词，衬托出了织女的娇美温柔之态。

全诗从织女的角度来写，使画面更加柔美，情感更加细腻。诗中六处叠词的使用，使全诗充满节奏感，极富音乐之美，情趣盎然。借天上的神话人物，抒发地上情侣的情思，充满浪漫主义色彩，感情浓郁，真切动人。

曹　操

曹操（155—220），字孟德，一名吉利，小字阿瞒，沛国谯县（今安徽亳州）人。东汉末年杰出的政治家、军事家、文学家、书法家，三国中曹魏政权的奠基人。曹操精兵法，善诗歌散文，诗歌气魄雄伟，慷慨悲凉，散文清峻整洁，开启并繁荣了建安文学,给后人留下了宝贵的精神财富,史称建安风骨,鲁迅评价其为"改造文章的祖师"。与其子曹丕、曹植被称为"三曹"。

观沧海

东临碣石①,以观沧海。
水何澹澹②,山岛竦峙③。
树木丛生,百草丰茂。
秋风萧瑟,洪波涌起。
日月之行,若出其中。
星汉灿烂④,若出其里。
幸甚至哉,歌以咏志。

注释

①碣(jié)石:山名。碣石山,位于河北昌黎。207年秋天,曹操征乌桓得胜回师时经过此地。②澹澹(dàn dàn):水波摇动的样子。③竦峙(sǒng zhì):耸立。竦,通"耸",高。④星汉:银河。

赏析

建安十一年(206年),东北方向的乌桓勾结袁绍之子袁尚等人,不断骚扰边境,掳掠百姓,曹操于次年决定北上讨乌。同年八月,曹军大胜乌桓,曹操于班师回朝途中登上了碣石山,目睹浩瀚的大海,结合内心的宏图,写下了这首诗。

这首诗描写了深秋中大海的壮丽景象,诗人登上碣石山顶,放眼望去,海面上水波摇曳,大海中岛屿高高耸立,岛上树木枝繁叶茂,百草丛生,生机勃勃。在萧瑟的秋风中,海面慢慢地激起了汹涌的波涛。前面都是实写眼前之景,接下来诗人发挥浪漫的想象力,认为太阳、月亮都是从这浩瀚的大海中升起和落下,灿烂的银河也是自大海里孕育而出,赋予了大海吞吐日月、包举宇内的气势。这样雄奇的想象体现了诗人博大的胸怀和宏伟的志向。

本诗借景抒情,将自己的雄心壮志与大海的磅礴气势相结合,格调苍凉慷慨,感情深沉奔放,乃托物言志的经典名篇。

龟虽寿

神龟虽寿，犹有竟时①。
腾蛇乘雾，终为土灰。
老骥伏枥，志在千里。
烈士暮年②，壮心不已。
盈缩之期③，不但在天。
养怡之福④，可得永年⑤。
幸甚至哉，歌以咏志。

注释

①竟：终结，这里指死亡。②烈士：有远大抱负的人。暮年：晚年。③盈缩：指人的寿命长短。盈，满，引申为长。缩，亏，引申为短。④养怡：指调养身心，保持身心健康。怡，愉快、和乐。⑤永年：长寿，活得长。

赏析

曹操平乌桓灭袁绍之时，已有53岁，然而他还有平定南方、一统中华的宏伟抱负未曾实现。回首过去，展望未来，感慨万千，写下了这首《龟虽寿》。

诗的开头四句通过"神龟""腾蛇"的不能永生，表明了人世生老病死的自然规律不可违背。在崇尚炼丹求仙的当时，曹操有此等清醒的认识是难能可贵的。"老骥"四句笔锋一转，表达了诗人老当益壮、锐意进取的决心，蕴含着积极向上、奋发图强的精神。"盈缩"四句说明生命的长短并不只是由上天注定的，保持好身心健康，乐观积极，不因年暮而消沉，不因逆境而悲伤，也是可以延年益寿的。

这首诗融合了曹操对人生哲理的思考以及对生活的体验，抒发了诗人不服老、不服命的斗志，以及事在人为的豪情。

经典古诗

短歌行

对酒当歌①，人生几何②！譬如朝露，去日苦多③。
慨当以慷④，忧思难忘。何以解忧？唯有杜康⑤。
青青子衿，悠悠我心⑥。但为君故，沉吟至今⑦。
呦呦鹿鸣，食野之苹。我有嘉宾，鼓瑟吹笙⑧。
明明如月，何时可掇⑨？忧从中来，不可断绝。
越陌度阡⑩，枉用相存⑪。契阔谈䜩⑫，心念旧恩。
月明星稀，乌鹊南飞。绕树三匝⑬，何枝可依？
山不厌高，海不厌深⑭。周公吐哺，天下归心。

注释

①对酒当歌：一边喝着酒，一边唱着歌。②几何：多少。③去日苦多：过去的日子太多了，有慨叹人生短暂之意。④慨当以慷：指宴会上的歌声激昂慷慨。当以，这里是"应当用"的意思。全句意思是，应当用激昂慷慨（的方式来唱歌）。⑤杜康：相传是最早造酒的人，这里代指酒。⑥青青子衿（jīn），悠悠我心：出自《诗经·郑风·子衿》。原写姑娘思念情人，这里用来比喻渴望得到有才学的人。⑦沉吟：原指小声叨念和思索，这里指对贤人的思念和倾慕。⑧呦（yōu）呦鹿鸣，食野之苹。我有嘉宾，鼓瑟吹笙（shēng）：出自《诗经·小雅·鹿鸣》。呦呦，鹿叫的声音。苹，艾蒿。⑨何时可掇（duō）：什么时候可以摘取呢？掇，拾取，摘取。⑩越陌度阡：穿过纵横交错的小路。陌，东西向田间小路。阡，南北向的小路。⑪枉用相存：屈驾来访。枉，这里是"枉驾"的意思。用，以。存，问候，思念。⑫䜩：宴饮。⑬三匝（zā）：三周。匝，周，圈。⑭山不厌高，海不厌深：这里是化用《管子·形解》中的话，原文是"海不辞水，故能成其大；山不辞土石，故能成其高；明主不厌人，故能成其众……"，意思是希望尽可能多地接纳人才。

赏析

这首诗抒发了曹操希望广纳贤才、早日一统天下的迫切心情。

全诗可以分为四部分,第一部分为前面八句,表达了曹操对人生苦短事业未竟的愁苦,诗人当时位高权重,拥兵百万,尚且还有这么强烈的建功立业的渴望,自然能引发江湖中贤才们施展抱负的欲望。

接下来八句为第二部分,"青青"二句引用自《诗经·郑风·子衿》,原意为一女子对恋人的思念,含蓄地表达了诗人希望贤人们主动来投奔自己的愿望。"呦呦"四句引自《诗经·小雅·鹿鸣》,借主客欢宴,表达了诗人愿意礼贤下士的诚恳态度。

下面八句为第三部分,诗人再次强调了缺乏人才使自己忧愁和愿与天下贤才共谋大业的愿望,反复吟咏,互为照应。

最后八句为第四部分,前四句暗喻了贤才们无所依托,应该要慎重选择,择明主而事。后四句再次表达了揽才的诚意,希望天下英才尽归自己所用。

全诗将诗人强烈的政治目的寓于抒情之中,结合巧妙,寓情于理,庄重而自然,不失王者之气,实乃曹操的经典之作。

曹 植

曹植(192—232),字子建,沛国谯县(今安徽省亳州市)人,生于东武阳(今山东莘县),曹操之子,生前曾为陈王,去世后谥号"思",因此又称陈思王。曹植是三国时期曹魏著名文学家,为建安文学的集大成者,在两晋南北朝时期被推尊到文章典范的地位。其代表作有《洛神赋》《白马篇》《七哀诗》等。

七步诗

煮豆持作羹①,漉菽以为汁②。
萁在釜下燃③,豆在釜中泣④。
本自同根生,相煎何太急⑤?

经典古诗

①持：用来。羹：用肉或菜做成的糊状食物。②漉：过滤。豉（chǐ）：豆。这句的意思是说把豆子的残渣过滤出去，留下豆汁作羹。③萁：豆类植物脱粒后剩下的茎。④釜：锅。⑤煎：煎熬，这里指迫害。

赏析

曹丕和曹植本是亲生兄弟，曹丕称帝后，担心才华横溢的曹植威胁到自己的地位，想借机除掉曹植。一天，以曹植谋反之由命其在七步之内写一首诗，否则就地处死。曹植应声而走，七步未完，就写下了这首诗。

在这首诗中，曹植以燃烧豆萁煮豆子，比喻曹丕与自己的手足相残，形象贴切，语言浅显，饱含着遭兄弟迫害的悲愤之情。

陈　琳

陈琳（？—217），字孔璋，广陵射阳（今江苏宝应）人，东汉末年著名文学家，"建安七子"之一。陈琳著作风格雄放，文气贯注，笔力强劲，明代张溥辑有《陈记室集》。

饮马长城窟行①

饮马长城窟，水寒伤马骨。往谓长城吏，慎莫稽留太原卒②！官作自有程③，举筑谐汝声④！男儿宁当格斗死⑤，何能怫郁筑长城⑥？长城何连连⑦，连连三千里。边城多健少⑧，内舍多寡妇⑨。作书与内舍，便嫁莫留住！善侍新姑嫜⑩，时时念我故夫子⑪！报书往边地⑫，君今出语一何鄙⑬？身在祸难中，何为稽留他家子⑭？生男慎莫举⑮，生女哺用脯⑯。君独不见长城下，死人骸骨相撑拄⑰。结发行事君⑱，慊慊心意关⑲。明知边地苦，贱妾何能久自全⑳？

注释

①长城窟：长城侧畔的泉眼。②慎莫：恳请语气，千万不要。慎，小心，千万，这里是告诫的语气。稽留：滞留，阻留，指延长服役期限。太原：秦郡名，约在今山西省中部地区。这句是役夫们对长城吏说的话。③官作：官府的工程，指筑城任务而言。程：期限。④筑：夯类等筑土工具。谐汝声：喊齐你们打夯的号子。这是长城吏不耐烦地回答太原卒们的话。⑤宁当：宁愿，情愿。格斗：搏斗。⑥怫（fú）郁：烦闷，憋着气。⑦连连：形容长而连绵不断的样子。⑧健少：健壮的年轻人。⑨内舍：指戍卒的家中。寡妇：指役夫们的妻子，古时凡独居守候丈夫的妇人皆可称为寡妇。⑩侍：侍奉。姑嫜（zhāng）：婆婆和公公。⑪故夫子：旧日的丈夫。以上三句是役夫给家中妻子信中所说的话。⑫报书：回信。⑬鄙：粗野，浅薄，不通情理。这是役夫的妻子回答役夫的话。⑭他家子：犹言别人家女子，这里指自己的妻子。这是戍卒在解释他让妻子改嫁的苦衷。⑮举：本义指古代给初生婴儿的洗沐礼，后世一般用为"抚养"之义。⑯哺：喂养。脯：干肉，腊肉。⑰撑拄：支架。骸骨相互撑拄，可见死人之多。以上四句是化用秦时民谣："生男慎勿举，生女哺用脯，不见长城下，尸骸相支拄。"⑱结发：指十五岁，古时女子十五岁开始用笄结发，表示成年。行：句中助词，如同现代汉语的"来"。⑲慊慊（qiàn）：空虚苦闷的样子，这里指两地思念。关：牵连。⑳久自全：长久地保全自己。自全，独自活着。以上四句是说，自从和你结婚以来，我就一直痛苦地关心着你。你在边地所受的苦楚我是明白的，如果你要死了，我自己又何必再长久地苟活下去呢？这是役夫的妻子回答役夫的话。

赏析

这首诗描写了一位修长城的戍卒与妻子的对话。全诗可以分为三部分，前面八句为第一部分，描写了筑城地点天寒地冻的艰苦环境，以及官吏对戍卒们的漠不关心，并由此引出了男子汉大丈夫应当勇敢地战死沙场，而不应该窝窝囊囊地在这里修长城的感慨。第二部分为"长城何连连"四句，描述了筑城工程之浩大，以及民生之艰难，三千里长城调走了大量青壮劳力，内地只剩下老幼和妇女。前两部分揭示了当时社会充满了阶级矛盾的局面：劳役难忍，官吏冷漠，民

经典古诗

生艰难，与陈胜吴广大泽乡起义前的情形极其相似。

从"作书与内舍"到最后为第三部分，记述了戍卒与家中妻子的书信对话。戍卒劝妻子早日改嫁他人，善待新的公婆，别养男孩而养女孩，言辞恳切，大有如交代后事般的凄怆之感，妻子的回复更是表达了同生共死的决心，爱情的伟大中饱含着家庭的悲哀。

全诗语言生动，感情真挚，赞美了戍卒夫妻互相关心、互相支撑、生死不渝的伟大情操，揭露了当时社会繁重的徭役给百姓带来的深重灾难。

傅　玄

傅玄（217—278），字休奕，北地郡泥阳（今陕西铜川耀州区东南）人，西晋初年的文学家、思想家。出身于官宦家庭，官至司隶校尉，后被免。傅玄的文学著述颇丰，诗赋、散文、史传、政论无不擅长。现存诗100多首，绝大多数是乐府诗，独树一帜，成就颇高。

车遥遥篇①

车遥遥兮马洋洋，追思君兮不可忘。
君安游兮西入秦，愿为影兮随君身。
君在阴兮影不见，君依光兮妾所愿。

①遥遥：长远的距离。

赏析

这首诗描写的是女子因思念外出求官的丈夫而突发奇想，愿化身为影跟随丈夫左右的内心独白。

"车遥遥兮马洋洋"，用互文的手法写出车马远走的场景。丈夫的车马已经走远，驶过前面那个山头，就再也望不到了，一切归于平静，只剩下我还站在路口目送车马远去，几乎把手儿挥断，任由眼泪流满面颊。"追思君兮不可忘"，你虽然已经走了很久了，但哒哒的马蹄声似乎还萦绕在耳畔，我的心也追随着你远去了，对你的思念使我久久不能忘却离别时的场面。

"君安游兮西入秦"一句，交代了丈夫远行的去处和目的。这里的安游，指为治理天下使之太平而奔走的意思，丈夫往西进入秦地去寻求功名，胸怀大志，作为妻子，我是很支持的，只是要去到不远万里的他乡，又使我担心与不舍，一种女人既渴望丈夫建功立业又希望丈夫能日日陪伴的矛盾心理表露无遗。那么，有没有既不耽误丈夫西行去建功立业，又能相伴左右的两全其美的方法呢？"愿为影兮随君身"，女子浮想联翩，突然灵光一闪，眼前的影子不就是和物体永远不分离吗，于是立马想到把自己变成丈夫的影子永远相守。宁愿自己化身影子，也不能耽误丈夫的功名，体现了女子为爱勇于牺牲的精神。

正当她为自己能想出这么好的点子而高兴的时候，她又想到了还存在一个问题："君在阴兮影不见"，丈夫到阴凉处不就没有影子了吗。所以，"君依光兮妾所愿"，那我的愿望就是丈夫能站在阳光里，这样就能与你永不分离了。

这种似傻似痴的内心独白，将女子思念丈夫时的微妙心理表现得恰到好处。

潘 岳

潘岳（247—300），即潘安，字安仁，荥阳中牟人，西晋著名文学家、政治家。潘岳貌美姿仪，少以才名闻世，与陆机并称"潘江陆海"，钟嵘《诗品》称"陆才如海，潘才如江"。

悼亡诗

荏苒冬春谢①，寒暑忽流易②。之子归穷泉③，重壤永幽隔④。私怀谁克从⑤，淹留亦何益⑥？僶俛恭朝命，回心反初役⑦。望庐思其人，入室想所历。帏屏无髣髴⑧，翰墨有馀迹⑨。流芳未及歇⑩，遗挂犹在壁⑪。怅恍如或存⑫，回惶忡惊惕⑬。如彼翰林鸟，双栖一朝只。如彼游川鱼，比目中路析。春风缘隙来⑭，晨霤承檐滴⑮。寝息何时忘，沉忧日盈积⑯。庶几有时衰⑰，庄缶犹可击⑱。

注释

①荏苒（rěn rǎn）：逐渐。谢：去。②流易：消逝、变换。冬春寒暑节序变易，说明时间已过去一年。古代礼制，妻子死了，丈夫服丧一年。这首诗应作于其妻死后一周年。③之子：那个人，指妻子。穷泉：深泉，指地下。④重壤：层层土壤。永：长。幽隔：被幽冥之道阻隔。这两句是说妻子死了，埋在地下，永久和生人隔绝了。⑤私怀：私心，指悼念亡妻的心情。克：能。从：随。谁克从：能跟谁说？⑥淹留：久留，指滞留在家不赴任。亦何益：又有什么好处。⑦僶俛（mǐn fǔ）：勉力。朝命：朝廷的命令。回心：转念。初役：原任官职。这两句是说勉力恭从朝廷的命令，扭转心意返回原来任所。⑧髣髴（fǎng fú）：相似的形影。⑨翰墨：笔墨。这句是说只有生前的墨迹尚存。⑩这句是说衣服上至今还散发着余香。⑪遗挂犹在壁：这句是说生平玩用之物还挂在壁上。⑫怅恍（huǎng）：恍惚。⑬回惶：惶恐。忡（chōng）：忧。惕：惧。这一句五个字，表现他怀念亡妻的四种情绪。⑭缘：循。隙：门窗的缝。⑮霤（liù）：屋上流下来的水。⑯沉忧：忧心忡忡的样子。盈积：众多的样子。这句是说忧伤越积越多。⑰庶几：但愿。表示希望。衰：减。⑱庄：指庄周。缶：瓦盆，古时一种打击乐器。《庄子·至乐》："庄子妻死，惠子吊之，庄子则方箕踞鼓盆而歌。"认为死亡是自然变化，何必悲伤！这两句是说但愿自己的哀伤有所减退，能像庄周那样达观才好。

赏析

潘安24岁时娶妻杨氏，婚后夫妻感情和睦，相处26年后，杨氏撒手人寰，潘安万分悲痛，为其服丧一年，期满后于赴任前夕，写下了三首《悼亡诗》，此诗为其中第一首，也是最为著名的一首。

全诗可以分为三个层次，"荏苒冬春谢……回心反初役"为第一层，抒发了妻子去世后自己的悲伤之情，天人永隔，寒来暑往已是一年，人死不能复生，苦守家中只是徒增伤感，再加上朝命在身，不得不离开家庭和地下的妻子。第二层为"望庐思其人……回惶忡惊惕"，表达了诗人对亡妻的思念之情，妻子已经离去一年，但笔墨犹新，物件犹在，诗人睹物思人，屋内仿佛时刻都有妻子的身影，正是爱之深思之切。第三层为最后部分，表现了诗人丧偶后的孤独之感，比

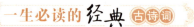

翼鸟成单,比目鱼失双,带给诗人孤独和痛苦,且日益深重,诗人期待自己能像庄周一样学会豁达,看淡生死。

全诗语言平易近人,于日常琐事中流露出对妻子诚挚深沉的情感,感人肺腑。从此诗开始,"悼亡诗"便成了丈夫悼念亡妻的专用诗题,足见其对后世的影响之大。

陶渊明

陶渊明(约365—427),字元亮,又名潜,号五柳先生,东晋浔阳柴桑(今江西九江)人,东晋末期诗人、文学家、辞赋家、散文家。其诗的主要题材为田园生活,相关作品有《饮酒》《归园田居》《桃花源记》《五柳先生传》《归去来兮辞》等。

归园田居

种豆南山下,草盛豆苗稀。
晨兴理荒秽①,带月荷锄归。
道狭草木长,夕露沾我衣。
衣沾不足惜,但使愿无违。

注释

①兴:起床。荒秽:犹荒芜,指豆苗里的杂草。

赏析

405年,40岁的陶渊明在江西彭泽当县令,干了将近三个月,开始厌倦起官场生活,不愿为五斗米折腰,遂萌生退意,便辞去了县令,回乡下当起了农民,过起了清闲自在、日出而作日落而息的农家生活。

陶渊明辞官后心情非常愉悦,写下了一系列诗文,这首诗便是其中之一,全诗文字简洁、内容质朴,充满了乡土气息,在当时追求辞藻华丽的文学圈里简直就是一股清流。这首诗描写了诗人归隐后美好的劳动生活，既有躬耕陇亩的具体劳动场景，又有追求田园的强烈情感表达。诗人勤勤恳恳地侍弄着南山下的豆苗，然而还是"草盛豆苗稀"，这个不尽如人意的结果颇具几分调侃味道，却正是读书人务农的现实反馈，也体现了诗人不为小事而计较的豁达心胸。豆苗稀也罢，露沾衣也罢，只要能过上简单快乐的田园耕读生活，管它那么多呢！

诗人冲破传统观念，毅然罢官归田，其高尚的人格受到了后世的广泛称颂。

饮 酒

结庐在人境①，而无车马喧。
问君何能尔②？心远地自偏。
采菊东篱下，悠然见南山。
山气日夕佳③，飞鸟相与还④。
此中有真意⑤，欲辨已忘言。

①结庐：建造住宅，这里指居住的意思。人境：人聚居的地方。②何能尔：为什么能这样。尔：如此、这样。③日夕：傍晚。④相与：相伴。⑤真意：从大自然里领会到的人生真谛。

赏析

这首诗大约写于陶渊明隐居的第12年，这时候诗人已经远离了追名逐利的官场，完全过着一种自给自足的简朴生活，心境已经修炼到了一定境界。

诗人住在人来人往的环境中，却感觉不到名利的束缚，为什么呢？因为诗人内心志存高远，自问自答间，体现的是诗人淡泊名利、亲近自然的态度。在院子里采摘菊花，不经意间的抬头，还能望见不远处的南山，这样悠然闲适的状态能洗涤人的内心，使人超越物欲，远离焦躁，开始变得安宁。山气、夕阳、飞鸟，都能给这种生活增添趣味。

"此中有真意"，这真意到底是什么呢？诗人没有明说，但我们似乎也能猜到一二，这是一种诗人的人生哲学与价值取向，清心少欲，安贫乐道，与自然和谐统一，以此深深体会到生命的真谛。古来隐居者不少，而像陶渊明一样亲力亲为，并乐在其中的不多，陶渊明是一个真正懂生活的人！

陆　凯

陆凯（？—约504），字智君，陆俟之孙，南北朝北魏代（今张家口涿鹿县山涧口村）人，鲜卑族，《魏书》有传。

赠范晔①

折花逢驿使，寄与陇头人②。
江南无所有，聊赠一枝春。

注释

①范晔：字蔚宗，南朝著名史学家、文学家，《后汉书》作者。②陇头人：即陇山人，指范晔。陇山，在今陕西陇县西北。

赏析

陆凯出身名门望族，祖父、父兄都在朝廷为官，15岁时就进入朝廷做事，其后担任要职数十年。陆凯与范晔要好，时常写信交流对时局的看法。一年，陆凯率军南征，忽遇梅林，梅花开得正当时，他站在梅花丛中，回首北望，想起在北方的范晔，正好有要北上的驿使，于是他折了一枝怒放的梅花，写下了这首诗，塞进信封，托驿使带给北方的范晔。

全诗聊聊二十字，写得清新自然，极富情趣，前两句叙事，写折花送友的经过，朴素寻常；后两句"江南无所有，聊赠一枝春"，起到了化腐朽为神奇的效果。江南的花开得早，在北方还笼罩在冬的严寒中时，南方已经有了春的气息，梅花又是早春的象征，遥寄一枝梅花，就可以将这春的气息带到友人所在的陇头，直接用"一枝春"代替一枝梅花，极其巧妙，似乎能让读者领略到江南一片大好春光的美好。千里送梅花，既体现了诗人高洁的情趣，也表达了诗人对友人

经典古诗

纯挚的感情,可以想象,当友人拆开信封,捏出一枝梅花,读到此诗后满心绽放的场景。

托人寄信表达相思的诗,在后世还有很多,其中岑参的"马上相逢无纸笔,凭君传语报平安",千里之外偶遇返乡的熟人,传语报平安,表达了诗人对家人的挂念之情;张籍的"复恐匆匆说不尽,行人临发又开封",千言万语说不尽对亲人的关切,体现了诗人只身在外的复杂心情。主旨相似,手法不同,各有千秋。

王 籍

王籍(生卒年不详),字文海,琅琊临沂(今山东临沂市北)人,南朝梁诗人。王籍有文才,不得志,诗歌学谢灵运,因《入若耶溪》一诗而享誉诗史。

入若耶溪①

艅艎何泛泛②,空水共悠悠③。
阴霞生远岫④,阳景逐回流⑤。
蝉噪林逾静,鸟鸣山更幽。
此地动归念⑥,长年悲倦游⑦。

注释

①若耶溪:在绍兴市东南,发源于若耶山(今称化山),是一处非常幽雅的旅游胜地。②艅艎(yú huáng):舟名。泛指大船。③空:指天空。水:指若耶溪。④阴霞:山北面的云霞。若耶溪流向自南而北,诗人溯流而上,故曰"阴霞"。远岫(xiù):远处的峰峦。⑤阳景:指太阳在水中的影子。"景"通"影"。⑥归念:归隐的念头。⑦倦游:厌倦仕途而思退休。

赏析

这首诗描述了诗人游玩若耶溪时的所见所闻所感。诗人坐着一艘大船，溯流而上，水天一色，远处的山峦中生起层层云霞，水中的日影不断追逐着船只，蝉的聒噪使树林显得更加安静，鸟的啼鸣使深山更加幽深。常年的奔波劳苦已经使诗人心生厌倦，不由得动起了归隐的念头。

全诗语言清丽，音韵和谐，抒发了诗人对纷繁世界的厌倦和对美好大自然的热爱。"蝉噪林逾静，鸟鸣山更幽"，以动衬静，很好地突出了山林的幽深寂静，体现了诗人高超的艺术水准。

北朝乐府

敕勒歌①

敕勒川②，阴山下③。
天似穹庐④，笼盖四野⑤。
天苍苍，野茫茫。
风吹草低见牛羊⑥。

注释

①敕勒：南北朝时期北方的一个游牧民族。②川：平原，平地。③阴山：位于内蒙古自治区中部，呈东西走向的山脉。④穹庐：蒙古包。⑤野：这里也可以读为"yǎ"。⑥见：同"现"，呈现，显露。

赏析

这首敕勒族的民歌酣畅淋漓地描绘了大草原无限壮美的意境，也勾勒出了草原民族宽广的胸怀和豪迈的性格。诗歌介绍了这片草原的地理位置和生活在那儿的敕勒族，向我们展示了草原生活的典型特征，苍茫的草原上，牛羊成群，人民

经典古诗

生活平和、安乐。"风吹草低见牛羊"在全诗中起到了画龙点睛的作用，描写成群的牛羊散布在丰茂的草丛中，随着风吹草伏，若隐若现，动静结合，赋予了整个画面鲜活的生命力，体现了牧民们对生活的热爱。

木兰诗

唧唧复唧唧①，木兰当户织②。不闻机杼声③，唯闻女叹息。问女何所思，问女何所忆。女亦无所思，女亦无所忆。昨夜见军帖④，可汗大点兵，军书十二卷⑤，卷卷有爷名⑥。阿爷无大儿，木兰无长兄，愿为市鞍马⑦，从此替爷征。

东市买骏马，西市买鞍鞯⑧，南市买辔头⑨，北市买长鞭。旦辞爷娘去，暮宿黄河边，不闻爷娘唤女声，但闻黄河流水鸣溅溅⑩。旦辞黄河去，暮至黑山头，不闻爷娘唤女声，但闻燕山胡骑鸣啾啾⑪。

万里赴戎机⑫，关山度若飞⑬。朔气传金柝⑭，寒光照铁衣。将军百战死，壮士十年归。

归来见天子，天子坐明堂。策勋十二转⑮，赏赐百千强⑯。可汗问所欲，木兰不用尚书郎，愿驰千里足⑰，送儿还故乡。

爷娘闻女来，出郭相扶将⑱；阿姊闻妹来，当户理红妆；小弟闻姊来，磨刀霍霍向猪羊。开我东阁门，坐我西阁床，脱我战时袍，著我旧时裳。当窗理云鬓，对镜帖花黄。出门看火伴，火伴皆惊惶：同行十二年，不知木兰是女郎！

雄兔脚扑朔，雌兔眼迷离⑲；双兔傍地走，安能辨我是雄雌⑳。

①唧唧（jī jī）：纺织机的声音。一说为叹息声，意思是木兰无心织布，停机叹息。②当户（dāng hù）：对着门。③机杼（zhù）声：织布机发出的声音。机：指织布机。杼：织布梭子。④军帖（tiě）：征兵的文

书。⑤军书十二卷：征兵的名册很多卷。十二，表示很多，不是确指。下文的"十二转""十二年"，用法与此相同。⑥爷：和下文的"阿爷"一样，都指父亲。⑦愿为市鞍（ān）马：为，为此。市，买。鞍马，泛指马和马具。⑧鞯（jiān）：马鞍下的垫子。⑨辔（pèi）头：驾驭牲口用的嚼子、笼头和缰绳。⑩溅溅（jiān jiān）：水流激射的声音。⑪但闻：只听见。胡骑（jì）：胡人的战马。胡，古代对北方少数民族的称呼。啾啾（jiū jiū）：马叫的声音。⑫万里赴戎机：不远万里，奔赴战场。戎机：指战争。⑬关山度若飞：像飞一样地跨过一道道的关，越过一座座的山。度，越过。⑭朔（shuò）气传金柝（tuò）：北方的寒气传送着打更的声音。朔，北方。金柝，即刁斗。古代军中用的一种铁锅，白天用来做饭，晚上用来报更。⑮策勋十二转（zhuǎn）：记很大的功。策勋，记功。转，勋级每升一级叫一转，十二转为最高的勋级。十二转：不是确数，形容功劳极高。⑯赏赐百千强（qiáng）：赏赐很多的财物。百千，形容数量多。强，有余。⑰愿驰千里足：希望骑上千里马。⑱郭：外城。⑲雄兔脚扑朔，雌兔眼迷离：据说，提着兔子的耳朵悬在半空时，雄兔两只前脚时时动弹，雌兔两只眼睛时常眯着，所以容易辨认。扑朔，扑腾。迷离，眯着眼。⑳双兔傍（bàng）地走，安能辨我是雄雌：两只兔子贴着地面跑，怎能辨别哪个是雄兔，哪个是雌兔呢？傍地走，贴着地面并排跑。

赏 析

　　这首长篇叙事诗讲述了木兰女扮男装替父从军，并立下赫赫战功，归来后放弃官职回到家乡的传奇故事。故事情节完整，记述从天子征兵，父亲在列，木兰决定替父从军起，到购齐装备奔赴前线，再到十年南北征战，立下战功，再到天子封赏，木兰辞官不就，最后回归家乡，家人团聚的整个过程。全诗有详有略，重点突出了木兰的儿女情怀，侧面烘托了其英雄形象，极富生活气息。人物形象丰满，通过生动的心理、神态、动作刻画，展现了木兰善良、淳朴、勇敢、不好名利的性格特征，其形象跃然纸上。全诗极富浪漫主义色彩，女子从军，十年征战一笔带过，其间的种种困难与艰辛只字不提，只有立功受赏的美满结局，这是何等的乐观精神才能写就！

　　全诗大量使用排比、夸张、对偶、互文等修辞手法，既使诗文富有节奏感，又烘托了气氛、刻画了性格，其艺术技巧对后世影响深远。

四、唐 诗

虞世南

虞世南（558—638），字伯施，越州余姚（今浙江省慈溪市）人。南北朝至隋唐时著名书法家、文学家、诗人、政治家，凌烟阁二十四功臣之一。唐太宗称他德行、忠直、博学、文辞、书翰为五绝。善书法，与欧阳询、褚遂良、薛稷合称"初唐四大家"。其所编的《北堂书钞》被誉为唐代四大类书之一，是中国现存最早的类书之一。原有诗文集30卷，但已散失不全。民国张寿镛辑成《虞秘监集》4卷，收入《四明丛书》。

蝉

垂緌饮清露①，流响出疏桐。
居高声自远，非是藉秋风。

注释

①垂緌（ruí）：古人结在领下的帽缨下垂部分，蝉的头部伸出的触须，形状与其有些相似。

赏析

相传有一天，李世民邀请弘文馆的学士们一起赏景，谈诗论画，他问在场的文人们有没有新的作品，虞世南念出了这首《蝉》，在这样的时间念这首诗，虞世南是有其用意的。

这首诗托物寓意，借人格化了的蝉表达自己的志趣。"饮清露"、栖"疏桐"，既贴近蝉的生活习性，也表达了蝉的一种选择，专饮清露而不喝江河湖

水,栖息在高大的梧桐树梢而不是灌木杂草丛中。蝉选择了一种高洁的生活方式,隐喻意义非常明显。"居高声自远,非是藉秋风",蝉声能传播到很远的地方,并非借助了外力秋风,而是因为它栖息在高处。言外之意就是,我们做人为官,要有良好的品行,自能声名远播。从虞世南一生的行为来看,这也是他自身的写照。

这首诗与骆宾王的《在狱咏蝉》"西陆蝉声唱,南冠客思侵。不堪玄鬓影,来对白头吟。露重飞难进,风多响易沉。无人信高洁,谁为表予心?"李商隐的《蝉》"本以高难饱,徒劳恨费声。五更疏欲断,一树碧无情。薄宦梗犹泛,故园芜已平。烦君最相警,我亦举家清。"成为唐代文坛"咏蝉"诗的三绝。

王 绩

王绩(约590—644),字无功,号东皋子,绛州龙门(今山西河津)人。多次辞官还乡,性格高傲,嗜酒,自作《五斗先生传》,撰《酒经》《酒谱》。其诗率真旷达,有魏晋之风。

野 望

东皋薄暮望①,徙倚欲何依②。
树树皆秋色,山山唯落晖。
牧人驱犊返,猎马带禽归。
相顾无相识,长歌怀采薇③。

①东皋(gāo):诗人隐居的地方。②徙倚(xǐ yǐ):徘徊,来回地走。依:归依。③采薇:薇是一种植物。相传周武王灭商后,伯夷、叔齐不愿做周的臣子,在首阳山上采薇而食,最后饿死。古时"采薇"代指隐居生活。

经典古诗

赏析

王绩两次辞官，后隐居在东皋，过着一种平淡的田园生活。这首诗描写了某日黄昏漫游时的情景。全诗首尾两联抒情，中间两联写景，写景远近搭配，光色协调，动静结合，描绘了一幅悠闲的田园牧歌图景，抒情真切自然，表达了作者归隐后的百无聊赖，与村夫野老无共同语言，内心失落而惆怅，只能在脑海中与古人神交。

诗人的归隐只是一种思想上的归隐，他并没有身体力行参与劳动，让自己完完全全地融入农村生活中去，他继续以一种士大夫的清高，以一种超越农居生活的眼光看待乡村的人、事、物，自然有着一层隔离感，与陶渊明那种全身心投入农村生活并乐在其中有着本质不同，这是其思想的矛盾之处。这种思想在一千多年后的今天来看，依然有其参考意义，很多生活在城市的人们，口口声声说渴望农村的简单生活，但真回到农村，却生活上无法融入，精神上难以释怀，享受得了美丽景色，接受不了精神生活的单调，无法让心灵平和淡定，与当年的诗人无异。品读诗歌的妙处就在于此，穿越时空，仍然能够显示出不同时代人们的生活与内心。

李峤

李峤（645—714），字巨山，赵州赞皇（今河北）人，唐代诗人。与苏味道齐名，号称"苏李"；又和杜审言、崔融、苏味道并称"文章四友"。

风

解落三秋叶①，能开二月花。
过江千尺浪，入竹万竿斜②。

①三秋：晚秋，即秋天的最后一个月，指农历九月。②斜：倾斜，古音读xiá。

赏析

据说，作者与苏味道、杜审言在某年春天一起游泸峰山，山上景色秀美，郁郁葱葱一片。等到达峰顶之时，一阵清风吹来，李峤诗兴大发，随口吟出了这首诗。

这是一首咏物诗，构思巧妙，通过对不同季节、地点风吹过的景象，把看不见、摸不着的风写得活灵活现，匠心独具，充分展现了大自然的神奇力量。诗中"三""二""千""万"等数词和拟人修辞的巧妙应用，增加了诗词独特的美感。本诗虽然以"风"为题，但全诗没有出现一个风字，给人一种如同猜谜的感觉。

王　勃

王勃（约650—约676），唐代诗人，字子安，绛州龙门（今山西河津）人。王勃与杨炯、卢照邻、骆宾王齐名，世称"初唐四杰"。王勃为"初唐四杰"之首，他六岁即能写文章，文笔流畅，被赞为"神童"。王勃擅长五律、五绝和骈文，代表作品有《送杜少府之任蜀州》《滕王阁序》等。

滕王阁诗①

滕王高阁临江渚②，佩玉鸣鸾罢歌舞③。
画栋朝飞南浦云④，珠帘暮卷西山雨⑤。
闲云潭影日悠悠，物换星移几度秋。
阁中帝子今何在⑥？槛外长江空自流。

①滕王阁：故址在今江西南昌，江南三大名楼之一。②江：指赣江。渚：江中小洲。③佩玉鸣鸾：身上佩戴的玉饰、响铃。④南浦：地名，在南昌市西南。浦，水边或河流入海的地方（多用于地名）。⑤西山：南昌名胜，一名南昌山、厌原山、洪崖山。⑥帝子：指滕王李元婴。

赏析

唐永徽四年（653年），唐高祖李渊之子李元婴主政洪州，在此修建了滕王阁。上元二年（675年），洪州都督阎伯屿重建滕王阁，并设宴邀请远近文人为滕王阁题诗作序，王勃去交趾（今越南）省亲，恰好路过洪州，也来到了宴席，受邀写下了著名的《滕王阁序》，并附有《滕王阁诗》。相传，当时最后一句王勃故意空了一个字，为"槛外长江自流"，写完便起身告辞。众人觉得此诗极妙，读到最后发现少了一个字，纷纷发表高见，有说应该填"水"的，有说应该填"独"的，但终觉得不满意，阎都督遂命人追上王勃，请他把空处补上。待来人追至，却被王勃随从告知"一字值千金"，来人将此话转告阎伯屿，于是都督备银千两，亲自率众赶到王勃住处。王勃接过银子，说："何劳大人下问，晚生岂敢空字？空者，空也。阁中帝子今何在？槛外长江空自流。"大家听后一致称妙。

全诗开门见山，点明滕王阁的地势，紧接着是今昔对比，当年的滕王已不在，歌舞升平都已远去，只剩下这高阁独立风中，守望着一江流水，早晨迎接南浦的云霞，傍晚兜卷西山的雨水。昔人已去，空留高阁，斗转星移，物是人非，全诗几度转换时空，切换自如，情景交融，生动地展现了盛衰无常的主题思想。

送杜少府之任蜀州①

城阙辅三秦②，风烟望五津③。
与君离别意，同是宦游人。
海内存知己，天涯若比邻。
无为在歧路④，儿女共沾巾。

①少府：官名。②城阙（què）：即城楼，指唐代京师长安城。辅：护卫。三秦：指长安城附近的关中之地。③五津：指岷江的五个渡口白华津、万里津、江首津、涉头津、江南津。④歧（qí）路：岔路。古人送行常在大路分岔处告别。

赏析

王勃有一位姓杜的好友要到四川去上任，于是他在长安设宴饯别朋友。唐代文人送别，往往会干两件事：写诗和折柳，临别时，大才子王勃写下了这首千古名篇。

全诗开头就点明了送别地点——三秦大地的长安，以及朋友即将要去的地方——四川，一个"望"字把两个不相干的地方联系了起来，从此一别千里，难再相见。"海内存知己，天涯若比邻"，只要我们两心相知，即使远隔天涯，也会像近邻一样，时空阻隔不了朋友之间深厚的友谊。这两句一反往常送别诗的凄凄切切，写得气势磅礴、意境辽阔，情感乐观豁达，成了送别的不朽名句，开"壮别诗"的先河。

宋之问

宋之问（约656—约712），字延清，名少连，汾州（今山西汾阳）人，初唐诗人，与沈佺期并称"沈宋"，仙宗十友之一。善五言诗，有《宋之问集》。

渡汉江

岭外音书断①，经冬复历春。
近乡情更怯，不敢问来人。

注释

①岭外：五岭以南的广东省广大地区，通常称岭南。唐代常作罪臣的流放地。

赏析

宋之问在唐中宗时被贬为泷州参军。泷州在岭南，在当时属于极为边远的地区。次年春天，他冒险逃回洛阳，经过汉江时，想起家中亲人，写下此诗。

经典古诗

这首诗前两句回顾了被贬后的情景。贬地岭南，地处偏远，家中音信全无，在煎熬中度过了半年。后两句抒情，眼看离家越来越近，心里一方面渴望尽快到家，了解家人的状态，一方面又害怕听到家人的坏消息，以致不敢向人打听家中近况。一个"怯"字将诗人矛盾和痛苦的心理恰到好处地表现了出来，引起了读者的广泛共鸣，这正是一个离家许久的游子忐忑的心理。

贺知章

贺知章（659—744），字季真，晚年自号"四明狂客"，越州永兴（今浙江杭州萧山区）人。唐代著名诗人、书法家。与张若虚、张旭、包融齐名，被称为"吴中四士"。又因其生性豪放，好饮酒，与李白、李适之、李琎、崔宗之、苏晋、张旭、焦遂合称为"饮中八仙"。

咏　柳

碧玉妆成一树高①，万条垂下绿丝绦②。
不知细叶谁裁出，二月春风似剪刀③。

注释

①碧玉：这里形容柳叶新绿鲜嫩，像碧绿的玉。妆：打扮，装饰。一：满，全。②绦：用丝编成的绳带，这里指像丝带一样的柳条。③似：好像。

这首诗通过对初春柳树的描摹，细致而又巧妙地写出了春意盎然的美景，表达了诗人对春天的无限热爱，读来让人备感轻松愉悦。诗人传神地描绘出了柳树婀娜多姿的形象，"不知细叶谁裁出，二月春风似剪刀"的巧妙设问，把春风比作"剪刀"，新颖别致，同时也从赞美柳树自然升华到赞美整个春天，让诗的意境更加开阔。

回乡偶书①

少小离家老大回②,乡音无改鬓毛衰③。
儿童相见不相识,笑问客从何处来④。

注释

①书:写下来。②少小:年少时候。老大:年纪大了,指人老了,作者回乡时已80多岁。③鬓毛:额角边靠近耳朵的头发。衰:疏落,衰败,指鬓角的头发稀疏、斑白了。④客:这里指诗人自己。

赏析

面对许久未见的故乡,诗人感叹:韶华易逝,人世沧桑!于是,他饱含深情地写就了这首怀乡诗。前两句对自己年老回故乡与年少时离乡做出了对比式描述,"少小离家"与"老大回","乡音无改"与"鬓毛衰",对比强烈,远离故土的感慨跃然纸上。后两句借儿童问话,戏谑地写出了诗人远离家乡、多年不能回乡的内心苦涩,言浅而意深。

陈子昂

陈子昂(约659—700),字伯玉,梓州射洪(今属四川)人,唐代诗人。因曾任右拾遗,后世称为陈拾遗。其诗风骨峥嵘,寓意深远,苍劲有力,今存100余首,其中最有代表性的是《感遇》诗38首、《蓟丘览古赠卢居士藏用》7首和《登幽州台歌》。

登幽州台歌①

前不见古人,后不见来者。
念天地之悠悠,独怆然而涕下②。

经典古诗

注释

①幽州：古十二州之一，今北京市。幽州台：即黄金台，又称蓟北楼，故址在今北京市大兴，是燕昭王为招纳天下贤士而建。②怆（chuàng）然：悲伤凄恻的样子。

赏析

陈子昂24岁中进士，开始步入仕途，颇有政治才能，但因直言敢谏，不受武则天的重用，满心抱负难以实现。万岁通天元年，北方战乱，陈子昂随军出征。因将领无能而兵败，陈子昂主动请缨被拒，反而遭降级处理，接连受挫。值此之时，诗人登上了幽州台，满心悲愤地写下了这首《登幽州台歌》。

这首诗表达了诗人怀才不遇、壮志难酬的悲愤之情。简简单单四句话，高度概括了时间与空间，语言奔放，意境雄浑，情感充沛，极富感染力。

张若虚

张若虚（约660—约720），扬州（今属江苏）人，唐代诗人，与贺知章、张旭、包融并称"吴中四士"。其诗仅存两首于《全唐诗》中，其中《春江花月夜》是一篇脍炙人口的名作。

春江花月夜

春江潮水连海平，海上明月共潮生。
滟滟随波千万里①，何处春江无月明。
江流宛转绕芳甸②，月照花林皆似霰③。
空里流霜不觉飞④，汀上白沙看不见⑤。
江天一色无纤尘，皎皎空中孤月轮。
江畔何人初见月？江月何年初照人？

人生代代无穷已⑥,江月年年只相似。
不知江月待何人,但见长江送流水。
白云一片去悠悠,青枫浦上不胜愁⑦。
谁家今夜扁舟子⑧?何处相思明月楼?
可怜楼上月徘徊,应照离人妆镜台。
玉户帘中卷不去,捣衣砧上拂还来⑨。
此时相望不相闻⑩,愿逐月华流照君。
鸿雁长飞光不度,鱼龙潜跃水成文⑪。
昨夜闲潭梦落花⑫,可怜春半不还家。
江水流春去欲尽,江潭落月复西斜。
斜月沉沉藏海雾,碣石潇湘无限路⑬。
不知乘月几人归⑭,落月摇情满江树⑮。

①滟(yàn)滟:波光荡漾的样子。②芳甸(diàn):青草丰茂的原野。甸,郊外之地。③霰(xiàn):天空中降落的白色不透明的小冰粒。形容月光下春花晶莹洁白。④流霜:飞霜,古人以为霜和雪一样,是从空中落下来的,所以叫流霜。这里比喻月光皎洁,月色朦胧、流荡,所以不觉得有霜霰飞扬。⑤汀(tīng):沙滩。⑥穷已:穷尽。⑦青枫浦上:青枫浦,地名,今湖南浏阳市境内有青枫浦。这里泛指游子所在的地方。⑧扁舟子:飘荡江湖的游子。扁(piān)舟:小舟。⑨捣衣砧(zhēn):捣衣石、捶布石。⑩相闻:互通音信。⑪文:同"纹"。⑫闲潭:幽静的水潭。⑬碣(jié)石、潇湘:一南一北,暗指路途遥远,相聚无望。无限路:极言离人相距之远。⑭乘月:趁着月光。⑮摇情:情思激荡,牵挂之情。

赏析

这首诗采春、江、花、月、夜五种美丽景物入诗,描绘了一幅意境深远、充满生活情趣的春江月夜图。开头八句由宏大到细微,描绘了明月随江潮涌生、霜

撒江天的壮丽场景。"江天"八句展现了一个澄澈纯净的世界,欣赏美景的人独立江边,仰望天空,明月俯瞰大地,月光沐浴在他的身上,可这又是从何年何月开始的呢?"人生代代无穷已,江月年年只相似。"作为个体,人生短暂,但作为一个整体的人类,繁衍生息,又能与江水一样永恒存在,体现了诗人深远的哲理宇宙意识。从"白云一片去悠悠"至最后,分别描写了思妇对游子的思念之情和游子的思归情怀,明月徘徊于思妇楼上,与她做伴,却惹得她思情更甚;江水流淌带走了春天,江月落去带走了年华,路远山阻,远在他乡的游子,又有谁能趁着这月光返还家乡。

全诗融写景、哲理、抒情于一体,赞美了绮丽的自然景色,探索了宇宙的奥秘,歌颂了离人纯真的情感,语言清新隽永,意境空灵迷离,四句一韵,婉转流畅,有"孤篇盖全唐"之美誉,被闻一多誉为"诗中的诗,顶峰上的顶峰"。

张九龄

张九龄(678—740),字子寿,一名博物,韶州曲江(今广东韶关市)人,唐开元尚书丞相、文学家、诗人。其诗风格清淡,语言质朴,有《曲江集》传世。

感遇·其一

兰叶春葳蕤①,桂华秋皎洁②。
欣欣此生意③,自尔为佳节④。
谁知林栖者⑤,闻风坐相悦⑥。
草木有本心⑦,何求美人折⑧!

①葳蕤(wēi ruí):草木茂盛,枝叶下垂的样子。②桂华:桂花,"华"同"花"。③生意:生机勃勃的样子。④自尔:自然地。⑤林栖者:山中隐士。⑥坐:因而。⑦本心:天性。⑧美人:指林栖者,山林隐士。

赏析

开元后期，唐玄宗沉迷声色，李林甫等人把持朝政，张九龄因上书规劝玄宗而被贬为荆州长史，遭贬后，张九龄曾作《感遇十二首》等诗文来表达自己的高洁品质和遭贬的愁闷。

兰花在春天里枝繁叶茂，桂花在秋风中吐露芬芳，一派生机勃勃的景象，山中的隐者因闻到了花的芳香而充满喜悦，但草木散发出芳香，是它本有的特性，可不是为了迎合隐士的喜爱。诗人托物言志，借春兰和秋桂不媚俗，在风中独自开放，不刻意求人们关注的高贵品质，抒发了自己无论身处顺境还是逆境，都愿意做一个品行高洁的君子的气节。

望月怀远

海上生明月，天涯共此时。
情人怨遥夜，竟夕起相思①。
灭烛怜光满，披衣觉露滋。
不堪盈手赠②，还寝梦佳期。

①竟夕：终宵，即一整夜。②盈手：双手捧满之意。

赏析

这首诗作于诗人被贬荆州长史后，抒发了诗人月夜思念家乡亲友的心情。开篇即描绘了一个宏大开阔的画面，一轮明月从海上徐徐升起，亲人远隔千里，只能通过月亮遥寄相思。思念越深切，越觉得长夜漫漫。熄灭蜡烛，只见月光盈盈如水，洒满地面，披衣而出，寒露侵衣。诗人不禁深深感慨，徒有一夜好月光，却不能捧手相送，还不如回去睡觉，也许睡梦中能行尽千里与亲人相会。此处构思巧妙，立意新颖。全诗从望月转入怀远，自然流畅，情真意切，很好地表达了独在他乡的诗人对亲人的思念之情。

经典古诗

王 翰

王翰（约687—726），字子羽，并州晋阳（今山西太原市）人，唐代著名边塞诗人。《全唐诗》收录其诗作14首，其中《凉州词》流传甚广。

凉 州 词

葡萄美酒夜光杯①，欲饮琵琶马上催②。
醉卧沙场君莫笑③，古来征战几人回？

注释

①夜光杯：传说用白玉制成，夜间能发光的酒杯，这里指华贵而精美的酒杯。②琵琶：此指当时军队中用来发出号角的鼓器。③沙场：战场。

赏析

这是一首极富地方色彩的边塞诗。从标题来看，凉州属西北边地；从内容来看，葡萄酒、夜光杯都与西北边塞风情相关。但它并没有正面描写战争，而是通过临上战场痛饮美酒的场景，把将士的豪情壮志表现得淋漓尽致。

第一句设色艳丽，"葡萄美酒夜光杯"，虽然只是几个特色的名词排列在一起，却给人以丰富的联想，向我们展现了一派欢乐、明快的盛宴场景，将人拉入情境之中。第二句画风一转，"欲饮琵琶马上催"，由热闹的欢饮氛围一下被转入到紧张激昂的战前气氛中。后两句看似带着"及时行乐"的消极意味，却以豪迈旷达之笔，表现了一种视死如归的悲壮情怀。

王之涣

王之涣（688—742），字季凌，晋阳（今山西太原）人，盛唐时期的著名诗人。他的诗以《登鹳雀楼》《凉州词》为代表作，章太炎推《凉州词》为"绝句之最"。他的作品现存仅有6首绝句，其中3首为边塞诗。

登鹳雀楼①

白日依山尽②,黄河入海流。
欲穷千里目③,更上一层楼。

注释

①鹳雀楼:古名鹳鹊楼,因时有鹳鹊栖其上而得名,在今山西省永济市境内。②白日:太阳。依:依傍,靠着。尽:消失。这里是说太阳依傍着山峦落下。③欲:希望、想要。穷:穷尽之意,使达到极点。千里目:使眼睛能看到千里之外,表达使眼界更宽阔之意。

赏析

这首诗描写了登楼远眺所看到的壮阔景象,并抒发了诗人博大的胸襟和远大的抱负,充满了积极向上的进取精神。诗的前两句,一个"尽"字点明了落日,但并不是一种衰落与失落之意。"入"和"流"准确地描绘出黄河的磅礴气势,与落日浑然一体,动静结合,形成一种暮色苍茫、气势恢宏的意境美。诗的后两句"欲穷千里目,更上一层楼",更是千古流传的佳句,紧承前两句的美景,抒发心中登高望远的感受:只有站得高,才能看得远。人生只有在不断的攀登与进取中,才能收获更大的成功。

凉 州 词①

黄河远上白云间②,一片孤城万仞山③。
羌笛何须怨杨柳④,春风不度玉门关⑤。

注释

①凉州词:曲调名。凉州,今甘肃省武威市凉州区。②远上:远远望去。③孤城:孤零零的边塞城堡。仞:古代的长度单位,一仞相当于七尺

经典古诗

或八尺。④羌笛：羌族的一种乐器。何须：何必。杨柳：《折杨柳》曲。⑤春风：这里暗指朝廷的温暖关怀。度：越过。玉门关：汉武帝设置的西北边关，在今甘肃敦煌西北小方盘城，是古代通往西域的要道。

赏析

　　这是一首表现戍边士兵别怨离愁的边塞诗。全诗借景抒情，笔调苍凉悲壮，虽心中有哀怨，但又不失慷慨，深沉而含蓄。

　　此诗从描写黄河源头的深远莫测入手，第二句中用"孤"与"万仞山"点出了群山之间的玉门关荒凉而雄阔，渲染出悲凉的氛围。第三句引入羌笛的哀怨之声，写出了戍边战士心中的苦闷与悲凉。最后一句"春风不度玉门关"，一语双关，表面写玉门关的环境艰苦，连春风都吹不到，实际上是讽喻朝廷不关心边疆战士的冷暖。

孟浩然

　　孟浩然（689—740），字浩然，号孟山人，襄州襄阳（现湖北襄阳）人，世称孟襄阳，唐代著名的山水田园派诗人。孟浩然早年仕途不顺，后修道归隐。其诗绝大部分为五言短篇，多写山水田园和隐居的逸兴，在艺术上有独特的造诣，后人把孟浩然与王维并称为"王孟"，有《孟浩然集》三卷传世。

过故人庄

故人具鸡黍①，邀我至田家。
绿树村边合②，青山郭外斜。
开轩面场圃③，把酒话桑麻。
待到重阳日，还来就菊花④。

注释

①黍（shǔ）：黄米，当时的上等粮食之一。②合：环绕。③场圃：场，打谷场；圃，菜园。④就：欣赏。

赏析

这首诗描写了农家朋友邀请诗人去家里做客，喝酒赏菊的经过，通过对农村生活各种场景的描述，表达了诗人对田园生活的热爱。

全诗语言质朴，如话家常般记述了整个做客的过程。首联开门见山，点明了朋友的热情邀请，颔联描写了赴约路上所见，绿树环绕，青山斜卧，一派祥和安宁的乡村景象。诗人步履轻松，心情无比愉悦，迫不及待地赶赴主人家。颈联描述在主人家吃饭喝酒的情景，开着的窗户正对着外面的打谷场和菜地，地里菊花开得正盛，边喝酒边聊着今年的农事，氛围轻松活跃。所谈之事无关国事天下大事，无非是农家关心的地里的收成，契合主人的身份，对农事的关心也体现了诗人对农事的熟悉，以及对乡村生活的向往。尾联记述了离别时的场景，美好的时光总是过得太快，不知不觉就到了该回家的时候了，只能相约明年再来一起赏菊。

全诗按时间顺序记述了赴约的过程，平淡之中透着真情，字里行间流露着诗人对田园生活的向往与喜爱。

望洞庭湖赠张丞相①

八月湖水平，涵虚混太清②。
气蒸云梦泽③，波撼岳阳城。
欲济无舟楫④，端居耻圣明⑤。
坐观垂钓者，徒有羡鱼情。

注释

①张丞相：指张九龄，唐玄宗时宰相，后被贬为荆州长史。②涵虚：包含天空，指天倒映在水中。涵，包容。虚，虚空，空间。混太清：与天

混成一体。清，指天空。③云梦泽：洞庭湖及北部一带低洼地区。④济：渡。楫（jí）：划船用具，船桨。⑤端居：安居。

赏析

孟浩然一生仕途不顺，40多岁时到京城长安考进士，没想到又一次落榜了，虽满腹经纶，却得不到施展，这使得他心情极度苦闷。在逗留京城的日子里，与王维、张九龄等大诗人兼高官结为好友，这首诗就是在这个时期写给时任宰相张九龄的。

前四句描写了壮阔的洞庭湖之景，湖面宽阔，水天相接，雾气笼罩了整个湖区，汹涌的波涛撼动了岳阳城，一种磅礴气势跃然纸上，这体现了诗人非同一般的心胸格局。后四句抒情，触景而发，由眼前想渡过湖面没有船只，极其自然地过渡到了想建功立业却无人引荐之上，非常含蓄地表达了希望得到张九龄的提携录用的心情。

此诗虽是求人引荐，但写得极其委婉，"舟楫""垂钓"契合洞庭湖的场景，把写景和抒情巧妙地结合在一起，分寸把握得恰到好处，不卑不亢，不落俗套。

春　晓①

春眠不觉晓②，处处闻啼鸟③。
夜来风雨声，花落知多少。

注释

①晓：天刚亮的时候。②眠：睡觉。③闻：听到。

赏析

这首诗是诗人隐居在鹿门山时所作，是一首广为传诵的五言绝句，也是唐诗中的名篇之一。诗人描写了一幅早春绚丽的图景，生动表达了对春天的热爱和惜春之情。

全诗没有华丽的辞藻，但平中有奇。诗的前两句写屋外鸟儿的欢叫声，巧妙地流露出爱春之情。后两句回忆昨晚的风雨声，并由此联想到院子里的花儿被风吹雨打、落红遍地的情景，似乎是在为花儿叹息，但哀而不伤，字里行间隐隐透出春天来临时淡淡的喜悦之情。

宿建德江[①]

移舟泊烟渚[②]，日暮客愁新。
野旷天低树，江清月近人。

注释

[①]建德江：指新安江流经建德（今属浙江）西部的一段江水。[②]烟渚（zhǔ）：指江中雾气笼罩的小沙洲。

赏析

这首诗写于诗人落第后漫游吴越途中，描述了夜泊烟渚的一个小场景，抒发了诗人的羁旅之愁。

诗人将一叶扁舟停泊在烟迷雾蒙的沙洲，日暮时分一股新愁涌上游子心头。旷野之中，天空显得那么低，好像树枝伸过了天际。一轮明月映在平静的水面，陪伴着孤独的诗人。全诗笼罩着一种浓烈的孤独之感，独自移舟，独宿烟渚，内心愁苦，月伴孤身，天地之间，独来独往，加之不惑之年而事业无成，诗人内心极度抑郁。这种抑郁诗人没有直写，只是通过信手拈来的几处景物相烘托，一句"江清月近人"，孤苦的意境霎时全出，让读者也不由得被感染。

王昌龄

王昌龄（698—756），字少伯，河东晋阳（今山西太原）人，盛唐著名边塞诗人。其诗以七绝见长，尤以登第之前赴西北边塞所作边塞诗最为著名，后人誉为"七绝圣手"，其诗今存180余首。

经典古诗

从军行·其四

青海长云暗雪山①，孤城遥望玉门关。
黄沙百战穿金甲，不破楼兰终不还②。

注释

①青海：指青海湖。长云：层层浓云。②楼兰：汉时西域国名。

赏析

这首诗描写了塞外守城将士的艰苦生活环境，歌颂了将士们抗击入侵敌人的坚定决心。诗人从大处落笔，层层乌云笼罩着祁连山脉，雪白的山巅也暗淡了，场面宏大，意境雄浑。而守城孤悬塞外，环境艰苦，常年战争，不知归期，战士们只能引颈回望玉门关，思念自己的故乡与亲人。"黄沙百战穿金甲"，简单的七个字，将塞外的风沙酷寒、战争频繁、持续时间之长，生动地表现了出来。然而，即使条件艰难，但将士们依然士气高昂，决心击败所有的入侵者，守卫家国平安，表现了将士们的豪迈气概。

闺 怨

闺中少妇不知愁，春日凝妆上翠楼①。
忽见陌头杨柳色②，悔教夫婿觅封侯。

注释

①凝妆：盛妆。②陌头：路边。

赏析

唐朝早中期国运昌盛，但边境常年动荡，南有吐蕃，北有突厥。那时的百姓要有所成就，只有两条路可以走：参加科举考试步入仕途，或者参军到边疆去建功立业。于是，大量青壮年抛家别业去征战疆场，留下了许多妇女独守家中。

这首诗就是描写了一个无忧无虑的少妇在春日登楼赏景，忽见青青柳色而心情骤变，开始思念丈夫的情景。既渴望丈夫建功立业，又希望丈夫能够陪伴左右，这种矛盾的心理随着环境和季节的变化也在少妇内心不断转换着，所以见柳色而悔，也就显得合情合理了，这种情感的变化也不由得引起今天的我们深思：生命短暂，时光易逝，我们总是在舍与得之间推动着人生的车轮滚滚向前。那么，究竟什么才是最为重要的呢？绵绵闺怨可见一斑。

出　塞

秦时明月汉时关，万里长征人未还。
但使龙城飞将，不教胡马度阴山。

注释

①龙城飞将：此借指汉代抗击匈奴入侵的名将。龙城，指奇袭匈奴圣地龙城的大将军卫青。飞将，指"飞将军"李广。②胡马：胡人的兵马，此处指匈奴的军队。

赏析

本诗通过对历史的回顾和名将的怀念，表现出对懦弱无能的领兵将帅的强烈谴责以及对边关平稳、国泰民安的渴望。全诗有一种跨越时空的意境，笔触悲壮而慷慨，强烈的爱国之情和豪迈的英雄气概在字里行间喷涌而出。这首诗慷慨悲壮，被称为唐人七绝的压卷之作。

芙蓉楼送辛渐①

寒雨连江夜入吴②，平明送客楚山孤③。
洛阳亲友如相问，一片冰心在玉壶④。

经典古诗

①芙蓉楼：在今江苏省镇江市。②连江：与江面连成一片，形容雨很大。吴：这里指镇江，三国时属于吴国。③平明：天刚亮。客：指辛渐。楚山：楚地的山，这里泛指镇江一带。④冰心：比喻心地纯净。

赏析

这首诗是作者被贬江宁后写的送别诗，它与一般送别诗不同的地方是：诗中并没有抒发对友人的眷念之情，而是表明自己的崇高志向。开头两句交代了送别的时间、地点、人物、事件。后两句是本诗的主旨，是诗人对朋友的嘱托，既表达了他对洛阳亲朋好友的深切思念，也表现出他正直纯洁的品质，表明自己不会因官场的坎坷境遇而改变自己的立场。全诗即景生情，寓情于景，蕴含着无穷的韵味。

王　维

王维（701—761），字摩诘，河东蒲州（今山西运城）人，唐代诗人、画家，有"诗佛"之称。苏轼评价他"诗中有画，画中有诗"。开元九年（721年）中进士，任太乐丞。王维精通诗、书、画、音乐和佛法，今存诗400余首，重要诗作有《相思》《山居秋暝》等。与孟浩然合称"王孟"。

使至塞上

单车欲问边①，属国过居延②。
征蓬出汉塞③，归雁入胡天。
大漠孤烟直，长河落日圆。
萧关逢候骑④，都护在燕然⑤。

注释

①单车:一辆车,这里形容轻车简从。问边:到边塞去察看。②属国:朝廷的附属国。居延:地名。③征蓬:四处飞舞的蓬草。④萧关:古关名,故址在今宁夏固原东南。⑤燕然:地名,即今蒙古国杭爱山,这里指前线。

赏析

唐朝边乱不断,在一次边境大捷后,王维奉命出使边塞,考察军情,慰问将士,在出使途中,写下了这首著名的边塞诗。

这首诗记述了旅途的过程和塞外的壮丽风光。首联和颔联陈述了出使的目的和具体细节,诗人孤零零驾着一辆车去边地慰问,路途的遥远,环境的凄凉,再加上自己因受到排挤而被派遣到边境,诗人顿生愁闷之感,感觉自己如同那迎风飞起的枯草一般漂泊无定。颈联描写了塞外的雄壮景色,一望无际的大漠中,唯有一缕孤烟垂直升起,奔涌的黄河向远方蜿蜒而去,一轮火红的落日正缓缓坠下,境界阔大,场面极其壮观,使得诗人的内心为之一震,一扫之前的愁绪。尾联继续回到叙事上,在萧关遇到了侦察兵,得知都护此时正在前线督战,表达了对唐军将士们英勇作战的称颂。

全诗叙事平淡,但写景精彩异呈,颈联短短十个字,就将塞外的壮丽风景呈现在了读者眼前,展现了诗人高超的艺术表达能力。

鹿 柴①

空山不见人,但闻人语响②。
返景入深林③,复照青苔上④。

注释

①鹿柴:辋川的地名,作者晚年隐居的地方。辋川在今陕西蓝田县终南山下。柴,通"寨"。②但:只。③返景:指返照的夕阳。景,同"影",日光。④复:又。

经典古诗

赏析

这首诗描写了夕阳西下时幽静的山林，通过对声音和光线的巧妙描写，以动衬静，表现出大自然的奇美、人与自然的和谐关系以及诗人闲适的心情与淡然的心境。

一个"空"字，给整首诗带来了一种空灵感；一个"响"字，衬托出空山深林的静与空。一个"返"字，写出了傍晚的余晖穿过树林照向深处的光影效果；一个"复"字，让我们仿佛置身于光影折射下的青苔上。一幅动静相宜、光影相映的山景图展现在我们的面前，诗中有禅意，尽在不言中。

山居秋暝①

空山新雨后，天气晚来秋。
明月松间照，清泉石上流。
竹喧归浣女②，莲动下渔舟。
随意春芳歇，王孙自可留③。

注释

①暝（míng）：日落，天色将晚。②竹喧：竹林中笑语喧哗。浣（huàn）女：洗衣服的姑娘。③王孙：原指贵族子弟，后来也泛指隐居的人。

赏析

写作此诗时，王维已经归隐山林，这首诗描写了他归隐之地辋川秋日傍晚雨后的清新景色，抒发了他寄情山水后生活的惬意与满足。

纵观全诗，写得意境优美。首联写雨后的深山之中，空气清新怡人，一场秋雨一场寒，初秋的气息已经来到了山林。颔联描写山林中夜间之景，一轮清澈的明月柔和地照进松间，洒下斑驳光影，泉水从石头上流过，发出哗哗的声响。竹林中传来一阵喧闹之声，那是去溪边洗衣的女子们回来了，池中莲花摇动，从中钻出了一条小渔船。颈联从景过渡到人，透过喧闹的声响与摇动的莲花，由景及

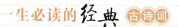

人，为尾联发出感叹做好铺垫：明媚的春光就随它去吧，美好的秋景也是值得留恋与赏玩的。

全诗静中有动，有声有色，如诗如画，是山水诗的经典名篇。

终南别业

中岁颇好道①，晚家南山陲②。
兴来每独往，胜事空自知③。
行到水穷处，坐看云起时。
偶然值林叟④，谈笑无还期。

①中岁：中年。好：喜好。②南山陲（chuí）：即终南山边上。③胜事：美好的事。④值：遇到。

赏析

这首诗描写了诗人隐居时的生活状态。首联讲述了归隐的过程：从中年开始有了好道之心，到了晚年就把家安在了终南山边上。后面三联介绍了归隐生活的细节，每当兴之所至，就独自去游山玩水，美好的经历只有自己能感受得到。"独"字和"空"字，表明了与诗人兴趣爱好相近的人并不多，但这并不影响诗人的心情，他仍旧纵情于山水之中，其乐无穷。走到水的尽头，闲坐看着云卷云舒，这是对"独"和"空"的进一步阐述。山间少有人烟，偶然能碰上个砍柴的老头，也会相谈甚欢，以至于忘了回去的时间。诗人作为当时的大文豪，能够与目不识丁的樵夫相谈甚欢，想必谈的不是什么国事天下事，而是柴米桑麻之类的小事，从侧面体现了诗人对田园生活的热爱。

诗人通过几处细节的描述，刻画了一位超然物外的隐者形象，全诗充满了禅意与灵性，体现了诗人淡泊名利、随遇而安的人生态度。

经典古诗

相 思

红豆生南国①，春来发几枝。
愿君多采撷②，此物最相思。

注释

①红豆：又名相思子，一种生在江南地区的植物，结出的籽像豌豆而稍扁，呈鲜红色。②采撷（xié）：采摘。

赏析

红豆，又名相思子，盛产于南方，果实鲜艳欲滴。传说，一个女子因丈夫客死他乡，在树下痛哭而死，眼泪全部化为红豆，因此，文人们通常借红豆表意相思之情。在古诗中，各个事物往往都有特定的含义，如梅一般表示志趣高洁，柳表留恋，月表思乡，而自唐朝起，红豆常用来表示相思之情，既可指男女情爱，也可指朋友情谊。本诗是表达思念远方友人的，却因内容唯美，情真意切，慢慢演变成了表达爱情的上乘佳作。

首句点明红豆的产地，也是思念之人的所在之地，红豆这一意象就对应上了标题中的相思。次句发问"春来发几枝"，自然亲切，借物寄情，表面上是对红豆的关心，深层却是对远方友人的关心。第三句"愿君多采撷"，表面上是让对方多多采摘红豆，实际上是暗喻对方要多珍重两人之间的情谊，也希望对方也会时常想起自己，意味含蓄，韵味十足。第四句说明要多采撷的原因，因为红豆代表相思，最能说明我对你的情谊，言浅情深。

全诗朴实无华，情感真挚纯真，句句写红豆，却满满全是相思，借红豆意象，将相思之情表达得唯美生动。

九月九日忆山东兄弟①

独在异乡为异客，每逢佳节倍思亲。
遥知兄弟登高处②，遍插茱萸少一人③。

注释

①九月九日：这里指农历的九月初九，即重阳节。古以九为阳数，故称重阳，我国古代重阳节有登高的习俗。山东：在函谷关与华山以东（今山西），王维的家乡。②遥知：在远地料想到。③茱萸（zhū yú）：一种香草，古时人们认为重阳节插戴茱萸可以避灾克邪。

赏析

这是一首思亲怀乡的名篇，朴素的用语写出了催人泪下的思亲情绪。此诗是王维17岁时所作，当时他正在异乡为谋取功名而奔波，一种游子的情伤在诗间迸发。

前两句直接抒发诗人在佳节时的思乡之情，堪称千古名句：一个"独"字、两个"异"字，表达出游子漂泊在异乡的孤独心境；一个"倍"字突出了亲人团圆的节日，自己不能与家人相聚的强烈思念之情。后两句诗人展开想象的翅膀，料想到重阳佳节，兄弟们佩戴着茱萸相伴登高，却独独少了自己这个远在他乡的游子，烘托出一种浓郁的惆怅和孤寂。

送元二使安西①

渭城朝雨浥轻尘②，客舍青青柳色新。
劝君更尽一杯酒，西出阳关无故人③。

①元二：作者的朋友。姓元，在家族中排行第二。使：出使。安西：指唐代安西都护府，治所设在龟兹（qiū cí），即今新疆维吾尔自治区库车附近。②渭城：在今陕西西安西北。浥（yì）：湿润。③阳关：汉朝时设置的一个边关，在今甘肃省敦煌市西南。

经典古诗

赏析

这是一首极负盛名的送别诗,表达了诗人在渭城送别好友元二出使安西的依依惜别之情。诗的前两句交代了送别的时间、地点、环境,融情入景,表面写景色,实际为下面写离别铺垫:早上的微雨营造出一种淡淡的离别氛围,生机盎然的春色反衬出内心的忧伤。后两句"劝君更尽一杯酒,西出阳关无故人",通过送别宴席上的频频劝酒,将深沉的情感融入劝酒之中,表达对友人依依难舍的离别之情,为友人此去经年再难见知心老友表达遗憾,直入人心,成为千古传诵的名句。

李 白

李白(701—762),字太白,号青莲居士,祖籍陇西成纪(今甘肃天水附近)。唐代伟大的浪漫主义诗人,其作品感情强烈,善用比兴、夸张等手法,形成了豪放纵逸的艺术风格,被后人誉为"诗仙",与杜甫并称为"李杜"。

渡荆门送别①

渡远荆门外,来从楚国游。
山随平野尽②,江入大荒流③。
月下飞天镜④,云生结海楼⑤。
仍怜故乡水⑥,万里送行舟。

注释

①荆门:山名,位于今湖北省宜都市西北长江南岸,与北岸虎牙三对峙,地势险要,自古即有楚蜀咽喉之称。②平野:平坦广阔的原野。③江:长江。大荒:广阔无际的田野。④月下飞天镜:明月映入江水,如同飞下的天镜。下,移下。⑤海楼:海市蜃楼,这里形容江上云霞的美丽景象。⑥仍:依然。怜:怜爱。故乡水:指从四川流来的长江水。因诗人从小生活在四川,把四川称作故乡。

赏析

这首诗是李白首次离开家乡蜀地时所作,描写了由蜀入楚途中的奇丽景色,抒发了诗人对家乡的不舍之情。诗的开头交代了诗人的行踪,一路乘船沿长江而下,穿三峡,向荆门,长江两岸高耸的山峦被抛在了身后,慢慢消失,眼前出现了一望无际的平原,奔腾的水势渐渐平缓下来,流入了荒芜的平原。夜晚,一轮明月映入水中,如天上掉下来的明镜,云层堆积,变幻无穷,如缥缈的海市蜃楼,那可爱的家乡的江水,不远万里来相送。

全诗意境高远,想象瑰丽,壮丽的景象交织着淡淡的思乡,展现了诗人独有的朝气与洒脱。

望庐山瀑布①

日照香炉生紫烟②,遥看瀑布挂前川。
飞流直下三千尺,疑是银河落九天③。

注释

①庐山:又名匡山,在今江西省九江市。②香炉:指香炉峰。③银河:天河,指银河系构成的带状星群。九天:古人认为天有九重,九天是天空的最高处。这里形容瀑布落差之大。

赏析

诗人运用高度夸张和比喻的手法,表现出庐山瀑布的气势磅礴,抒发了自己开阔的胸襟和对祖国山河的热爱。全诗磅礴大气、字字珠玑,将飞流直下的瀑布描绘得雄伟奇丽、朦胧迷幻,宛如一幅生动的山水画在我们的面前展开。

黄鹤楼送孟浩然之广陵①

故人西辞黄鹤楼,烟花三月下扬州②。
孤帆远影碧空尽,唯见长江天际流。

经典古诗

①**黄鹤楼**：在今湖北武汉蛇山。传说有仙人于此乘黄鹤而去，故称之为黄鹤楼。**之**：往，到达。**广陵**：今江苏扬州一带。②**烟花**：形容柳絮如烟、繁花似锦的春天景物。

诗作以绚丽斑驳的烟花春色和浩瀚无边的长江为背景，寓离情于写景叙事之中，极尽渲染之能事，绘出了一幅意境开阔、着色明快的送别图。诗作表面看只是叙事写景，实则将浓郁的情感暗含在景物之中，那离愁如滔滔江水，在心中暗涌。孤帆在远处消失，作者的心也被带走掏空，思念犹如那滚滚东逝的长江之水，追随远去的友人而生发。

行路难

金樽清酒斗十千①，玉盘珍羞直万钱②。
停杯投箸不能食③，拔剑四顾心茫然。
欲渡黄河冰塞川，将登太行雪满山。
闲来垂钓碧溪上，忽复乘舟梦日边④。
行路难，行路难，多歧路，今安在？
长风破浪会有时，直挂云帆济沧海。

①**金樽**（zūn）：古代盛酒的器具，以金为饰。**斗十千**：一斗值一万钱，形容酒美价高。②**珍羞**：珍贵的菜肴。羞，同"馐"，美味的食物。**直**：通"值"，价值。③**投箸**（zhù）：丢下筷子。箸，筷子。④**闲来垂钓碧溪上，忽复乘舟梦日边**：这两句暗用典故：姜太公吕尚曾在渭水的磻溪上钓鱼，得遇周文王，助周灭商；伊尹曾梦见自己乘船从日月旁边经过，后被商汤聘请，助商灭夏。这两句表示诗人自己对从政仍有所期待。

赏析

李白才华横溢,积极入世,进入朝廷后却不被重用,于两年后被赐金放还,被迫离京,在送别的宴席上,他悲愤地写下了这首诗。

这首诗从欢乐的宴席切入,席上摆满了美味佳肴,而嗜酒如命的李白却一反常态,停下了酒杯,放下了筷子,拔出了宝剑,环顾四周,连续的动作描写,细腻地展现了诗人内心的变化。那么,是什么让生性豁达的李白失去了饮酒的快乐?正是那政治的坎坷。紧接着,诗人讲述了政治道路上的坎坷经历,以冰塞黄河、雪阻太行做比,形象而生动,夸张而动情。最后,诗人抒发了对未来施展抱负的满怀热情,"长风破浪会有时,直挂云帆济沧海"!诗人坚信,总有一天会冲破藩篱,实现理想,积极乐观的人生态度值得我们后世学习。

月下独酌①

花间一壶酒,独酌无相亲②。
举杯邀明月,对影成三人。
月既不解饮,影徒随我身。
暂伴月将影,行乐须及春③。
我歌月徘徊,我舞影零乱。
醒时相交欢,醉后各分散。
永结无情游,相期邈云汉④。

①独酌:一个人饮酒。②无相亲:没有亲近的人。③及春:趁着春光明媚之时。④相期邈(miǎo)云汉:约定在天上相见。邈,遥远。

赏析

这首诗描写了诗人在花间独自喝酒的过程,此时的诗人,政治上失意,只能借酒消愁,一个人,一壶酒,然而,闷酒越喝越愁,于是诗人突发奇想,举起手

经典古诗

中的酒杯,邀请天上的月亮同饮,诗人、月亮、影子,三人同饮,瞬间打破了原本的冷清与孤寂,开始热闹起来,然而,月亮不懂饮酒的欢乐,影子也只能默默地跟在诗人身边,孤独之情终究难以排遣。尽管如此,诗人还是把他们当成暂时的酒伴,将其假装是良辰美景,因而一定要及时行乐,不辜负这一番自得其乐。诗人高声吟诵,月亮徘徊左右,诗人手舞足蹈,影子随之起舞,清醒时同享欢乐,醉后各自分别而去,诗人愿与没有情感的月亮和影子永结友谊,他日再相聚在浩渺的天上。

全诗以朴实的语言和奇特的想象,展示了诗人花间独酌的场景,抒发了诗人人生失意的孤寂心情,也体现了诗人不受世俗礼节的束缚的个性。

将进酒①

君不见黄河之水天上来,奔流到海不复回。
君不见高堂明镜悲白发②,朝如青丝暮成雪③。
人生得意须尽欢④,莫使金樽空对月。
天生我材必有用,千金散尽还复来。
烹羊宰牛且为乐,会须一饮三百杯。
岑夫子,丹丘生⑤,将进酒,杯莫停。
与君歌一曲,请君为我倾耳听。
钟鼓馔玉不足贵⑥,但愿长醉不复醒。
古来圣贤皆寂寞,惟有饮者留其名。
陈王昔时宴平乐⑦,斗酒十千恣欢谑⑧。
主人何为言少钱,径须沽取对君酌⑨。
五花马⑩,千金裘,呼儿将出换美酒,与尔同销万古愁。

①将(qiāng)进酒:请饮酒。属汉乐府旧题。②高堂:房屋的正室厅堂。③青丝:黑发。④须:应当。⑤岑夫子:岑勋。丹丘生:元丹丘。二人均为李白的好友。⑥钟鼓:富贵人家宴会中奏乐使用的乐器。

馔（zhuàn）玉：形容食物如玉一样精美。⑦陈王：指陈思王曹植。平乐（lè）：观名。在洛阳西门外，为汉代富豪显贵的娱乐场所。⑧恣：纵情任意。谑（xuè）：戏。⑨径须：干脆，只管。沽：通"酤"，买。⑩五花马：指名贵的马。

赏析

李白遭赐金放还后，便开始纵情山水，云游天下，期间常与友人吟诗作乐，开怀畅饮，本诗即为席上的劝酒诗。

这首诗围绕一个"酒"字，以夸张的手法和饱满的情感，抒发了人生苦短，当及时行乐的感慨。诗人手持美酒，痛饮高歌，满腔的豪气喷涌而出，其中交织着时间易逝的伤感、及时行乐的快感、"天生我材必有用"的自信，以及"但愿长醉不复醒"的消极，复杂而又矛盾，正是豪迈的诗人人生不得意时内心的真实反映。一切无奈与痛苦，豪迈与自信，都尽付杯中。

全诗笔墨酣畅，跌宕起伏，大开大合，如滔滔江水奔涌而下，一泻千里；通篇以七言为主，杂以三五言，错落有致；大量数词加以夸张修饰，极具浪漫主义色彩。

宣州谢朓楼饯别校书叔云①

弃我去者，昨日之日不可留；
乱我心者，今日之日多烦忧。
长风万里送秋雁，对此可以酣高楼②。
蓬莱文章建安骨③，中间小谢又清发④。
俱怀逸兴壮思飞⑤，欲上青天览明月⑥。
抽刀断水水更流，举杯销愁愁更愁。
人生在世不称意，明朝散发弄扁舟⑦。

经典古诗

①宣州：今安徽宣城一带。谢朓（tiǎo）楼：又名北楼、谢公楼，在陵阳山上，谢朓任宣城太守时所建。校（jiào）书：官名。叔云：李白的叔叔李云。②酣（hān）高楼：畅饮于高楼。③蓬莱文章：借指李云的文章。建安骨：汉末建安（196—220）年间，"三曹"和"七子"等作家所作之诗风骨遒上，后人称之为"建安风骨"。④小谢：指谢朓，字玄晖，南朝齐国诗人。后人将他和谢灵运并称为大谢、小谢。这里用以自喻。清发（fā）：指清明焕发的诗风。⑤俱怀：两人都怀有。逸兴（xìng）：飘逸豪放的兴致，多指山水游兴。壮思：雄心壮志，豪壮的意思。⑥览：通"揽"，摘取。⑦弄扁（piān）舟：乘小舟归隐江湖。

　　李白客居宣州时，李云路过此地，于是他邀请李云登上了谢朓楼，设宴送行，并写下了这首送别诗。

　　本诗题为"饯别"，但并未直言离别之事，而是抒发了自己怀才不遇的愤懑情绪。诗的开篇直抒胸臆，表明了时间的易逝与不可挽留，给自己徒增烦恼。紧接着描写登楼的所见所感，辽阔的天空中，万里长风送走一行行秋雁南去，面对这样壮丽的景色，真应该痛饮一场。"蓬莱"两句分别赞美了李云和诗人自己的诗文，而双方都有清新逸致，又有壮志雄心，不由得想飞上青天去拥抱明月，然而想象是美好的，现实却是一潭污浊。黑暗的社会，坎坷的仕途，渺茫的前景，都让诗人陷入了愁闷之中，难以自拔。"抽刀断水水更流，举杯销愁愁更愁"，眼前绵绵的江水与心中无尽的忧愁，两相照应，使无形的愁变得形象而具体。现实人生是如此的令人苦闷，那他日就披头散发驾一叶扁舟遨游远去吧。在现实面前，乐观豁达的李白也不免消极，生出逃避的想法来。

　　全诗情感激昂，一叹三咏，思绪如天马行空，腾挪跳跃，充满忧愁，却哀而不伤，充分展示了诗人飘逸豪放的艺术特色。

古朗月行①

小时不识月②,呼作白玉盘③。
又疑瑶台镜④,飞在青云端。
仙人垂两足⑤,桂树何团团⑥。
白兔捣药成,问言与谁餐⑦?
蟾蜍蚀圆影,大明夜已残⑧。
羿昔落九乌,天人清且安。
阴精此沦惑⑨,去去不足观⑩。
忧来其如何?凄怆摧心肝。

注释

①朗月行:乐府古题。②识:认识。③呼作:称为。④疑:怀疑。瑶台:传说中神仙居住的地方。⑤仙人:传说中月亮里面的神仙。⑥团团:圆圆的样子。⑦言:语气助词。⑧大明:月亮。⑨阴精:指月亮。⑩去去:远去。

赏析

诗人借助丰富的想象和神话传说,从儿童的角度描写对月亮的美好认识,充满了浪漫而奇特的遐想,体现了"诗仙"浪漫主义的风格。

前两句从月亮的形状入手,首先把圆月比作"白玉盘",除形状、颜色相似之外,还能反光,巧妙地过渡到后面把它比作"瑶台镜",悬挂于高空之上。"瑶台"是神话传说中神仙居住的地方,一下子就把浓郁的神话色彩注入进来了,让人不由自主地联想到月宫,自然过渡到后面。仙人、桂树、白兔等形象升华了全诗的意境,充满了神奇而美好的童趣色彩。

然而,诗人营造出了如此美好的意象的同时,突然转折,以蟾蜍的传说从另一个方向来发出感慨喟叹,尽管后羿给天上人间带来了清平安宁,但失去光泽的

经典古诗

月亮再也没有了原来的美妙，诗人内心的忧思与矛盾跃然纸上。这正是诗人对当时政治现实的影射，讽刺了昏暗的政治局面，表达了对自己的担忧与渴望。

早发白帝城①

朝辞白帝彩云间，千里江陵一日还②。
两岸猿声啼不住，轻舟已过万重山。

注释

①发：启程，出发。白帝城：在今重庆市奉节县白帝山。②江陵：今湖北江陵。

赏析

759年春天，李白在流放途中忽然收到被赦免的消息，惊喜之际返回江陵，一路上风光无限，内心愉悦，于是写下了这首明快而充满喜悦之情的诗歌。

这首诗沿袭了李白一贯的夸张手法。首句交代了从白帝城出发的时间和地点，"彩云"缭绕，映衬出了愉悦的心情。"千里"和"一日"，以空间之远与时间之短作悬殊对比，只因为心情舒畅，千里之行的旅途也变得很短暂了。其心情的明快还通过轻舟之快来得以体现，猿声还在耳畔啼鸣，但顺流而下的小船已经驶过无数座山。这种借外物来映衬内心的写法，让诗歌变得隽永、跌宕。

王　湾

王湾（生卒年不详），洛阳（今河南洛阳）人，唐代诗人。玄宗先天年间（712年）进士及第，授荥阳县主簿。后由荥阳主簿受荐编书，参与集部的编撰辑集工作，书成之后，因功授任洛阳尉。作品多为歌咏江南山水，现存诗10首，其中最出名的是《次北固山下》。

次北固山下①

客路青山外②,行舟绿水前。
潮平两岸阔,风正一帆悬。
海日生残夜③,江春入旧年④。
乡书何处达,归雁洛阳边⑤。

注 释

①次:旅途中暂时停宿,这里是停泊的意思。北固山:在今江苏镇江北,三面临长江。②客路:旅途。③残夜:夜将尽之时。④江春:江南的春天。⑤归雁:北归的大雁。大雁每年秋天飞往南方,春天飞往北方。古代有鸿雁传书之说。

赏 析

诗人生于北方,但常往来于江南,并为南方的山水所倾倒,写下不少歌颂的作品。本诗是诗人在一年冬末春初时,由楚入吴,在旅途中泊船夜宿北固山下时有感而作的。

这首诗描写了诗人旅途中的所见所思。首联叙事,交代了诗人行踪,一路走来,见此景物,引发了诗人的情思。颔联写景,"潮平两岸阔,风正一帆悬",潮水涨起,使河面变宽阔,和风吹拂,船帆自然地垂着,王夫之认为此联妙在"以小景传大景之神",通过帆的形态,把恢宏开阔、风平浪静的大江很好地表现了出来。此联更是被明代胡应麟赞为"形容景物,妙绝千古"。

颈联"海日生残夜,江春入旧年"两句,写清晨之景,一轮红日从海面冉冉升起,划破了夜的黑暗,使之变成残夜;柳芽新发,草色朦胧,一派勃勃生机的春天景象在冬末就已经开始来到人间。"生""入"两个动词的使用,充满了力量感,把海日、江春拟人化,形象地表现了新旧事物的更替。据说此联得到了当时宰相张说的高度赞赏,并亲自手书,悬挂于宰相政事堂上。日夜的更替,时间的流逝,让诗人感慨常年漂泊,生起了思乡之情。尾联表达了诗人希望归雁能替自己带回问候亲人的家书,浓浓的相思溢于言表。

经典古诗

这首诗借景抒情,描绘了江南之秀丽早春景象,抒发了诗人对大好河山的热爱和家乡亲友的思念。颈联更是成为了千古名句,影响了一代又一代的文人。

崔 颢

崔颢(hào)(704—754),汴州(今河南开封市)人,唐代诗人。唐开元年间进士,官至太仆寺丞,天宝中为司勋员外郎。其作品激昂豪放,气势宏伟,著有《崔颢集》,《全唐诗》收录其诗42首,最为人称道的是《黄鹤楼》。

黄鹤楼①

昔人已乘黄鹤去②,此地空余黄鹤楼。
黄鹤一去不复返,白云千载空悠悠③。
晴川历历汉阳树④,芳草萋萋鹦鹉洲⑤。
日暮乡关何处是?烟波江上使人愁。

注释

①黄鹤楼:故址在湖北省武汉市武昌区,民国初年被火焚毁,1985年重建,传说古代有一位名叫费祎的人,在此乘鹤登仙。②昔人:指传说中的仙人子安。因其曾驾鹤过黄鹤山(又名蛇山),遂建楼。③空悠悠:深,大的意思。④川:平原。历历:清楚可数。汉阳:地名,现在湖北省武汉市汉阳区,与黄鹤楼隔江相望。⑤萋萋:形容草木长得茂盛。鹦鹉洲:在湖北省武汉市武昌区西南,根据后汉书记载,汉黄祖担任江夏太守时,在此大宴宾客,有人献上鹦鹉,故称鹦鹉洲。唐朝时在汉阳西南长江中,后逐渐被水冲没。

赏析

崔颢19岁中进士,此后四处为官,少不了游山玩水吟诗作乐。一日,诗人与友人登上黄鹤楼,见眼前大江滔滔,白云悠悠,即景生情,诗兴大发,挥笔写下

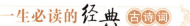

了这首千古名篇。传说李白登上黄鹤楼，见此壮阔之景，诗兴大发，正欲题诗，抬头见崔颢诗，大为赞赏，遂感慨"眼前有景道不得，崔颢题诗在上头"，于是放弃了题诗，后仿其诗作《登金陵凤凰台》。

这首诗前面写景，后面抒情，景写得意境开阔、气势宏大，情抒得真切动人。诗人以丰富的想象力，带着我们进入远古之境，又结合眼前的自然景色，给人身临其境之感，由景入情，自然流畅，浑然天成，令人叹为观止。《唐诗三百首》更是把这首诗列为七律之首，可见后世对其评价之高。

高 适

高适（约704—765），字达夫，一字仲武，渤海蓨（tiáo）县（今河北景县）人。唐代著名边塞诗人，与岑参齐名，并称"高岑"。其诗以七言歌行最富特色，笔力雄健，气势奔放，有《高常侍集》。

别董大①

千里黄云白日曛②，北风吹雁雪纷纷。
莫愁前路无知己，天下谁人不识君。

①董大：唐玄宗时代著名的琴师董庭兰。②白日：太阳。曛（xūn）：昏黄，指太阳落山时的景色。

赏析

这是一首通过景物反衬，写出了乐观豪迈之情的送别诗。

前两句用白描的手法写眼前景物，傍晚时分，黄云密布，北风呼啸，大雪纷纷，还有孤雁的悲鸣，渲染了一个荒凉、凄寒的送别场面，增添了离别的愁绪和前途未卜的惆怅。后两句笔锋一转，出人意料地鼓励、宽慰朋友董大：不惧未来、勇敢面对新的征途，天下有很多人赏识他。"莫愁前路无知己，天下谁人不

识君"成为鼓励逆境中努力奋发的名句,此诗因而成为千古名篇。

储光羲

储光羲(约706—763),唐代田园山水诗派代表诗人之一。开元十四年(726年)举进士。因仕途失意,遂隐居终南山。后复出任太祝,世称储太祝,官至监察御史。安史之乱中被俘,迫受伪职。乱平,自归朝廷请罪,下狱被贬岭南。其诗以描写田园山水著称,格调高逸,意趣深远。

钓鱼湾

垂钓绿湾春,春深杏花乱①。
潭清疑水浅,荷动知鱼散。
日暮待情人,维舟绿杨岸②。

①春深:春意浓郁。②维舟:指船停泊。维,系。

赏析

这首诗描写的是一个在春天约会的小伙子,他以垂钓作掩护,在春光明媚的钓鱼湾,心情忐忑地等待着情人的到来。

前两句交代了时间、地点、人物,小伙子在春光明媚的日子里划船进入钓鱼湾里垂钓。正是暮春时节,杏花开满了枝头,在风中摇曳,杨柳依依,春风拂面,景色撩人。

三四句描写小伙子的内心活动。看见潭水清澈,担心水浅不会有鱼来,看见荷叶动了才知道鱼因受了惊吓而散去了。钓鱼本应该心静,而这个小伙子却无法做到,总是在思来想去。

"日暮待情人,维舟绿杨岸。"把船系在柳树上,等待着恋人的到来。读到这里才恍然大悟,这哪里是在钓鱼啊,明明就是醉翁之意不在酒,是在等待

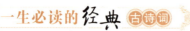

与恋人约会啊。这时候再回过头来看三四句，顿时发现此中有深意，看似在担心水浅无鱼，实际上是在担心姑娘会不会不来赴约，把"荷动"误会成姑娘划船来了，发现是鱼引起的后，心里又有些失落。"疑""知"等心理描写，寥寥数字把小伙子在爱情中又是期待又是担忧的微妙心理变化，写得丝丝入扣，惟妙惟肖。

前面四句写垂钓，平淡无奇，后面两句一出，垂钓就不仅仅是简单的垂钓了，顿时变成了一首描写爱情的佳作，诗的结构安排得非常巧妙，读之山回路转。

常 建

常建（708—765），唐代诗人，字号不详，开元十五年与王昌龄同榜进士，仕宦不得意，来往山水名胜，很长一段时间过着漫游生活。现存文学作品不多，其中的《题破山寺后禅院》一诗较为著名。

题破山寺后禅院①

清晨入古寺，初日照高林。
竹径通幽处，禅房花木深。
山光悦鸟性②，潭影空人心③。
万籁此俱寂，但余钟磬音。

①破山寺：即兴福寺，在今江苏常熟市西北虞山上。南朝齐邑人郴州刺史倪德光舍宅所建。②悦：此处为使动用法，使……高兴。③空：此处为使动用法，使……空。此句意思是，潭水空明清澈，临潭照影，令人俗念全消。

经典古诗

赏析

这首诗借描写宁静优美的山寺而表达诗人希望抛除世俗杂念、寄情山水的愿望。

"清晨入古寺"一句总领全诗,后面写诗人进入山寺所见:初升的太阳,高耸的树木,弯曲的小路通向禅院深处,禅房外开得正盛的花木,一派幽寂祥和的景象。层层景物铺垫后,终于引出了"山光悦鸟性,潭影空人心"的主旨,美好的景物让鸟变得愉快,平静的潭影使人心变得空灵,一切杂念全无,身心得以放松。正当诗人沉浸在远离人烟的深山古寺这块净土上时,寂静的佛寺里响起了清脆而悠长的钟声,将诗人从遥远的思绪之中拉回了现实。全诗层次分明,寓禅于景,意境高深,是唐朝山水诗中难得的佳作。

颜真卿

颜真卿(709—784),字清臣,别号应方,唐京兆万年(今陕西西安)人,祖籍琅琊临沂(今山东临沂),唐代杰出书法家。他创立的"颜体"楷书与赵孟頫、柳公权、欧阳询并称"楷书四大家",又与柳公权并称"颜柳",被称为"颜筋柳骨"。又善诗文,有《韵海镜源》《礼乐集》等,均佚,宋人辑有《颜鲁公集》。

劝学诗

三更灯火五更鸡①,正是男儿读书时。
黑发不知勤学早,白首方悔读书迟。

①更:古时夜间计算时间的单位,一夜分五更,每更为两小时。午夜11点到1点为三更。

赏析

颜真卿三岁时丧父,母亲对他的学习要求极严,他自己也非常积极上进,他能在书法、文学等方面取得极高的成就,与他的勤奋刻苦是息息相关的。

这首诗前两句客观陈述了自己的读书时间,夜半才休息,清晨即起床读书,表达了有志者应该勤学苦读的思想。后两句通过时间的流逝劝人们读书要趁年轻,切莫白了少年头,空悲切。全诗重在一个"劝"字,勉励年轻人勤学苦练,成就一番事业,以免留下"少壮不努力,老大徒伤悲"的遗憾。

杜 甫

杜甫(712—770),字子美,祖籍襄阳,后迁徙至河南巩县(今巩义市)。自号少陵野老,唐代伟大的现实主义诗人,与李白合称"李杜"。杜甫在中国古典诗歌中的影响非常深远,因而被后人称为"诗圣",他的诗被称为"诗史"。杜甫有约1500首诗歌被保留了下来,大多集于《杜工部集》。

望 岳

岱宗夫如何①?齐鲁青未了②。
造化钟神秀③,阴阳割昏晓④。
荡胸生层云⑤,决眦入归鸟⑥。
会当凌绝顶⑦,一览众山小。

①岱宗:泰山亦名岱山或岱岳,五岳之首,在今山东省泰安市城北。古代以泰山为五岳之首,诸山所宗,故又称"岱宗"。历代帝王凡举行封禅大典,皆在此山,这里指对泰山的尊称。夫:读"fú"。句首发语词,无实在意义,强调疑问语气。如何:怎么样。②齐、鲁:古代齐鲁两国以泰山为界,齐国在泰山北,鲁国在泰山南。原是春秋战国时代的两个国名,在今山东境内,后用齐鲁代指山东地区。青未了:指郁郁苍苍的

经典古诗

山色无边无际，浩茫浑涵，难以尽言。青，指苍翠、翠绿的美好山色。未了，不尽，不断。③造化：大自然。钟：聚集。神秀：天地之灵气，神奇秀美。④阴阳：阴指山的北面，阳指山的南面。这里指泰山的南北。割：分。夸张的说法。此句是说泰山很高，在同一时间，山南山北判若早晨和晚上。昏晓：黄昏和早晨。极言泰山之高，山南山北因之判若清晨与黄昏，明暗迥然不同。⑤荡胸：心胸摇荡。⑥决眦（zì）：眼角（几乎）要裂开。这是由于极力张大眼睛远望归鸟入山所致。决，裂开。眦，眼角。入：收入眼底，即看到。⑦会当：终当，定要。凌绝顶：即登上最高峰。凌，登上。

赏析

杜甫20多岁时曾有过一段短暂的漫游生活，这首诗正是写于那个时期，充满了年轻人的浪漫与激情。

通过描写雄伟壮丽的泰山形象，抒发了诗人的雄心壮志。全诗以一问句总领全篇，后面几句分别从不同方面描写泰山的雄伟巍峨。"齐鲁青未了"，以远望仍能看见山巅来衬托山之高大，别出心裁。颔联写近望，泰山将天下美景都聚集于此，并有遮天蔽日之势，写得极具气势。颈联进一步细化到具体物象，写山腰的层云与眼前的飞鸟，"荡胸""决眦"写诗人自身的感受，为眼前的美景着迷，间接突出了泰山景色之秀丽迷人。尾联由望岳产生登岳的想法，一定要登上泰山，把众山踩在脚下，表达了诗人勇于攀登、傲视天下的豪迈之气。

全诗视角由远及近，由近到具体景象，不写一个"望"字，而望的神态全出，给人以身临其境之感。

春 望

国破山河在①，城春草木深②。
感时花溅泪③，恨别鸟惊心④。
烽火连三月⑤，家书抵万金。
白头搔更短⑥，浑欲不胜簪⑦。

注释

①国：国都，指长安（今陕西西安）。破：陷落。山河在：旧日的山河仍然存在。②城：长安城。草木深：指人烟稀少。③感时：为国家的时局而感伤。溅泪：流泪。④恨别：怅恨离别。⑤烽火：古时边防报警的烟火，这里指安史之乱的战火。⑥白头：这里指白头发。搔：用手指轻轻地抓。⑦浑：简直。欲：想，要，就要。胜：受不住，不能。簪：一种束发的首饰。古代男子蓄长发，成年后束发于头顶，用簪子横插住，以免散开。

赏析

天宝十四年（755年）十一月，安禄山起兵。次年六月，叛军攻陷潼关，唐玄宗匆忙逃往四川。七月，太子李亨即位，杜甫闻讯，只身一人投奔肃宗朝廷，不幸被叛军俘获，押解至长安。第二年春，身处沦陷区的杜甫目睹了长安城一片萧条零落的景象，百感交集，便写下了这首传诵千古的名作。

全诗通过描写安史之乱后国都长安的破败之象，抒发了诗人热爱国家、同情百姓的忧国忧民的高尚情怀。全诗开门见山，直述战乱后山河依旧，但都城已残破不堪、杂草丛生，昔日繁荣昌盛的景象已不复存在，抚今追昔，不由得令人悲从中来，以致花鸟之类的乐景都带上了诗人哀情而令人"溅泪""惊心"，这样的表现手法取得了更加突出悲伤的艺术效果。"家书抵万金"，战乱中，家人的音信显得尤为珍贵，一方面是对家人的担忧，另一方面也从侧面反映了诗人对战争的反感与厌恶，这也是广大人民的共同心理。国愁家忧让诗人内心极度焦虑，苦不堪言，头发全白，且日益稀疏，诗人痛苦愁怨的形象如在眼前。全诗情景交融，感情沉郁，表达了诗人对战争的厌恨和对和平的期望。

月 夜

今夜鄜州月①，闺中只独看②。
遥怜小儿女③，未解忆长安④。
香雾云鬟湿，清辉玉臂寒⑤。
何时倚虚幌⑥，双照泪痕干⑦。

经典古诗

①鄜(fū)州：今陕西省富县。当时杜甫的家属在鄜州的羌村，杜甫在长安。②闺中：内室。看：读平声"kān"。③怜：想。④未解：尚不懂得。⑤香雾云鬟(huán)湿，清辉玉臂寒：写想象中妻子独自久立，望月怀人的形象。香雾，雾本来没有香气，香气从涂有膏沐的云鬟中散发出来。望月已久，雾深露重，故云鬟沾湿，玉臂生寒。⑥虚幌：透明的窗帷。幌，帷幔。⑦双照：与上面的"独看"对应，表示对未来团聚的期望。

赏 析

这首诗是诗人把家人安顿在鄜州，独自进长安被俘后，望月思家而作。杜甫诗作，忧国忧民者多，儿女情长者少，这是一首不多见的描写思念妻子的作品。

全诗通过描写想象家中妻子独自望月的处境，抒发自己对妻儿的思念之情。诗人独处长安，月圆之夜，不免思念家中亲人，久久难以入眠，思绪开始活跃。想着夜深妻子独坐家中，应该正在思念着远方的我，儿女尚小，不懂得思念远在异乡的父亲。"香雾云鬟湿，清辉玉臂寒"，夜深的寒气打湿了妻子的鬟角，清冷的月光照着手臂，泛着寒光，妻子在月夜遥望长安的形象跃然纸上，一向愁眉苦脸忧国忧民的杜甫，难得有这样细腻的儿女情思。尾联希望回家团聚，也就顺理成章了，但"何时"二字却饱含了诗人不知归期的无奈。

诗人由自身望月而引起对家人的思念，这里没有直写主观感受，而是通过遥想家中情景，以妻子望月思人的形象来表达思念之情，使得情感更加细腻感人，构思独特，别具一格。

春夜喜雨

好雨知时节，当春乃发生。
随风潜入夜，润物细无声。
野径云俱黑①，江船火独明。
晓看红湿处②，花重锦官城③。

注释

①野径：郊外的小路。②红湿：雨水打湿的红花。③花重：花因为沾着雨水而显得沉重。锦官城：指成都市。

赏析

这是一首春雨赞歌，一个"喜"字奠定了全诗的基调，表达了对春雨的赞美，也表露了诗人的喜悦之情。

首句用一个"好"字赞美"雨"，统领上半篇，以下各句都围绕它层层展开。这春雨好在"知时节"，随着时令而来；好在"发生"，催生万物；好在"潜入"，不张扬地来到人间；好在"润物"，滋养万物。"润物细无声"是一种潜移默化的影响，体现了好雨谦谦君子、温文尔雅的性格。下半篇通过对雨中景象的描写，让人感受到春雨带来的生机与活力。首先写雨夜大地一片黑暗，而江面独有一船渔火，"黑"与"明"相互映衬，强烈地冲击着我们的视界。然后对一夜春雨后，满城鲜花带雨绽夜的美景展开想象，让人充满了期望与喜悦。用"锦官城"来代替成都，更加充满了明艳之感。

绝　句

两个黄鹂鸣翠柳，一行白鹭上青天。
窗含西岭千秋雪①，门泊东吴万里船②。

注释

①西岭：即成都西南的岷山，山峰终年积雪不化。②东吴：指长江下游的江苏一带，三国时为东吴属地。

赏析

杜甫在成都浣花溪草堂闲居时写下了四首绝句，这是其中的第三首，描绘了草堂门前浣花溪边的明媚风光，诗人的舒畅喜悦之情尽在其中。

前两句中，黄、翠、白、青，色泽交错，有声有色，一派生机盎然的春天景

经典古诗

象,诗人自在欢快的心情表露无遗。后两句中,诗人身在草堂,思接千载,视通万里,胸襟开阔。透过窗户,看到了远山上终年不化的积雪,门前停泊着万里之外远道而来的船只,仿佛人在画中,一种欣欣然的情绪油然而生,诗人心旷神怡,充满了对生活的喜爱与对人生的信心。

蜀 相①

丞相祠堂何处寻②?锦官城外柏森森③。
映阶碧草自春色,隔叶黄鹂空好音。
三顾频烦天下计,两朝开济老臣心。
出师未捷身先死④,长使英雄泪满襟。

注 释

①蜀相:三国蜀汉丞相,指诸葛亮。②丞相祠堂:即诸葛武侯祠,位于成都,晋李雄初建。③锦官城:成都的别名。柏(bǎi)森森:柏树茂盛繁密的样子。④出师未捷身先死:指诸葛亮多次出师伐魏,未能取胜,至蜀建兴十二年(234年)卒于五丈原(今陕西岐山东南)军中。

赏 析

杜甫一生都有建功立业的政治理想,却苦于仕途坎坷,无法施展一腔抱负。这首诗于诗人寓居成都游览武侯祠之时写就。当时安史之乱还未结束,诗人目睹国家动荡,生灵涂炭,却无报国之门,有感而发,对"鞠躬尽瘁,死而后已"的诸葛亮越发崇拜起来。

全诗以自问自答的形式开始,引出诗人主动寻找丞相祠堂,继而描写祠堂内景色,松柏茂盛,一派庄严肃穆的氛围,让人肃然起敬。碧草映阶,黄鹂好音,但诗人却用"自"和"空"字,表明忧国忧民的诗人根本无心赏景,是一心来参拜蜀相的。后四句议论,高度概括了蜀相一生的功绩与遗憾,歌颂了他为国呕心沥血、鞠躬尽瘁的事迹。乱世思贤相,对蜀相的歌颂正是因为渴望能有像诸葛亮这样的贤相来维护国家的清明安定,这也是对自己能建功立业报效国家的渴望。全诗融写景、抒情、议论于一体,既是对历史的咏叹,同时也是对现实的寄托。

闻官军收河南河北[1]

剑外忽传收蓟北[2],初闻涕泪满衣裳。
却看妻子愁何在[3],漫卷诗书喜欲狂[4]。
白日放歌须纵酒,青春作伴好还乡[5]。
即从巴峡穿巫峡[6],便下襄阳向洛阳[7]。

注释

[1]闻:听说。官军:指唐朝军队。[2]剑外:剑门关以南,这里指四川。蓟北:泛指唐代幽州、蓟州一带,今河北北部地区,是安史叛军的根据地。[3]却看:回头看。妻子:妻子和孩子。[4]漫卷(juǎn)诗书喜欲狂:胡乱地卷起。指杜甫已经迫不及待地去整理行装,准备回家乡去了。喜欲狂,高兴得简直要发狂。[5]青春:指明丽的春天的景色。作伴:与妻儿一同。[6]巫峡:长江三峡之一,因穿过巫山得名。[7]便:就。襄阳:今属湖北。洛阳:今属河南,古代城池。

赏析

　　763年春天,杜甫52岁,流落于四川成都。该年,唐军大捷,叛军或死或降,持续7年多的安史之乱宣告结束,消息传到四川时,杜甫欣喜若狂,挥笔写下了这首生平第一快诗。

　　这首诗写的是诗人听到唐军收复失地、平定安史之乱后喜悦的心情。当胜利的消息传到诗人耳中,终于可以结束颠沛流离的生活,多年漂泊的辛酸涌上心头,让诗人不禁老泪纵横。妻儿同样是喜不自禁,都已经开始收拾行装了,足见回家的渴望是多么的强烈。这样美好的日子,值得放歌,值得纵酒,真的是时候回家了。尾联连续四个地名,用"穿""下""向"串联起来,准确而凝练,既符合地理实际,又很好地表达了诗人迫不及待想回到家乡的急切心情。全诗感情奔涌,语言精练,从忽闻捷报起,到出发向洛阳止,一气呵成。

经典古诗

登 高

风急天高猿啸哀①,渚清沙白鸟飞回②。
无边落木萧萧下,不尽长江滚滚来。
万里悲秋常作客,百年多病独登台。
艰难苦恨繁霜鬓,潦倒新停浊酒杯。

①啸哀:指猿的叫声凄厉。②渚(zhǔ):水中的小洲或小块陆地。

  杜甫一生穷困潦倒,人到中年,还到处辗转漂泊,五十多岁时,离开了成都草堂到达夔州。一天,他独自登上白帝城外的高台,登高远望,想起自己生活艰难,身体多病,百感交集,写下了这首被胡应麟誉为"七律之冠"的《登高》。
  全诗通过描写登高所见的萧瑟秋景,抒发了诗人悲苦孤寂的复杂心情。诗的前四句写景,描述登高见闻,紧扣秋天的季节特点,一系列带有浓烈情感色彩的景物铺排,渲染出了秋天苍凉萧瑟的氛围,为后面的抒情奠定了基础。后四句抒情,倾诉了诗人常年漂泊、体弱多病的愁苦心情,"万里""百年"极言生活艰难程度之深。全诗由景入情,情景交融,浑然一体,虽写的是愁苦之情,却透着一股雄壮激越之感。

旅夜书怀

细草微风岸,危樯独夜舟①。
星垂平野阔②,月涌大江流③。
名岂文章著,官应老病休。
飘飘何所似,天地一沙鸥。

注释

①危樯（qiáng）：高竖的桅杆。②平野：平原。③月涌：月光映照在水面，随着江流奔涌。

赏析

这首诗写于杜甫离开成都乘舟东下途中。诗的前两联描写旅途夜中所见，微风吹拂着岸边的小草，发出细碎的声响，竖着高高桅杆的小船，独自停靠在岸边。明亮的星星高垂在宽阔的平原上空，月光映照在水面，随着江流奔涌。所写景物一近一远，一悲苦一豪迈，一微小一宏大，衬托了诗人孤寂的身影，凸显了凄凉而悲怆的心情。

诗的后两联抒怀：个人的声名怎么能够是因为文章写得好而得来？官位也应该是因为年老力衰而离开！此处诗人正话反说，自己的名声并不是因为做好官而得来，官位也是因为受排挤而被罢免，含蓄地表达了自己政治上的失意，以及对命运安排的不满与抗争。"飘飘何所似，天地一沙鸥"，感慨自己孑然一身，四处漂泊，就像一只孤零零的沙鸥一样，伤感之情，溢于言表。

全诗笼罩着一种深沉的孤独与伤感，已入衰老之年的杜甫，抱负落空，病痛缠身，面对着辽阔的景色，遥想一生的遭遇，自伤自怜，字字含泪，感人至深。

岑 参

岑（cén）参（约715—770），原籍南阳（今属河南新野），迁居江陵（今属湖北），是唐代著名的边塞诗人。其诗歌富有浪漫主义的特色，气势雄伟，想象丰富，色彩瑰丽，热情奔放，尤其擅长七言歌行。现存诗歌403首，70多首边塞诗，有《岑嘉州集》传世。

经典古诗

逢入京使①

故园东望路漫漫,双袖龙钟泪不干②。
马上相逢无纸笔,凭君传语报平安。

注释

①入京使:进京的使者。②龙钟:涕泪淋漓的样子。

赏析

此诗作于岑参34岁时,当时诗人功名不如意,无奈之下,告别在长安的妻子,出塞任职,路遇返京熟人,立马而谈,互叙寒温,托报平安,即有此作。

诗人驭马奔驰,故乡被抛在身后,越来越远,慢慢消失在天际,离别的伤感让诗人流下了不舍的眼泪。正值伤心之时,路遇熟人返回家乡,匆匆忙忙中托其报一声平安,写得情真意切,入情入理,抒发了他离家后对家人的思念之情。语言质朴,却饱含深情。

白雪歌送武判官归京①

北风卷地白草折②,胡天八月即飞雪。
忽如一夜春风来,千树万树梨花开。
散入珠帘湿罗幕③,狐裘不暖锦衾薄④。
将军角弓不得控⑤,都护铁衣冷难着。
瀚海阑干百丈冰⑥,愁云惨淡万里凝。
中军置酒饮归客⑦,胡琴琵琶与羌笛。
纷纷暮雪下辕门⑧,风掣红旗冻不翻⑨。
轮台东门送君去⑩,去时雪满天山路。
山回路转不见君,雪上空留马行处。

注释

①**武判官**：名不详。判官，官职名。唐代节度使等朝廷派出的持节大使，可委任幕僚协助判处公事，称判官，是节度使、观察使一类的僚属。②**白草**：西域牧草名，秋天变白色。③**珠帘**：用珍珠串成或饰有珍珠的帘子，此形容帘子的华美。**罗幕**：用丝织品做成的帐幕，此形容帐幕的华美。意思是说雪花飞进珠帘，沾湿罗幕。④**狐裘（qiú）**：狐皮袍子。**锦衾（qīn）薄（bó）**：丝绸的被子（因为寒冷）都显得单薄了。形容天气很冷。锦衾，锦缎做的被子。⑤**角弓**：两端用兽角装饰的硬弓。**不得控**：（天太冷而冻得）拉不开（弓）。控，拉开。⑥**瀚（hàn）海**：沙漠。此处是说大沙漠里到处都结着很厚的冰。**阑干**：纵横交错的样子。⑦**中军**：称主将或指挥部。古时分兵为中、左、右三军，中军为主帅的营帐。**饮归客**：宴饮归京的人，指武判官。饮，动词，宴饮。⑧**辕门**：军营的门。古代军队扎营，用车环围，出入处以两车车辕相向竖立，状如门。这里指主帅衙署的外门。⑨**风掣（chè）**：红旗因雪而冻结，风都吹不动了。掣，拉，扯。**冻不翻**：旗被风往一个方向吹，给人以冻住之感。⑩**轮台**：唐轮台在今新疆维吾尔自治区米泉区境内，与汉轮台不是同一地方。

赏析

岑参曾在边疆生活了六年，对兵荒马乱和塞外风光有其独特的观察与体会。天宝十三年，岑参第二次出塞，担任安西北庭节度使封常清的判官，在轮台送别前任武判官归京，写下了此诗。

这首诗描写了在下雪天送别友人的过程，全诗场景壮阔，气势磅礴，堪称盛世大唐边塞诗的压卷之作。前八句重在写早晨塞外的美丽雪景，由远及近，一片银装素裹，塞外变得天寒地冻，通过对罗幕、锦衾、角弓、铁衣等物品的描述，间接表达了严寒给将士们带来的影响。第九、十句用极其夸张的手法描述了当地奇丽的景致和恶劣的天气，反衬下文欢快的送行场景。后面八句描述送别友人时和送别后的情景，帐中酒菜热气腾腾，歌舞升平，热闹非凡，送出帐外，却是大雪纷飞，寒风怒号，友人走后，眼前雪满天山，空留脚印。前者温暖，后者酷寒；前者热闹，后者冷寂。两相对比，更衬托出送别友人后内心的失落。本诗以雪贯穿全篇，描述极具画面感，是一首不可多得的送别佳作。

经典古诗

柳中庸

柳中庸（？—约775），名淡，字中庸，河东（今山西永济）人，唐代边塞诗人。其诗以写边塞征怨为主，《全唐诗》收录其诗作13首。

征人怨

岁岁金河复玉关①，朝朝马策与刀环②。
三春白雪归青冢③，万里黄河绕黑山。

注释

①金河：即黑河，在今呼和浩特市城南。玉关：即玉门关。②马策：马鞭。刀环：刀柄上的铜环，喻征战事。③青冢（zhǒng）：西汉时王昭君的坟墓，在今内蒙古呼和浩特之南，当时被认为是远离中原的一处极僻远荒凉的地方。传说塞外草白，唯独昭君墓上草色发青，故称青冢。

赏析

这首诗描述了一位常年处于战斗一线的征人的抱怨，他年复一年转战于金河与玉门关一带，日复一日参加残酷的战斗，单调而又凶险的军中生活，已使他身心俱疲。时间已是暮春，塞外苦寒之地，却至今未见半点春色，唯有纷纷大雪洒向青冢。万里黄河，绕过黑山，向远方奔流而去。荒凉肃杀的环境更让他满腹哀怨。

全诗对仗工整，意境开阔，叠词、数词、颜色的运用，将哀怨之情感更加推进一层。通篇没有一个"怨"字，却怨满全篇，写得一吟三叹。

张　继

张继（生卒年不详），字懿孙，襄州（今湖北襄阳）人，唐代诗人，著有《张祠部诗集》。他的诗爽朗激越，不事雕琢，比兴幽深，事理双切，对后世颇有影响，但流传下来的诗不到50首，最著名的是《枫桥夜泊》。

枫桥夜泊①

月落乌啼霜满天，江枫渔火对愁眠②。
姑苏城外寒山寺③，夜半钟声到客船。

注释

①**枫桥**：在今苏州市西郊。**泊**：停靠。②**江枫**：江边枫树，另解为寒山寺旁的两座桥，即"江村桥"和"枫桥"。**渔火**：渔船上的灯火。**愁眠**：因发愁而睡不着。③**姑苏**：苏州的别称。**寒山寺**：位于苏州市姑苏区，始建于南朝萧梁代天监年间（502—519），初名"妙利普明塔院"。

赏析

　　诗人旅途中停船苏州枫桥，彻夜难眠，写下了这首羁旅诗，记录下当时的所见、所闻、所感。

　　全诗围绕着一个"愁"字铺展开来。诗的第一句写了三处夜景："月落""乌啼""霜满天"，所见、所闻、所感，写出了深秋寒夜的清冷。第二句继续写景，"江枫""渔火"映衬出了"不眠人"内心的愁绪，一种旅途中的孤寂情绪涌上心头。此时，前面的景物将愁绪渲染到了极致，第三、第四句却宕开一笔，"夜半钟声"打破了夜晚的寂寥，悠长的钟声让背井离乡的诗人更添一番愁思。

韩　翃

　　韩翃（hóng）（719—788），字君平，南阳（今河南南阳）人，唐代诗人，是"大历十才子"之一。韩翃的诗笔法轻巧，写景别致，在当时传诵很广，著有《韩君平诗集》。

经典古诗

寒 食①

春城无处不飞花②，寒食东风御柳斜。
日暮汉宫传蜡烛③，轻烟散入五侯家④。

注释

①寒食：寒食节，古代在清明节前两天，禁火三天，只吃冷食，所以称寒食。②春城：暮春时的长安城。③汉宫：这里指唐朝皇宫。④五侯：汉成帝时封王皇后的五个兄弟为侯，受到特别的恩宠。这里泛指天子近幸之臣。

赏析

寒食节，满城都飘飞着杨花柳絮，垂柳随风飘动，正是春天最美好的时候。太阳落下的时候，本该还是禁火的日子，但皇宫里却派出一队队人马，手持点燃的蜡烛，送入近臣之家，留下了一路的轻烟。于是，在全城都是一片漆黑之时，而皇宫和重要王府开始灯火通明，腾起袅袅轻烟。这首诗描写了寒食节长安城的白昼景色和夜晚朝廷给近臣宦官送蜡烛的小事，却含蓄地讽刺了朝廷宠幸宦官的行为，导致其权势煊赫，作威作福，成为国家的祸根，字里行间透露着诗人对朝廷行为的不满。

刘长卿

刘长卿（726—约786），字文房，宣城（今属安徽）人，唐代诗人，玄宗天宝年间进士。刘长卿工于诗，长于五言，自称"五言长城"，有《刘随州集诗》传世。

逢雪宿芙蓉山主人①

日暮苍山远，天寒白屋贫②。
柴门闻犬吠，风雪夜归人。

注释

①逢：遇上。芙蓉山：各地以芙蓉命山名者甚多，这里大约是指湖南桂阳或宁乡的芙蓉山。②白屋：未加修饰的简陋茅草房。一般指贫苦人家。

赏析

刘长卿仕途坎坷，数次被贬，这首诗作于第二次被贬后。全诗描述了严冬寒夜借宿芙蓉山庄的经历，前两句以白描的手法，勾勒出一幅寒寂清冷的暮雪山村图。后两句写夜宿时所闻所想，犬吠、归人，打破了雪夜的冷寂，给羁旅之人带来了丝丝温暖，也缓解了自己长途跋涉的辛苦和仕途不顺的愁郁。全诗空间上由远及近，时间上由暮至夜，有声有色，极具画面感，末句更是言有尽而意无穷。

严　维

严维（生卒年不详），约唐肃宗至德元年（756年）前后在世。字正文，越州（今绍兴）人。曾隐居桐庐，与刘长卿交好。擅音律，好弹琴。《全唐诗》收其诗作64首。

丹阳送韦参军①

丹阳郭里送行舟②，一别心知两地秋。
日晚江南望江北③，寒鸦飞尽水悠悠。

经典古诗

注释

①**丹阳**：地名。唐天宝间以京口（今江苏镇江）为丹阳郡，曲阿为丹阳县（今江苏丹阳市）。二者地理位置相近。**参军**：古代官名。②**郭**：古代在城外围环城而筑的一道城墙。③**日晚**：日暮，此处暗示思念时间之久。

赏析

这是一首感情真挚的送别诗，诗中描写了送行和别后的场景，语言清丽流畅，读之余味无穷。

送走友人后，诗人想到就此一别，将是两地分隔，身边再无可交心之朋友，心里无比的失落与惆怅。当然，诗人也知道，自己的朋友独自去外地，心情想必跟自己也是差不多的，一个"秋"字既点明了季节，同时也是诗人与朋友内心惆怅的写照。难舍难分之情，使诗人独立江边遥望朋友去处，久久不愿离开。寒鸦飞尽，江水悠悠，凭空增添了几分离愁别绪之苦，此句与李白"孤帆远影碧空尽，唯见长江天际流"有异曲同工之妙。

全诗融情于景，真切自然，人、景、物交织成一幅唯美的图画，诗人对友人的难舍之情尽在其间。"寒鸦飞尽水悠悠"，这离愁如同流水，悠远而绵长。

韦应物

韦应物（737—792），长安（今陕西西安）人，唐代诗人。因出任过苏州刺史，世称"韦苏州"，诗风恬淡高远，是著名的山水田园派诗人，与王维、孟浩然、柳宗元并称为"王孟韦柳"。

滁州西涧①

独怜幽草涧边生②，上有黄鹂深树鸣③。
春潮带雨晚来急，野渡无人舟自横④。

注释

①滁（chú）州：在今安徽滁州。涧：小溪。②独怜：特别喜欢，最喜爱。幽草：幽谷里的小草。③深树：树林深处。④野渡：荒郊野外的渡口。横：指随意漂浮。

赏析

从明处来看，这首诗写的是春涧晚雨，实则表达了诗人内心安贫守节、不媚权贵的心态，有一股淡淡的无奈蕴含其中。诗人最爱幽谷里独自生长的小草，不染红尘，不争高低，恬淡地聆听树林深处黄鹂的啼鸣。就算是"春潮带雨"急急而来，但那一叶无人管束的小舟却自在漂浮于水面上。"幽草"对黄鹂的鸣叫，"急雨"对自在漂浮的小船，动静之间突出了诗人的坚守与追求，"小草"与"舟"寓意明显，就是诗人对自己当时心境的比拟。

卢 纶

卢纶（748—约800），字允言，河中蒲州（今山西永济）人，唐代诗人，大历十才子之一，著有《卢户部诗集》。

塞下曲

月黑雁飞高①，单于夜遁逃②。
欲将轻骑逐③，大雪满弓刀。

注释

①月黑：没有月光。②单（chán）于：匈奴的首领。这里指入侵者的最高指挥官。遁：逃走。③轻骑：轻装快速的骑兵。逐：追赶，追逐。

经典古诗

赏析

这首诗苍凉而豪迈，描写了将军雪夜准备率兵追敌的壮举。诗句没有直接写激烈的战斗场面，却借边境肃杀清冷的黑夜，为我们打开了想象的空间，营造出了一触即发的紧张氛围。寂静黑暗的雪夜，大雁突然惊起高飞，原来是敌人试图逃走。警觉的将士们马上发现了敌情，轻骑上阵准备追杀。诗人并没有正面地告诉我们士气如虹的追敌结果，却用漫天大雪中的弓刀突出表现了艰苦的边塞环境中将士们大无畏的英勇气概。

李 益

李益（约750—约830），字君虞，祖籍凉州姑臧（今甘肃武威市凉州区），后迁河南郑州，唐代诗人。大历四年（769年）进士，曾任郑县尉，后弃官在燕赵一带漫游。以边塞诗作名世，擅长绝句，尤其工于七绝。

夜上受降城闻笛①

回乐烽前沙似雪②，受降城外月如霜。
不知何处吹芦管③，一夜征人尽望乡。

注释

①受降城：一种说法是唐初为了防御突厥，在黄河以北筑有受降城；另一说法是指唐太宗接受突厥投降的灵州。②回乐烽：唐代有回乐县，指当地的烽火台；一作"峰"，指当地山峰。③芦管：笛子。

赏析

这首诗前两句描写了受降城月夜之景，诗人夜里登上受降城楼，放眼望去，在皎洁的月光下，烽火台前沙漠连绵起伏，伸向远方，沙地就像铺上了一层白雪一样，城外洒下冷冷的月光，像结着一层厚厚的霜。"似雪""如霜"渲染了边

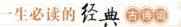

地夜晚凄清的环境，为后文征夫的思乡营造了氛围。后两句正面抒发了戍边将士们的思乡之情，呜呜咽咽的笛声从军营的某个角落里响起，随风潜入每一个士兵的耳中，勾起了大家对家乡的思念，视线不知不觉越过受降城，越过回乐烽，整晚都望向家的方向，一个"尽"字道出了士兵们思乡之情的普遍和深切。全诗语言优美，融景、声、情于一体，含蓄而又深远。

喜见外弟又言别①

十年离乱后，长大一相逢。
问姓惊初见，称名忆旧容。
别来沧海事，语罢暮天钟②。
明日巴陵道③，秋山又几重。

注释

①外弟：表弟。②暮天钟：黄昏寺院的鸣钟。③巴陵：今湖南省岳阳市，即诗中外弟将去的地方。

唐朝自755年起，相继爆发了安史之乱、吐蕃回纥边乱、藩镇叛乱，直至785年才告一段落，前后持续了近30年。这段时期社会剧烈动荡，给老百姓带来了深重的灾难，这首诗就是写于这样的背景之下。

全诗开门见山，叙述了诗人与表弟历经十年离乱后偶遇的情景，直到相互问起姓名才知晓对方，从侧面反映了十年来，兄弟俩容颜、神态发生了巨大的变化。他乡遇亲人，不禁问起了各自十年来的经历，问起了故旧亲人的近况，感慨万千，不知不觉间，黄昏中传来了暮钟的声音。明天，表弟又将前往巴陵，从此又将是重山阻隔，见面的喜悦还没来得及享受，又面临匆匆分别，这一别，不知下次见面又要到何年何月了，诗人不禁忧从中来。

这首诗语言凝练，朴实自然，通过亲人间的偶遇又匆匆别离，抒发了人生聚散无常的感叹，也反映了社会动乱给人们造成的无奈与痛苦。

经典古诗

孟 郊

孟郊（751—814），字东野，湖州武康（今浙江德清）人，唐代诗人。因其诗作多写世态炎凉，民间疾苦，充满苦寒之音，故被称为"诗囚"，与贾岛有"郊寒岛瘦"之称。著有《孟东野诗集》。

游子吟①

慈母手中线，游子身上衣。
临行密密缝②，意恐迟迟归③。
谁言寸草心④，报得三春晖⑤。

注释

①吟：古代的一种诗歌体裁。②临：将要。③意恐：心中担心、害怕。④言：说。寸草心：寸草，小草之意，寸草心比喻子女的心意。⑤三春晖：春天灿烂的阳光，这里指慈母对孩子的养育之恩。三春，旧称农历正月为孟春，二月为仲春，三月为季春，合称三春。晖，阳光。

赏析

这是一首感人肺腑的歌颂伟大母爱的诗，千百年来脍炙人口。母亲对孩子的爱是无微不至的，诗的前四句选取了一个普通的生活场景——临行缝衣，不仅写出了慈母缝衣的动作情态，而且写出了母亲的内心世界。母亲对孩子的千言万语全部汇聚在密密麻麻的针线中，这个小小的细节感人肺腑，引起千百年来读者的共鸣。最后两句用比喻的手法和反问的语气，寄喻了游子对慈母发自内心的爱。但这爱与母爱相比，却只是江河中的一滴水那般渺小。父母的爱就像阳光，而我们就像小草，沐浴在阳光下健康成长，所以我们要学会感恩，孝顺父母，报答他们的养育之恩。

登科后①

昔日龌龊不足夸②,今朝放荡思无涯。
春风得意马蹄疾,一日看尽长安花。

注释

①登科:科举考试中,考中进士称及弟,经吏部复试取中后授予官职称登科。②龌龊(wò chuò):原意是肮脏,这里指不如意的处境。放荡:自由自在,不受约束。

赏析

孟郊以苦吟著称,在其46岁第三次赴京科考时,终于考中进士。榜单揭晓之日,他欣喜若狂,当即写下了这首酣畅淋漓的快诗。

全诗前两句对比了今昔状态的不同,昔日困窘,不值一提,今日终于迎来了金榜题名,高中的喜悦令昔时的郁结荡然无存,心情无比轻松。后两句描述了诗人在十里春风中,骑着高头大马,得意扬扬地看尽长安繁花的情形。人逢喜事精神爽,便感觉马蹄也轻快了,花也艳丽了,街上的人也亲切了,神采飞扬的诗人游遍了整个长安城。全诗节奏欢,一气呵成,非常生动贴切地抒发了诗人高中后的欣喜之情。

杨巨源

杨巨源(约755—?),字景山,后改名巨济,河中(今山西永济)人,唐代诗人。作诗格律有致,格调流美,《全唐诗》辑录其诗1卷。

城东早春

诗家清景在新春①,绿柳才黄半未匀。
若待上林花似锦②,出门俱是看花人。

经典古诗

①清景：清秀美丽的景色。②上林：上林苑，为汉宫苑。

赏析

这首诗开门见山，表达了诗人对早春的喜爱。但虽题为"城东早春"，却只有第二句实写春天之景，并且只挑取了刚刚发出的柳芽这一个景物来代表整个早春，小处见大，凸显了早春的清新醉人。后两句描写了想象中仲春赏花时的盛况，彼时的上林苑，繁花似锦、熙熙攘攘，全是赏花的人。两相比较，突出了早春的美好和诗人独特的审美情趣。

全诗语言精练，构思精巧，意蕴丰富，是颂扬早春的佳篇。

崔　护

崔护（772—846），字殷功，唐代博陵（今河北定州市）人。贞元十二年（796年）登第（进士及第）。太和三年（829年）为京兆尹，同年为御史大夫、广南节度使。其诗诗风精练婉丽，语极清新。《全唐诗》存其诗作6首，其中《题都城南庄》流传甚广，脍炙人口。

题都城南庄①

去年今日此门中，人面桃花相映红②。
人面不知何处去，桃花依旧笑春风。

①都城：唐朝京城长安。②人面：指姑娘的脸。第三句中的人面代指姑娘。

赏析

唐《本事诗》有记载：崔护在长安考进士落第后，心情烦闷，独自到南郊游玩，路遇一人家，正值清明，院里桃花盛开，宛如朝霞，于是叩门讨水喝。一少女捧杯款款而出，面容娇美，风姿绰约，崔护接过水，心潮澎湃，四目相对，含情脉脉，桃花映衬下，少女更显娇羞，饮茶后告辞，恋恋不舍而走。待来年清明，崔护又想起了这一幕，情不自禁出门寻之，发现门墙如故，桃花依旧，久久叩门而无人应答，遂写此诗于门扉之上。

全诗前两句追忆去年的情景，时间、地点都非常清晰地刻在诗人脑中，说明去年的那次偶遇令诗人难以忘怀。关于门中人的具体姿态面貌，诗人不著一字，只用了"相映红"三字就将少女的热烈、烂漫和青春神采传神地表现出来了，那种动人的美丽，惹人怜爱。后两句转至眼前，诗人乘兴特意寻来，内心满是期盼，结果却物是人非，只看到那熟悉的门墙伫立，只看到那熟悉的桃花在春风中热烈绽放，却没看到那熟悉的人儿，怅然若失之感涌满心头。

此诗构思巧妙，不写情而情满字里行间，不写人而人物形象宛在眼前。也在不经意间诠释了一种普遍的人生体验，无意间碰到的美好事物再刻意而求之时，却很难复得。

张　籍

张籍（约766—约830），字文昌，唐代诗人，和州乌江（今安徽和县乌江镇）人。世称"张水部""张司业"。张籍为韩门大弟子，其乐府诗与王建齐名，并称"张王乐府"。著名诗篇有《塞下曲》《征妇怨》《采莲曲》《江南曲》等。

牧童词

远牧牛，绕村四面禾黍稠①。
陂中饥鸟啄牛背②，令我不得戏垅头③。
入陂草多牛散行，白犊时向芦中鸣④。

经典古诗

隔堤吹叶应同伴，还鼓长鞭三四声⑤。
牛牛食草莫相触，官家截尔头上角。

①禾黍（shǔ）：禾与黍。泛指黍稷稻麦等粮食作物。②陂（bēi）：池塘，水岸。③垅（lǒng）头：田埂，田边空地。④白犊：白色的牛。芦：芦苇。⑤鼓：挥舞。

赏 析

这是一首政治讽刺诗，借牧童之口表达人民对官府的畏惧之情，寓尖锐讽刺于诙谐调侃之中。诗中牧童形象活灵活现，如在眼前，牧牛经过令人忍俊不禁。

牧童把牛赶到很远的地方去放牧，为什么呢？因为村庄四周都种满了庄稼。本想让牛自行食草，他可以和同伴尽情嬉戏玩耍一番，哪知乌鸦老是来啄牛背，使之不敢丢下牛独自去玩耍。水边草多，牛吃着吃着就走散了，自己那头白色的牛还时不时朝着芦苇荡长哞两声，牧童们则分头去驱赶，并以"吹叶"等独特的方式相互联络。"入陂"三句将此情景生动、逼真地再现了出来，并让人感受到牧童牧牛时的乐趣。诗的结尾三句"还鼓长鞭三四声，牛牛食草莫相触，官家截尔头上角"，笔锋一转，写牧童甩长鞭以"官家"来吓唬牛，警告它们不要打架，妙趣横生，耐人寻味。牧童为什么会以"官家"来吓唬牛？因为在牧童心底，官家是最可怕的，怕官家之剥削，怕官家之巧取豪夺，也就委婉曲折地揭露了当时社会的黑暗。显然，此诗采用的是以乐写哀的笔法。

秋 思

洛阳城里见秋风，欲作家书意万重①。
复恐匆匆说不尽②，行人临发又开封③。

①意万重：极言心思之多。②复恐：又恐怕。③行人：指捎信的人。临发：将出发。开封：拆开已经封好的家书。

赏析

这首诗记述了诗人写家书前后的经过，借此表达了诗人浓浓的思乡之情。全诗以秋风起兴，秋风一起，叶落归根，大雁南飞，惹出了诗人对家乡的思念，心中涌上千言万语，于是，决定写封信问问家中近况。却担心太多的话，匆匆忙忙间没有说完，等传信人即将上路时，又打开了信封。从"意万重"到"说不尽"，再到"又开封"，一连串的心理与动作描写，生动形象地表达了游子对家人最真挚的情感，耐人寻味。

韩　愈

韩愈（768—824），字退之，河南河阳（今河南孟州）人，自称"郡望昌黎"，世称"韩昌黎""昌黎先生"。唐代杰出的文学家、思想家、哲学家、政治家。他是唐代古文运动的倡导者，被后人尊为"唐宋八大家"之首，有"文章巨公"和"百代文宗"之名。后人将其与柳宗元、欧阳修和苏轼合称"千古文章四大家"。

早春呈水部张十八员外①

天街小雨润如酥②，草色遥看近却无。
最是一年春好处③，绝胜烟柳满皇都④。

①呈：恭敬地送给。水部张十八员外：指张籍，唐代诗人，在同族兄弟中排行十八，曾任水部员外郎。②天街：京城的街道。酥：酥油，这里形容春雨的滋润。③最是：正是。处：时候。④绝胜：远远胜过。皇都：帝都，这里指长安。

赏析

这是一首描写和赞美早春美景的七言绝句，向我们呈现出一个早春独有的清新、滋润、明媚的画面。

诗的前两句以细致入微的观察描写早春细雨和刚刚冒出嫩芽的小草，准确地捕捉到了它们的特点，润如酥油的春雨，遥看一片绿色近看却稀稀拉拉的小草，初春的景象得到了细致的刻画。诗的后两句表达了对早春的无限赞美，用烟柳满城的浓郁春色与早春淡淡的春光相比较，突出诗人更爱欣欣然刚刚焕发出生机的早春之景。

春 雪

新年都未有芳华①，二月初惊见草芽。
白雪却嫌春色晚②，故穿庭树作飞花。

注释

①芳华：泛指芳香的花朵。②嫌：嫌弃，不满。

赏析

这首诗主要描写了早春的景象和人们等待春天的焦急心情。新年已经过了，可此时，冬天的严寒还未消退，大地还处于冬的萧瑟之中，到处都见不到春的景象，一个"都"字，体现了诗人迫不及待想见到春天的焦急心情。农历二月初，诗人却忽然看见了青青的草芽，嫩滴滴地钻出了地面，感到非常惊奇与激动，春天终于要来了！正当人们为春天即将到来而喜悦的时候，白雪却嫌春天来得太迟了，于是飞过树梢，飞进庭院，纷纷扬扬，化作飘落的花瓣，成为早春的一道亮丽景色。末两句构思巧妙，运用拟人的修辞手法，把白雪的美好与灵性刻画得生动飘逸，可谓神来之笔。

王 建

王建（768—835），字仲初，颍川（今河南许昌）人，唐朝诗人。其诗题材广泛，多用比兴、白描、对比等手法，今存有《王建诗集》《王建诗》《王司马集》等本及《宫词》1卷。

十五夜望月

中庭地白树栖鸦①，冷露无声湿桂花。
今夜月明人尽望，不知秋思落谁家②。

注释

①中庭：即庭中，庭院中。地白：指月光照在庭院的样子。②秋思：秋天的情思，这里指怀念人的思绪。

赏析

这首诗前两句描写了中秋之夜庭院中的景色，柔柔的月光洒满中庭，高树上栖息着几只寒鸦，带着凉意的露水，静静地打湿了院里的桂花。中秋，本应该是全家团圆、一起赏月的日子，而此时的诗人，正独自一人坐在院子里，心中不免凄凉。今晚的明月，人人都在观望，那愁人的相思，又会落到谁头上呢？其实，就如白居易《望月有感》中的"共看明月应垂泪，一夜乡心五处同。"，像诗人这样的远游者，肯定满满都是秋思。

这首诗意境优美，蕴藉深沉，将中秋思怀写得余味悠长，委婉动人。

刘禹锡

刘禹锡（772—842），字梦得，彭域（今徐州）人。唐朝文学家、哲学家，有"诗豪"之称。刘禹锡贞元九年（793年），进士及第，历任朗州司马、礼部郎中、苏州刺史等职。刘禹锡诗文俱佳，涉猎题材广泛，有《陋室铭》《竹枝词》《乌

经典古诗

衣巷》等名篇。有《刘梦得文集》等存世。

酬乐天扬州初逢席上见赠①

巴山楚水凄凉地②,二十三年弃置身③。
怀旧空吟闻笛赋④,到乡翻似烂柯人⑤。
沉舟侧畔千帆过⑥,病树前头万木春。
今日听君歌一曲,暂凭杯酒长精神⑦。

①乐天:指白居易,字乐天。②巴山楚水:指四川、重庆、湖南、湖北一带,当时属边远地区,此处为概指被贬地区。③二十三年:从唐顺宗永贞元年(805年)刘禹锡被贬为连州刺史,迁徙于朗州、连州、夔州、和州等地,至宝历二年(826年)冬应召,约22年。因贬地离京遥远,实际上到第二年才能回到京城,所以说23年。弃置身:指遭受贬谪的诗人自己。置,放置。弃置,贬谪。④闻笛赋:指西晋向秀的《思旧赋》。三国曹魏末年,向秀的朋友嵇康、吕安因不满司马氏篡权而被杀害。后来,向秀经过嵇康、吕安的旧居,听到邻人吹笛,不禁悲从中来,于是作《思旧赋》。序文中说:自己经过嵇康旧居,因写此赋追念他。刘禹锡借用这个典故怀念已死去的王叔文、柳宗元等人。⑤翻似:倒好像。翻,副词,反而。烂柯人:指晋人王质。相传晋人王质上山砍柴,看见两个童子下棋,就停下观看。等棋局终了,手中的斧柄(柯)已经朽烂。回到村里,才知道已过了100年。同代人都已经亡故。作者以此典故表达自己遭贬23年的感慨。刘禹锡也借这个故事表达世事沧桑,人事全非,暮年返乡恍如隔世的心情。⑥沉舟:这是诗人以沉舟、病树自比。⑦长(zhǎng)精神:振作精神。长,增长,振作。

赏析

刘禹锡被贬,辗转各地长达23年之久,在被召回洛阳的路上,途经扬州,遇到了同样被贬多年的白居易。同是天涯沦落人,白居易作诗一首《醉赠刘二十八使君》:"为我引杯添酒饮,与君把箸击盘歌。诗称国手徒为尔,命压人头不奈何。举眼风光长寂寞,满朝官职独蹉跎。亦知合被才名折,二十三年折太多。"赠予刘禹锡,对他的遭遇表达了同情与不平,于是,刘禹锡以诗回赠。

本诗首先回顾了被贬边远之地23年的经历和归来后的感受,诗人带着满心的凄凉辗转了半生,23年年富力强的生命被空耗在了边地,归来已是人事全非,恍如隔世,令人唏嘘不已。颈联一洗悲沉之气,以"沉舟""病树"自喻,沉舟侧畔,千舟竞发,病树前头,万木争春,体现了诗人对世事变迁、宦海沉浮的豁达胸襟,同时也是对白居易为自己鸣不平的宽慰。尾联表达了对朋友关心的感谢,也是对自己的勉励,诗人并未因过去的坎坷遭遇而消沉,被召回京后,对未来仍然充满了期待与自信。

全诗情感真挚,既有对命运坎坷的伤感,也有对新旧事物更替的豁达,还有对自己未来的充分自信,蕴含了深刻的人生哲理。

竹 枝 词①

杨柳青青江水平,闻郎江上踏歌声。
东边日出西边雨,道是无晴却有晴。

①竹枝词:乐府近代曲名。《竹枝词》原是古巴蜀地比较流行的一种民歌,刘禹锡担任夔州刺史时,由于热爱这种曲调,故借用该曲调创作了多首《竹枝词》,使其得到发展并广为流传。

这首诗语言清新活泼,生动流畅,民歌气息浓厚,刻画了一个初恋中的青涩少女形象。

首句写景,即少女眼睛所见,江边的杨柳已经发芽了,泛起了一抹青色,江水涨起来了,水面平静如镜,在这样的春天里,少女的心里难免萌动了些许情思。第二句转而写耳朵所闻,忽然听到了江面上传来的歌唱声,这歌声牵动了少女的心,这唱歌的又是什么人呢?声音这么熟悉,正是自己思念的心上人啊。

经典古诗

我喜欢他这么久了，但他似乎一直都没对我有什么表示，他到底对我是什么态度呢？少女内心忐忑，琢磨不透。"东边日出西边雨，道是无晴却有晴。"用了一个非常巧妙的隐喻，一语双关，东边正出着太阳，西边却正下着雨，要说"无晴"呢却又是"有晴"，重点落在这个"有晴"上面，这个"晴"字与"情"字同音，想必聪明的少女已经猜出来了，心上人对自己也是有情意的，要不然他怎么会从我面前划船而过，还高声唱着歌呢。她的担忧、忐忑顿时都释放了，获得了莫大的安慰与满足。

双关的应用使得本诗生动活泼，耐人寻味。

秋　词

自古逢秋悲寂寥①，我言秋日胜春朝。
晴空一鹤排云上②，便引诗情到碧霄③。

注释

①悲寂寥：悲叹萧条。②排：推，有冲破的意思。③碧霄：青天。

赏析

秋天带走了春夏的生机，带来了寒冬的萧瑟寂寥，自古以来，文人们就以悲秋为主调，诗人却一反常规，认为秋日比春天更加美好。秋高气爽，万里晴空，一鹤穿云而上，诗人的心，也紧跟着那白鹤，一飞冲天，在天际遨游。秋的寂寥正是诗人目前所处的外界环境，被贬朗州（今湖南常德）司马，而那飞天的白鹤，正是不屈于命运的诗人自己的象征。

全诗融议论、写景、抒情于一体，立意高远，感情激越，表达了诗人对待逆境困窘豁达乐观的态度，体现了诗人不屈的志气与高尚的情怀。

乌衣巷①

朱雀桥边野草花②，乌衣巷口夕阳斜。
旧时王谢堂前燕③，飞入寻常百姓家。

注释

①乌衣巷：金陵城内街名，位于秦淮河之南，与朱雀桥相近。三国时吴国禁军驻地，因禁军着黑色军服，故称乌衣巷。东晋时王导、谢安两大家族，都居于此。入唐后，乌衣巷沦为废墟。②朱雀桥：六朝时金陵正南朱雀门外横跨秦淮河的大桥，在今南京市秦淮区。③王谢：王导和谢安，晋相，世家大族，至唐时，则皆衰落不知其处。

赏析

这首诗是诗人的吊古名篇，眼看昔日车水马龙的朱雀桥已经荒废，周边长满了杂草野花，乌衣巷也已经繁华不再，只剩一轮夕阳斜挂天边。燕子恋旧巢，当年穿梭在王谢厅堂中，如今已住在寻常老百姓家里。以燕子的不变，衬托人世兴衰荣辱的巨变，小事物体现了大主题。

全诗没有议论没有抒情，只通过几处寻常景物的描写，完美地表达了沧海桑田、繁华如过眼云烟之感，意蕴深刻，笔意曲折，体现了诗人高超的艺术概括能力。

望洞庭①

湖光秋月两相和②，潭面无风镜未磨。
遥望洞庭山水翠③，白银盘里一青螺④。

注释

①洞庭：洞庭湖，在今湖南省北部。②和：和谐，协调。这里指水色与月光互相辉映。③山：指洞庭湖中的君山。④青螺：青绿色的田螺，这里用来形容君山。

赏析

诗人遥望洞庭湖，将秋夜洞庭的湖光山色描绘得如此迷人，一幅宁静而清奇

的景色展现在我们的面前。

　　首句从大视野着眼，整体呈现出一派湖水与月色交融的迷幻境界，天地之间似乎融合在一起，宁静而和谐。然后将视野不断缩小，落在了辽阔的湖面上，风平浪静的湖面如同一面未经打磨的铜镜，水波荡漾反射着朦胧的光影。后两句将视线落在了洞庭湖中的君山上，诗人别出心裁，用银盘和田螺来比喻湖与山，形象而逼真，情景相融，动人心弦。一个"望"字统领全诗，诗人高旷不凡的笔触将大自然的绝美风光表现得淋漓尽致。

白居易

　　白居易（772—846），字乐天，号香山居士，又号醉吟先生，唐代伟大的现实主义诗人，唐代三大诗人之一。其诗歌题材广泛，形式多样，语言平易通俗，有"诗魔"和"诗王"之称。有《白氏长庆集》传世，代表诗作有《长恨歌》《卖炭翁》《琵琶行》等。

赋得古原草送别①

离离原上草②，一岁一枯荣③。
野火烧不尽，春风吹又生。
远芳侵古道④，晴翠接荒城⑤。
又送王孙去⑥，萋萋满别情⑦。

①赋得：唐代作诗，指定或限定了诗题的，一般前面要加"赋得"二字。②离离：青草茂盛的样子。③枯：枯萎。荣：茂盛。④远芳：草香远播。侵：侵占，长满。⑤晴翠：阳光照耀下翠绿的小草。荒城：指偏僻荒凉的城镇。⑥王孙：本指贵族后代，这里指即将远游的朋友。⑦萋萋：草木长得茂盛的样子。

赏析

话说白居易年轻时去参加科举考试,刚到京城,便拿着自己所写的诗歌去拜见前辈顾况。顾况看到诗稿上"白居易"的名字,便开玩笑说:"长安的米很贵的,居住下来不容易啊!"然后打开诗稿,看到第一首诗是:"离离原上草,一岁一枯荣。野火烧不尽,春风吹又生",不由得摸着胡子点着头赞叹着说:"能写出这样的诗句,居住下来就容易了。"后来,顾况经常向别人谈起白居易的诗才,盛加夸赞,白居易的诗名就此传开了。

这首诗通过对坚韧、丰茂的野草的描写,表达对朋友的依依惜别之情。

诗的前两句抓住了小草"一岁一枯荣"的特点,引出了千古名句"野火烧不尽,春风吹又生",凸显出小草生生不息的顽强生命力。第五、第六句描绘了古原上青草连绵的景况,借"古道"与"荒城"渲染离别的氛围。最后两句点出送别的主题,满怀深情送朋友远行。全诗浑然一体,借枯了又繁茂的芳草引出聚了又分别的朋友之情,余韵无穷。

长恨歌

汉皇重色思倾国①,御宇多年求不得②。
杨家有女初长成③,养在深闺人未识。
天生丽质难自弃④,一朝选在君王侧。
回眸一笑百媚生,六宫粉黛无颜色⑤。
春寒赐浴华清池⑥,温泉水滑洗凝脂。
侍儿扶起娇无力,始是新承恩泽时。
云鬓花颜金步摇,芙蓉帐暖度春宵。
春宵苦短日高起,从此君王不早朝。
承欢侍宴无闲暇,春从春游夜专夜。
后宫佳丽三千人,三千宠爱在一身。
金屋妆成娇侍夜⑦,玉楼宴罢醉和春⑧。
姊妹弟兄皆列土⑨,可怜光彩生门户。
遂令天下父母心,不重生男重生女。

骊宫高处入青云,仙乐风飘处处闻。
缓歌慢舞凝丝竹⑩,尽日君王看不足。
渔阳鼙鼓动地来⑪,惊破霓裳羽衣曲⑫。
九重城阙烟尘生⑬,千乘万骑西南行。
翠华摇摇行复止,西出都门百余里⑭。
六军不发无奈何,宛转蛾眉马前死。
花钿委地无人收⑮,翠翘金雀玉搔头⑯。
君王掩面救不得,回看血泪相和流。
黄埃散漫风萧索,云栈萦纡登剑阁⑰。
峨眉山下少人行,旌旗无光日色薄。
蜀江水碧蜀山青,圣主朝朝暮暮情。
行宫见月伤心色,夜雨闻铃肠断声⑱。
天旋地转回龙驭⑲,到此踌躇不能去。
马嵬坡下泥土中,不见玉颜空死处。
君臣相顾尽沾衣,东望都门信马归。
归来池苑皆依旧,太液芙蓉未央柳⑳。
芙蓉如面柳如眉,对此如何不泪垂。
春风桃李花开日,秋雨梧桐叶落时。
西宫南内多秋草,落叶满阶红不扫。
梨园弟子白发新㉑,椒房阿监青娥老㉒。
夕殿萤飞思悄然,孤灯挑尽未成眠。
迟迟钟鼓初长夜,耿耿星河欲曙天。
鸳鸯瓦冷霜华重,翡翠衾寒谁与共。
悠悠生死别经年,魂魄不曾来入梦。
临邛道士鸿都客㉓,能以精诚致魂魄㉔。
为感君王辗转思,遂教方士殷勤觅㉕。
排空驭气奔如电,升天入地求之遍。

上穷碧落下黄泉㉖，两处茫茫皆不见。
忽闻海上有仙山，山在虚无缥缈间。
楼阁玲珑五云起，其中绰约多仙子。
中有一人字太真㉗，雪肤花貌参差是。
金阙西厢叩玉扃㉘，转教小玉报双成㉙。
闻道汉家天子使，九华帐里梦魂惊。
揽衣推枕起徘徊，珠箔银屏迤逦开㉚。
云鬓半偏新睡觉㉛，花冠不整下堂来。
风吹仙袂飘飘举㉜，犹似霓裳羽衣舞。
玉容寂寞泪阑干㉝，梨花一枝春带雨。
含情凝睇谢君王㉞，一别音容两渺茫。
昭阳殿里恩爱绝，蓬莱宫中日月长。
回头下望人寰处，不见长安见尘雾。
唯将旧物表深情，钿合金钗寄将去。
钗留一股合一扇，钗擘黄金合分钿㉟。
但教心似金钿坚，天上人间会相见。
临别殷勤重寄词㊱，词中有誓两心知。
七月七日长生殿，夜半无人私语时。
在天愿作比翼鸟，在地愿为连理枝。
天长地久有时尽，此恨绵绵无绝期。

①汉皇：原指汉武帝刘彻。此处借指唐玄宗李隆基。唐人文学创作常以汉称唐。重色：爱好女色。倾国：绝色女子。汉代李延年对汉武帝唱了一首歌："北方有佳人，绝世而独立。一顾倾人城，再顾倾人国。宁不知倾国与倾城，佳人难再得。"后来，"倾国倾城"就成为美女的代称。

②御宇：驾御宇内，即统治天下。汉贾谊《过秦论》："振长策而御宇

内。"③杨家有女：蜀州司户杨玄琰，有女杨玉环，自幼由叔父杨玄珪抚养，17岁（开元二十三年）被册封为玄宗之子寿王李瑁之妃。27岁被玄宗册封为贵妃。④丽质：美丽的姿质。⑤六宫粉黛：指宫中所有嫔妃。古代皇帝设六宫，正寝（日常处理政务之地）一，燕寝（休息之地）五，合称六宫。粉黛，粉黛本为女性化妆用品，粉以抹脸，黛以描眉。此代指六宫中的女性。无颜色：意谓相形之下，都失去了美好的姿容。⑥华清池：即华清池温泉，在今西安市临潼区南的骊山下。唐贞观十八年（644年）建汤泉宫，咸亨二年（671年）改名温泉宫，天宝六载（747年）扩建后改名华清宫。唐玄宗每年冬、春季都到此居住。⑦金屋：据记载，武帝幼时，姑妈将他抱在膝上，问他要不要她的女儿阿娇作妻子。他笑着回答说："若得阿娇，当以金屋藏之。"⑧醉和春：醉意伴随着春意。⑨列土：分封土地。据《旧唐书·后妃传》等记载，杨贵妃有姊三人，玄宗并封国夫人之号。长曰大姨，封韩国夫人。三姨，封虢国夫人。八姨，封秦国夫人。妃父玄琰，累赠太尉、齐国公。母封凉国夫人。叔玄珪，为光禄卿。再从兄铦，为鸿胪卿。锜，为侍御史，尚武惠妃女太华公主。从祖兄国忠，为右丞相。姊妹，姐妹。⑩凝丝竹：指弦乐器和管乐器伴奏出舒缓的旋律。⑪渔阳鼙鼓动地来：指安禄山在渔阳起兵叛乱。渔阳：郡名，辖今北京市平谷和天津市蓟县等地，当时属于平卢、范阳、河东三镇节度使安禄山的辖区。天宝十四载（755年）冬，安禄山在范阳起兵叛乱。鼙（pí）鼓：古代骑兵用的小鼓，此借指战争。⑫霓（ní）裳羽衣曲：舞曲名，据说为唐开元年间西凉节度使杨敬述所献，经唐玄宗润色并制作歌词，改用此名。乐曲着意表现虚无缥缈的仙境和仙女形象。⑬九重城阙：九重门的京城，此指长安。阙，意为古代宫殿门前两边的楼，泛指宫殿或帝王的住所。烟尘生：指发生战事。⑭翠华：用翠鸟羽毛装饰的旗帜，皇帝仪仗队用。司马相如《上林赋》："建翠华之旗，树灵鼍之鼓。百余里：指到了距长安100多里的马嵬坡。⑮花钿：用金翠珠宝等制成的花朵形首饰。委地：丢弃在地上。⑯翠翘、金雀、玉搔头：均指杨贵妃所佩戴的华丽首饰。⑰云栈：高入云霄的栈道。萦纡（yíng yū）：萦回盘绕。剑阁：又称剑门关，在今四川剑阁县北，是由秦入蜀的要道。⑱夜雨闻铃：《明皇杂录·补遗》："明皇既幸蜀，西南行。初入斜谷，霖雨涉旬，于栈道雨中闻铃音与山相应。上既悼念贵妃，采其声为《雨霖铃曲》以寄恨焉。"这里暗指此事。后《雨霖铃》成为宋词词牌名。⑲天旋地转：指时

局好转。肃宗至德二年（757年），郭子仪军收复长安。回龙驭：皇帝的车驾归来。⑳太液：汉宫中有太液池。未央：汉有未央宫。此皆借指唐长安皇宫。㉑梨园弟子：指玄宗当年训练的乐工舞女。㉒椒房：后妃居住之所，因以花椒和泥抹墙，故称。阿监：宫中的侍从女官。青娥：年轻的宫女。㉓临邛（qióng）道士鸿都客：意谓有个从临邛来长安的道士。临邛：今四川邛崃市。鸿都：东汉都城洛阳的宫门名，这里借指长安。㉔致魂魄：招来杨贵妃的亡魂。㉕方士：有法术的人。这里指道士。殷勤：尽力。㉖穷：穷尽，找遍。碧落：即天空。黄泉：指地下。㉗太真：杨贵妃为女道士时号太真。㉘金阙：上清宫门中有两阙，左金阙，右玉阙。玉扃（jiōng）：玉门。即玉阙之变文。㉙转教小玉报双成：意谓仙府庭院重重，须经辗转通报。小玉：吴王夫差女。双成：传说中西王母的侍女。这里皆借指杨贵妃在仙山的侍女。㉚珠箔：珠帘。银屏：饰银的屏风。迤逦开：接连不断地打开。㉛新睡觉：刚睡醒。觉，醒。㉜袂（mèi）：衣袖。㉝玉容寂寞：此指神色黯淡凄楚。阑干：纵横交错的样子。这里形容泪痕满面。㉞凝睇（dì）：凝视。㉟"钗留"二句：把金钗、钿盒分成两半，自留一半。擘（bāi）：分开。合分钿：将钿盒上的图案分成两部分。㊱重寄词：贵妃在告别是重又托他捎话。

赏 析

唐宪宗元和元年（806年），白居易与好友陈鸿、王质夫同游马嵬坡，有感于唐玄宗杨贵妃的故事，觉得有必要以诗文记录下来，于是，白居易根据历史的影子，糅合民间传说，写下了这首长篇叙事诗《长恨歌》，陈鸿写下了传奇小说《长恨歌传》。

全诗共120句，大致可分为三层。第一层为开头至"尽日君王看不足"，描写了唐玄宗和杨贵妃之间的爱情生活。"汉皇重色思倾国"一句统领全篇，概括了所有的因果关系，重色为因，倾国为果，后面详尽地描绘了杨贵妃的美貌与唐玄宗对她的恩宠，玉环"回眸一笑百媚生""温泉水滑洗凝脂"，以致"从此君王不早朝"，以致鸡犬升天，"姊妹弟兄皆列土"，埋下了安史之乱的祸根。

第二层为"渔阳鼙鼓动地来"到"魂魄不曾来入梦"，描写了安史之乱爆发后，唐玄宗不得不含泪处死杨贵妃，以及日后对她的深深思念。一声鼓响，声势浩大的安史之乱打破了天朝的歌舞升平，唐玄宗仓皇南逃，"六军不发无奈

经典古诗

何"，玄宗只得下令处死杨贵妃，花钿翠翘金雀玉搔头，撒落一地，无人来收，此言贵妃死之凄惨。"君王掩面救不得，回看血泪相和流"，眼睁睁看着心爱的妃子死于眼前，而自己却无能为力，唐玄宗内心极其痛苦，这种生离死别也为绵绵无尽的长恨打下了基础。贵妃已随风化作一抔黄土，徒留玄宗相思苦。回京途中，路经马嵬坡，风声雨声驼铃声，谱成了动人的《雨霖铃》，以至于触景伤情，朝思暮想，魂牵梦萦。

第三层为"临邛道士鸿都客"到结尾，诗人以极其浪漫的手法，写临邛道士上天入地帮忙寻找杨贵妃的过程。道士寻遍天地，直至海外仙山才找到杨贵妃的魂魄，她衣袂飘飘，梨花带雨地出现在了来使面前，深情款款托使者带回旧物以作纪念，临别还不忘重申当年的誓言"在天愿作比翼鸟，在地愿为连理枝"，其情感天，其义动地。

全诗的初衷为"惩尤物，窒乱阶，垂于将来"，但中途却为唐玄宗和杨贵妃的爱情所感动，写成了歌颂二人爱情的千古绝唱。全诗将叙事、抒情、议论融为一体，语言和谐优美，人物形象生动，故事缠绵悱恻、动人心魄，极具艺术感染力，千百年来，感动了无数读者。

琵 琶 行

元和十年，予左迁九江郡司马。明年秋，送客湓浦口，闻舟中夜弹琵琶者，听其音，铮铮然有京都声。问其人，本长安倡女，尝学琵琶于穆、曹二善才①，年长色衰，委身为贾人妇②。遂命酒，使快弹数曲，曲罢悯然。自叙少小时欢乐事，今漂沦憔悴，转徙于江湖间。予出官二年，恬然自安，感斯人言，是夕始觉有迁谪意。因为长句，歌以赠之，凡六百一十六言，命曰《琵琶行》。

浔阳江头夜送客③，枫叶荻花秋瑟瑟④。

主人下马客在船，举酒欲饮无管弦。

醉不成欢惨将别，别时茫茫江浸月。

忽闻水上琵琶声，主人忘归客不发。

寻声暗问弹者谁？琵琶声停欲语迟。

移船相近邀相见，添酒回灯重开宴⑤。

千呼万唤始出来,犹抱琵琶半遮面。
转轴拨弦三两声⑥,未成曲调先有情。
弦弦掩抑声声思,似诉平生不得志。
低眉信手续续弹,说尽心中无限事。
轻拢慢捻抹复挑⑦,初为《霓裳》后《六幺》⑧。
大弦嘈嘈如急雨,小弦切切如私语。
嘈嘈切切错杂弹,大珠小珠落玉盘。
间关莺语花底滑⑨,幽咽泉流冰下难⑩。
冰泉冷涩弦凝绝⑪,凝绝不通声暂歇。
别有幽愁暗恨生,此时无声胜有声。
银瓶乍破水浆迸,铁骑突出刀枪鸣。
曲终收拨当心画⑫,四弦一声如裂帛。
东船西舫悄无言,唯见江心秋月白。
沉吟放拨插弦中,整顿衣裳起敛容⑬。
自言本是京城女,家在虾蟆陵下住。
十三学得琵琶成,名属教坊第一部⑭。
曲罢曾教善才服,妆成每被秋娘妒⑮。
五陵年少争缠头⑯,一曲红绡不知数⑰。
钿头银篦击节碎⑱,血色罗裙翻酒污。
今年欢笑复明年,秋月春风等闲度。
弟走从军阿姨死,暮去朝来颜色故⑲。
门前冷落鞍马稀,老大嫁作商人妇。
商人重利轻别离,前月浮梁买茶去⑳。
去来江口守空船㉑,绕船月明江水寒。
夜深忽梦少年事,梦啼妆泪红阑干㉒。
我闻琵琶已叹息,又闻此语重唧唧㉓。
同是天涯沦落人,相逢何必曾相识。

经典古诗

我从去年辞帝京,谪居卧病浔阳城。
浔阳地僻无音乐,终岁不闻丝竹声。
住近湓江地低湿,黄芦苦竹绕宅生。
其间旦暮闻何物?杜鹃啼血猿哀鸣。
春江花朝秋月夜,往往取酒还独倾。
岂无山歌与村笛?呕哑嘲哳难为听㉔。
今夜闻君琵琶语,如听仙乐耳暂明㉕。
莫辞更坐弹一曲,为君翻作《琵琶行》。
感我此言良久立,却坐促弦弦转急㉖。
凄凄不似向前声㉗,满座重闻皆掩泣㉘。
座中泣下谁最多?江州司马青衫湿㉙。

注释

①**善才**:当时对琵琶师或曲师的通称。是"能手"的意思。②**贾(gǔ)人**:商人。③**浔阳江**:据考究,为流经浔阳城中的湓水,即今九江市中的龙开河,经湓浦口注入长江。④**瑟瑟**:形容枫树、芦荻被秋风吹动的声音。⑤**回灯**:重新拨亮灯光。回,再。⑥**转轴拨弦**:转动琵琶上缠绕丝弦的轴,以调音定调。⑦**轻拢慢捻抹复挑**:指各种弹奏琵琶的动作。拢,左手手指按弦向里(琵琶的中部)推。捻,揉弦的动作。抹,向左拨弦,也称为"弹"。挑,反手回拨的动作。⑧**《霓裳》**:即《霓裳羽衣曲》。**《六幺》**:大曲名,又叫《乐世》《绿腰》《录要》,为歌舞曲。⑨**间关**:莺语流滑叫"间关"。鸟鸣声。⑩**幽咽**:遏塞不畅。**冰下难**:泉流冰下阻塞难通,形容乐声由流畅变为冷涩。⑪**凝绝**:凝滞。⑫**当心画**:用拨子在琵琶的中部划过四弦,是一曲结束时经常用到的右手手法。⑬**敛容**:收敛(深思时悲愤深怨的)面部表情。⑭**名属教坊第一部**:指琵琶技艺精湛,排名很高。教坊,唐代官办管领音乐杂技、教练歌舞的机关。⑮**秋娘**:唐时歌舞妓常用的名字。⑯**五陵**:在长安城外,汉代五个皇帝的陵墓。**缠头**:用锦帛之类的财物送给歌舞妓女。⑰**绡**:精细轻美的丝织品。⑱**钿(diàn)头银篦(bì)**:此指镶嵌着花钿的篦形发饰。**击节**:打

拍子。⑲**颜色故**：容貌衰老。⑳**浮梁**：古县名，唐属饶州。在今江西省景德镇市，盛产茶叶。㉑**去来**：走了以后。㉒**梦啼妆泪**：梦中啼哭，匀过脂粉的脸上带着泪痕。**阑干**：纵横散乱的样子。㉓**重**：重新，重又之意。**唧唧**：叹声。㉔**呕哑嘲哳**：形容声音嘈杂。㉕**暂**：突然。㉖**却坐**：退回到原处。**促弦**：把弦拧得更紧。㉗**向前声**：刚才奏过的调。㉘**掩泣**：掩面哭泣。㉙**青衫**：唐朝八品、九品文官的服色。白居易当时的官阶是将侍郎，从九品，所以服青衫。

赏析

元和十年（815年），白居易因上书议事得罪权贵而被贬江州司马，心境凄凉，第二年秋天，他于浔阳江头送客，偶遇琵琶女，听其生平，结合自己的身世沉浮，深感同病相怜，故创作了这首感人的《琵琶行》。

全诗由秋夜船上设宴送客写起，席上大家酒酣耳热，只苦于无音乐助兴，忽然，一阵美妙的琵琶声传入大家耳中，于是主客循声相寻，琵琶女"犹抱琵琶半遮面"地出船相见，在诗人的一再邀请下，一展其高超的演奏技艺，时而高亢，时而低沉，时而轻快，时而舒缓，如暴风骤雨，又如涓涓细流，其手法炫目，令人眼花缭乱，其乐声曲转，令人耳不暇接，当琵琶声戛然而止，大家仍旧沉浸在其曼妙的乐声中，静默中只有一弯冷月映在江心。待诗人问起身世，琵琶女欲言又止，缓缓诉说了其美好的年少时光和凄凉的中年岁月，诗人感同身受，顿生"同是天涯沦落人"之感，回想起自己贬谪后的生活，地处偏僻，终年无乐，愁酒独饮，不禁潸然泪下。

全诗通过对琵琶女不幸身世的细腻描述，抒发了诗人横遭贬黜的悲愤抑郁之情，语言灵动优美，情感真挚动人，对乐声的描述，更是到了出神入化的佳境，堪称不朽之经典。

大林寺桃花①

人间四月芳菲尽，山寺桃花始盛开。
长恨春归无觅处，不知转入此中来。

经典古诗

①大林寺：在庐山大林峰，相传为晋代僧人昙诜所建，为中国佛教圣地之一。

赏析

据诗人《游大林寺序》记载，本诗写于元和十二年（817年）四月九日，当日诗人与友共17人登香炉峰、游大林寺，见高山风景与平原迥异，颇多感慨，遂吟有此诗。白居易被贬江州司马后的四年中，性格开始变得乐天知命，诗文主题也主要以自身生活、江州景物为主，少有家国等重大题材。

此诗描写了春末夏初诗人登高山游古寺所见所感，平原上春天已经远去，初夏的热气开始来到人间，古寺中却桃花烂漫，一派生机勃勃的景象，寻春不得，却意外得春，这一始料未及的景象让诗人无比惊喜。这种山下花谢山上花开的情况是由垂直温差导致，山寺桃花才刚盛开，间接描述了此山之高大巍峨，诗人被贬后仍有此闲情逸致，体现了诗人豁达的心胸。全诗表达了诗人意外得春的喜悦，也替世人为名利所累而无暇顾及世间美景而惋惜，平淡自然，富于情趣。

暮江吟

一道残阳铺水中，半江瑟瑟半江红①。
可怜九月初三夜，露似真珠月似弓。

①瑟瑟：原意为碧色珍宝，此处指碧绿色。

赏析

这首诗写于诗人离开牛李党争剧烈的昏暗朝廷，赴杭州任刺史的路上，分别描述了夕阳西下、晚霞映江的绚丽江景和新月升起、露珠剔透的迷人夜景，这正是诗人离开朝廷后心情反倒变得轻松愉快的一种体现。

诗的前两句描写黄昏时夕阳映照下的江水，一个"铺"字，形象地传达了接

143

近地平线的夕阳光线的平缓与柔和,江水随之变幻着颜色,美不胜收。随着时间的流逝,后两句转而写夜晚之景,一牙弯月徐徐升起,开始夜寒露重,在美景中流连忘返,连时间都已忘却。逃离政治樊笼,走近自然,让诗人得以放松,心情自然是一片大好,全篇写景,情感却溢满字里行间,这正是诗人借景抒情的高超之处。

钱塘湖春行①

孤山寺北贾亭西②,水面初平云脚低③。
几处早莺争暖树④,谁家新燕啄春泥⑤。
乱花渐欲迷人眼,浅草才能没马蹄。
最爱湖东行不足⑥,绿杨阴里白沙堤⑦。

注释

①钱塘湖:即西湖。②孤山:在西湖的里、外湖之间,因与其他山不相接连,所以称孤山。上有孤山亭,可俯瞰西湖全景。贾亭:又叫贾公亭。西湖名胜之一,唐朝贾全所筑。唐贞元(785—804)中,贾全出任杭州刺史,于西湖造亭,人称"贾亭"或"贾公亭",唐末废弃。③水面初平:湖水才同堤平,即春水初涨。云脚:接近地面的云气,多见于将雨或雨初停时。④早莺:初春时早来的黄鹂。暖树:向阳的树。⑤新燕:刚从南方飞回来的燕子。⑥行不足:百游不厌。足,满足。⑦白沙堤:即今天的白堤,白居易任杭州刺史前就已经修筑,后来,白居易也曾在杭州修堤蓄水,不过其堤在钱塘之北,早已废弃。今人多以白堤为白居易所修之堤,实在是误传。

赏析

白居易于长庆二年(822年)7月被任命为杭州刺史。历朝历代,在杭州当刺史的不乏名人,其中最有名的要算白居易和苏东坡了,他们在杭州刺史任上,不仅留下了光辉的政绩,也留下了许多诗词文章与传闻趣事,这首诗即写于诗人在此任职期间。

经典古诗

这首诗描写了西湖生机勃勃的春景,全诗以诗人游览西湖所见为线索,一一展示了西湖早春的美丽景色:刚刚涨水的湖面、层层叠叠的云朵、活跃的莺、忙碌的燕子、绽放的鲜花、青翠的绿草,有高有低,有动有静,有声有色,这一系列意象构建出一个莺歌燕舞、鸟语花香的景象,让诗人深深着迷。最后两句直抒胸臆,高度概括自己对整个西湖的印象,最喜欢的还是西湖东边的景色,随后补充以"绿杨阴里白沙堤"做结,自然地把那种意犹未尽恋恋不舍之感表达了出来。全诗语言平易浅显,描写细致,清新自然,是一篇不可多得的好游记。

问刘十九①

绿蚁新醅酒②,红泥小火炉。
晚来天欲雪,能饮一杯无?

注释

①刘十九:即刘禹铜,刘禹锡堂兄,系洛阳一富商,与白居易常有往来。②绿蚁:新酿酒未滤清时,酒面浮起酒渣,色微绿,细如蚁,称为"绿蚁"。醅(pēi):酿造。

赏析

这是一首以极其亲切质朴,如叙家常般的语言写就的作为邀请函的小诗,语短情深,读来充满生活情趣。

诗人开门见山,上来就写家中新酿的米酒、烧得正旺的火炉,"绿蚁酒",形象生动,让人如闻酒的醇香,红泥火炉,使人如沐炉火的温暖,简单几个字,营造出了一种温馨的喝酒氛围。第三、第四句转而写天气,就要天黑了,而且寒风怒号,天色阴沉,很可能就要下大雪了,这样的夜晚,你过来喝一杯不?可以想象:诗人写罢,遣书童送去,客人应邀而来,于是主围坐炉边,就着新酒,畅谈古今,将纷飞的大雪与寒意关在了屋外。这样的夜晚能赴约而来的人,定然和诗人一样,是最懂生活情调的人。

邀人喝酒,这等寻常之事,在诗人妙笔写来,便成绝唱,末句的"无"字,千年来如闻其声也。

柳宗元

柳宗元（773—819），字子厚，唐代著名文学家、思想家，唐宋八大家之一。祖籍河东（今山西永济），与韩愈共同倡导唐代古文运动，并称"韩柳"。因在柳州刺史任上去世，后世又称他为"柳柳州"。

江 雪

千山鸟飞绝①，万径人踪灭②。
孤舟蓑笠翁，独钓寒江雪。

注释

①绝：绝迹，没有。②灭：消失，绝迹。

赏析

唐顺宗永贞元年，柳宗元参加了王叔文为首的政治革新运动，失败后被贬官到有"南荒"之称的永州，名为司马，实是受地方官员监视的"罪犯"。连住处都没有，不得不在寺庙里安身。柳宗元被贬永州后，精神上很压抑，借描写山水景物、歌咏隐居在山水之间的渔翁，来寄托自己清高而孤傲的情感，抒发自己在政治上失意的郁闷苦恼。于是，就有这首传颂千古的名诗问世。

这首诗描写了老渔翁寒江独钓的场面，诗的前两句以夸张的手法渲染环境的孤寂与凄寒，天寒地冻之间，杳无人迹。后两句进入写实，表达心志：渔翁寒江独钓，虽然孤独，但乐在其中。不论环境如何变化，诗人也会坚守着自己的那份傲岸清高。

渔 翁

渔翁夜傍西岩宿①，晓汲清湘燃楚竹②。
烟销日出不见人③，欸乃一声山水绿④。
回看天际下中流⑤，岩上无心云相逐。

经典古诗

注释

①傍：靠近。西岩：指永州境内的西山。②汲（jí）：取水。湘：湘江之水。楚：西山古属楚地。③销：消散。亦可作"消"。④欸（ǎi）乃：象声词，一说指桨声，一说是人长呼之声。唐时湘中棹歌有《欸乃曲》（见元结《欸乃曲序》）。⑤下中流：由中流而下。

赏析

本诗描写了一个在青山绿水间独来独往的渔翁形象，借寄情山水的渔翁来抒发自己政治失意的孤郁。

全诗按时间顺序分为三层，渔翁是贯穿其中的核心。第一、第二句写夜晚到清晨的景象，夜宿西岩，汲清湘，燃楚竹，独身一人的渔翁，一切都是就地取材，不与凡间往来，有一种超脱尘世之感；第三、第四句写茫茫江上，随着日出，烟雾散去，桨声叹息声犹在耳畔，渔船却已消失在远处江面上；末两句写渔翁远去后回首，只见无心云相逐，借用陶渊明的"云无心以出岫"，意境极其淡远。这种渔翁与大自然和谐相处的闲适生活，能够徜徉于山水之间，不为世俗所累，正是诗人此时所渴望的。

崔 郊

崔郊，生卒年不详，人生经历不详，唐朝元和间秀才，《全唐诗》中收录其诗一首。

赠 婢

公子王孙逐后尘，绿珠垂泪滴罗巾①。
侯门一入深如海，从此萧郎是路人②。

注释

①绿珠：西晋富豪石崇的宠妾，非常漂亮，这里喻指被人夺走的婢女。②萧郎：原指梁武帝萧衍，南朝梁的建立者，风流多才。后泛指美好的男子，这里是作者自谓。

赏析

唐末《云溪友议》中记载：唐代元和年间，秀才崔郊姑母家一婢女生得花容月貌，崔郊与婢女互生爱恋，但姑母因家境贫寒，不久将婢女卖给显贵于頔（dí）。崔郊对婢女念念不忘，一年寒食节那天，他与婢女偶遇，崔郊百感交集，写下这首《赠婢》，表达了自己心爱之人被劫夺的痛苦。

"公子王孙逐后尘"，通过公子王孙竞相追求，从侧面烘托了女子的美貌，"绿珠垂泪滴罗巾"以绿珠比喻婢女，既赞其美貌，又陈其不幸的根源与绿珠相似。绿珠原是西晋富豪石崇的小妾，容貌美艳，擅长笛乐，权臣孙秀仗势向石崇索要而遭拒绝，石崇却因此被陷下狱，绿珠也跳楼身亡。这里暗指自己与婢女的分离也是这些王孙公子造成的。"侯门一入深如海，从此萧郎是路人"，婢女一进了侯门，从此与我就形同陌路了，侯门指权贵人家，深宅大院一进去就出不来，喻示权贵生活与寻常人家普通生活之间的隔离。结合前句，不难看出这里并非指责婢女，而是讽刺带给人不幸的公子王孙们。

本诗抒发了一种贫贱情侣近乎绝望的哀痛，含蓄地表达了对给人带来不幸的公子王孙们的不满，据说于頔读到此诗后，让崔郊将婢女领了回去，成就了这段姻缘，从此传为诗坛佳话。

元　稹

元稹（779—831），字微之，河南府（今河南洛阳）人，唐朝宰相、著名诗人。元稹与白居易共同倡导新乐府运动，世称"元白"。名作有传奇《莺莺传》《菊花》《离思五首》《遣悲怀三首》等。现存诗830余首，收录诗赋、诏册、铭谏、论议等共100卷，留世有《元氏长庆集》。

经典古诗

闻乐天授江州司马[①]

残灯无焰影幢幢[②],此夕闻君谪九江[③]。
垂死病中惊坐起,暗风吹雨入寒窗。

注释

[①]乐天:即白居易。授:授职,任命。江州:即九江郡,治所在今江西省九江市。司马:官名。唐代以司马为州刺史的辅佐之官,协助处理州务。[②]残灯:快要熄灭的灯。焰:火苗。幢(chuáng)幢:灯影昏暗摇曳之状。[③]夕:夜。谪:古代官吏因罪被降职或流放。

赏析

元稹和白居易关系很好。810年,元稹因得罪宦官刘士元,被贬为江陵士曹参军,后来又改授通州(今四川达县)司马。815年,白居易被贬为江州司马,远在通州的元稹听到该消息时,在病中悲痛地写下了此诗。

全诗写自己听到好友被贬后的震惊和悲痛之情,语言朴实,感情强烈。第一、第四句写景,第二、第三句叙事,写景带有浓浓的感情色彩,残灯、影幢幢、暗风、寒窗,所见即所感,哀景写哀情,这些凄凉的景物无不体现着诗人悲痛的心境。全诗叙写听到好友被贬后的反应,前是自己被贬,垂死病中,现是好友接连被贬,既是感同身受,又是惺惺相惜。一句惊坐起,而且是在垂死病中,胜过千言万语,难怪白居易读后会非常感动地说:"此句他人尚不可闻,况仆心哉!至今每吟,犹恻恻耳。"足见两人感情之深!

离思·其四

曾经沧海难为水[①],除却巫山不是云[②]。
取次花丛懒回顾[③],半缘修道半缘君[④]。

注释

①**曾经**：曾经到临。经，经临，经过。**难为**：这里指"不足为顾""不值得一观"的意思。②**除却**：除了，离开。这句意思为：相形之下，除了巫山，别处的云便不称其为云。此句与前句均暗喻自己曾经接触过的一段恋情。③**取次**：草草，仓促，随意。这里是"匆匆经过""仓促经过"或"漫不经心地路过"的样子。**花丛**：这里并非指自然界的花丛，乃借喻美貌女子众多的地方。④**半缘**：此指"一半是因为……"。**修道**：指修炼道家之术。此处阐明的是修道之人讲究清心寡欲。

赏析

唐德宗贞元十八年（802年），太子少保韦夏卿的小女儿年方二十的韦丛下嫁给二十四岁仅为秘书省校书郎的诗人元稹。婚后他们如胶似漆，过着温馨甜蜜的生活。但好景不长，造化弄人，唐宪宗元和四年（809年），年仅二十七岁温柔贤惠的妻子韦丛被病魔夺去了生命。此时三十一岁的元稹已升任监察御史，爱妻的去世无疑对他是一个沉重打击，他悲痛万分写下了一系列的悼亡诗，《离思》创作于爱妻病逝一年之后。

前面两句的意思是见过苍茫的大海，别处的水也就很难看得上了，见过了巫山的云，别地儿的云也就称不上云了。巫山云典出宋玉《高唐赋》和《神女赋》，宋玉《高唐赋》说，其云为神女所化，而神女"美若娇姬""瑰姿玮态"。在此，以沧海水、巫山云隐喻爱妻花容月貌，温柔娴雅无与伦比，也隐喻他们夫妻之间的美好感情是无与伦比的，此两句现已成为咏叹爱情的千古名句。

第三句说诗人从花丛中穿过，却无意多看一眼，这里的花丛代指美女，即对女色再无爱恋之情，进一步表明妻子在诗人心目中无可替代的地位。第四句交代无意多看的原因，一半是因为看破红尘潜心修道，一半是因为心里只有妻子一人，再容不下其他的女人。修道只是痛失所爱后的一种心灵寄托，故"半缘修道"和"半缘君"表达的是同一种思念之情。

本诗开创性地用"沧海水""巫山云"来比喻夫妻情意，以此来悼念妻子，用笔巧妙，情感强烈，感天动地。

菊 花

秋丛绕舍似陶家[1]，遍绕篱边日渐斜。
不是花中偏爱菊，此花开尽更无花。

注释

①秋丛：指秋菊。陶家：陶渊明的家。

赏析

东晋陶渊明以爱菊著称，诗人在自家屋外遍种菊花，菊花怒放，清香四溢，环境清幽，大有陶家之感。满心欢喜的诗人，日日围绕篱笆细细观赏，沉迷其中，流连忘返，连夕阳西下都未曾察觉。字里行间，满是喜爱之情。第三、第四句先抑后扬，点明了喜爱菊花的原因，菊花能傲雪凌霜，开放在深秋，且谢而不凋，是其他花卉不可媲美的。

全诗清新自然，别具一格，赞美了菊花的坚强品质，表达了自己对菊花的深深喜爱。

遣悲怀·其二

昔日戏言身后意[1]，今朝都到眼前来。
衣裳已施行看尽[2]，针线犹存未忍开。
尚想旧情怜婢仆，也曾因梦送钱财。
诚知此恨人人有，贫贱夫妻百事哀。

注释

①身后意：关于死后的设想。②行看尽：眼看快要完了。

赏析

此诗是元稹丧妻后一系列悼念诗中的一首，以无比感伤的口吻描述了诗人在妻子去世后的内心情感。曾经关于身后事的安排只存在于调侃和戏言之中，如今都真实地来到了眼前。为了不因睹物思人而痛苦，把妻子的衣裳都差不多送人了，针线盒也藏了起来。看到妻子曾经的仆人，内心的思念之情更加浓郁，思到深处就入梦，也曾因为梦到妻子而去烧纸钱，希望她在另一个世界里过得好一点。阴阳两隔的遗憾谁都避免不了，回想起贫贱时的夫妻感情，件件都令诗人伤悲。

全诗意境凄凉，字字含泪，抒发了诗人丧妻后的悲伤之情。

贾 岛

贾岛（779—843），字阆仙，河北道幽州范阳县（今河北省涿州市）人，唐代诗人。早年出家为僧，号无本。自号"碣石山人"。与孟郊齐名，有"郊寒岛瘦"之称，是当时有名的"苦吟"诗人，人称诗奴。

题李凝幽居

闲居少邻并，草径入荒园。
鸟宿池边树，僧敲月下门。
过桥分野色①，移石动云根②。
暂去还来此，幽期不负言③。

注释

①分野色：山野景色被桥分开。②云根：古人认为"云触石而生"，故称石为云根。这里指石根云气。③幽期：时间非常漫长。负言：指食言，不履行诺言，失信的意思。

经典古诗

赏析

　　这首诗描写的是诗人拜访隐居友人的经过。少有邻居,一条草路通向家中,院子里也杂草丛生,朋友就在这样的地方隐居着。"鸟宿池边树,僧敲月下门",诗人与韩愈关于"推敲"的典故已经使这一联成为千古名句,此处用"敲"字更好的原因有二:其一,更符合访友的情境;其二,"敲"才能惊起熟睡的鸟儿,才能在夜晚感知到鸟宿池边树。跳过访友时的具体情节不叙,第三联直接描写返回时所见,朦胧月色下,桥两侧有着不同的景象,云脚很低,行走时,仿佛是山石在移动,视觉不同,别有一番风味。尾联表达了诗人愿意今后来此幽居的愿望,无比寻常的景物,勾勒出一幅美丽的生活图景,却正是诗人向往的生活。

寻隐者不遇①

松下问童子②,言师采药去。
只在此山中,云深不知处③。

注释

①寻:寻访。隐者:古代指不肯做官而隐居在山野之间的人。不遇:没有见到。②童子:小孩。这是指隐者的弟子。③云深:指山上云雾缭绕。

赏析

　　古代中国,士大夫们常常因仕途不得意或有独特的人生追求而隐逸,以读书、悟道、采药为乐,不与俗世相往来,其隐逸之地,往往在深山之中,很难寻觅。
　　这首诗描写诗人寻访隐者的过程,首句"松下问童子",即是寻访隐者未得的结果,于是向隐者的徒弟发问,后面三句都是徒弟的回答,说师父进山采药去了,令客人颇感失望;但就在这座山中,又留给客人希望;在大山深处,不知具体在何方,又让客人失望。层层递进,语浅而意深,令人回味无穷。
　　全诗寓问于答,用词简洁,没有一字一句正面描写隐者,却以问答的形式勾勒出一个与世隔绝、洒脱不羁的隐者形象,表达了诗人对隐者的仰慕与敬重之情。

胡令能

胡令能（785—826），唐代诗人，隐居圃田（河南中牟县）。因家贫，年轻时以修补锅碗盆缸为生，人称"胡钉铰"。他的诗语言浅显而构思精巧，生活情趣很浓，现仅存七绝4首，皆写得生动传神、精妙超凡。

小儿垂钓

蓬头稚子学垂纶①，侧坐莓苔草映身②。
路人借问遥招手③，怕得鱼惊不应人。

①**蓬头**：头发蓬乱，形容小孩可爱。**稚子**：年龄小的、懵懂的孩子。**垂纶**（lún）：钓鱼。**纶**：钓鱼用的丝线。②**莓**（méi）：一种野草。**苔**：苔藓植物。**映**：遮映。③**借问**：向人打听。

赏析

这是一首以儿童为题材的诗作，描写一个稚气未脱的孩子在河边学习钓鱼的情景，活灵活现，充满了童趣。前两句落笔在孩童的形象上，"蓬头"顽童"草映身"，一个头发蓬乱的山野孩子垂钓的画面在寥寥数语中勾画出来了，真实自然。"路人借问遥招手"，顽童做事认真的一面显露出来了，原来他怕惊着了鱼不愿意回答问路人，老远就向问路人招手示意。全诗形神兼备，充满童趣，将孩童的天真可爱与认真机敏，刻画得入木三分。

张祜

张祜（约785—849），字承吉，清河（今邢台市清河县）人，唐代诗人。张祜一生创作颇丰，风格独特，取得了卓越成就。《全唐诗》收录其349首诗歌。

经典古诗

宫　词

故国三千里①，深宫二十年。
一声何满子②，双泪落君前。

注　释

①故国：故乡。②何满子：唐玄宗时著名歌手，她因得罪皇帝而被处死刑，就刑前她张口高歌，曲调悲愤，天地变色，皇帝闻之而降旨缓刑。后为唐教坊曲名。

赏　析

《唐诗纪事》中记载，唐武宗李炎非常宠爱孟氏，病重时叫她在旁边服侍，并问她："我死后，你怎么办啊？"孟氏回答说："若陛下死了，我也不活了。"当时，唐武宗让她唱首歌听，于是，孟氏唱了一首《何满子》，声调凄厉，闻者无不泪下。不久，武宗病逝，孟氏哀痛数日而死。张祜感孟氏殉情之事而作诗三首，此为其中之一。

这首诗描写了一位远离亲人去家千里，幽居深宫20年的宫廷女子的生活。前两句的"三千里"和"二十年"，一言距离之遥远，一言时间之久远，高度概括了女子悲惨哀怨的一生，具有强烈的感染力。后两句写一声悲歌而致双泪齐下，郁积在心中20年的悲苦与哀伤，随歌声和眼泪喷涌而出。一句"落君前"，可见女子并非因受冷落或失宠而悲，而是为了自由与幸福的缺失而悲。

本诗寥寥数语，揭开了宫廷女子生活图卷的一角，让读者得以窥见其悲惨一生。数词的恰当使用，使全诗精炼有力，也增强了这首诗的震撼和感染力。

李　贺

李贺（约791—约817），字长吉，河南福昌（今河南洛阳宜阳县）人，唐代著名浪漫主义诗人。其诗想象极为丰富，经常应用神话传说来托古寓今，获"诗鬼"之称。有《雁门太守行》《李凭箜篌引》等名篇，著有《昌谷集》。

李凭箜篌引①

吴丝蜀桐张高秋②，空山凝云颓不流。
江娥啼竹素女愁③，李凭中国弹箜篌④。
昆山玉碎凤凰叫⑤，芙蓉泣露香兰笑⑥。
十二门前融冷光⑦，二十三丝动紫皇⑧。
女娲炼石补天处⑨，石破天惊逗秋雨⑩。
梦入神山教神妪⑪，老鱼跳波瘦蛟舞⑫。
吴质不眠倚桂树⑬，露脚斜飞湿寒兔⑭。

注释

①**李凭**：当时的梨园艺人，善弹奏箜篌。**箜篌（kōng hóu）**：古代弦乐器，形状有多种，竖箜篌有二十三丝。②**吴丝蜀桐**：吴地之丝，蜀地之桐。此指制作箜篌的材料精良。**张**：调好弦，准备弹奏。**高秋**：深秋。③**江娥**：指尧的女儿娥皇和女英，因闻舜帝去世而洒泪，沾竹成斑，名湘妃竹。**素女**：传说中的神女。这句说乐声使江娥、素女都感动了。④**中国**：即国之中央，意谓在京城。⑤**昆山玉碎凤凰叫**：昆仑玉碎，形容乐音清脆。昆山，即昆仑山。凤凰叫，形容乐音和缓。⑥**芙蓉泣露香兰笑**：形容乐声时而低回，时而轻快。⑦**十二门**：长安城东西南北每一面各三门，共十二门，故言。这句是说清冷的乐声使人觉得长安城沉浸在寒光之中。⑧**紫皇**：道教称天上最尊的神为"紫皇"。这里用来指皇帝。⑨**女娲**：中华上古之神，人首蛇身，为伏羲之妹，风姓。《淮南子·览冥训》和《列子·汤问》载有女娲炼五色石补天的故事。⑩**石破天惊逗秋雨**：补天的五色石被乐音震破，引来了一场秋雨。逗，引。⑪**神妪（yù）**：《搜神记》卷四，"永嘉中，有神现兖州，自称樊道基。有妪号成夫人。夫人好音乐，能弹箜篌，闻人弦歌，辄便起舞"。所谓"神妪"，疑用此典。从这句以下写李凭在梦中将他的绝艺教给神仙，惊动了仙界。⑫**老鱼跳波**：鱼随着乐声跳跃。源自《列子·汤问》："瓠巴鼓琴而鸟舞鱼跃。"⑬**吴质**：即吴刚。《酉阳杂俎》卷一："旧言月中有桂，有蟾蜍。故异书言月

经典古诗

桂高五百丈,下有一人常斫之,树创随合。人姓吴名刚,西河人,学仙有过,谪令伐树。" ⑭露脚:露珠下滴的形象说法。寒兔:指秋月,传说月中有玉兔,故称。

赏析

这首诗描写了诗人听李凭弹奏箜篌的过程和感受。开篇通过描写箜篌的材质精良,从侧面突出了演奏之人的不凡。在秋高气爽的日子里,高亢的箜篌声响起,天上的云朵驻足不再流动,江娥、素女都流下了眼泪。至"李凭中国弹箜篌"一句,才交代了人物、地点和事件,实现了先声夺人的效果。第五、第六句以玉碎、凤鸣、花哭花笑来形容箜篌声音,形神兼备。后面八句用奇特的想象和丰富传说来描写箜篌声带来的惊天地泣鬼神的感官效果,写得气势磅礴,石破天惊,极具浪漫主义色彩。

全诗用瑰丽的语言、怪诞的比喻,化抽象的声音为具体的物像,生动传神地描述了李凭演奏箜篌的惊人效果,颂扬了李凭的高超演奏技艺。

雁门太守行①

黑云压城城欲摧②,甲光向日金鳞开③。
角声满天秋色里④,塞上燕脂凝夜紫⑤。
半卷红旗临易水⑥,霜重鼓寒声不起⑦。
报君黄金台上意⑧,提携玉龙为君死⑨!

注释

①雁门太守行:古乐府曲调名。雁门,郡名。古雁门郡大约在今山西省西北部,是唐王朝与北方突厥部族的边境地带。②黑云:形容战争造成烟尘铺天盖地,弥漫在边城附近,气氛十分紧张。③甲光:铠甲迎着太阳闪出的光。甲,指铠甲,战衣。金鳞开:(铠甲)像金色的鱼鳞一样闪闪发光。④角:古代军中一种吹奏乐器,多用兽角制成,也是古代军中的号角。⑤塞上燕脂凝夜紫:燕脂,即胭脂,这里指暮色中塞上泥土有如胭脂

凝成。凝夜紫,在暮色中呈现出暗紫色。凝,凝聚。"燕脂""夜紫"暗指战场血迹。⑥临:逼近,临近。易水:河名,大清河上源支流,源出今河北省易县,向东南流入大清河。⑦声不起:形容鼓声低沉,不响亮。⑧黄金台:故址在今河北省易县东南,相传为战国燕昭王所筑。《战国策·燕策》载燕昭王求士,筑高台,置黄金于其上,广招天下人才。意:信任,重用。⑨玉龙:宝剑的代称。

赏析

这是一首描写战争场面的诗歌。第一、第二句描写战前的紧张气氛,以"黑云"比喻敌军,铺天盖地,来势汹汹,渲染了大军压境孤城将破的紧张氛围,而我军严阵以待,士气高涨,阳光照射在铠甲上,反射出粼粼金光,战争一触即发,决一死战的气息笼罩着整个队伍。第三、第四句从侧面描写激烈的战斗场面,角声鼓声震天响,敌军猛烈进攻,我军奋勇反击,战争从日中持续到了傍晚,因战火而焦黑的土地又被鲜血染成了紫色,战斗极其惨烈。后四句描写了支援部队疾驰而来的过程,半卷红旗,急速前进,在易水与敌人相遇,又展开了殊死搏斗,霜重鼓寒,鼓声沉闷,当此危难之际,将士们毫不畏缩,决心誓死报答君上的赏识。

全诗意境苍凉,格调悲壮,通过浓墨重彩的描述,展示了紧张惨烈的战争场面,歌颂了将士们为国捐躯的勇气与崇高精神。

徐 凝

徐凝(生卒年均不详),浙江睦州分水人,810年前后在世,唐代诗人。徐凝存诗102首,绝句占了96首,为七绝高手,代表作有《忆扬州》《奉酬元相公上元》等。

忆扬州

萧娘脸薄难胜泪①,桃叶眉尖易得愁②。
天下三分明月夜,二分无赖是扬州③。

经典古诗

注释

①萧娘：南朝以来，诗词中的男子所恋的女子常被称为萧娘，女子所恋的男子常被称为萧郎。脸薄：容易害羞，这里形容女子娇美。②桃叶：晋代王献之有妾名桃叶，笃爱之，故作《桃叶歌》。后常用作咏歌妓的典故。③无赖：可爱的意思。

赏析

这首诗题为忆扬州，却实为忆扬州之人。诗的前两句写当时分别时的场景，"萧娘""桃叶"就是代指与自己分别的那位女子，娇美的脸庞经不起离泪的冲刷，尖尖的眉梢容易结起哀愁，这位泪眼蒙眬的女子，一次次地出现在诗人的脑海中，勾起他无穷无尽的思念之情。第三、第四句宕开一笔，由思人转入思念对方所在之地。诗人抬头仰望，一轮明月高悬天边，此时的明月，只有诗人一人独赏，颇显孤寂，而彼时，诗人与情人在扬州二人共同把赏明月，两相对比，让诗人顿生扬州之月胜过他处之月的感触。三分之二的月光独照扬州，这一无理的设想从此把扬州和月亮联系在了一起，使其更添魅力。

全诗将怀人之情寓于写扬州景物之中，把明月写得生动传神，想象巧妙。

杜　牧

杜牧（803—约852），字牧之，号樊川居士，京兆万年（今陕西西安）人，唐代杰出诗人、散文家。26岁中进士，授弘文馆校书郎。杜牧的诗歌以七言绝句著称，内容以咏史抒怀为主，其诗英发俊爽，多切经世之物，在晚唐成就颇高，人称"小杜"，以别于杜甫。与李商隐并称"小李杜"。因晚年居长安南樊川别墅，故后世称"杜樊川"，著有《樊川文集》。

江南春

千里莺啼绿映红，水村山郭酒旗风①。
南朝四百八十寺②，多少楼台烟雨中③。

①郭：外城，古代在城的外围再加筑一道城墙。此处指城镇。酒旗：又称"酒帘""酒望子""幌子"，一种挂在门前以作为酒店标记的小旗。②南朝：指420年至589年，先后在建康（今天江苏南京）建都的宋、齐、梁、陈四个朝代的合称。③楼台：楼阁亭台。此处指寺院建筑。

赏析

这首诗视野开阔，选取了几个特别的景致，以景为诗，从广处着眼，描绘了江南的大好春光。在一片江南春景之中，又融入了淡淡的历史沧桑感。诗的前两句呈现出一派绚丽动人的春光，以及江南祥和宁静的生活图景。后两句以感叹的语调描绘烟雨中的亭台楼阁，既是一种独特的景致，亦有一种不着痕迹的对历史变迁的感怀。

赠别二首

其一

娉娉袅袅十三余①，豆蔻梢头二月初②。
春风十里扬州路，卷上珠帘总不如③。

其二

多情却似总无情④，唯觉樽前笑不成⑤。
蜡烛有心还惜别，替人垂泪到天明。

①娉娉袅袅：形容女子体态轻盈美好。十三余：言其年龄。②豆蔻：据《本草》载，豆蔻花生于叶间，南人取其未大开者，谓之含胎花，常以之比喻处女。③"春风二句"：意思是说，繁华的扬州城中，十里长街上有多少歌楼舞榭，珠帘翠幕中有多少佳人姝丽，但都不如这位少女美丽动人。④"多情"一句：意谓多情者满腔情绪，一时无法表达，只能无言相对，倒像彼此无情。⑤樽：古代盛酒的器具。

经典古诗

赏析

大和九年（835年），杜牧升任监察御史，准备离开多情的扬州，奔赴长安，不得不与在扬州结识的一名歌妓分开，这两首诗即为分别之作。

第一首重在赞美对方的美丽，首句中"娉娉袅袅"的是对方的婀娜身姿形态，"十三余"是年纪，虽然不直接描写，但这一句已经将歌女的美妙展现出来了。第二句把歌女比喻成摇曳在二月春风中的豆蔻花，楚楚可怜，也跟娉娉袅袅相对应。该比喻新颖独到又贴切，如今"豆蔻年华"已经成为十三四岁小女孩的专属名词了。第三、第四句说这么大一个扬州城，没有一个能比得上你的。"天下三分明月夜，二分无赖是扬州"，要知道唐代的扬州可是非常繁华的，车水马龙，美女如云啊，"总不如"即用全扬州城的各路美女来衬托歌女的美丽。总之，这首诗极尽赞美之能事，描写歌女的美丽，为下一首的惜别做足了铺垫。

第二首抒发诗人对歌女的留恋之情，"多情却似总无情"，明明是一往情深，却像是无情一般，其实是情绪太多以致难以言表。宴席上，离别的伤感笼罩在心头，面对情人，本想强颜欢笑故作洒脱，却始终洒脱不起来。景为心生，心里满满的离愁别绪，眼睛看到的景物也都蒙上了一层愁情。蜡烛本无思想，在诗人眼里也饱含离别之苦，替人流泪到天亮。"到天明"亦指出了宴席时间之长，烘托了两人之间的难舍难分之情。

全诗语言清俊流畅，感情缠绵悱恻，抒发了诗人与情人间难舍难分的情意，正是杜牧"十年一觉扬州梦，赢得青楼薄幸名"的真实写照。

山 行

远上寒山石径斜①，白云生处有人家。
停车坐爱枫林晚②，霜叶红于二月花。

①寒山：深秋时节的山。径：小路。②车：轿子。坐：因为。

大多数吟诵秋天的诗歌都充满了寂寥和哀伤，这首诗别出心裁，与众不

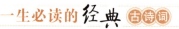

同，描绘出一幅色彩明艳、生机勃勃的深秋山林图，让秋天有了如同春天一样的旺盛生命力。陡峭的山石小路，一直向前延伸，预示着前方不一样的风光；白云生处还有人家，他们的生活该是多么的超然世外红尘；这傍晚的枫林，也是美不胜收的风光，只要我们用心去体味；枫叶经霜自会凋零，但如今它们红艳得胜过了春天的花儿。这赏心悦目的秋景告诉我们，只要内心阳光，什么时候都有最美的风景。

秋　夕①

银烛秋光冷画屏②，轻罗小扇扑流萤③。
天阶夜色凉如水④，坐看牵牛织女星。

注　释

①秋夕：秋天的夜晚。②银烛：银色而精美的蜡烛。画屏：画有图案的屏风。③轻罗小扇：轻巧的丝质团扇。④天阶：露天的石阶。

这首诗描写了一位失意宫女在七夕之夜仰望牛郎织女星的情景。诗的前两句写近景，银白色的蜡烛发出微弱的光亮，照在冰冷的画屏之上，女子手执罗扇，随意地拍打着从眼前飞舞而过的萤火虫，体现了女子百无聊赖的心境。自汉代班婕妤写《怨歌行》后，罗扇因夏天取秋天藏，往往带有弃妇之意，此处的"轻罗小扇"即暗示着女子被抛弃的凄惨命运。第三、第四句写外景，夜深露重，寒气袭人，屋外的石阶开始变凉，可女子仍旧坐在石阶上仰望着天上的牛郎织女星，久久不愿进屋安歇。屋内，只有孤独的影子伴着她，而天上，牛郎织女正进行着一年一度的相会，两相比较，更衬托出女子的孤独寂寞。

本诗通过描述被遗弃女子的形单影只与寂寞无聊的心情，反映了当时宫女们命运的不幸。

清　明

清明时节雨纷纷，路上行人欲断魂①。
借问酒家何处有②，牧童遥指杏花村③。

注释

①断魂：形容极其伤感，好像灵魂要与身体分开一样。②借问：请问。③杏花村：杏花深处的村庄，原址在今安徽贵池秀山门外。受此诗影响，后人多用"杏花村"作酒店名。

赏析

正值清明时节，细雨纷纷，诗的首句点明了时间、环境、氛围。诗的第二句人物出场，"行人"独自漂泊在他乡的旅途上，心境凄迷，满怀愁绪，再加上春雨绵绵，春衫尽湿，更使情绪低落，以致欲断魂。诗的第三句寻找摆脱阴霾心境的办法，找个地方喝口热酒，歇歇脚，暖暖身子，也解解弥漫心头的忧愁，在这人生地不熟的地方，只能找人打听了。最后一句"牧童遥指杏花村"，顺着牧童手指的方向，我们似乎看到了不近不远处隐在杏花背后的酒旗，远处的杏花村正等待着客人的到来。全诗到此戛然而止，剩下的都让读者去想象，言有尽而意无穷。

泊秦淮

烟笼寒水月笼沙，夜泊秦淮近酒家。
商女不知亡国恨①，隔江犹唱后庭花②。

注释

①商女：卖唱的歌女。②后庭花：歌曲《玉树后庭花》的简称。南朝陈皇帝陈叔宝（即陈后主）溺于声色，作此曲与后宫美女寻欢作乐，终致亡国，所以后世称此曲为"亡国之音"。

赏析

当年陈后主因沉迷于声色犬马之中而误了国家，丢了江山。如今杜牧停船泊靠在秦淮河边时，在烟笼月罩中，偶然看到歌女们在繁华的秦淮河上欢快地唱着当年的亡国之曲，感慨万千，再联想起大唐官僚的腐朽与无能，不禁为大唐王朝的未来充满担忧。于是写下了这首借古讽今的诗作，希望唤醒醉生梦死的统治者，能从前朝的灭亡中吸取教训，励精图治，恢复国家的强大与兴盛。这首诗情景交融，朦胧的景色与内心淡淡的忧愁相辅相成，触景感怀，含蓄地表达了对昏庸腐朽的统治者的不满，表现了诗人对江山社稷与黎民百姓的关心与担忧。

陈　陶

陈陶（生卒年不详），字嵩伯，自号三教布衣，鄱阳剑浦人。约唐武宗会昌初前后在世。工诗，以平淡见称。屡举进士不第，遂隐居不仕。有诗10卷，已散佚，后人辑有《陈嵩伯诗集》1卷。

陇西行

誓扫匈奴不顾身，五千貂锦丧胡尘①。
可怜无定河边骨②，犹是春闺梦里人！

①貂锦：这里指战士，指装备精良的精锐之师。②无定河：在陕西北部。

赏析

这首诗前两句描写了大唐将士们奋不顾身、与敌人殊死战斗的场面，表现了唐军的英勇与保家卫国的决心，而五千精兵尽丧胡尘，渲染了战争的残酷与惨烈。三四句转而描写遥远江南的闺阁中，妻子怀着丈夫归来的美好梦想在等候着，哪知道丈夫早已经化作了黄沙中的森森白骨。"无定河边骨"与"春闺梦里人"形成极其强烈的对比,给人巨大的震撼,读来令人潸然泪下。

全诗饱含诗人深沉的情感,表达了对战亡者及其家属的深切同情,反映了无穷无尽的战争给百姓带来了巨大的痛苦与灾难,抒发了诗人对战争的厌恶之情。

温庭筠

温庭筠(约812—866),本名岐,字飞卿,太原祁县(今山西祁县东南)人,唐代诗人、词人。文思敏捷,才富五车,但多次考进士均落榜,一生不得志。精通音律,与李商隐齐名,时称"温李",其诗辞藻华丽,内容多写闺情,存诗300余首。其词艺术成就在晚唐诸词人之上,对词的发展影响较大,被尊为"花间词派"之鼻祖。在词史上,与韦庄齐名,并称"温韦"。存词70余首。后人辑有《温飞卿集》《金奁集》。

商山早行①

晨起动征铎②,客行悲故乡。
鸡声茅店月,人迹板桥霜。
槲叶落山路③,枳花明驿墙。
因思杜陵梦④,凫雁满回塘⑤。

注释

①商山:山名,在今陕西商洛市东南。②征铎:车行时悬挂在马颈上的铃铛。铎:大铃。③槲(hú):落叶乔木,其叶冬季枯而不落,春天树发芽时才落下。④杜陵:地名,在长安城南,这里指长安。⑤凫(fú):野鸭。回塘:岸边曲折的池塘。

赏析

这首诗描写诗人早上途径商山时的所见所闻,达到了景与情的完美结合,抒

发了游子的思乡之情，引起万千游子的强烈共鸣。

清晨，从旅店中醒来，外面已经响起了人们车马的铃铛声，故乡越来越远，乡愁使人越发伤感。几声嘹亮的鸡鸣声拉开了清晨的帷幕，外面，晓月的清辉洒在地面，洒在茅店的屋顶，人们忙而不乱地整理着车马，陆陆续续开始上路。前方的板桥上结起了寒霜，已经有了很明显的脚印。"莫道君行早，更有早行人"，出门在外的游子，都已披星戴月地赶路了。古代官员出行，一般都住在驿站，此次诗人远行，居住在茅店之中，正是诗人一生落魄不得志的体现。

随着脚步的继续前进，诗人所见又有所不同。商山山路上，堆积了厚厚的一层槲叶，踩过时，留下一串清脆的吱吱声，回响在山林中。道旁驿墙边的角落里，洁白的枳花明晃晃地开着，走在这山路上，诗人不由得回想起昨夜梦中的故乡，塘水涨起，里面野鸭大雁在自由而安详地嬉闹。此处，诗人用故乡的一处小景代替了故乡全部的那些熟悉的山水人物，极其自然而巧妙，与王维的"来日绮窗前，寒梅著花未"有异曲同工之妙。

李商隐

李商隐（约813—约858），字义山，号玉溪（谿）生、樊南生，祖籍怀州河内（今河南沁阳），生于荥阳，唐代著名诗人。他擅长诗歌写作，骈文文学价值也很高，和杜牧合称"小李杜"，与温庭筠合称为"温李"。其诗构思新奇，尤其是一些爱情诗和无题诗写得缠绵悱恻，优美动人，广为传诵。在《唐诗三百首》中，李商隐的诗作有22首被收录，数量位列第四。有作品集《李义山诗集》传世。

锦 瑟

锦瑟无端五十弦①，一弦一柱思华年。
庄生晓梦迷蝴蝶②，望帝春心托杜鹃③。
沧海月明珠有泪④，蓝田日暖玉生烟⑤。
此情可待成追忆，只是当时已惘然。

经典古诗

注释

①锦瑟：装饰华美的瑟。瑟，拨弦乐器，通常二十五弦。无端：何故。怨怪之词。②庄生晓梦迷蝴蝶：此处用庄周梦蝶的典故，表达了作者的迷茫之情。③望帝春心托杜鹃：此处用战国时蜀王杜宇（号望帝），死后魂魄化为杜鹃啼血鸣叫的典故，表达了作者的愤怨之情。④沧海月明珠有泪：此处用南海外鲛人眼泪化珠的典故，表达了作者的哀伤之情。⑤蓝田日暖玉生烟：此处用蓝田良玉远视生烟近观则无的典故，表达了作者的怅恨之情。

赏析

这首诗写得极其晦涩，关于其主旨，历来众说纷纭，有说是爱情诗的，有说是悼亡诗的，有说是咏物诗的，还有说是政治诗的，莫衷一是，我们不妨把它理解为一首感怀伤逝的作品。

诗的开篇巧妙地用锦瑟的五十弦来表达情感之复杂，一弦一柱，弹出了纷繁的情绪，勾起了诗人对过去美好时光的思念。紧接着连用"庄生晓梦""杜鹃啼血""沧海珠泪""蓝田日暖"四个典故，表达了人生和往事的恍惚缥缈、如梦如幻之感，想象绮丽，神奇空灵。尾联再次呼应首联，表达对往事的怀念：那些美好的情事，如今都已经远去，徒留追悔惆怅，当时以为只是些平常之事，没有好好珍惜，如之悔之晚矣。

全诗以华丽的语言和丰富的典故，抒发了诗人对往事远逝的叹息与哀伤，往复低回，朦胧而幽远。

无题·相见时难别亦难

相见时难别亦难，东风无力百花残。
春蚕到死丝方尽①，蜡炬成灰泪始干②。
晓镜但愁云鬓改③，夜吟应觉月光寒。
蓬山此去无多路④，青鸟殷勤为探看⑤。

注释

①丝方尽：丝，与"思"谐音，以"丝"喻"思"，含相思之意。②泪始干：泪，指燃烧时的蜡烛油，这里取双关义，指相思的眼泪。③晓镜：早晨照镜子。云鬓：女子多而美的头发，这里比喻青春年华。④蓬山：蓬莱山，传说中的海上仙山，这里指仙境。⑤青鸟：神话中为西王母传递音讯的信使。探看（kān）：探望。

赏析

李商隐十五六岁时，前往玉阳山学道，与观中一女子相恋，但迫于身份特殊，终究不能在一起，内心非常痛苦，写下了很多朦胧的无题诗来记述当时的爱情与思念，本诗即其中一首。

本诗以一女子的口吻，抒发了其爱情中复杂的情感。由于相见的困难，使得分别更加的难分难舍，两个"难"字，充分表现了主人公内心的悲伤与无奈。这无奈，就如同春风中面对百花凋零一样无力挽回。思念之情，如春蚕吐丝，至死方休；悲伤之泪，如蜡烛流泪，成灰才干。彻夜辗转反侧，至晓揽镜自照，又掉下几缕青丝，想必对方也是难以入眠，在清冷的月光中，吟咏着思念的词句。思念愈烈，见面的渴望愈浓，却又不能相见，只能托青鸟替我去看看他。

全诗通篇笼罩着浓烈的痛苦、忧伤和无可奈何之感，通过丰富而合理的想象，生动地刻画了苦恋之人内心那种细微而渺远的情思。

无题·昨夜星辰昨夜风

昨夜星辰昨夜风，画楼西畔桂堂东①。
身无彩凤双飞翼，心有灵犀一点通②。
隔座送钩春酒暖③，分曹射覆蜡灯红④。
嗟余听鼓应官去⑤，走马兰台类转蓬⑥。

①画楼、桂堂：比喻富贵人家的屋舍。②灵犀：旧说犀牛有神异，角中有白纹如线，直通两头。③送钩：也称藏钩。古代腊日的一种游戏，分二曹以较胜负。把钩互相传送后，藏于一人手中，令人猜。④分曹：分组。射覆：在覆器下放着东西令人猜。⑤鼓：指更鼓。应官：去官府当差。⑥兰台：即秘书省，掌管图书秘籍。李商隐曾任职秘书省。

赏析

这首诗描述了昨夜宴席上偶遇一位情投意合的女子，而又匆匆分别的过程。首联描写宴席场面之高贵华丽，星光灿烂，微风习习，名人雅士于画楼西侧桂堂之东欢聚，简单的环境描写烘托出了聚会地点的不凡。颔联描述自己与女子的两情相悦、心心相印，虽遗憾两人不能比翼双飞长相厮守，却好在心有灵犀心意相通，也算是稍作安慰。颈联写宴会时的热闹气氛，大家把酒言欢，其乐融融，时间在不知不觉中流逝。尾联写不得不离开聚会场所去官府当差，热闹犹在耳畔，自己却只能凄冷地离开，由此感慨自己的身不由己。

全诗通过热闹与凄清的对比，将诗人微妙的心理刻画得细腻真切，展现了诗人对爱情的追求，以及对身世的感伤。

乐游原①

向晚意不适②，驱车登古原。
夕阳无限好，只是近黄昏。

①乐游原：在长安（今西安）城南，是唐代长安城内地势最高地。汉宣帝立乐游庙，又名乐游苑。登上它可远望长安城。②向晚：傍晚。

赏析

这首诗的前两句点明了登原的时间和原因，在傍晚时分，诗人内心情绪低落，为了赶走心中的阴霾，于是驱车登上了乐游原。后两句赞美了乐游原黄昏时的美丽景色，通红的太阳缓缓滑向山头，洒下千万道金色的光芒，山川、河流、村庄、田野，都披上了一层金光，随着太阳沉入山中，眼前的壮丽景色也随即消失，再联想到大唐王朝的日薄西山，以及自己人生迟暮，诗人也陷入了美好事物易逝的伤感之中，久久不能释怀，最后发出了"只是近黄昏"的惋叹。

全诗语言简洁明了，意蕴丰富，富于哲理，"夕阳无限好，只是近黄昏"更是成为脍炙人口的名句。

夜雨寄北①

君问归期未有期，巴山夜雨涨秋池。
何当共剪西窗烛，却话巴山夜雨时。

注释

①寄北：写信寄给北方的人。诗人当时在巴蜀（现四川省），他的亲友在长安，所以说"寄北"。

赏析

有人认为这首诗是写给长安友人的，因为写作此诗时诗人妻子王氏已经去世，而后人考证，认为该诗是寄给诗人妻子以表达思念之情的。李商隐于大中五年（851年）七月赴蜀任职，而妻子王氏在不久后病故，李商隐过了几个月才得知妻子的死讯，这在当时是极有可能的。

诗的第一句包含了一问一答，你问我什么时候回去，我也不知道何日能回啊，充满了不知归期的无奈。第二句转而写身边环境，在这秋夜巴蜀阴冷之地，恰逢大雨，外面的池水都涨起来了。可以想象一下：诗人远离家乡长安，孤身一人来到这偏远的蜀地，在这寒气袭人的秋夜里，漫天的雨滴洒满了巴蜀的夜空，绵绵不绝。诗人听着雨声，独自在蜡烛前读着妻子从远方寄来的书信，信里询问经典古诗

什么时候能回去,但诗人自己也不知道回归之日,羁旅之情顿时涌上心头。环境的凄清衬托出了内心的愁苦,内心的愁苦使得环境更加的凄清。

第三、第四句诗人抛开眼前,另辟蹊径,想象与妻子欢聚时的场面,夫妻二人夜里相坐,四手共剪蜡烛灯花,情意绵绵。对相聚时刻的期盼,让独自一人在巴蜀雨夜里苦苦思念更显凄凉。当然,也反过来衬托出了相聚时的乐。诗人写得含蓄隽永,余味无穷。对欢聚时刻的憧憬,也正是思念之切的体现,写完这首情意浓浓的诗后,不知道当诗人得知妻子的死讯时,将会是何等的悲痛断肠!

黄 巢

黄巢(820—884),曹州冤句(今山东菏泽西南)人,唐末农民起义领袖。黄巢出身盐商家庭,善于骑射,粗通笔墨,少有诗才,五岁时候便可对诗,但成年后却屡试不第。后领导农民起义,败死狼虎谷。

不第后赋菊[①]

待到秋来九月八[②],我花开后百花杀[③]。
冲天香阵透长安,满城尽带黄金甲[④]。

①不第:科举落第。②九月八:九月九日为重阳节,有登高赏菊的风俗,说"九月八"是为了押韵。③杀:草木枯萎。④黄金甲:指金黄色铠甲般的菊花。

赏析

黄巢所处的唐朝,社会暗黑,吏治腐败,让他心怀不满,科举失利后,心中反倒释然了,写下了这首豪迈的《不第后赋菊》。

这首诗前两句通过菊花与百花霜后的表现对比,赞美了菊花不畏严寒、傲霜开放的高贵品质,后两句描写了菊花盛开时满城金黄、香透长安的盛况。全诗以菊花比喻英勇不屈的人们。"满城尽带黄金甲"一句，喻示着摧枯拉朽的农民运动将席卷一切旧势力，想象奇诡，气势恢宏，体现了诗人包举宇内的豪气，给人耳目一新之感。

罗 隐

罗隐（833—909），字昭谏，新城（今浙江杭州富阳）人，唐代诗人、文学家、思想家，著有《谗书》《甲乙集》等。

蜂

不论平地与山尖①，无限风光尽被占②。
采得百花成蜜后，为谁辛苦为谁甜？

注 释

①山尖：山峰。②风光：这里指鲜花盛开的地方。尽：都。占：占据，占领。

赏 析

这首咏物诗赞美了蜜蜂辛勤的劳动，寓理于物，借辛勤的蜜蜂表达对大地上辛勤劳作却食不饱腹的劳苦大众的赞赏与同情。同时，也表达了对不劳而获、坐享其成的统治阶级的痛恨和不满。这么辛苦酿造的劳动果实究竟是为了谁呢？诗人在最后一句发出喟叹，引发读者无穷的思考。

韦 庄

韦庄（约836—约910），字端己，长安杜陵（今陕西省西安市附近）人，晚唐诗人、词人，五代时前蜀宰相。韦庄工诗，其诗多以伤时、感旧、离情、怀

经典古诗

古为主题。其词多写自身的生活体验和上层社会之冶游享乐。所著长诗《秦妇吟》反映了战乱中妇女的不幸遭遇,在当时颇负盛名,与《孔雀东南飞》《木兰诗》并称"乐府三绝"。有《浣花集》10卷,后人又辑其词作为《浣花词》,《全唐诗》录其诗316首。

台 城①

江雨霏霏江草齐,六朝如梦鸟空啼。
无情最是台城柳,依旧烟笼十里堤。

释

①台城:也称苑城,在今南京市鸡鸣山南,原是三国时代吴国的后苑城,东晋成帝时改建。从东晋到南朝结束,这里一直是朝廷台省(中央政府)和皇宫所在地,既是政治中枢,又是帝王荒淫享乐的场所。

析

这首诗描绘了一座烟雨蒙蒙、如梦如幻的台城,春雨霏霏,芳草萋萋,悲鸟啼鸣,面对荒废的六朝古迹,繁华旧事如烟般逝去,身处唐晚期的韦庄,对唐朝的日薄西山已经有所察觉,对唐王朝将重蹈六朝覆辙满怀伤感。眼前十里河堤上的柳树在春雨中发出了新芽,一派欣欣向荣的景象,它惯看秋月春风,不管历史兴衰更替,不管人们悲喜愁苦。长存的柳树与易逝的繁华形成鲜明的对比,无情的景物与多情的诗人两相比较,让诗人倍感悲伤。

全诗怀古伤今,含蓄蕴藉,自然流露出了诗人感时伤逝的消极悲伤情绪。

张 泌

张泌,生卒年不详,字子澄,南阳郡泌阳县人,唐末重要作家。其作品用字工整凝练,章法巧妙,描绘细腻。今存词28首,诗19首,小说2篇,其诗歌名篇《寄人》入选《唐诗三百首》。

寄 人

别梦依依到谢家①,小廊回合曲阑斜②。
多情只有春庭月,犹为离人照落花③。

注 释

①谢家:泛指闺中女子。晋谢奕之女谢道韫、唐李德裕之妾谢秋娘等皆有盛名,故后人多以"谢家"代指闺中女子。②回合:回环、回绕。阑:栏杆。③离人:这里指寻梦人。

赏 析

相传张泌曾与一女子相爱,后彼此分开,然张泌对她始终未曾忘怀,在一次梦见对方后,写下此诗遥寄与她。

诗以梦境写起,首句说长久的分开让诗人梦见来到了女子家里,正是日有所思夜有所梦的体现。次句写梦中所见,弯弯曲曲的回廊,雕刻精美的栏杆,都是那么的熟悉,而栏杆抚遍,走遍这些曾经一起游玩过的地方,却始终没能见到心爱的人的身影,因而非常的惆怅郁闷。苏轼在《江城子》中写道,"夜来幽梦忽还乡,小轩窗,正梳妆",同样是因思念而起梦,但结果却大不相同。前者说偏偏见不到心爱之人,后者却说妻子动作神态清晰,宛在眼前,其效果各有千秋。

第三、第四句写眼见之景,搜寻不到爱人身影,只看到庭院里一轮清月照在花间,照着那些凋谢的花瓣,于是感叹只有春天的明月有情有义,还替"我"照着残红。"落花"在这里还有一层意思,那就是指代曾经美好而今却已不复存在的爱情。月亮每天都高挂天空,无所谓多情无情,这里说只有月亮多情,其实就是在暗指女子无情,埋怨她音信全无,是典型的由爱生怨。此处使用拟人的手法,与杜牧《赠别》中"蜡烛有心还惜别,替人垂泪到天明"有着异曲同工之妙。

经典古诗

鱼玄机

鱼玄机（约844—约877），女，晚唐诗人，长安（今陕西西安）人。初名鱼幼微，字蕙兰。咸通中为补阙李亿妾，因李妻不能容，进长安咸宜观出家为女道士。鱼玄机生性聪慧，有才思，好读书，尤工诗。与李冶、薛涛、刘采春并称唐代四大女诗人。鱼玄机诗作现存50首，收于《全唐诗》。有《鱼玄机集》1卷。

赠邻女

羞日遮罗袖，愁春懒起妆。
易求无价宝，难得有情郎。
枕上潜垂泪，花间暗断肠。
自能窥宋玉①，何必恨王昌②？

注释

①宋玉：战国楚辞赋家，屈原弟子，相貌英俊，才华横溢。今传《九辩》《风赋》《高唐赋》《神女赋》等篇。②王昌：非具体现实人物，一般指代身居高位、容貌美丽的男子，诗歌中常与宋玉同时出现，最早见于乐府诗歌《河中之水歌》中。

赏析

本诗写于唐懿宗咸通四年（863年）的冬季。鱼玄机少时追求恩师温庭筠，给他写了两首诗，这两首诗没有打动温庭筠，却让李亿员外对她一见钟情，后在温的撮合下嫁与李亿为妾，两人度过了三个月刻骨铭心的美好生活。后被李亿夫人送到京郊咸宜观做了道士，因失手打死侍女而被判处极刑，一代才女，香消玉殒，让后人扼腕可惜。她为道士期间，对李亿仍念念不忘，希望他能接自己回去，可惜终没有如愿。鱼玄机在绝望之余，写下了此诗。

此诗描述了一名美丽邻家女子，白天用衣袖遮住脸庞，春天了也懒得梳妆打扮，因为拥有她这般容貌的人，要获得无价之宝是容易的，而要在一生中遇到一个志同道合真心相爱的人却很难。为此她每晚在枕上默默流泪，看到漂亮的花朵更是愁断了肠,本可以追求到宋玉这样英俊潇洒的才子,现在又何必为了王昌这样的人而心怀怨恨呢?这里以邻家女子自喻,以王昌代指李亿,全诗是对李亿薄情寡义的不满与抗诉,也是女性对追求爱情艰难的一种无奈。

无价宝易求,有情郎难得。诗人以自己切身的生活经历,阐述了女子在追求爱情道路上的艰难与痛苦。诗人作为一个知书达理的女子尚且如此,当时社会中的其他女性就可想而知了。全诗格调哀婉,含蕴深刻。

崔道融

崔道融(生卒年不详),唐代诗人,自号东瓯散人,荆州江陵(今湖北江陵县)人。辑有《申唐诗》3卷,《东浮集》9卷。与司空图、方干为诗友。《全唐诗》录存其诗近80首。

溪居即事①

篱外谁家不系船②,春风吹入钓鱼湾。
小童疑是有村客,急向柴门去却关③。

注释

①溪居:溪边村舍。即事:对眼前的事物、情景有所感触而创作。
②系(jì):拴,捆绑。③却关:打开门闩。

赏析

这首诗用简单的语言描绘了一幅悠闲的渔村画面,一艘小船因主人没有拴而漂进了钓鱼湾里,在屋外玩耍的孩子看见了船,误以为来了客人,飞奔过去打开柴门迎客。所叙景物,似信手拈来,却生动地展现了村庄的优美恬静,以及孩童热情好客、天真淳朴的形象,生趣盎然,极富诗意。

经典古诗

无名氏

金缕衣[①]

劝君莫惜金缕衣,劝君惜取少年时。
花开堪折直须折,莫待无花空折枝。

①金缕衣:镶有金线的华丽衣服,比喻荣华富贵。

这首诗用简单直白的语言,劝告人们不要贪图荣华富贵,而要珍惜少年时光,并且要及时抓住美好的爱情,莫留青春遗憾。花开终有时,花谢不待人,最好的时光里一定要果敢地做出最有意义的事情,以梦为马,方能不负韶华。全诗四句,循环往复,但都指向同一主旨,即劝诫人们"不要辜负美好时光"这一普通的、人类共有的情感。"金缕衣""折花"的比喻,使全诗更富内涵,耐人寻味。

五、宋 诗

王禹偁

王禹偁（chēng）（954—1001），字元之，济州巨野（今山东省巨野县）人，北宋白（白居易）体诗人、散文家。王禹偁为北宋诗文革新运动的先驱，题材多反映社会现实，风格清新平易，格调清新旷远，著有《小畜集》。

村 行

马穿山径菊初黄，信马悠悠野兴长。
万壑有声含晚籁①，数峰无语立斜阳。
棠梨叶落胭脂色②，荞麦花开白雪香。
何事吟余忽惆怅？村桥原树似吾乡。

①晚籁：指秋声。籁，大自然的声响。②棠梨：杜梨，又名白梨、白棠。落叶乔木，木质优良，叶含红色。

赏析

王禹偁在被贬商州的一年半里，时常游山玩水以排遣心中的不快，其间写下了两百多首诗，本诗即为其中之一。

随着诗人游走的脚步，全诗展现出了一幅美妙的秋山图画：一人一马悠闲地穿行在山间的小径上，路边的菊花刚刚开始绽放，散发出阵阵清香，崇山之间，鸟唱蝉鸣，座座山峰披着金光，默默地伫立在夕阳下，红色的棠梨树叶徐徐飘

经典古诗

落,平原上的荞麦开出了白花,透着香气。正当诗人沉浸在这色彩斑斓的秋景中、诗兴大发之时,忽然一阵惆怅袭上心头,原来,诗人蓦然发现那村边的小桥,和原野上的大树,与家乡的桥和树是那么相像啊!眼前的景象勾起了诗人浓郁的乡思。

这首诗首先浓墨重彩地描绘了商州乡村的美丽景色,并由景入情,抒发了诗人对家乡的思念之情,过渡极其巧妙自然。

林 逋

林逋(bū)(967—1028),字君复,浙江大里黄贤村人(一说杭州钱塘),北宋著名隐逸诗人。幼时刻苦好学,通晓经史百家,性格孤高,40余岁后隐居杭州西湖,结庐孤山,终生不仕不娶,无子,唯喜植梅养鹤,自谓"以梅为妻,以鹤为子",人称"梅妻鹤子"。

山园小梅

众芳摇落独暄妍①,占尽风情向小园。
疏影横斜水清浅,暗香浮动月黄昏。
霜禽欲下先偷眼,粉蝶如知合断魂。
幸有微吟可相狎,不须檀板共金尊②。

注释

①暄妍:明媚美丽。②檀板:唱歌时用的快板。尊:通"樽",酒杯。

赏析

这首诗主要描写了梅花的神清骨秀和自己对梅花的喜爱之情。百花凋零,梅花独自绽放在寒冷的花园中,疏淡的枝条横斜在清澈的水面上,幽香散溢在黄昏的月光之中。白鹤还没落下就迫不及待偷偷看上几眼,粉蝶如果知晓梅花的美丽,也会黯然神伤,此句用拟人的手法,传神地赞美了梅花。能有幸亲近梅花,吟咏诗章，此情此景，其乐无穷，又何须俗气的音乐与美酒！

全诗融咏物与抒情为一体，赞美了梅花的柔美姿态和高洁品行，并以梅花自喻，抒发了自己独特的生活情趣。"疏影横斜水清浅，暗香浮动月黄昏"一联，充分展示了梅花淡雅的身姿和独特的清香，堪称咏梅诗句的极致，为历来人们所称道。

范仲淹

范仲淹（989—1052），字希文，死后谥号"文正"，史称范文正公。北宋政治家、文学家、思想家。他倡导的"先天下之忧而忧，后天下之乐而乐"思想对后世影响深远，有《范文正公集》传世。

江上渔者①

江上往来人，但爱鲈鱼美②。
君看一叶舟③，出没风波里④。

注释

①渔者：捕鱼的人。②但：只。鲈鱼：一种味道鲜美的鱼。③君：你。一叶舟：形容船小，像漂浮在水上的一片树叶似的小船。④出没：若隐若现。

赏析

这首诗不事雕琢，运用形象的描写和强烈的对比，警醒人们关心百姓疾苦。鲈鱼很鲜美，但这背后是渔民冒着生命危险的辛苦劳作，反映了诗人"先天下之忧而忧，后天下之乐而乐"的大爱情怀。

"江上往来人"，如此热闹的场面反衬着"君看一叶舟"的孤零零，"但爱鲈鱼美"引来了"出没风波里"，这强烈的对比使吃鱼人与打鱼人两种截然不同的生活状态令人唏嘘。

李觏

李觏（gòu）（1009—1059），字泰伯，号盱江先生，建昌军南城（今江西南城）人，北宋哲学家、思想家、教育家、改革家。他博学通识，尤长于礼，敢抒己见，推理经义，成为"一时儒宗"。今存《直讲李先生文集》三十七卷，有《外集》三卷附后。

乡 思

人言落日是天涯，望极天涯不见家①。
已恨碧山相阻隔，碧山还被暮云遮。

注释

①望极：望尽，极目远望。

赏析

这首诗紧扣标题，抒发了诗人浓烈的思乡之情。夕阳西下，诗人放眼朝家乡的方向望去，望尽天涯，也没看见家的所在，正在为崇山峻岭阻隔了远望的视线而恼恨时，崇山峻岭又被重重暮云遮住了。独在异乡的游子，思乡已经很苦，而望家的视线又被接二连三地阻隔，使得诗人更加的郁闷忧愁。全诗层层推进，把对家乡浓烈的思念之情抒发到了极致。

王安石

王安石（1021—1086），字介甫，号半山，临川（今江西抚州）人，北宋著名思想家、政治家、文学家，"唐宋八大家"之一。

泊船瓜洲①

京口瓜洲一水间②,钟山只隔数重山③。
春风又绿江南岸④,明月何时照我还⑤?

注释

①泊:停船靠岸。瓜洲:地名,位于今扬州市邗(hán)江区。②京口:今江苏镇江,与瓜洲隔江相望。一水间:一水之隔。一水,这里指长江。③钟山:今南京紫金山。④绿:吹绿。⑤还:回家,归来。

赏析

这是诗人在罢官后再次赴任途中,船停瓜洲,触景生情所作。

诗人站在瓜洲渡口,回望家园,心中充满了不舍与惆怅,对漫漫前路充满了不确定的疑虑。"春风又绿江南岸"历来为人们所传诵,一个"绿"字既描写了江南春天已经来临的绿意,又充满了大自然生命的动感,使诗更具有鲜明的色彩和形象感。最后一句用疑问的方式写出了诗人复杂的心境,淡淡的思乡之愁溶于字词之间。

元 日①

爆竹声中一岁除②,春风送暖入屠苏③。
千门万户曈曈日④,总把新桃换旧符⑤。

注释

①元日:农历正月初一,即春节。②一岁:一年。除:过去。③屠苏:指屠苏酒。古时习俗,喝屠苏酒以驱邪避瘟疫,求得长寿。④曈(tóng)曈:太阳初升时光亮耀眼而温暖的样子。⑤桃:桃符。古代一种风俗,正月初一时用桃木板写上神荼、郁垒两位神灵的名字,悬挂在门旁用来压邪。

经典古诗

赏析

这首诗描写了新年热闹祥和的喜庆景象。放鞭炮、喝屠苏、换新桃符,三件新年里的传统习俗饱含着浓厚的生活气息。春风送暖,朝阳和照,渲染了节日的欢快氛围。整首诗格调积极,写出了一种万象更新的激情,抒发了诗人革新政治、希望获得成功的思想感情,充满了改革的信心。

登飞来峰

飞来山上千寻塔①,闻说鸡鸣见日升。
不畏浮云遮望眼,只缘身在最高层。

注释

①千寻塔:很高的塔。寻,古时长度单位,八尺为寻。

赏析

1050年夏,30岁的王安石从浙江回江西临川故里,途经杭州,登上飞来峰(另说飞来峰为绍兴城外的宝林山,宋时其上有应天塔),豪气干云,写下此诗。

诗的开篇描写古塔之高,衬托了飞来峰之高,也说明了自己所处位置之高。次句写鸡鸣之时,在塔上能看到朝阳从大海上升起的磅礴景象,进一步衬托了山的高度。第三、第四句是全诗的精华所在,寓深刻哲理于景物之中,不怕眼前的浮云遮住自己望远的视线,因为自己站在了最高的地方。"浮云"亦有小人佞臣之意,故此句也体现了诗人在政治上高瞻远瞩的气概与开阔的胸襟。

梅 花

墙角数枝梅,凌寒独自开①。
遥知不是雪,为有暗香来②。

注释

①凌寒：冒着严寒。②为（wèi）：因为。

赏析

王安石变法失败，两次罢相，这首诗写于第二次罢相后退居钟山期间。

诗的前两句描写了梅花不畏环境恶劣，不与百花争宠，独自凌寒绽放的情形，后两句含蓄地描述了梅花的洁白和幽香，梅有雪的冰清玉洁，雪却输梅一段香。全诗赞美了梅花的高贵品质，以花喻人，抒发了诗人不怕政敌、坚持自我的决心和政治操守，体现了诗人高尚的人格。

书湖阴先生壁①

茅檐长扫净无苔②，花木成畦手自栽③。
一水护田将绿绕④，两山排闼送青来⑤。

注释

①书：写，题诗。湖阴先生：本名杨德逢，号湖阴先生，隐居之士。②茅檐：茅草屋檐，这里指庭院。苔：青苔，常长在阴湿的地方。③畦（qí）：经过修整的一块块田地。④护田：保护田园，这里指环绕着农田。绕：围着转。⑤排闼（tà）：推开门。闼，小门。

赏析

诗人晚年闲居钟山，与湖阴先生为邻，这首诗通过对朋友家里家外优美环境的描写，透露出对主人高雅情趣与高洁人品的赞许。

诗的前两句写朋友通过自己的劳动让家园变得整洁、漂亮，给人一种远离尘世的恬静感。诗的后两句写屋外的美景，诗人用对仗的手法，化静为动，让画面极具层次感，一幅田园美景在我们面前铺展开来。

程　颢

程颢（hào）（1032—1085），字伯淳，洛阳（今属河南）人，北宋哲学家、教育家、理学的奠基者。程颢学说在理学发展史上占有重要地位，后来为朱熹所继承和发展，世称程朱学派。撰有《定性书》《识仁篇》等。

春日偶成

云淡风轻近午天[①]，傍花随柳过前川。
时人不识余心乐，将谓偷闲学少年[②]。

注释

[①]午天：指中午。[②]将谓：就认为。

赏析

程颢平素常埋头于书堆之中，少有时间外出游玩。一次，在一个风和日丽的春日，云淡风轻，诗人外出赏春，沿着河流漫步，河畔柳绿花红，蜂飞蝶舞，令人赏心悦目，流连忘返，不知不觉间就到了中午。见此美景，诗人心情愉悦，但社会风气认为赏花玩乐是年轻人的事，对诗人的行为多有不解和揶揄，然而诗人却满不在乎。

全诗用浅显通俗的语言勾勒了一幅美好的春天景象，抒发了诗人春游的快乐心情，表达了诗人对大自然的热爱。

苏　轼

苏轼（1037—1101），字子瞻，又字和仲，号东坡居士，世称苏东坡，谥号"文忠"，北宋著名文学家、书法家、画家，"唐宋八大家"之一，与其父苏洵、其弟苏辙并称"三苏"。他是豪放词派创始人，开一代词风先河，有《东坡全集》等传世。

饮湖上初晴后雨①

水光潋滟晴方好②,山色空蒙雨亦奇③。
若把西湖比西子④,淡妆浓抹总相宜⑤。

注释

①湖:西湖。②潋滟(liàn yàn):水面波光粼粼的样子。方好:正好,刚好。③空蒙:云雾迷蒙的样子。奇:奇妙。④西子:西施,春秋时期越国著名的美女。⑤淡妆浓抹:淡雅和艳丽的妆饰。相宜:很合适,十分自然。

赏析

这首诗写出了晴天和雨天西湖同样怡人的两种截然不同的美景。诗的前两句写景,第一句写晴天的西湖美景,第二句写雨中西湖奇景,"晴方好""雨亦奇",两种天气中的美景都是如此迷人。那么,究竟哪一种景致更胜一筹呢?诗人引出美女西施,告诉我们"淡妆浓抹总相宜"。诗人以美女比喻西湖,妙不可言,一下子将西湖写得传神至极。

题西林壁①

横看成岭侧成峰②,远近高低各不同。
不识庐山真面目③,只缘身在此山中④。

注释

①题:题写。西林:西林寺,在江西庐山。②横看:从正面来看。庐山是南北走向,横看就是从山东面和西面来看,侧看是从南面或北面来看。岭:山顶有道路可以行走的山。③识:认识,辨别。④缘:因为,由于。

经典古诗

赏 析

诗人游庐山，瑰丽的山水触发了他的诗兴，写下了这首游记诗。诗的前两句实写庐山所见，横看、侧看、远看、近看、高看、低看，从不同的角度来看庐山，庐山呈现出来的面貌都截然不同，移步换形、千姿万态的庐山让诗人深为感叹。于是，诗的后两句即景说理，诗人总结自己的游山之感：我们不能辨认出庐山的真实面目，是因为身在庐山之中，视野为庐山的峰峦所局限。这首诗告诉我们一个道理：在日常的生活之中，也会出现"当局者迷，旁观者清"的状况，局中人常常看不清事物的全貌和真相，就是由于受到认识条件限制的缘故。

惠崇《春江晚景》①

竹外桃花三两枝，春江水暖鸭先知。
蒌蒿满地芦芽短②，正是河豚欲上时③。

注 释

①惠崇：北宋僧人，能诗善画。②蒌蒿（lóu hāo）：一种生长在洼地的多年生草本植物，嫩苗可以食用，花淡黄色。芦芽：芦苇的幼芽，可食用。③河豚：一种有毒的鱼，经过加工后可以食用，味道极其鲜美。上：逆江而上。

赏 析

这是诗人题惠崇画作《春江晚景》鸭戏图而作的诗，生动传神地再现了画中美景。诗人虚实结合，将自己的感受与画作融为一体，既有对画作实景的描绘，亦融入了诗人的感悟与联想，一幅活灵活现、充满生机的早春图景呈现在读者眼前，给人无限的遐想。

六月二十七日望湖楼醉书①

黑云翻墨未遮山②，白雨跳珠乱入船③。
卷地风来忽吹散④，望湖楼下水如天⑤。

注释

①望湖楼：又称看经楼，在今杭州西湖畔。醉书：饮酒喝醉后写下的作品。②翻墨：形容黑云笼罩。遮：遮盖，遮挡。③白雨：白花花的雨。跳珠：跳动的水珠。形容雨点大，乱蹦乱跳。④卷地风来：指狂风席地卷来。⑤水如天：形容湖面像天空一般开阔、明静。

赏析

这首诗描写了夏季西湖阵雨变化莫测的景致：云翻、雨跳、风卷、天晴，记叙了一场突如其来的雨。

奇妙的比喻是这首诗的特色：把乌云比作"翻墨"，形象逼真；把白花花的雨点比作"跳珠"，有声有色；把水面比作天空，蔚蓝澄静。似乎在一瞬之间，望湖楼下经历了一系列雨前、雨中、雨后的天气剧变，有远有近，有动有静，有声有色，有景有情，大自然的瑰丽景致尽在笔端。

黄庭坚

黄庭坚（1045—1105），字鲁直，号山谷道人，晚号涪翁，洪州分宁（今江西省九江市修水县）人，北宋著名文学家、书法家。为盛极一时的江西诗派开山之祖，与张耒、晁补之、秦观合称为"苏门四学士"，著有《山谷词》。书法亦能独树一帜，为"宋四家"之一。

经典古诗

牧童诗

骑牛远远过前村,短笛横吹隔陇闻。
多少长安名利客,机关用尽不如君①。

注释

①机关:计谋,权术。

赏析

这首诗前两句描写了牧童放牛时的情景,高高骑在牛背上,在村前信马由缰,一支短笛横在手中,袅袅的笛声散入风中,飘过田野,飘进了人们的耳中。牧童一副天真无邪、悠然自在的神态深深吸引了诗人,由此发出了后两句"名利之客不如君"的感叹。

长安城中那些成年人追名逐利,尔虞我诈,机关算尽,为名利所累,根本比不上这位逍遥自在的儿童。全诗通过对牧童的赞美,表达了诗人淡泊名利,对悠闲自在的普通生活的向往。

李清照

李清照(1084—1155),号易安居士,山东省济南章丘人。宋代女词人,婉约词派代表,有"千古第一才女"之称。所作词,前期多写悠闲生活,后期多悲叹身世,情调感伤。能诗,留存不多,部分篇章感时咏史,情辞慷慨,与其词风不同。

夏日绝句

生当作人杰①,死亦为鬼雄②。
至今思项羽③,不肯过江东④。

注释

①人杰：人中豪杰，才智超群之人。②亦：也。鬼雄：鬼中的英雄，指壮烈死去的人。③项羽（前232—前202）：名籍，字羽，秦末农民起义军领袖，自称西楚霸王，垓下大败后自刎于乌江。④江东：长江下游一带，项羽最初起兵的地方。

赏析

这首诗借历史典故抒写诗人满腔爱国之情，表面上赞美项羽生为豪杰、死为英雄的豪迈之气，实则暗讽朝廷不顾老百姓安危渡江逃跑的行为，诗起笔落处，凛然正气，激昂慷慨。"生当作人杰，死亦为鬼雄"因其崇高的境界与非凡的气势成为千古传诵的名句，诗人忧国忧民的情怀令人肃然起敬。

曾　几

曾几（1085—1166），字吉甫，自号茶山居士，南宋诗人，祖籍赣州（今江西赣州），江西诗派后期的重要诗人之一，爱国诗人陆游的老师。

三衢道中①

梅子黄时日日晴②，小溪泛尽却山行③。
绿阴不减来时路④，添得黄鹂四五声。

注释

①三衢（qú）：即衢州，今浙江省常山县，因三衢山而得名。②梅子黄时：指五月，梅子成熟的季节。③泛：乘船。却：再。④不减：没有减少，差不多。

经典古诗

赏 析

这首纪行诗记述了诗人在三衢山旅行过程中的所见所闻,充满了生机与意趣,流露出诗人愉悦的心境。首句交代了出行时间与天气,第二句交代了出行的路线与方式,第三、第四句描述了山上的见闻:盎然绿阴与黄鹂啼鸣,整首诗洋溢着出游的快乐与诗人对大自然的热爱。

陆 游

陆游(1125—1210),字务观,号放翁,越州山阴(今浙江绍兴)人,南宋爱国诗人。陆游一生笔耕不辍,诗词文俱有很高成就,存世诗歌有9300余首,与杨万里、范成大、尤袤合称"中兴四大家"。

游山西村

莫笑农家腊酒浑,丰年留客足鸡豚①。
山重水复疑无路,柳暗花明又一村。
箫鼓追随春社近②,衣冠简朴古风存③。
从今若许闲乘月④,拄杖无时夜叩门⑤。

注 释

①足鸡豚(tún):准备丰盛的菜肴。豚,小猪,代指猪肉。②箫鼓:吹箫打鼓。春社:古代把立春后第五个戊日作为春社日,拜祭社公(土地神)和五谷神,祈求丰收。③古风存:保留着淳朴的古代风俗。④若许:如果这样。闲乘月:有空闲时趁着月光前来。⑤无时:没有一定的时间,即随时。

赏 析

陆游写这首诗时,正因支持北上抗金而遭投降派排挤,罢官在家,无所事

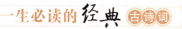

事,心情非常苦闷。于是,内心愁闷的诗人便四处游玩访友。这首诗描写的是乡村生活中访友的小情景,质朴而又充满哲理。

随着诗人的脚步,我们似乎看到了他游山西村时的所见所感,看到了倒酒杀鸡买肉待客的农家,看到了山环水绕柳暗花明的乡村美景,看到了古风依旧的乡俗。这村中景象,一点一滴都让诗人喜爱万分,临别时,还不忘约好下次再来。

全诗赞美了村民们热情好客的淳朴之风,表达了诗人对乡间山山水水的热爱。"山重水复疑无路,柳暗花明又一村",写出了在人生困顿时突然因为某件事而豁然开朗,内心的羁绊得以解脱,对未来又充满了希望的向上之心。在诗人被迫离开复杂的官场、处于人生低谷之时,这一次游山西村让他的内心得以释怀,充分体现了诗人对人生乐观积极的态度。

临安春雨初霁①

世味年来薄似纱②,谁令骑马客京华③?
小楼一夜听春雨,深巷明朝卖杏花。
矮纸斜行闲作草④,晴窗细乳戏分茶⑤。
素衣莫起风尘叹⑥,犹及清明可到家。

注释

①霁(jì):雨后或雪后转晴。②世味:人世滋味,社会人情。③客:客居。京华:京城之美称。④矮纸:短纸、小纸。斜行:倾斜的行列。草:指草书。⑤晴窗:明亮的窗户。细乳:沏茶时水面呈白色的小泡沫。分茶:宋元时煎茶之法。注汤后用箸搅茶乳,使汤水波纹幻变成种种形状。⑥素衣:原指白色的衣服,这里用作诗人对自己的谦称(类似于"素士")。风尘叹:因风尘而叹息。暗指不必担心京城的不良风气会污染自己的品质。

赏析

陆游闲居家中近五年后,再次被召入京,在临安客栈里等待皇帝召见时,百无聊赖,写下了这一名篇。

全诗直抒胸臆，开篇即表达了世态炎凉之感和无意仕途之心，历经数十年宦海沉浮，诗人对人情世故和政治前途看淡了，官升官降，已经让他宠辱不惊。但在美好的春光中，诗人只能睡后卧听风雨，醒后信笔涂鸦，漫煮闲茶，打发着大把的时光。于国家多事之秋时，自己却不能承担保家卫国的重任，做一番轰轰烈烈的大事业，这让他心中极度惆怅。最后只能自我安慰，京中的污浊不会玷污自己的高洁品质。很快就是清明了，自己就能回老家去了。

在陆游高歌收复失地保家爱国的一生中，很少流露出消极情绪，这首略带伤感与惆怅的作品，充分体现了诗人对现实官场的不满与无可奈何。

书　愤

早岁那知世事艰，中原北望气如山。
楼船夜雪瓜洲渡，铁马秋风大散关③。
塞上长城空自许④，镜中衰鬓已先斑。
《出师》一表真名世⑤，千载谁堪伯仲间⑥？

注释

①**早岁**：早年，年轻时。**那**：即"哪"。**世事艰**：指抗金大业屡遭破坏。②**楼船夜雪瓜洲渡**：诗人37岁时，在镇江府任通判。宋孝宗隆兴元年（1163年），张浚以右丞相都督江淮诸路军马，亲率水兵乘楼船往来于建康、镇江之间。但不久兵败符离，收复故土的愿望化为泡影。楼船，高大的船。瓜洲，今江苏扬州市邗江区瓜州镇，与镇江隔江相对，是当时的江防要地。③**铁马秋风大散关**：孝宗乾道八年（1172年），王炎以枢密使出任四川宣抚使，谋划恢复中原之事。陆游任其军幕，并兼检法官赴南郑（今陕西汉中）。其间，他曾亲临大散关前线，研究抗敌策略。但不久王炎调回京城，收复故土的愿望又一次落空。铁马，披着铁甲的战马。大散关，在今陕西宝鸡西南，是当时宋金的西部边界。④**塞上长城**：比喻能镇守边疆的将领。⑤**《出师》一表**：蜀汉后主建兴五年（227年）三月，诸葛亮出兵伐魏前曾写了一篇《出师表》，表达了自己"奖率三军，北定中原"，"兴复汉室，还于旧都"的坚强决心。⑥**堪**：能够。**伯仲**：原指兄弟间的次第。这里比喻人物不相上下，难分优劣高低。

这首诗前四句描述了诗人年少轻狂、不畏艰辛,一心想收复中原的豪情壮志,以及自己昔日参加那些惊心动魄的战斗时的激烈场景。回首往事,金戈铁马,当年是何等的意气风发,至今仍让诗人内心激动不已。后四句感慨自己虽满怀壮志,却落得个一事无成的结局。端详镜中,已是鬓发斑白,垂垂老矣,悲怆愁郁之情滚滚而来。遥想当年的诸葛亮,写罢《出师表》,坚定地北伐,立下汗马功劳,留下千古盛名,这样的豪情,千百年来无人能比。诗人借先贤的伟业抒发自己渴望像诸葛亮一样大展宏图,无奈小人当道,现实无情,击碎了诗人的报国之梦。

全诗充满了对朝廷软弱无能的忧愤,对小人把控朝野排除异己的气愤,以及对自己无力改变局面徒耗壮志的积愤,全篇无一"愤"字,却满目都是"愤"情。

十一月四日风雨大作

僵卧孤村不自哀①,尚思为国戍轮台②。
夜阑卧听风吹雨,铁马冰河入梦来。

注释

①僵卧:躺卧不起。这里形容自己穷居孤村,无所作为。僵,僵硬。
②戍(shù)轮台:在新疆一带防守,这里指戍守边疆。戍,守卫。轮台,在今新疆境内,是古代的边防重地。此代指边关。

这首诗描写了诗人虽然年老力衰,赋闲在家,但仍不忘收复国土、戍守边疆的壮志。诗人在一个风雨大作的冬夜,直挺挺地躺在冰冷的被窝里,心忧天下的诗人并没有为自己的凄惨处境忧愁和抱怨,而是渴望为国家贡献自己的一份力量,守卫边疆,保护国家安宁。强烈的渴望使诗人久久不能入睡,一夜的风声雨声清晰地传入耳中,诗人思考着也处于风雨飘摇之中的朝廷,直至将晓才沉沉睡去,戎马倥偬的壮年军旅生活又悄然侵入梦中。

诗人以老朽之躯,表达了报效国家的宏伟志向,感情深沉悲壮,饱含着矢志不渝的爱国精神。

经典古诗

冬夜读书示子聿①

古人学问无遗力②,少壮工夫老始成。
纸上得来终觉浅,绝知此事要躬行。

注释

①子聿(yù):陆游的小儿子。②无遗力:竭尽全力。

赏析

陆游有七个儿子,陆子聿是其中最小的一个,自然对他倾注了大量的关爱。在一个严寒的冬夜,陆游在油灯下读书,子聿在一旁嬉闹,诗人想着自己年老了,子聿也会要长大,应该要多教他些读书做人的道理,于是写下了这首诗送给子聿。

本诗分两层讲述了读书的道理,前两句借古人读书至老才有所收获,教导儿子读书要持之以恒,切莫浅尝辄止、一曝十寒;后两句告诉子聿要知行合一,不要纸上谈兵、坐而论道。全诗在语重心长的教诲之中,总结了诗人关于读书的深刻哲理,也体现了为人父的诗人对儿子的殷切期望,在爱国志士的形象之外,又表现了陆游柔情的一面。

示 儿①

死去元知万事空②,但悲不见九州同③。
王师北定中原日④,家祭无忘告乃翁⑤。

注释

①示:告知。②元:本来,原来,通原。空:一切都不存在了。③但:只是。九州:古代中国分为九州,这里代指宋代时的中国。同:统一。④定:平定,收复。中原:指淮河以北被金兵侵占的地区。⑤祭:祭祀。乃翁:你(们)的父亲,这里指陆游自己。

赏析

这首诗是诗人临终前留给儿子的绝笔,既是遗嘱,也是诗人发出的收复山河的号召,表达了强烈渴望国家统一的爱国主义热忱。诗人内心通彻,知道自己不久将辞世,人死之后原本万事皆空,但自己的内心却悲伤于山河沦落、国土没有收复,所以嘱托后人,待收复旧日山河后,不要忘了在家祭时告诉自己。诗人化悲痛为激昂,对未来充满了希望,这种爱国真情感人至深、催人泪下。

范成大

范成大(1126—1193),字致能,号石湖居士。平江吴县(今江苏苏州)人。南宋诗人。谥文穆。诗题材广泛,以反映农村社会生活内容的作品成就最高。他与杨万里、陆游、尤袤合称南宋"中兴四大诗人"。

四时田园杂兴·其二十五

梅子金黄杏子肥①,麦花雪白菜花稀②。
日长篱落无人过③,唯有蜻蜓蛱蝶飞④。

注释

①肥:果肉饱满硕大。②麦花:荞麦花。菜花:油菜花。③篱落:篱笆。④唯:只,仅仅。蛱蝶:蝴蝶的一种。

赏析

这首诗描写了初夏江南的田园景色。诗的前两句用梅子黄、杏子肥、麦花白、菜花稀,将夏日农村的风光描绘得形象逼真,勾画出一幅美丽的乡村画卷。诗的后两句用"篱落无人过""蜻蜓蛱蝶飞"动静结合,从侧面写出了农民早出晚归忙于农事。整首诗歌没有直接写农民农事,却从字里行间透露出了农村的真实面貌和人们的繁忙。

经典古诗

四时田园杂兴·其三十一

昼出耘田夜绩麻①，村庄儿女各当家②。
童孙未解供耕织③，也傍桑阴学种瓜④。

①耘田：除草。绩麻：把麻搓成线。②各当家：每人担任一定的工作。③未解：不懂。供：从事，参加。④傍：靠近。

这首诗描述了夏日农村的生活与劳动情景，再现了忙碌而又井然有序的农耕生活，文笔轻松自然，充满了浓郁的生活气息与田园韵味。诗的前两句概写"村庄儿女"昼耕夜绩的辛勤劳作，男男女女，各司其职，一幅农忙景象呈现于眼前；后两句最为精彩，落笔于天真烂漫的儿童。孩子们耳濡目染，学着大人的模样，自己在茂盛成阴的桑树底下种些瓜果蔬菜，这既是对劳动的热爱，也是替父母分担家务的一种懂事的表现。这是农村中常见的情景，诗人很好地抓住了这一场景，使农村儿童天真可爱的形象跃然纸上，让人顿生怜爱之情，为整首诗增添了生机与情趣。

杨万里

杨万里（1127—1206），字廷秀，号诚斋，谥号"文节"，吉州吉水（今江西吉安）人。南宋大臣，著名文学家、爱国诗人。他创造了语言浅近明白、清新自然、富有幽默情趣的"诚斋体"，一生作诗两万多首，传世作品有4200余首，被誉为一代诗宗。

晓出净慈寺送林子方①

毕竟西湖六月中②,风光不与四时同。
接天莲叶无穷碧,映日荷花别样红③。

注释

①出：太阳刚刚升起。净慈寺：西湖历史上四大古刹之一,在杭州南屏山下。②毕竟：到底。③别样：特别,不一样。

赏析

这是一首送别诗,但全诗没有一个字从明面上来表达对朋友的送别或挽留之意。诗的前两句起领全诗,强调西湖的六月具有独特的风光,诗的后两句具体描述西湖六月的别样景致。碧叶红花交相辉映,给人强烈的视觉冲击,如此美景只在西湖六月,让人流连不舍,表达了诗人对朋友的挽留之意。

宿新市徐公店

篱落疏疏一径深①,树头花落未成阴②。
儿童急走追黄蝶③,飞入菜花无处寻。

注释

①篱落：篱笆。疏疏：稀疏。径：小路。②阴：树叶茂盛浓密而形成的树阴。③急走：奔跑。

赏析

这首诗撷取农村早春事物入诗,第一、第二句描写静态景物：农村稀疏的篱笆外,一条蜿蜒的小路向前延伸,路旁长满了桃树、李树,枝头的桃花、李花已经凋谢了,刚钻出嫩绿的树叶,还显得有点稀疏。这两句描绘出了农村原始而自然的风景。第三、第四句转而描写动态的人物:儿童们跌跌撞撞地追赶着蝴蝶满地跑,直至蝴蝶飞入金黄色的油菜花中,无处可寻了,才不得不停下来。孩子们抓耳挠腮、东张西望的形象,宛在眼前,其天真烂漫的真性情让人心生喜爱之情。

小 池

泉眼无声惜细流①,树阴照水爱晴柔②。
小荷才露尖尖角③,早有蜻蜓立上头。

注释

①泉眼:泉水的出口处。惜:爱惜。②照水:倒映在水中。晴柔:晴天里柔美的风光。③尖尖角:指刚长出的嫩小的荷叶,卷曲着像尖角。

赏析

这首诗宛如一幅清新的水墨画,画面感十足,小池、细流、树阴、阳光、小荷、蜻蜓,落笔虽小,却生机盎然,抒发了诗人对生活的热爱之情。

前两句用拟人的手法写活了泉水和树阴,让眼前的景物变得多情、鲜活起来。后两句中"才"和"早"的连用,让小荷钻出水面与蜻蜓立上小荷仿佛在一瞬间同时发生,整个画面动感十足,情趣盎然。

朱 熹

朱熹(1130—1200),字元晦,又字仲晦,号晦庵,别号紫阳,谥号"文",世称朱文公。徽州府婺源(今江西婺源)人,宋朝理学集大成者,被世人尊称为"朱子"。

春　日

胜日寻芳泗水滨①，无边光景一时新②。
等闲识得东风面③，万紫千红总是春。

①胜日：风和日丽的好日子。芳：花草，这里指美景。泗（sì）水：河流名，在今山东省。滨：水边，河边。②一时：一下子，一时之间。③等闲：随意，轻易。东风：春风。

这首诗从字面上来看是写泗水边的无边春光。一个寻字统领全诗，首句点明了踏春的时间和地点，后三句写寻芳的结果：大地换新貌，万紫千红处处春。但这首诗还有另一层隐喻之意，"泗水"暗喻孔门，因为孔子曾在这里讲学，"寻芳"即是求圣人之道。诗人将圣人之道比作催发生机、唤醒万物的春风，而万紫千红的春景就是寻圣人之道的收获，富含哲理，引人深思。

观书有感

半亩方塘一鉴开①，天光云影共徘徊②。
问渠那得清如许③，为有源头活水来④。

①方塘：又称半亩塘，在福建南溪书院内。鉴：镜子。②徘徊：来回移动。③渠：它，这里指方塘之水。那：同"哪"，怎么。④为：因为。

这是一首借景寓理的诗，抒发诗人的读书之感，富有深刻的哲理。诗人没有

以说教的形式讲大道理,而是描绘了澄澈如镜的"方塘"倒映着"天光云影"的景致,而要追溯池塘的水为何会如此清澈,那是因为源头有活水不断注入。诗人借源头活水告诉我们,只有不断接受新事物,不断补充新知识,才能让自己的头脑永远活跃与澄明。任何人的学问与成就都不是轻易获得的,背后一定有深厚的渊源与源源不断的活力之源。

翁 卷

翁卷(生卒年不详),字续古,又字灵舒,南宋诗人,永嘉(今浙江温州)人。与赵师秀、徐照、徐玑合称"永嘉四灵"。

乡村四月

绿遍山原白满川①,子规声里雨如烟②。
乡村四月闲人少,才了蚕桑又插田③。

注释

①山原:山陵和原野。白满川:指稻田里的水色映着天空的光辉。
②子规:即杜鹃鸟。③了:完结,结束。蚕桑:种桑养蚕。插田:插秧。

赏析

这首诗以清新明快的笔调,描写了水乡四月的欣欣向荣,热情歌颂了辛勤劳动的农民。前两句写自然景象:"绿野""白川""子规""烟雨",从视觉和听觉角度着眼,写出了初夏繁忙时节特有的景致,催耕的杜鹃鸟声为画面增添了无限生机。后两句写农家的繁忙,忙碌却不忙乱,一切井然有序,诗人对乡村的恬静生活充满了喜爱之情。

林 升

林升（生卒年不详），字云友，又字梦屏，南宋诗人，平阳（今浙江苍南）人，是一位擅长诗文的士人，《西湖游览志余》录其诗一首。

题临安邸[1]

山外青山楼外楼，西湖歌舞几时休[2]。
暖风熏得游人醉，直把杭州作汴州[3]。

注释

[1]临安：南宋都城，今浙江杭州。邸：旅店。[2]休：停止。[3]直：简直。汴州：北宋的都城，今河南开封。

赏析

这是一首"墙头诗"，题写在旅店墙上。诗歌首先描绘了"山外青山楼外楼"的大好河山、歌舞升平的西湖盛景，然而，大好河山被侵占，南逃的统治者沉迷于歌舞不思收复失地，在西湖和煦的春风里醉生梦死、苟且偷生，完全忘记了故都汴州。诗人对南宋统治者的极度愤慨溢于言表，忧国忧民的爱国之情令人动容。

叶绍翁

叶绍翁（生卒年不详），字嗣宗，号靖逸，龙泉（今浙江龙泉）人，南宋中期文学家、诗人。其诗以七言绝句最佳，语言清新，意境高远，属江湖诗派风格。

经典古诗

游园不值[1]

应怜屐齿印苍苔[2]，小扣柴扉久不开[3]。
春色满园关不住，一枝红杏出墙来。

注释

[1]不值：没有遇到。[2]应：可能，大概，表示猜测。怜：怜惜。屐（jī）：古代的一种木鞋。[3]小扣：轻轻地敲。柴扉：用木柴、树枝编成的门。

赏析

这首诗以倒装句的形式开头，先推测主人不开门的原因，引发读者的惋惜之情，奠定了全诗幽默风趣的格调。诗的后两句来了一个意外大转折，春色满园关不住，因为有一枝红杏已经伸出了墙头，勃勃生机一下子让人惊喜不已。千古佳句"春色满园关不住，一枝红杏出墙来"，现在常用来比喻新生事物具有蓬勃的生机，它们的力量是不可阻挡的。

赵师秀

赵师秀（1170—1219），字紫芝，号灵秀，亦称灵芝，又号天乐。永嘉（今浙江温州）人，南宋诗人，是"永嘉四灵"中出色的诗人。

约 客

黄梅时节家家雨，青草池塘处处蛙。
有约不来过夜半，闲敲棋子落灯花[1]。

注释

①落灯花：旧时以油灯照明，灯芯烧残，落下来时好像一朵闪亮的小花。

赏析

诗人在一个黄梅时节的雨夜，邀请朋友来家里吟诗下棋喝茶，本应该是一段快乐的时光，无奈朋友迟迟未到，诗人等得烦闷无聊，于是写下了这首小诗。

诗的开头点明了时间，正值黄梅时节的雨季，田地里、旷野中、屋顶上，到处飘洒着蒙蒙细雨，雨水洗过的绿草，显得更加青翠，池塘里的水涨起来了，阵阵蛙声环绕在四周。当然，晚上肯定看不清这些景色，可见这些景物都是诗人的想象之景，也从侧面说明了诗人等待朋友的时间之久。"有约不来过夜半，闲敲棋子落灯花"，印证了诗人的等待之久，这里既有等待的惆怅，也有对客人的埋怨。诗人坐在家里等客，可客人没来，闲得无聊，手执棋子轻叩桌面，却震落了灯花，极具画面感，让读者感觉诗人独坐的形象如在眼前。

古诗中约客的作品有很多，其中最有特色的是白居易的《问刘十九》："绿蚁新醅酒，红泥小火炉。晚来天欲雪，来饮一杯无？"邀约发出，结果不提，但读者完全能想象到客人冒雪赴约的场面。还有杜甫的《客至》，描写盛情准备款待客人的经过，甚至邀请邻家老翁作陪与客人一起对饮，洋溢着浓郁的生活气息。各诗风格不同，但都充满了独特的生活情趣。

文天祥

文天祥（1236—1283），字履善，又字宋瑞，自号文山，浮休道人，吉州庐陵（今江西吉安县）人，南宋末大臣、文学家、民族英雄。宋末坚持抗元，祥光元年（1278年）兵败被俘，在狱中坚持斗争多年，后从容就义。著有《过零丁洋》《文山诗集》《指南录》《指南后录》《正气歌》等作品。

经典古诗

过零丁洋①

辛苦遭逢起一经②,干戈寥落四周星③。
山河破碎风飘絮,身世浮沉雨打萍。
惶恐滩头说惶恐④,零丁洋里叹零丁。
人生自古谁无死,留取丹心照汗青⑤。

释

①零丁洋:零丁洋即"伶丁洋",现在广东省珠江口外。1278年底,文天祥率军在广东五坡岭与元军激战,兵败被俘,囚禁船曾经过零丁洋。②遭逢:遭遇。起一经,因为精通一种经书,通过科举考试而被朝廷起用做官。③干戈:指抗元战争。寥(liáo)落:稀疏,稀少。四周星:四周年。文天祥从1275年起兵抗元,到1278年被俘,一共四年。④惶恐滩:在今江西省万安县,是赣江中的险滩。1277年,文天祥在江西被元军打败,所率军队死伤惨重,妻子儿女也被元军俘虏。他经惶恐滩撤到福建。⑤汗青:同汗竹,史册。古代用简写字,先用火烤干其中的水分,干后易写而且不受虫蛀,称汗青。

赏析

文天祥20岁中状元,开始步入仕途,正值壮年。因元兵侵宋,领兵抗元。1278年,文天祥在广东海丰兵败被俘,押解至船上,经过滩险浪急的零丁洋时,有感而发写下此诗。

这首诗首先回顾了诗人一生的经历,读书进入仕途,四年抗元生涯,身世漂浮,一幕幕都出现在眼前。惶恐滩头那惊心动魄的场面,零丁洋里汹涌的波涛,即将面对的是未卜的前程。"人生自古谁无死,留取丹心照汗青",这一联诗写得慷慨激昂、掷地有声,直抒胸中正气,表现出诗人舍生取义、视死如归的坚定信念和昂扬斗志,因此成为千古流传的名句。

郑思肖

郑思肖（1241—1318），字忆翁，号所南，连江（今属福建）人，宋末诗人、画家。擅长作墨兰，有诗集《心史》《郑所南先生文集》《所南翁一百二十图诗集》等。

寒　菊

花开不并百花丛①，独立疏篱趣未穷②。
宁可枝头抱香死③，何曾吹落北风中④。

注释

①不并：不合、不靠在一起。并，一起。②疏篱：稀疏的篱笆。未穷：未尽，无穷无尽。③抱香死：菊花凋谢后不落，仍系枝头而枯萎，所以说抱香死。④何曾：哪曾、不曾。北风：寒风，此处语意双关，亦指元朝的残暴势力。

赏析

这首诗赞美了菊花独立寒霜之中，不与百花争艳，以及谢而不凋的高贵品质。结合诗人的背景来看，当时元兵南下，诗人为朝廷献计献策，但不被采纳，南宋灭亡后，诗人隐居苏州，终日面南而坐，面南而卧，所画兰花，都是叶疏而无根，寓意国土沦亡，无土可依。由此可以看出，诗人是以菊花自喻，表达了自己宁死不向元朝屈服的操守，体现了至死不渝的民族气节。

经典古诗

志 南

志南,生卒年不详,南宋诗僧。

绝句·古木阴中系短篷

古木阴中系短篷,杖藜扶我过桥东①。
沾衣欲湿杏花雨,吹面不寒杨柳风。

① 杖藜:"藜杖"的倒文。藜,草本植物,茎秆直立,老了可做拐杖。

这首诗记述了一次在春雨中游玩的过程。诗人乘着一艘小舟沿河观光,看到一处风景优美的地方,于是泊船大树底下,拄着拐杖上岸了,步履蹒跚的他跨过木桥向东边走去;绵绵春雨带着杏花香气打湿了衣裳,和煦的春风摇曳着细长的杨柳,拂过诗人的面庞,大好春光,实在令人陶醉。

全诗用笔精妙,把人和一系列景物完美地结合在一起,构成了一幅烟雨朦胧的春游图,极富情趣,抒发了诗人对美好春光发自内心的热爱。

六、元明清诗

王 冕

王冕(1287—1359),字元章,号煮石山农,亦号"食中翁""梅花屋主"等,诸暨(今浙江绍兴)人,元朝著名画家、诗人、篆刻家,尤其擅长画墨梅。他出身贫寒,幼年替人放牛,靠自学成才。

墨 梅[1]

吾家洗砚池头树[2],个个花开淡墨痕[3]。
不要人夸好颜色,只留清气满乾坤[4]。

注释

[1]**墨梅**:用水墨画的梅花。[2]**砚**:砚台,磨墨用的文具,中国传统文房用具之一。**树**:这里指梅花树。[3]**淡墨**:水墨画中将墨色分为四种:清墨、淡墨、浓墨、焦墨。[4]**清气**:清香之气,这里也暗喻人之清高自爱的品质。**满**:弥漫。**乾坤**:天地。

赏析

这是一首题画诗,诗人借赞美墨梅,表达自己淡泊名利,不愿与世俗同流合污的高洁品质。全诗构思巧妙,"洗砚池"借用王羲之"临池学书,池水尽黑"的典故,诗的前两句用白描手法勾勒出墨梅形象,后两句赞美墨梅"不要人夸好颜色,只留清气满乾坤"的高洁情操。全诗语言简练,意蕴深邃,耐人寻味。

经典古诗

于 谦

于谦（1398—1457），字廷益，号节庵，明朝杰出的政治家、军事家、诗人，杭州府钱塘（今浙江杭州）人，与岳飞、张苍水并称"西湖三杰"。

石灰吟①

千锤万凿出深山②，烈火焚烧若等闲③。
粉骨碎身浑不怕④，要留清白在人间⑤。

注释

①吟：吟诵，古代的一种诗歌体裁。②千锤万凿：无数次地锤击开凿。③若：好像，好似。等闲：轻易，寻常。④浑：全，全然。⑤清白：指石灰洁白的本色，比喻高尚的情操。

赏析

这是一首托物言志的诗，诗人通过赞美石灰，表达了自己坚守情操，为社稷苍生不惜粉身碎骨的坚强意志和决心。诗的前两句明写石灰艰难的开采烧制过程，实则象征着仁人志士在严峻的考验面前无所畏惧的气概。后两句直抒胸臆，一语双关，表明了自己不怕牺牲，立志"留清白"在世的豪情壮志。

唐 寅

唐寅（1470—1524），字伯虎，一字子畏，号六如居士、桃花庵主等，明代著名画家、文学家、诗人。与祝允明、文征明、徐祯卿并称"江南四大才子（吴门四才子）"，画名更著，与沈周、文征明、仇英并称"吴门四家"。

言 志

不炼金丹不坐禅[①]，不为商贾不耕田。
闲来写就青山卖，不使人间造孽钱[②]。

注释

[①]炼金丹：指修仙求道。坐禅：指信佛念经。[②]造孽钱：指做坏事得来的钱财。

赏析

这首诗直抒胸臆，一开始就连用四个"不"字表达了自己的志向，不修仙求道，不信佛念经，不经商，不务农。只愿意空闲时作作画，卖几个零钱，坚决不用干坏事得来的钱财。全诗明白如话，表明了诗人淡泊名利和自恃清高的处世态度，言语中体现了他闲适自在的性格特征。

夏完淳

夏完淳（1631—1647），原名复，字存古，号小隐、灵首（一作灵胥），明松江府华亭县（现上海市松江）人，明末著名诗人，民族英雄。著有《南冠草》《续幸存录》等。

别云间[①]

三年羁旅客[②]，今日又南冠[③]。
无限河山泪，谁言天地宽。
已知泉路近，欲别故乡难。
毅魄归来日[④]，灵旗空际看[⑤]。

经典古诗

注释

①云间：诗人家乡，在今上海松江。②三年：夏完淳自1645年参加抗清斗争，至1647年被俘，共三年。③南冠（guān）：囚徒。语出《左传》。楚人钟仪被俘，晋侯问左右的人："南冠而絷者，谁也？"后世以"南冠"代指被俘。④毅魄：坚强不屈的魂魄，语出屈原《九歌·国殇》："身即死兮神以灵，魂魄毅兮为鬼雄。"⑤灵旗：即招魂幡。这里指后继者的队伍。

赏析

夏完淳七岁就能写诗作文，十四岁随父亲参加抗清战斗，三年后于家乡兵败被俘下狱，不久后被杀，临刑前镇定自若，毫无惧色。这首诗是诗人被捕后押往南京离开家乡时所作。

本诗首先回顾了三年艰苦卓绝的战斗生活，再写如今被俘后的感受，英雄末路，天地含悲，此番离去，再无归日，因而对故乡显得更加难舍难分。等将来魂魄归来的那一天，只希望后继者的旌旗能够覆盖大明的壮美江山，此时的诗人，早已将个人生死置之度外，更多的是以一颗赤子之心关心着国家的命运。

全诗感情跌宕，慷慨悲沉，抒发了诗人宁死不屈的决心和对家乡的无限依恋，读来荡气回肠。

查慎行

查（zhā）慎行（1650—1727），字悔余，号他山，海宁袁花（今属浙江）人，清代诗人。查慎行诗学苏轼和陆游，为东南诗坛领袖，著有《他山诗钞》。

舟夜书所见

月黑见渔灯，孤光一点萤。
微微风簇浪①，散作满河星。

注释

①簇：拥起。

赏析

这首诗生动地描绘了诗人夜晚于舟中所见的景致。在一个月黑之夜，河面上清风徐来，诗人坐着一叶小舟漂荡在水面上，远处孤零零的几点渔火，就像一点小小萤光点缀在漆黑的夜晚。微风拂过，水面攒起朵朵浪花，在渔火的映照下，像是漫天闪耀着皎洁的星光。静夜、清风、小舟、渔火、浪花，几处小景，寥寥数字，呈现出了一幅宁静而浪漫的夜景图，美不胜收。

郑 燮

郑燮（xiè）（1693—1765），字克柔，号板桥，兴化（今江苏兴化）人。清代书画家、诗人，"扬州八怪"之一。诗、书、画都有成就，人称"三绝"。

竹 石①

咬定青山不放松，立根原在破岩中②。
千磨万击还坚劲③，任尔东西南北风④。

注释

①竹石：长在石头缝中的竹子。②原：本来。③千磨万击：指无数的磨难和打击。坚劲：劲韧挺拔，坚强不屈。④任：任凭，无论，不管。尔：你。

赏析

这首诗以拟人的手法，将扎根在岩石中的竹子写出了神韵，竹的品质和人的品格交织在一起，让我们感受到一种顽强不息的意志力。在赞美竹子坚韧顽强的同时，诗人表达了自己不受外力左右，正直、高傲的风骨。

袁 枚

袁枚（1716—1798），字子才，号简斋，晚年自号仓山居士、随园主人，钱塘（今浙江杭州）人，清朝诗人、散文家、文学评论家和美食家。与赵翼、蒋士铨合称为"乾嘉三大家"。文笔与纪晓岚齐名，时称"南袁北纪"。主要传世的著作有《小仓山房诗文集》《随园诗话》等。

所　见

牧童骑黄牛，歌声振林樾①。
意欲捕鸣蝉，忽然闭口立。

注释

① 振：振荡，回荡。林樾（yuè）：指道路两旁成阴的树。

赏析

诗人偶遇牧童捕蝉，将所见的一幕记录下来，一个天真烂漫、快乐无忧的牧童形象被刻画得淋漓尽致，整首诗充满了童趣，洋溢着诗人对田园风光的喜爱之情。这首诗运用了前后对比，先写牧童骑着牛儿放声歌唱，紧接着意欲捕蝉，突然安静专注，这一转变将儿童的玩心写活了，透过诗歌我们也能感受到诗人所见。

蒋士铨

蒋士铨（1725—1784），字心馀、苕生，号藏园，又号清容居士，铅（yán）山（今属江西）人，清代戏曲家、文学家。精通戏曲，工诗古文，所著《忠雅堂诗集》存诗2569首，与袁枚、赵翼合称"江右三大家"。

岁末到家

爱子心无尽，归家喜及辰①。
寒衣针线密，家信墨痕新。
见面怜清瘦，呼儿问苦辛。
低徊愧人子②，不敢怨风尘③。

注释

①及辰：及时，正好赶上时候。这里指刚好赶上回家过年。②低佪：迟疑徘徊。③风尘：在外打拼的辛苦劳顿。

赏析

这首诗描述了诗人过年前回家时母子相见的情景。母亲爱子心切，看到年底回家的儿子非常高兴，为了给儿子御寒，冬衣线脚缝得非常细密，家信收得没有一点皱褶，就像新写的一样，刚一见面就感叹儿子面容清瘦，连忙问在外面吃好了没？穿暖了没？辛苦不？处处体现了对儿子的关爱。正是这种无微不至的关心，让诗人心中升起了愧疚之情。诗人常年在外打拼，不仅不能在母亲身边尽孝，还让母亲万般担心，但又无可奈何，只能不再说起外面的辛劳，报喜不报忧，说些能让母亲觉得高兴慰藉的事。

全诗语言质朴直白，生动地刻画了母子间久别相见时细腻的情感，时至数百年后的今日，这样的情景依然不断地在上演，年年岁末，多少游子告别他乡，历经长途跋涉，回到家中，回到久别的母亲身边！本诗与孟郊的《游子吟》角度略有不同，但都很好地赞美了无微不至的伟大母爱，引起了读者的强烈共鸣。

赵 翼

赵翼（1727—1814），字云崧，一字耘崧，号瓯北，又号裘萼，晚号三半老人，江苏阳湖（今江苏省常州市）人，清代文学家、史学家。论诗主"独创"，反摹拟，与袁枚、张问陶并称"清代性灵派三大家"。所著《廿二史札记》与王鸣盛《十七史商榷》、钱大昕《二十二史考异》合称"清代三大史学名著"。

论 诗

李杜诗篇万口传，至今已觉不新鲜。
江山代有才人出，各领风骚数百年①。

经典古诗

①风骚：指《诗经》中的"国风"和屈原的《离骚》。后来把关于诗文写作的事叫"风骚"。这里指在文学上有成就的"才人"的崇高地位和深远影响。

赏析

赵翼生活在清代，见识过历朝历代的好诗文，在此基础上，他提出了自己的主张：不要机械地模仿，不要搞偶像崇拜，要大胆创新，要写出自己的风格来。作者开宗明义，一反寻常地说李杜诗篇虽然好，但也有其局限性，流传千年也不新鲜了，呼吁后来者要努力超越前人，创造自己的时代。这首诗直抒胸臆，鲜明地表达了自己的主张，也体现了诗人对作诗的自信。"江山代有才人出，各领风骚数百年"一句，激励了一代代的后人奋勇前进，努力超越，展现个人的独特才华。

龚自珍

龚自珍（1792—1841），字璱（sè）人，号定庵。仁和（今浙江杭州）人。清代思想家、诗人，改良主义的先驱者。著名诗作《己亥杂诗》共315首，他的诗文洋溢着爱国热情，被柳亚子誉为"三百年来第一流"。

己亥杂诗·其五①

浩荡离愁白日斜，吟鞭东指即天涯②。
落红不是无情物，化作春泥更护花。

①己亥：即道光十九年（1839年）。②吟鞭：诗人的马鞭。多形容行吟的诗人。

赏析

龚自珍于1839年（己亥）辞官离京回杭州，后又返回接走家属，往返途中，饱览了祖国大美河山，目睹了百姓的水深火热，感慨万千，写下了一系列的诗篇，总共315首，统称为《己亥杂诗》，本诗为第五首。

这首诗描述了诗人离京时的感受。诗人孤身一人在夕阳中离京南下，离愁别恨萦绕心间，无穷无尽，马鞭一挥，从此与京城天涯远隔。"落红"两句笔锋一转，跳出离别的忧愁，转入抒发报国之志，花瓣有情，零落成泥还滋养其他花朵，诗人即使身处江湖之远，但依然深切地关心着国家大事，愿意为国家奉献自己的一份绵薄之力。

诗人因不满朝廷而辞官，辞官后又时刻牵挂着家国命运，这首诗充分表现了诗人对朝廷的复杂情感以及对国家的一片热忱。

己亥杂诗·其一二五

九州生气恃风雷①，万马齐喑究可哀②。
我劝天公重抖擞③，不拘一格降人才④。

①生气：生气勃勃的局面。恃：依靠，依赖。风雷：狂风和雷电，这里比喻变革社会的力量。②喑（yīn）：沉默，不出声。③天公：天帝。抖擞：振作，奋发。④拘：束缚，拘泥。降：这里有选拔、造就的意思。

赏析

诗人对"懒政"的统政者表达了自己的不满，期盼着风雷激荡的社会变革带来国家的振兴。诗的前两句用生动形象的比喻，表达对社会现实的不满，热切地呼唤社会变革。后两句提出了改革现状的具体措施——"不拘一格降人才"。全诗寓意深刻，气势雄浑。

经典古诗

高 鼎

高鼎（生卒年不详），字象一、拙吾，仁和（今浙江杭州）人，清代后期诗人。

村 居

草长莺飞二月天，拂堤杨柳醉春烟①。
儿童散学归来早，忙趁东风放纸鸢②。

注 释

①拂堤：指垂柳的枝条随风摆动，轻轻拂过堤岸。醉：迷醉，陶醉。春烟：春天水泽、草木间蒸发形成的烟雾般的水汽。②纸鸢：一种纸做的形状像老鹰的风筝。这里泛指风筝。鸢，老鹰。

赏 析

这首诗写的是诗人居住在乡村时看到的景象。前两句是景物描写，写出了万物复苏、欣欣然的早春风光，首句化用了梁朝文学家丘迟的名句"暮春三月，江南草长，杂花生树，群莺乱飞"，呈现了春天特有的活力。后两句是人物描写，儿童忙着放风筝的简单快乐，让乡村生活变得恬淡而自然。全诗充满了生活情趣，洋溢着对大好春光的喜爱之情。

谭嗣同

谭嗣同（1865—1898），字复生，号壮飞，湖南浏阳人，中国近代著名政治家、思想家，维新派人士。参加领导戊戌变法，失败后被杀，为"戊戌六君子"之一。

狱中题壁

望门投止思张俭①，忍死须臾待杜根②。

我自横刀向天笑，去留肝胆两昆仑。

①**望门投止**：望门借宿。**张俭**：东汉末年高平人，因弹劾宦官侯览，被反诬"结党"，被迫逃亡，在逃亡中凡接纳其投宿的人家，均不畏牵连，乐于接待。事见《后汉书·张俭传》。②**忍死须臾**：短时间装死。**杜根**：东汉末年定陵人，汉安帝时邓太后摄政、宦官专权，他上书要求太后还政，太后大怒，命人以袋装之而摔死，行刑者慕杜根为人，不用力，欲待其出宫而释之。太后疑，派人查之，见杜根眼中生蛆，乃信其死。杜根终得以逃脱。事见《后汉书·杜根传》。

赏 析

谭嗣同参与领导戊戌变法失败后，拒绝出逃，决心直面鲜血，以自己的死来唤醒民众，扩大变法的影响力。随后，他被捕入狱，并在狱中墙壁上写下此诗，不久后，英勇就义。

诗的第一句借典故表达了对出逃同志们的关心与惦念，希望他们能够像张俭一样在逃脱过程中受到百姓的关照与保护。第二句含蓄地表达了对太后摄政并残酷镇压变法志士的不满，同时也希望同志们忍辱负重，以图将来东山再起。第三、第四句表达了诗人"我以我血荐轩辕"的决心，"各国变法，无不从流血而成，今日中国未闻有因变法而流血者，此国之所以不昌也。有之，请自嗣同始。"诗人早已做好了一死的准备，死亡根本不会让他恐惧，因为他坚信不论死者或生者，其浩然之气都会像两座巍峨的昆仑山脉，傲立中华大地，永垂不朽。

全诗慷慨悲壮，表达了诗人为了革命事业愿抛头颅洒热血的决心，以及视死如归的勇气，读之荡气回肠。

醉美古词

一、唐五代词

李 白

忆秦娥·箫声咽

箫声咽,秦娥梦断秦楼月。秦楼月,年年柳色,灞陵伤别①。乐游原上清秋节,咸阳古道音尘绝。音尘绝,西风残照,汉家陵阙②。

注释

①灞陵:在今陕西省西安市东,是汉文帝的陵墓所在地。当地有一座桥,为通往华北、东北和东南各地必经之处。伤别:为别离而伤心。②陵阙:皇帝的坟墓和宫殿。

赏析

词的上片描写了一位女子思念远方爱人的哀愁之情。伴随着鸣咽的箫声,秦娥从月光下的楼上醒来,爱人不在,只有秦家楼头那轮孤独的明月和溪边青青的柳树,见证了一年又一年的凄怆别离。

下片意境开始放大,从个人的忧愁转入到历史的悲伤之中,深秋的乐游原显得格外凄清,昔日繁忙的咸阳古道上,来往的人烟早已断绝,只剩下汉朝那些坟墓和宫阙的断垣残壁矗立在残阳下的西风中,多少辉煌都掩埋进了历史的尘埃之中,随风远去。在浩渺的时空面前,兴衰荣辱都显得那么的微不足道了。相较下片的宏大,抒发个人情思的上片就只是陪衬了。

全词恢宏壮丽,意境深远,气象雄浑,素有"百代词曲之祖"之称号。

张志和

张志和（730—约810），字子同，初名龟龄，号玄真子，婺州（今浙江金华）人，唐代诗人、词人。早年平步青云，后归隐江湖，自称"烟波钓徒"。他是唐代最早填词并有较大影响的词人之一。

渔歌子

西塞山前白鹭飞，桃花流水鳜鱼①肥。
青箬笠②，绿蓑衣③，斜风细雨不须归。

①鳜鱼：一种淡水鱼，肉味鲜美，又称桂鱼、季花鱼等。②箬笠：旧时雨具，又称斗笠。用竹叶、竹篾编的宽边帽子。箬是一种竹子。③蓑衣：用茅草或者棕丝编织成的雨披。

这首词描绘了一幅水乡春景渔夫垂钓图，一种世外桃源般怡然自得的渔翁之乐在诗词间流淌，生活的情趣尽在其中。

青山白鹭，桃花流水，色彩明艳的春天如此美不胜收，正是鳜鱼肥美的季节，大自然的馈赠让人乐不思归，于是，渔夫"青箬笠，绿蓑衣"在斜风细雨中与美丽的春光融为一体，尽享这悠闲自在的生活之趣。词人也陶醉在这春光垂钓之乐中，内心对悠闲生活的向往可见一斑。

白居易

忆江南

江南好，风景旧曾谙①。日出江花红胜火②，春来江水绿如蓝。能不忆江南？

 注释

①旧：以前，以往，过去。谙：熟悉。②胜：胜过，超过。

 赏析

这首词开宗明义表达了诗人对江南的怀念，至于为什么怀念，三个字给出了答案：江南好。于是诗人层层推进，描绘江南之好，江南好在"日出江花红胜火，春来江水绿如蓝"。最后，承接主题，首尾呼应，发出反问：如此美好的江南，能不让人怀念？诗人怀念江南，读者也对江南充满了向往。

长相思

汴水流①，泗水流②，流到瓜洲古渡头③。吴山点点愁④。
思悠悠⑤，恨悠悠，恨到归时方始休。月明人倚楼。

 注释

①汴水：源于河南，向东南流入安徽宿县、泗县，与泗水合流，入淮河。②泗水：源于山东曲阜，经徐州后，与汴水合流入淮河。③瓜洲：在今江苏省扬州市南面。④吴山：泛指江南群山。⑤悠悠：深长的意思。

赏析

这首词描写了一个女子登楼怀念离人的过程。上片写登楼所见之景,汴水东流,泗水东流,流过了瓜洲的古渡头,水流的方向,正是丈夫出行的方向,女子的思绪也随着丈夫的行踪到了遥远的吴地。一路的山山水水都失去了原有的秀丽,染上了浓浓的离愁。下片直抒胸臆,写女子的思念无穷,怨恨无尽,只有到远行人归来时才可能消退。最后,"月明人倚楼"点明题意,总结全词,前面所有的愁也好,思也好,恨也好,至此才交代了其主人公,一位明月下倚楼远望的女子。

全词上片三个"流"字,下片两处"悠悠",形成反复吟咏、低徊缠绵的韵味,具有协调的音律美;借水流来表达愁思,寓情于景,形象贴切;全篇语言浅显流畅,读之余味无穷。

浪淘沙·借问江潮与海水

借问江潮与海水,何似君情与妾心?
相恨不如潮有信,相思始觉海非深。

赏析

本词生动地表现了一位思妇对丈夫又爱又恨的复杂矛盾心理。开头两句劈空发问,以水比喻情感,却又各有区别,君情似江潮,妾心如海水,江潮热烈但却短暂,海水深沉而又永恒,表达了对负心丈夫的强烈不满,以及自己对爱情的忠贞。

词人借用水的不同道出了夫妻情感的不同,形象而又生动。"相恨不如潮有信",丈夫远行经商,常常违背约定不能按时回来,反倒是潮水有信,次次都能按时地来准时地去,于是生出些怨恨,怨恨丈夫重利轻别离,怨恨丈夫不珍惜在一起的美好时光。该句化用了李益《江南曲》:"嫁得瞿塘贾,朝朝误妾期。早知潮有信,嫁与弄潮儿",却较之更加言简意赅。都知道海水是极其深广的,但与我浓浓的相思一比,海水也就一般了。一句"相思始觉海非深",衬托出自己对丈夫的相思之切,寓意深长,耐人寻味。该句与李冶的《相思怨》中"人道海水深,不抵相思半。海水尚有涯,相思渺无畔"如出一辙,反映了饱受相思折磨的女子内心的矛盾之情。

全诗以水喻情,形象地传达出对丈夫薄情的失望和自己对爱情的坚贞,饱含酸楚,凄婉动人。

温庭筠

菩萨蛮·小山重叠金明灭

小山重叠金明灭①,鬓云欲度香腮雪②。
懒起画蛾眉,弄妆梳洗迟。
照花前后镜,花面交相映。
新帖绣罗襦③,双双金鹧鸪。

①小山:一指女子头上的饰品,一指屏风上所画的小山。②鬓云:像云朵似的鬓发。形容发髻蓬松如云。③罗襦:丝绸短袄。

这首词描写了一位美人晚起后慵懒梳妆时的场景。头上梳起了重重叠叠的发型,首饰或隐或现,散乱的发丝飘过了脸庞,带着晚起的倦意,慢吞吞地梳妆画眉。在镜中仔仔细细照看前前后后,面容与红花交相辉映。穿上新的绫罗短袄,上面用金线绣着一对鹧鸪。

全词只写了梳妆这一小事,但把一女子写得千娇百媚,把服饰写得光鲜华丽,通过最后的一双金鹧鸪,衬托出了人的孤单。也正是因为美人独身一人,前面的慵懒之态才显得合情合理,女为悦己者容,独自一人又美给谁看呢?

更漏子·玉炉香

玉炉香,红蜡泪,偏照画堂秋思①。
眉翠薄,鬓云残②,夜长衾枕寒③。
梧桐树,三更雨,不道离情正苦④。
一叶叶,一声声,空阶滴到明。

注释

①画堂:华丽的内室。②鬓云:鬓发如云。③衾(qīn):被子。④不道:不管、不理会的意思。

赏析

这首词描写的是一个女性的相思之情。

上片前三句写画堂之景。"玉炉香,红蜡泪",分别以炉中的袅袅香烟和红烛泪引出主人公的相思之情。室内香烟氤氲,袅袅升起又默默消逝,脑中相思亦是如此,无端地来了,不觉间去了,了无痕迹。红烛本乃喜庆之物,如今一人独照,蜡炬有心,尚为孤独之人流泪。此三句写寻常景物,却满满的是秋思离情,读来凄婉动人。"眉翠薄"三句转而写画堂中人,眉毛像翠绿的远山,头发像青云一样,是一个非常美丽的女子,而加上一个"薄"字和一个"残"字,表明画眉褪色,头发杂乱,映射出女子一副心灰意懒、无心打理自己的神态。她独守空房,长夜漫漫难以入眠,抱着冰冷的枕头被子,一直熬到了天亮,女子内心的凄凉之感让我们也油然而生恻隐之心。

下片转而写室外之景。三更冷雨,一声声敲打在梧桐叶上,可惜梧桐树不能体会人们相思离情的苦闷。叶上雨声,声声传来,室内之人无法入睡,听着雨声直到天明。梧桐细雨,点点滴滴,自然使人内心的惆怅难以排遣,以致长夜无眠,后世李清照的"梧桐更兼细雨,到黄昏、点点滴滴。这次第,怎一个愁字了得",更是将梧桐夜雨使人愁的境界提升到了顶峰。

此词写相思离情,上片浓丽,下片疏淡,浓淡相间。景物由室内至室外,感官由视觉转听觉,所有描写都围绕着秋思,语浅情深,传神地表达了女子夜半因相思而无眠的孤苦之情。

梦江南·梳洗罢

梳洗罢,独倚望江楼。过尽千帆皆不是,斜晖脉脉水悠悠①。肠断白蘋洲②。

注释

①斜晖:太阳快下山时的余晖。②白蘋(pín)洲:长满水草的绿洲。

赏析

这首词描写了一个独上高楼、引颈盼良人归来的女子。女子在一番梳妆打扮后登上江楼,遥望天际往来的船只,期望其中有一艘船正载着丈夫归来。女子是精心打扮后再登楼远眺,足见她的用心良苦,她希望用最美的一面迎接丈夫的归来,但又不知归期何日,只能漫无目的地张望着每一艘路过的船,所以这一天极可能又是无数个等待的日子里的一个罢了。果然,千帆过尽,繁忙的江面归于平静,没有一艘是自己等待的。

夕阳的余晖照着悠悠江水,愁肠萦绕在这白蘋洲上。短短二十七个字,将女子带着希望登楼,又带着失望下楼的过程生动地再现出来,一种绵长而淡淡的愁绪萦绕在女子身后的江面上,一个充满离愁的女子幽怨的背影仿佛就在眼前。

更漏子·柳丝长

柳丝长,春雨细,花外漏声迢递①。
惊塞雁,起城乌②,画屏金鹧鸪。
香雾薄,透帘幕,惆怅谢家池阁③。
红烛背,绣帘垂,梦长君不知。

注释

①迢递:远远地传来。②城乌:城头上的乌鸦。③谢家池阁:豪华的宅院,这里指女主人公的住处。

醉美古词

赏析

这首词描写了一位女子在下着细雨的春夜里愁苦寂寞的心情。上片写室外之景,柳丝、春雨,连连绵绵,花园外远远地传来打更的声音,更声惊吓了北去的鸿雁,惊起了城头的乌鸦,画屏上的金鹧鸪也似蠢蠢欲动。屋外的一声一息都传入耳中,画屏还能清晰地映入眼帘,可见主人公此时仍处于清醒未眠状态,寂寞而又漫长的春夜,最是煎熬。

下片转而写室内之景,香雾营造出了一种氤氲的氛围,上下飘忽不定,就如那捉摸不透的相思一般,弥漫了整个闺阁。只有背过红烛,垂下绣帘,睡去就不会再受相思煎熬了,可谁知睡梦中竟又全是思念之人,只是对方不知道罢了。

全词动静结合,虚实相生,写情含蓄而悠长,极具婉约词的风韵。

冯延巳

冯延巳(903—960),又名延嗣,字正中,五代广陵(今江苏省扬州市)人,五代十国时南唐著名词人,官至南唐宰相。他的词多闲情逸致,文人的气息浓郁,对北宋初期的词人有比较大的影响,有词集《阳春集》传世。

谒金门·风乍起

风乍起①,吹皱一池春水。
闲引鸳鸯香径里②,手挼红杏蕊③。
斗鸭阑干独倚④,碧玉搔头斜坠⑤。
终日望君君不至,举头闻鹊喜。

①乍:忽然。②闲引:无聊地逗引着玩。③挼(ruó):揉搓。④斗鸭:以鸭相斗为欢乐。斗鸭阑和斗鸡台,都是官僚显贵取乐的场所。⑤碧玉搔头:一种碧玉做的簪子。

赏析

这首词描写了一个在春日里因思念丈夫而心情苦闷的少妇。

"风乍起,吹皱一池春水",一语双关,一为写景,原本水波不兴的池面,因突然吹起的风而泛起了层层波纹;一为写情,春风一起,暖风拂在脸上,引得少妇心潮不平,不由得生起些许惆怅。春光明媚,可丈夫远在他乡,只能自己一个人独自在小园里游玩,内心感到百无聊赖,于是在落满花瓣的小路上逗耍池里成双成对的鸳鸯,轻嗅杏花,伸手轻轻揉搓着花蕊。看似一幅充满情趣的画面,但鸳鸯恩爱,杏花烂漫,经此一对比,孤身一人的女主人公就更加显得落寞孤寂了。

独自倚靠在阑干上,看着下面的鸭儿们争斗着,出神之际,连头上的碧玉簪子滑落耳鬓都没注意到。女主人公看似在看鸭子,实际上她的心思并非在眼前,而是飘向了远方。前两句写动景,少妇在园里跑动玩耍,后两句写静景,女子若有所思般望着眼前的景致出神,这一动一静,凸显了女子的动作神态。但是,为何女子的神色突然变得凝重起来了?想必是因为面前的鸳鸯和杏花引起了她对丈夫浓烈的思念。整天整夜盼望着丈夫归来,却一直没有盼回,正在愁闷之时,却听到了头顶喜鹊的叫声。喜鹊的叫声意味着什么呢?是不是丈夫就要回来了,顿时,前面的愁绪一扫而空,心情转而高兴起来。

本词塑造了一个天真烂漫的少妇形象,从见鸳鸯杏花而起愁思,因喜鹊叫声而回归高兴,这愁思来得快去得也快,与王昌龄的《闺怨》中"闺中少妇不知愁,春日凝妆上翠楼。忽见陌头杨柳色,悔教夫婿觅封侯"的主人公有几分神似。

南乡子·细雨湿流光

细雨湿流光①,芳草年年与恨长。
烟锁凤楼无限事②,茫茫。鸾镜鸳衾两断肠③。
魂梦任悠扬,睡起杨花满绣床。
薄幸不来门半掩④,斜阳。负你残春泪几行。

注释

① 流光：流动、闪烁的光。② 凤楼：即凤台、秦楼，此处指妆楼。③ 鸾镜：妆镜的美称。④ 薄幸：薄情郎。

赏析

绵绵细雨，打湿了整个春天，内心的忧愁与野外的芳草一样，一年年疯长。流光容易把人抛，主人公的美好年华就在这细雨中慢慢流逝。烟雾缭绕，笼罩了主人公所居住的凤楼，也掩盖了无限心事。烟雾与心事，同样虚无缥缈，在这里相互交织，若有若无，淡然却又真实。鸾凤镜，鸳鸯被，这些成双成对的图像，更是反衬出了主人公的形单影只，令人不由得肝肠寸断，伤心泪流。

梦境是填补空虚寂寞的最好办法，于是主人公悠悠睡去，任梦信马由缰，希望行尽江南数千里，寻找所思之人。醒来时杨花飞满了鸳鸯床，一种寥落之感充溢了整个房间。杨花如何进得房间？因为女子为了等待恋人，她的闺门一直只是半掩着，结果却是从朝阳初上直到夕阳西下，杨花都来了，恋人却迟迟未曾出现，真是个薄情郎！他凭空辜负了这大好春光，辜负了自己的大好年华，想到这里，不禁流下了几行清泪。

鹊踏枝·几日行云何处去

几日行云何处去①？忘却归来，不道春将暮。
百草千花寒食路，香车系在谁家树？
泪眼倚楼频独语。双燕来时，陌上相逢否？
撩乱春愁如柳絮，悠悠梦里无寻处。

注释

① 行云：此处比喻行踪无定的丈夫。

赏析

这首词描写了一个女子对外出丈夫久久不归的埋怨。开篇以行云比喻四处游荡的丈夫，形象而贴切，外出数日而不见归来的身影，难道不知道会耽误自己的大好年华吗？百草千花一语双关，它们既开放在春天里，也开放在人群中，这么久不回来，怕是去外面拈花惹草去了吧？主人公不觉陷入了胡思乱想之中，内心交织着惦念和埋怨的复杂情感。

女子独倚高楼，自言自语着，越想越气，不禁流出了眼泪。那归来的燕子，你们可在回来的路上看见了我的丈夫？燕子不语，双双追逐嬉闹而去。眼见其双宿双飞，主人公心中愁肠百结，更不是滋味，想要梦里将他寻觅，却不知道该往何处。全词写得蕴藉深婉，情意缠绵，生动地表达了女子的哀婉与痴情。

李 璟

李璟（916—961），初名景通，字伯玉。五代十国时期南唐第二位皇帝，943年嗣位。后因受到后周威胁，削去帝号，改称国主，史称南唐中主。李璟好读书，多才艺。常与宠臣韩熙载、冯延巳等饮宴赋诗。他的词感情真挚，风格清新，语言不事雕琢，其诗词被录入《南唐二主词》中。

浣溪沙·菡萏香销翠叶残

菡萏香消翠叶残①，西风愁起绿波间。
还与韶光共憔悴，不堪看。
细雨梦回鸡塞远②，小楼吹彻玉笙寒。
多少泪珠何限恨，倚栏干。

注释

①菡萏（hàn dàn）：荷花的别称。②鸡塞：这里泛指边塞。

这首词上片写景。秋风吹散了荷花的香气，吹残了翠绿的荷叶，吹皱了荷池的水面，与水面一起生起涟漪的是人的心。在这悲戚的秋风中，面对逝去的美

景,以及快速抛人而去的韶光,不免产生了哀伤与惆怅。"不堪看"三个字,更是于平实之中道出了哀愁的程度之深,直击读者内心。

下片写人抒情。细雨中,主人公随梦境飞到了遥远的边塞,一梦醒来,曲子已经吹了一遍又一遍,玉笙泛起了寒光,声音开始变得喑哑,小楼也被寒气包围。热闹散去后,主人公的内心倍感孤独寂寞。在这个寒冷的夜里,这簌簌而流的眼泪中包含了多少思念,多少怨恨,多少凄凉,无人能懂,也无人能解,唯有独倚斜阑,望尽天涯路。

全词语言清新,格调哀婉,余韵悠长。"小楼吹彻玉笙寒"一句,以乐写哀,笙寒声咽,衬托了内心的凄清,成为传颂千古的名句。

李 煜

李煜(937—978),字重光,初名从嘉,号钟隐、莲峰居士,彭城(今江苏徐州)人。五代十国时南唐国君,961—975年在位,史称李后主。李煜虽不通政治,但其艺术才华却非常了得。精书法,善绘画,通音律,诗和文均有一定造诣,尤以词的成就最高,有千古杰作《虞美人》《浪淘沙》《乌夜啼》等词,被称为"千古词帝"。

相见欢·无言独上西楼

无言独上西楼,月如钩。寂寞梧桐深院锁清秋^①。
剪不断,理还乱,是离愁。别是一般滋味在心头。

注释

①锁清秋:深深被秋色所笼罩。

975年,宋军攻占金陵,后主李煜出降,南唐灭亡。李煜被押解至汴京软禁,被宋太祖封为"违命侯",开始了三年多的阶下囚生活,其词风也由此大变。被俘前多以描写宫廷寻欢作乐为主,被俘后多写家国之痛。王国维对他的作品给予了高度评价:"词至李后主,而眼界始大,感慨遂深,遂变伶工之词而为士大夫之词。"这首词即写于词人被俘后。

这首词写词人独自登楼以及登楼所见。"无言独上"形象地刻画出了词人愁苦孤独的形象,揭示出其被俘后内心的凄婉与痛苦。登楼所见,缺月如钩,寂寞梧桐,萧萧秋景,都被笼罩在这深宅大院里头,一个"锁"字,同时也暗指了自己被拘禁在这里不得自由。下片极言愁的滋味,一个曾经的国君,而今沦为阶下囚,内心的痛苦与哀愁不言而喻,像一张丝网一般牢牢地束缚着,剪也剪不断,理也理不清,始终排遣不去。这番滋味,是屈辱?是悔恨?是悲伤?词人自己也说不清楚,只有切身体会过,才能感受其中的味道。

本词情景交融,感情真挚,贴切地表达了词人亡国破家的悲痛。其"剪不断,理还乱"更是成为写愁的千古名句。

破阵子·四十年来家国

四十年来家国,三千里地山河。
凤阁龙楼连霄汉,玉树琼枝作烟萝①。几曾识干戈②?
一旦归为臣虏,沈腰潘鬓消磨③。
最是仓皇辞庙日④,教坊犹奏别离歌。垂泪对宫娥。

①烟萝:形容树枝叶繁茂,如同笼罩着雾气。②干戈:武器,此处代指战争。③沈腰潘鬓:沈指沈约,《南史·沈约传》:"言已老病,百日数旬,革带常应移孔。"后用沈腰指代人日渐消瘦。潘指潘岳,潘岳曾在《秋兴赋》序中云:余春秋三十有二,始见二毛。后以潘鬓指代中年白发。④辞庙:指离开皇宫。辞,离开。庙,宗庙,古代帝王供奉祖先牌位的地方。

在沦亡的日子里,李煜痛定思痛,回顾了各种往事,百感交集。回想当年,四十多年的国家基业,三千里地的秀美河山,凤阁龙楼直上九重霄,名花佳木葱

葱茏茏，哪里见过什么战争啊？上片充满了李煜对故国大好河山的眷恋，末尾的反问，饱含着他的自责与悔恨之情。

下片首句作为被俘前后的转折，生活状况急转直下，曾经是日日歌舞升平，而今归为臣虏，精神肉体备受折磨，人已憔悴，鬓已斑白。犹记得当时去国离家北上为俘的时刻，宫廷乐队还奏起了忧伤的离别之曲，倍感悲伤，如今，面对曾经熟悉的宫女，只能无声垂泪。

全词上片写繁华，下片写凄清，历经国家由盛入衰，词人亡国的悲哀痛苦溢于言表。

浪淘沙·帘外雨潺潺

帘外雨潺潺①，春意阑珊②。罗衾不耐五更寒③。
梦里不知身是客，一晌贪欢④。
独自莫凭栏，无限江山。别时容易见时难。
流水落花春去也，天上人间。

①潺潺：形容雨声。②阑珊：衰残。③罗衾：绸被子。④一晌（shǎng）：一会儿，片刻。

赏析

词人从梦中醒来，帘外是潺潺的春雨。已是暮春之时，厚厚的被子依然挡不住外头的严寒，在刚刚过去的梦中，词人短暂地忘却了自己的囚徒之身份，回到了熟悉的故土，享受了片刻的欢愉。然而，梦过于短暂，梦醒之后，等待自己的是更加强烈的痛苦。

独自一人就不要去凭栏望远了，隔着千山万水，故土不可望见，反倒增添苦恼。曾经的万里江山，分开的时候容易，想见却太难。流水东去，落花凋零，春天已经远去，从前作为国君的美好生活也将远去，不复再来，迎接自己的将是无穷无尽的哀愁与痛苦，今昔对比，其间差距，何止天上与人间。

全词基调悲沉，情真意切，哀婉动人，抒发了词人深深的亡国之痛。

相见欢·林花谢了春红

林花谢了春红，太匆匆。无奈朝来寒雨晚来风。

胭脂泪①，留人醉，几时重。自是人生长恨水长东。

注释

①胭脂泪：原指女子的眼泪，女子脸上搽有胭脂，泪水流经脸颊时沾上胭脂的红色，故称之为胭脂泪。在这里，胭脂是指林花沾雨的鲜艳颜色，代指花。

赏析

这首词首先写词人对春天美景匆匆逝去的惋惜，字里行间充满着伤春之情。风雨无情，朝暮摧残着美好又娇弱的花朵，那被雨水打过的花瓣，如美人带泪的面庞，可怜的花与伤心的人两相依恋，如痴如醉。可惜的是，春天一过，不知何时才能再会面。

词的最后一句将情感升华，感叹人生有太多的无奈与遗憾，就如那滔滔东去的无情江水，无休无止。全词文字空灵，情景交融，抒发了词人韶华易逝、人生苦短的惆怅之感。

虞美人·春花秋月何时了

春花秋月何时了？往事知多少。

小楼昨夜又东风，故国不堪回首月明中。

雕栏玉砌应犹在①，只是朱颜改②。

问君能有几多愁？恰似一江春水向东流。

注释

①雕栏玉砌：指远在金陵的南唐故宫。砌，台阶。②朱颜：指故都的宫女。

赏析

在沦为亡国之君后,李煜一直处于极端自责与痛苦之中,悔恨错杀忠臣,悔恨治国无方,常常以泪洗面。太平兴国三年(978年)的七夕,也是李煜的生日,他命歌姬于寓所中唱新曲作乐,宋太宗赵光义闻之大怒,赐毒酒将李煜杀死。千古词帝就此殒命,令人唏嘘不已。当日,阁楼上所唱之曲即为这首《虞美人》。

春花与秋月是美好的事物,是常人喜闻乐见的,而此处词人发出了"何时了"的感叹,原因只是春花秋月会勾起重重往事,从而引起词人内心的哀痛。这栋幽禁自己的小楼中,昨天又吹起了春风,又是一年桃红柳绿,在异国他乡又苟活了一年,词人在对故国的思念中备受煎熬,以致不忍回顾,但又不忍不回顾。

过片是对故国的想象,高贵华美的宫殿应该都还在,只是其中的宫女却都换了,物是人非。幽禁的屈辱,亡国的悔恨,对世事无常的感叹,在词人内心发酵成浓浓的愁,喷涌而出。"问君能有几多愁?恰似一江春水向东流。"以滔滔不绝奔流而去的春水,比喻绵绵无穷尽的愁恨,贴切自然,形象生动。

全词语言凝练,意境深远,感情激越,凝聚了词人亡国后的所有血泪,成为千古绝唱。

韦 庄

菩萨蛮·人人尽说江南好

人人尽说江南好,游人只合江南老①。
春水碧于天,画船听雨眠。
垆边人似月②,皓腕凝霜雪。未老莫还乡,还乡须断肠。

①只合:只应。②垆边:指酒家。出自司马相如卓文君当垆卖酒的故事。

赏析

作者开篇就引述他人的评论：江南美好，应该留在这里一直到老。接下来才描写自己的直观感受，印证江南的美好：春水碧绿，春雨淅淅沥沥，画船上滴滴答答的雨声伴人入眠。江南酒家的女子非常漂亮，从袖口露出的胳膊肤白如雪。词人用总分的手法充分展示了江南风土人情的美。但是，面对如此美好的江南，词人却在最后发出了"未老莫还乡，还乡须断肠"的感慨。此时的家乡，目之所及，战火纷飞，哀鸿遍野，一旦回去，定会为之伤神肠断。一个"莫"字完全是劝告的语气，与前面的"游人只合江南老"一样，都是朋友的劝告之语。然而，尽管人人都说江南好，江南值得居留，但作者本人并不这么认为，此时的作者内心觉得家乡更好，渴望回到家乡，但是有家归不得，战争让人不得不忍受着思乡之苦。

纵观全词，作者以乐景写哀情，通过反衬体现了思乡的哀苦。

女冠子·四月十七

四月十七，正是去年今日，别君时。
忍泪佯低面①，含羞半敛眉②。
不知魂已断，空有梦相随。除却天边月，没人知。

注释

①佯：假装。②敛（liǎn）眉：皱眉头。

赏析

这首词上片描写一女子送别恋人的场景。正是去年今日，送君十里，不得不分开。为了不让恋人看见自己流泪，假装低头偷偷拭去泪痕，羞涩的神情却不知不觉间爬上了眉梢。时间记得如此准确，可见女主人公每天都在数着日子，时刻盼着恋人归来。下片描写别后思念之情。别后一年，思念使人魂断形销，形单影只的女子夜夜只有梦相随。孤独与愁苦，除了天边明月，没人知晓。

全词写得细腻而真实，少女饱受相思折磨，楚楚动人的形象跃然纸上，惹人心疼。

思帝乡·春日游

春日游，杏花吹满头。陌上谁家年少，足风流①？
妾拟将身嫁与，一生休②。纵被无情弃，不能羞。

①足：足够，十分。②一生休：一辈子才休止。

赏析

该首词描写的是一位勇敢追求爱情、为爱无怨无悔的天真少女，语言质朴，思想大胆开放，是一篇难得的佳作。

上片写少女春日外出游玩之所见。"春日游"点明了时间和事件，正是春回大地万物复苏的时候，也是闺中少女们春心萌动的时候，她们渴望社交，渴望爱情。"杏花吹满头"，不写风，而能感到春风拂面，正是作者的高超之处。春风吹落杏花，落英缤纷，飘洒在少女的头上，一幅欢声笑语的赏春场面展现在读者眼前。忽然，迎面走来一陌生翩翩少年，瞬间为他的风采神魂颠倒。陌上谁家年少，足风流？作者没有在少年容貌上着半点笔墨，一个"足"字就把那种风流至极的神态表达出来了，情窦初开的少女面对风流倜傥的少年，情不自禁就爱上了对方也是自然的，正契合了那句话：正确的时间正确的地点遇上正确的人。

下片写少女的内心世界。对少年一见倾心后，一种嫁给对方为妻日日与君好的强烈愿望油然而生，若能白头偕老，此生足矣。"纵被无情弃，不能羞"，更是一种斩钉截铁的口气，即使被无情抛弃，也绝不后悔，足见少女之大胆热烈与用情之深。

这首词写的是少女对美少年的一见钟情，塑造了一个大胆追求爱情的少女形象，在自由恋爱权利被剥夺的封建社会里，有着特别的意义。

牛希济

牛希济，生卒年不详，陇西（今甘肃）人，五代词人，词人牛峤之侄。早年即有文名，流寓于蜀，后为前蜀主王建所赏识，任起居郎，累官翰林学士、御史中丞。牛希济所作词，今存14首，均清新自然，无雕琢气。

生查子·春山烟欲收

春山烟欲收①，天淡稀星小。
残月脸边明，别泪临清晓②。
语已多，情未了。回首犹重道③：
"记得绿罗裙④，处处怜芳草⑤。"

###

①烟欲收：山上的雾气正开始收敛。②临：接近。清晓：黎明。③重（chóng）道：再次说。④罗裙：丝罗制的裙子。多泛指女孩衣裙。⑤怜：怜惜。

赏析

这是一首写清晨恋人伤离别的词作。

上片写分别之景。"春山烟欲收，天淡稀星小"，描写的是春天清晨的景色，弥漫在山头的薄雾正要消失，天边已经出现鱼肚白，即将天亮，远处的星星变得稀少，慢慢地在晨光中隐去，这一系列的景物描写为伤别做了很好的铺垫。"残月脸边明，别泪临清晓"，第三、第四句转而写人，一弯残月挂在天边，清冷的光辉照在脸上，使脸色变得苍白，照在脸庞的泪珠上，显得女主人公更加凄楚动人。离别的眼泪一直流到了天亮，天一亮，远行人就要离开了，这一别，相见就不知道要等到何时了，难舍难分之情如眼泪一般绵绵不绝。

下片写分别之情。"语已多，情未了"，可以想象，男女主人公执手相看泪眼，千叮咛万嘱咐，在外一定要照顾好自己，要吃饱，要穿暖，然而千言万语却道不尽心中的万千情意。哪怕再不舍，也不得不分离，那只有转过身去，直到

恋人跨上马背，萧萧马鸣，挥鞭欲走时，忽然又想起了一些话，转过身来，朝恋人喊道："记得绿罗裙，处处怜芳草！"今天我穿的罗裙颜色与路边芳草颜色相同，你走到天涯海角，只要一看见芳草，那一定要想起我啊！这句临行前的补充，是对远行恋人遗忘自己的担心，也是希望恋人不要变心。芳草罗裙这一联想看似随意，实则饱含着女子临别时的复杂心情。

顾 敻

顾敻（xiòng），生卒年、籍贯均不详，字琼之，五代词人。于后蜀官至太尉，能诗善词，词风绮丽却不浮靡，意象清新生动，《花间集》收其词作55首。

诉衷情·永夜抛人何处去

永夜抛人何处去①？绝来音。香阁掩，眉敛②，月将沉。
争忍不相寻③？怨孤衾④。换我心，为你心，始知相忆深。

①永夜：长夜。②眉敛：指皱眉愁苦之状。③争忍：怎忍。④孤衾：指独宿。

赏析

这首词描写的是闺中女子夜深独坐时的情景和内心独白，借以表达对旧时女子爱情悲剧的同情和对薄情男子的不满。

"永夜抛人何处去？绝来音。"漫漫长夜，负心人啊，你抛下我独自在家，一个人到底跑到哪里去了？书信也不寄回来。起篇就是对丈夫深深的怨恨与埋怨，一个"抛"字，一个"绝"字，表明丈夫长久外出、音信断绝都是其主动故意而为，衬托出主人公形单影只、内心孤独的悲伤。"香阁掩，眉敛，月将沉"，掩上阁门，眉头聚起，直至月亮西沉。这里说掩门而不是闭门，说明主人公心里还残留着希望，一直在等待着薄情丈夫的归来。从眉敛二字中可以想象，女子心中又是担心又是疑虑，在熬过漫长等待之后，重重心事全部表现在了脸上，眉头不知不觉皱起了，时间在等待中很快溜走，月从东边升起，移过头顶，很快就要西沉。一幅女子深夜独坐闺中心事重重地等待着归人直至天亮的情景清晰地出现在了读者面前，这样等待的夜晚，恐怕还只是无数个不眠之夜中的一个而已。

下片起句"争忍不相寻？怨孤衾"，又怎么能忍住不去找寻你呢？讨厌这独自一个人的夜晚。"争忍"二字传神地将女子对丈夫又爱又恨的内心矛盾体现了出来，虽然恨他，但恨都是因爱而生出来的。"怨孤衾"其实就是愿双栖，期待能与丈夫长相厮守。"换我心，为你心，始知相忆深"，感情痴到极致就容易突发奇想，把你的心换成我的心，你就理解我的相思之情有多浓郁了，想象新奇，余味悠长。

明知道丈夫薄情，还是希望把他找回来，一起相守过日子，这也是当时社会女子的无奈之举，也正是古代女子爱情悲剧的侧面体现。此诗以情见长，王国维更是盛赞："此等词，求之古今人词中，曾不多见。"

敦煌曲子词

敦煌曲子词是在敦煌发现的民间词曲，自敦煌石室发现后传世，但多有散佚，其中大部分先后为伯希和、斯坦因所劫走，分别收藏于巴黎国家图书馆和英京博物馆。王重民校辑有《敦煌曲子词集》。

菩萨蛮·枕前发尽千般愿

枕前发尽千般愿，要休且待青山烂①。
水面上秤锤浮，直待黄河彻底枯。
白日参辰现②，北斗回南面③。
休即未能休④，且待三更见日头。

注释

①休：罢休，双方断绝关系。②参辰：星宿名。参星在西方，辰星（即商星）在东方，晚间此出彼灭，不能并现；白天一同隐没，更难觅得。③北斗：北斗星，星座名，以位置在北、形状如斗而得名。④即：同"则"。

赏析

20世纪初，在敦煌鸣沙山的藏经洞里发现了几百首抄写的民间词，题材广泛，形式多变，带有浓郁的生活气息。这首词即为其中之一，是女子表明心迹之作，通过誓言抒发了对爱情的坚贞不渝，与《上邪》有异曲同工之妙。

"枕前发尽千般愿"，说明这是一对夫妻洞房花烛，情意绵绵，既是满心甜蜜，又担心将来自己被抛弃，内心矛盾重重，于是发出一系列誓言：我们的关系要断绝的话，要等到青山溃烂，水面上浮起秤砣，黄河彻底干枯，白天出现参星和辰星，北斗星出现在南方。这里从"千般愿"中选取五重誓言，一气排开，不作停顿，极富感染力。哪怕这些都出现了，我们也还是不能断绝，除非半夜三更出现太阳。五重誓言还不够，最后主人公再一次作补充，反复说明了彼此之间关系的坚如磐石，强调了感情与天地万物同在。

写法大胆泼辣，排比气势如虹，想象天马行空，情感真挚热烈，这一首感天动地的爱情誓言受到读者的推崇与喜爱。

二、宋　词

柳　永

柳永（约984—约1053），原名三变，字景庄，后改名柳永，字耆卿，因排行第七，又称柳七，福建崇安人，北宋著名词人，婉约派代表人物。柳永少时学习诗词，有功名用世之志，屡试不中，遂一心填词，对宋词进行了全面革新，是两宋词坛上创用词调最多的词人，对宋词的发展产生了深远影响，代表作有《雨霖铃》《八声甘州》等。

蝶恋花·伫倚危楼风细细

伫倚危楼风细细①，望极春愁②，黯黯生天际③。草色烟光残照里，无言谁会凭阑意。

拟把疏狂图一醉④，对酒当歌，强乐还无味⑤。衣带渐宽终不悔，为伊消得人憔悴⑥。

注释

①伫倚危楼：长时间依靠在高楼的栏杆上。伫，久立。危楼，高楼。②望极：极目远望。③黯黯：迷蒙不明，形容心情沮丧忧愁。④拟把：打算。疏狂：狂放不羁。⑤强（qiǎng）乐：勉强欢笑。强，勉强。⑥消得：值得，能忍受得了。

赏析

这是一首怀人的作品，词的上片描写词人登楼望远、油然生愁的情景。词人凭栏远望，春烟中，萋萋芳草连绵起伏，无穷无尽，勾起了词人那挥之不去

的春愁。愁也无处说，说也无人懂。这春愁，由天际而生，又无人能懂，但到底所愁为何事，词人却没有明说。

深重的春愁让词人无比压抑，于是他想放浪形骸，对酒当歌，一醉方休，以排遣心中的愁绪，结果强颜欢笑不仅无味，反而让自己更加忧愁。"衣带渐宽终不悔，为伊消得人憔悴"，以健笔写柔情，既道出了词人愁的原因，即思念心爱的女子，也表明了词人甘心为愁所折磨，哪怕消瘦憔悴也永不后悔的执着态度。

全词写得含蓄隽永，缠绵悱恻，深婉动人，"衣带渐宽终不悔，为伊消得人憔悴"两句，具有极强的艺术感染力，也正是这种坚定不移的执着态度，被王国维用来形容"古今之成大事业、大学问者，必经过三种境界"中的第二种。

雨霖铃·寒蝉凄切

寒蝉凄切①，对长亭晚②，骤雨初歇。都门帐饮无绪③，留恋处，兰舟催发④。执手相看泪眼，竟无语凝噎⑤。念去去⑥、千里烟波，暮霭沉沉楚天阔⑦。

多情自古伤离别，更那堪、冷落清秋节！今宵酒醒何处⑧？杨柳岸、晓风残月。此去经年⑨，应是良辰好景虚设。便纵有千种风情⑩，更与何人说？

注释

①凄切：凄凉急促。②长亭：古代在交通要道边每隔十里修建一座长亭供行人休息，又称"十里长亭"。靠近城市的长亭往往是古人送别的地方。③都门：国都之门。这里代指北宋的首都汴京（今河南开封）。帐饮：在郊外设帐饯行。无绪：没有情绪。④兰舟：古代传说鲁班曾刻木兰树为舟（南朝梁任昉《述异记》）。这里用作对船的美称。⑤凝噎：喉咙哽塞，欲语不出的样子。⑥去去：重复"去"字，表示行程遥远。⑦暮霭沉沉楚天阔：傍晚的云雾笼罩着南方的天空，深厚广阔，不知尽头。⑧今宵：今夜。⑨经年：经过一年，指时间漫长。⑩纵：即使。风情：情意。男女相爱之情，深情蜜意。

赏析

　　此词上片细腻地描写了词人与情人难舍难分的离别之景。"寒蝉"三句勾勒出一幅凄清萧瑟的秋天景象：寒蝉凄鸣，冷雨初歇，离人正坐在傍晚城外的长亭中垂泪。此情此景，为伤感的离别奠定基础。情人在城门外设宴饯别，词人却为"剪不断理还乱"的离愁忧伤，无心品尝。正在情深意浓、难舍难分时刻，离别的小船却频频催着出发。不忍别，却不得不别，形成了尖锐的矛盾，于是便催生出了"执手相看泪眼，竟无语凝噎"之句，词人与情人互执双手，泪眼相对，千言万语却不知从何说起，此两句把恋人间不舍但又无奈分别的心情刻画得淋漓尽致。"念去去"三句为词人想象别后之景，就此一别，越去越远，孤帆远影消失在千里烟波中，从此各自天涯海角。

　　下片从个人离情放大到人类共通的情感。自古以来，人们就为离别而黯然神伤，尤其是分别在这凄冷的秋天，更加令人难以忍受。词人踏上兰舟，拔锚启航，不知今夜将停泊何处。想必午夜梦回，船外将是杨柳稀疏，晓风凄迷，残月孤照，此句以景寓情，营造出了一种冷冷清清凄凄惨惨的意境。这一去，不知何年才能再相会，别后的漫长岁月，世间纵有良辰好景，但没有心爱的人相伴，也是形同虚设罢了，纵有万般风情，也无人能说了。最后四句，与李益的"从此无心爱良夜，任他明月下西楼"有着类似的情感，却更加含蓄动人，成功地将深沉的离愁推向了全词的高潮。

　　上片离别情景写得细腻深沉，情景交融，下片别后生活情境写得缠绵悱恻，哀婉动人，全词行云流水，耐人寻味，实乃抒写离情的千古佳作。

望海潮·东南形胜

　　东南形胜，三吴都会①，钱塘自古繁华②，烟柳画桥，风帘翠幕，参差十万人家。云树绕堤沙，怒涛卷霜雪，天堑无涯③。市列珠玑，户盈罗绮，竞豪奢。

　　重湖叠巘清嘉④。有三秋桂子，十里荷花。羌管弄晴，菱歌泛夜，嬉嬉钓叟莲娃。千骑拥高牙⑤。乘醉听箫鼓，吟赏烟霞。异日图将好景⑥，归去凤池夸⑦。

醉美古词

注释

①三吴：即吴兴（今浙江省湖州市）、吴郡（今江苏省苏州市）、会稽（今浙江省绍兴市）三郡，在这里泛指今江苏南部和浙江的部分地区。②钱塘：即今浙江杭州，古时候吴国的一个郡。③天堑：天然沟壑，人间险阻。一般指长江，这里借指钱塘江。④重湖：以白堤为界，西湖分为里湖和外湖，所以也叫重湖。叠巘（yǎn）：层层叠叠的山峦，此处指西湖周围的山。巘，大山上之小山峰。清嘉：清秀佳丽。⑤高牙：高矗之牙旗。牙旗，将军之旌，竿上以象牙饰之，故云牙旗。这里指高官孙何。⑥异日图将好景：有朝一日把这番景致描绘出来。异日，他日，指日后。图，描绘。⑦凤池：全称凤凰池，原指皇宫禁苑中的池沼。此处指朝廷。

赏析

这首词上片描写了杭州的优美自然风光和繁华城市面貌。前三句以宏大的视觉，概括了杭州的重要地势、悠久历史以及繁华景致，后面如数家珍般铺排出一连串景物，如烟的柳树，雕花的木桥，门头的风帘，翠绿的屏风，错落有致的房屋，有十万之多。郊外的钱塘江岸大树环绕，郁郁葱葱，江中汹涌的波涛拍打着堤岸，激起千堆雪，江面一望无际，蔚为壮观。集市上珍珠宝物，应有尽有，家家户户富丽堂皇，人人身着绫罗绸缎，争相斗富。此片通过浓墨重彩的描写，呈现了整个杭州的优美风貌，充分展示了杭州的繁华与富庶。

杭州之美，美在西湖。词的下片着重描写西湖的山水之美和人们的宁静生活。山中桂树飘香，湖中荷花映日，人们白天吹着悠悠羌笛，夜间泛舟采菱，垂钓老叟、采莲女子，大家其乐融融。地方长官拥众而过，一派政通人和的景象。如此美景，他日定当绘于纸上，向朝廷友人夸耀一番。

全词大开大合，展示了当时杭州壮美的自然风光和人们繁荣富庶的生活，一反柳永婉约多情的风格，是词人不多的豪放词佳作之一。

八声甘州·对潇潇、暮雨洒江天

对潇潇、暮雨洒江天，一番洗清秋①。渐霜风凄紧②，关河冷落，残照当楼。是处红衰翠减③，苒苒物华休④。惟有长江水，无语东流。

不忍登高临远，望故乡渺邈，归思难收。叹年来踪迹，何事苦淹留⑤？想佳人妆楼颙望⑥，误几回、天际识归舟。争知我，倚阑干处，正恁凝愁⑦！

注　释

①一番洗清秋：一番风雨，洗出一个凄清的秋天。②霜风凄紧：秋风凄凉紧迫。霜风，秋风。③是处红衰翠减：到处花草凋零。是处，到处。红，翠，指代花草树木。语出李商隐《赠荷花》诗："翠减红衰愁杀人。"④苒（rǎn）苒：渐渐。⑤淹留：久留。⑥颙（yóng）望：抬头远望。⑦恁（nèn）：如此。

赏　析

这首词上片描写了一幅清秋暮色图，雨洒江天，寒风凄厉，关河冷落，残阳斜照，到处是红花凋零绿叶枯萎，所有美好景物都在萧瑟的秋天里慢慢消残。只有滔滔长江之水，默默地向东流去。此片通过描写肃杀的秋天景物，烘托出了一种凄凉的氛围，为下文抒情奠定了基础。

过片由"不忍"引出，正是得益于上片的环境渲染，词人不忍登高远望，渺远的故乡不可望见，反而勾起忧伤，自己多年来四处漂泊，久久不能归乡。遥想故乡佳人，也是登楼翘首以盼，多少次认错天边的船只，对狠心的游子又是失望又是埋怨。可是，她又怎么能理解我凭栏远眺时内心的忧愁呢？词人也是迫于功名和仕途，不得不抛下儿女情长，四处辗转。

全词语浅情深，情与景交相辉映，抒发了词人思乡怀人的强烈情绪，也体现了词人仕途坎坷的悲哀，字里行间蕴含着淡淡的伤感，令人动容。

范仲淹

苏幕遮·怀旧

碧云天,黄叶地。秋色连波,波上寒烟翠。山映斜阳天接水。芳草无情,更在斜阳外。

黯乡魂①,追旅思②。夜夜除非,好梦留人睡。明月楼高休独倚。酒入愁肠,化作相思泪。

注释

①黯乡魂:因思念家乡而黯然伤神。②追旅思:撇不开羁旅的愁思。追,追随,这里有缠住不放的意思。

赏析

词的上片描写了辽阔的景致,碧蓝的天空,旷远无边,金黄的大地,绵延千里,浓郁的秋色,充塞天地,浩渺的水面,升起了袅袅寒烟。一轮落日,在山的那边摇摇欲坠,在水天相接处,洒下万点金辉,萋萋芳草,不顾人的忧愁,兀自越过山川,延伸到了天的尽头。上片笔意宏大,浓墨重彩,一洗前人的悲秋之气,描绘了一幅恢宏的秋景图。

下片抒发思乡之情,对家乡的思念,让旅途充满忧愁,使得词人黯然神伤。漫漫长夜,难以入眠,唯有团圆美梦,能得片刻安宁。月明之夜,千万不要独倚高楼,因为故乡望不见,楼高只能使人更加哀愁。苦酒灌入愁肠,借酒浇愁愁更愁,思乡之情更加浓郁,化作了点点相思泪。由登楼见秋景,至思乡情起,再到相思泪下,过渡自然而流畅。

全词借景抒情,写景气象宏伟,抒情深婉有致,借宏大之景来衬托出思乡羁旅之愁情,新颖别致。

渔家傲·秋思

塞下秋来风景异，衡阳雁去无留意①。
四面边声连角起②，千嶂里③，长烟落日孤城闭。
浊酒一杯家万里，燕然未勒归无计④。
羌管悠悠霜满地⑤，人不寐，将军白发征夫泪。

①衡阳雁去：传说秋天北雁南飞，至湖南衡阳回雁峰而止，不再南飞。②边声：边塞特有的声音，如大风、号角、羌笛、马啸等。③千嶂：绵延而峻峭的山峰；崇山峻岭。④燕然未勒：指战事未平，功名未立。燕然，即燕然山，今名杭爱山，在今蒙古国境内。据《后汉书·窦宪传》记载，东汉窦宪率兵追击匈奴单于，去塞三千余里，登燕然山，刻石勒功而还。⑤羌管：即羌笛，出自古代西部羌族的一种乐器。

赏 析

宋仁宗时期，范仲淹曾受命前往西北边塞，镇守边境抵御西夏，这首词即写于此段时期。词的上片描写塞外独特的风光，秋天一到，塞外风景发生了天翻地覆的变化，大雁南去，毫不迟疑。人声、马声、风声，随着号角声从四面八方响起，层层叠叠的崇山峻岭之间，腾起阵阵烟雾。落日下，一座孤城，大门紧闭。萧瑟的秋天景象，紧张的军事形势，渲染了凄恻苍凉的气氛。

下片抒发对战争的厌恶。喝下一杯浊酒，想起了万里之外的家乡，目前战事胶着，胜负难分，功成归去不知要到何年何月。月光下，结满白霜的营地，响起了悠长的羌笛声，音调哀婉，一声声传入将士们的耳中，使得"一夜征人尽望乡"，大家都开始思念家乡和亲人，充满了乡愁。旷日持久的战事，更是熬白了将士们的满头青丝，使他们流下了思乡的眼泪。

全词展现了塞外的奇特景象与将士们的艰苦生活，融家国情怀与个人情思于一体，雄浑悲凉，气象开阔，对后世豪放词作有着深远的影响。

张　先

张先（990—1078），字子野，乌程（今浙江湖州吴兴）人。北宋时期著名的词人，曾任安陆县（今安陆市）的知县，因此人称"张安陆"。善作慢词，与柳永齐名，造语工巧，曾因三处善用"影"字，世称张三影。著有《张子野词》，存词180多首。

天仙子·水调数声持酒听

时为嘉禾小倅①，以病眠，不赴府会②。
水调数声持酒听③，午醉醒来愁未醒。
送春春去几时回？临晚镜，伤流景④，往事后期空记省。
沙上并禽池上暝⑤，云破月来花弄影。
重重帘幕密遮灯。风不定，人初静，明日落红应满径。

注释

①嘉禾小倅（cuì）：嘉禾，秀州别称，在今浙江省嘉兴市。倅，副职，时张先任秀州通判。②不赴府会：未去衙门上班。③水调：曲调名。④流景：像水一样的年华，逝去的光阴。景，日光。⑤暝：天黑，暮色笼罩。

赏析

词人人到中年，却还只是担任一个小职位，心中颇不畅快，对寻欢作乐已经毫无兴趣了。词的上片描写词人借酒消愁，为春光流逝而感伤。"送春春去几时回"，这里的"春"既指春季，更多的是指人生的青春年少，词人蹉跎半世，却无建树，难免揽镜自伤，深感往事如烟。

下片写动态之景，池边沙上鸳鸯已在沉沉暮色中睡去，风吹云动，月亮升起，花枝摇曳，极具空灵之美。王国维认为，"云破月来花弄影"着一"弄"字而境界全出。夜深人静，寒风不息，词人折身入室，心想明日又该是落花满地了。惜春的语气中饱含着对自己年老位卑、前途渺茫的自伤。

全词格调悲沉，用语精准，颇现遣词造句之功夫，"云破"一句，清新隽永，生动细致，实乃神来之笔。

千秋岁·数声鶗鴂

数声鶗鴂①。又报芳菲歇②。惜春更把残红折。
雨轻风色暴，梅子青时节。永丰柳③，无人尽日花飞雪④。
莫把幺弦拨⑤。怨极弦能说。天不老，情难绝。
心似双丝网，中有千千结。夜过也，东窗未白凝残月。

①鶗鴂（tí jué）：即子规、杜鹃。②芳菲：花草，亦指春时光景。③永丰柳：唐时洛阳永丰坊西南角荒园中有垂柳一株被冷落，白居易赋《杨柳枝词》："永丰东角荒园里，尽日无人属阿谁。"以喻家妓小蛮。后传入乐府，因以"永丰柳"泛指园柳，喻孤寂无靠的女子。④花飞雪：指柳絮。⑤把：持，握。幺弦：琵琶的第四弦，各弦中最细。亦泛指短弦、小弦。

赏析

这是一首描述甜蜜爱情横遭破坏但又坚定不移的伤春怀人之作。

以"数声鶗鴂"开篇，将人拉入一个悲怆的氛围中。鶗鴂就是杜鹃鸟，自唐以来，杜鹃就是悲鸟，其悲鸣声能使人愁肠百结。杜鹃叫一般是在暮春，它的叫声意味着美好的春天就要结束了，一个"又"字说明经年累月，主人公忍受这样的悲伤已经不止是一次两次了。爱惜春天的人，哪怕是被风吹雨打过的残花也会折下来珍惜。残红既是即将凋谢的春花，也是被摧残的爱情。梅子尚青，却被风吹雨打去，一语双关，既指梅子，也指刚刚萌芽却横遭破坏的爱情。遭此劫难的人儿，诸事无心，如外面终日无人观赏的柳树一样，一任柳絮漫天飞舞。

因为琵琶总能弹出最哀怨的曲调来，所以作者要求"莫把幺弦拨"，免得自己伤心难忍。幺弦即琵琶第四根弦，最小，弹起来如泣如诉，容易让人心伤。

醉美古词

"天不老,情难绝",化用李贺的"天若有情天亦老",而含义却不同,这里强调天不会老,即上天有情,爱情也绝不会断绝,这里是对爱情遭受无端干涉的严正抗议与自己将坚定不移的爱情宣言。"心似双丝网,中有千千结","丝"通"思",两颗心如情思织成的网,有千千万万个结相连,坚不可破,更加坚定了上一句的"情难绝"。长夜即将过去,东方天还没亮,残月正映在窗户上。整个下片,情绪饱满激昂,由"莫"字起,铿锵有力,到"中有千千结"到达顶峰,然后如羽毛般徐徐落下,直至结束,余味无穷。

晏 殊

晏殊(991—1055),字同叔,抚州临川人,北宋著名文学家、政治家。14岁以神童入试,赐同进士出身,官至宰相。晏殊以词著于文坛,尤擅小令,风格含蓄婉丽,与其子晏几道,被称为"大晏"和"小晏"。存世有《珠玉词》3卷,清人辑有《晏元献遗文》等。

浣溪沙·一曲新词酒一杯

一曲新词酒一杯,去年天气旧亭台。夕阳西下几时回?
无可奈何花落去,似曾相识燕归来。小园香径独徘徊①。

①香径:带着花香的园中小径。

赏 析

唱一曲新谱写的词,喝一杯新酿的酒,本是这春天里很安然闲适的状态了。但室内是新词,是新酒,是新的唱曲人,而室外却是跟去年一样的阴雨天气,跟去年一样的楼台亭阁,物是人非之感,让词人不觉感到了时间的流逝。是啊,夕阳西下,哪里曾回过头啊?花谢花开,人又怎么奈何得了呢?屋檐下的燕子,与去年那一对,像,却又不像。夕阳、花、燕子,均是眼前的实景,却又饱含了词

人对美好事物的喜爱，以及对流光把人抛的深深怅惘与惋惜。一面惋惜，一面又无可奈何，这种复杂的情绪萦绕心间，词人难以排遣。他只能在园中落满花瓣的小径上，独自走来走去，心情久久不能平复。

这首词音律和谐，曲调缠绵，用字极为工巧，蕴含着深切的情感，成为脍炙人口的佳作。

清平乐·红笺小字

红笺小字①，说尽平生意②。
鸿雁在云鱼在水③，惆怅此情难寄④。
斜阳独倚西楼⑤，遥山恰对帘钩。
人面不知何处，绿波依旧东流。

注释

①红笺（jiān）：供题诗、写信等用的红色的质地很好的纸片或纸条。②平生意：这里是指平生相慕相爱之意。③鸿雁在云鱼在水：指物、人可传音信。鸿雁，大雁，古代传说中可以传递书信，也作书信的代称。④惆怅：失意，伤感。⑤斜阳：傍晚西斜的太阳。

赏析

这是一首怀人的爱情词。上片抒情，从写信寄情说起，"红笺"是一种制作精美的红色纸张，一般为女性所用。这里主人公特意挑选了这种精美的纸来写信，传达出主人公的细心与用情。字写得小，密密麻麻，所写内容之多，衬托出主人公情意之长。分别后，对情人的相思如滔滔东流水一般，千言万语自然而然就从笔端流淌而出。"鸿雁在云鱼在水，惆怅此情难寄"，古人有"雁足传书"和"鱼传尺素"的说法，这里说鸿雁飞在高高的天空，鱼儿在水底下畅游，意即无人能替我传信使我非常惆怅。此处用典，但又翻陈出新，用得非常巧妙。

下片写景，写因锦书难寄而心情愁闷后所见之景。夕阳西下之时，独自登上高楼，倚阑而望，只见苍山如海，夕阳如血，远处的山脉正对着主人公孤独

的身影,遮挡了远眺的视线。"人面不知何处,绿波依旧东流",对远行人的极度思念,使主人公迫切想知道他现在身在何方,吃饱了没,穿暖了没,但极目远眺,却始终望不到心爱的人,唯见眼前这条河不解风情,日夜不息地向东奔流。这两句化用崔护《题都城南庄》诗句"人面不知何处去,桃花依旧笑东风"之意,借以表达流水依旧而故人不在之遗憾,给人一种相思之情如东流水般绵绵不绝之意,余味无穷。

本词通过一系列物象的描写,营造了一幅离情别绪的意境,用语细腻婉转,哀而不伤,深得世人喜爱。

蝶恋花·槛菊愁烟兰泣露

槛菊愁烟兰泣露①,罗幕轻寒②,燕子双飞去。
明月不谙离恨苦③,斜光到晓穿朱户④。
昨夜西风凋碧树⑤,独上高楼,望尽天涯路。
欲寄彩笺兼尺素⑥,山长水阔知何处?

注释

①槛(jiàn):古建筑常于轩斋四面房基之上围以木栏,上承屋角,下临阶砌,谓之槛。至于楼台水榭,亦多是槛栏修建之所。②罗幕:丝罗的帷幕,富贵人家所用。③不谙(ān):不了解,没有经验。谙,熟悉,精通。④朱户:朱门,指大户人家。⑤凋:衰落。碧树:绿树。⑥彩笺:彩色的信笺。尺素:书信的代称。古人写信用素绢,通常长约一尺,故称尺素,语出《古诗十九首》:"客从远方来,遗我双鲤鱼。呼儿烹鲤鱼,中有尺素书。"

赏析

这是一首描写伤离怀远的作品,其意境高远辽阔,有非常独到的艺术魅力。

上片描写秋天清晨的景物。"槛菊愁烟兰泣露",栏杆外的菊花笼罩在薄雾里,显得非常愁闷,兰花叶上垂着露滴,像是流出的泪水。该句以兰菊拟人化,象征着自己志趣高洁。一个"愁"字和一个"泣"字,将自己的情感赋予

无情感的菊和兰,奠定了全词苍凉的气氛。"罗幕轻寒,燕子双飞去",罗幕间泛着一丝寒意,燕子也双双飞走了,又一次拟人,感觉寒的明明就是观看这一切的人,而作者却道燕子因寒而去。一个"双"衬托出了主人公独自一人的孤单。"明月"二句,第三次拟人。明月不懂得离愁别恨的怅惘,斜斜地穿过窗户照进来,一直到天亮。离愁别恨的怅惘明月是不懂,懂的是词人自己啊。"到晓"二字指月光从夜深照到清晨,说明主人公也是一宿未睡。该片连用三个拟人,借"菊""兰""燕子""明月"等意象传神地表达出自身的愁绪。

下片写清晨之境。"昨夜"三句写清晨独自登上高楼所见,将眼前之景与昨夜之回忆结合在一起。一夜西风吹落了满树绿叶,极目远望空旷辽阔的天际,却不见自己想见的。一个"凋"字将西风的猛烈与无情传递了出来。望而不见,那就将满怀思念诉诸笔头,遥寄佳人吧。可是相隔万水千山,并不知其踪。欲诉心事而无处可说,这就显得更加渺茫惆怅了。

该词通过一系列意象的渲染,含蓄而隽永,耐人寻味。"昨夜西风凋碧树,独上高楼,望尽天涯路"更以其境界之高远,成为千古名句。

宋 祁

宋祁(998—1061),字子京,安州安陆(今湖北安陆)人,北宋文学家。与欧阳修等合修《新唐书》,书成,进工部尚书,拜翰林学士承旨。与兄宋庠并有文名,时称"二宋"。诗词语言工丽,因《玉楼春》词中有"红杏枝头春意闹",世称"红杏尚书"。

玉楼春·春景

东城渐觉风光好。縠皱波纹迎客棹①。
绿杨烟外晓寒轻,红杏枝头春意闹。
浮生长恨欢娱少②。肯爱千金轻一笑③。
为君持酒劝斜阳,且向花间留晚照④。

醉美古词

①縠（hú）皱波纹：形容波纹细如皱纱。縠皱，即皱纱，有皱褶的纱。棹（zhào）：船桨，此指船。②浮生：指飘浮无定的短暂人生。③肯爱：岂肯吝惜，即不吝惜。一笑：特指美人之笑。④晚照：夕阳的余晖。

宋祁身居要职，事务缠身，平常难得有时间外出赏春游玩。在一次春游之后，大感春光的美妙、时间的易逝，遂生起要珍惜时光、及时行乐的思想。

这首词上片描写了东城的美好春景，总起一句后，分别取盈盈绿水、柔柔青柳、灼灼红杏具体到春的细节处，以小见大，整个春天的繁荣景象历历在目，王国维更是认为"著一'闹'字，而境界全出"，这个"闹"字，使用通感的艺术手法，将视觉、听觉都串联起来了，让人似乎不止看到了茂盛的红杏，还有在红杏上舞动的蜂蝶们，一派热闹的景象如在眼前。

下片为作者见此美景有感而发，因杂务太多，导致欢愉过少，顿生放下功名利禄享受当下之心，决定不爱千金爱美人一笑。春光如此美好，却又如此短暂，作者突发奇思妙想，端起酒起身劝斜阳，提出了"且向花间留晚照"的"无理"要求，充分表达了作者对美好春光的热爱与留恋。再看后辈黄庭坚的"若有人知春去处，唤取归来同住"，王观的"若到江南赶上春，千万和春住"，看来在对春的挽留爱惜之情上，前人后人都有着一样的心情。

欧阳修

欧阳修（1007—1072），字永叔，号醉翁，晚号"六一居士"，吉州永丰（今江西省永丰县）人，谥号"文忠"，世称欧阳文忠公。北宋政治家、文学家、史学家，唐宋八大家之一。欧阳修在中国文学史上有重要的地位，他大力倡导诗文革新运动，改革了唐末到宋初的形式主义文风和诗风，取得了显著成绩。曾主修《新唐书》，并独撰《新五代史》。有《欧阳文忠集》传世。

生查子·元夕

去年元夜时①，花市灯如昼②。月上柳梢头，人约黄昏后。
今年元夜时，月与灯依旧。不见去年人，泪湿春衫袖③。

①元夜：元宵之夜。农历正月十五为元宵节。自唐朝起有观灯闹夜的民间风俗。北宋时从十四到十六三天，开宵禁，游灯街花市，通宵歌舞，盛况空前，也是年轻人幽会、谈情说爱的好机会。②花市：民俗每年春时举行的卖花、赏花的集市。灯如昼：灯火像白天一样。据宋代孟元老《东京梦华录》卷六《元宵》载："正月十五日元宵，……灯山上彩，金碧相射，锦绣交辉。"由此可见当时元宵节的繁华景象。③春衫：年少时穿的衣服，也指代年轻时的自己。

赏析

　　这首词借主人公对去年元宵节与情人相会的回忆，抒发了物是人非之感慨。
　　词的上片追忆去年元宵节的场面。元宵节是古代女子难得能够出门的日子，在这一天，她们可以精心打扮，结伴外出赏灯，结识异性，无异于今天的情人节。去年今日，花市灯火通明，人流如织，热闹非凡。"月上柳梢头，人约黄昏后"，正是月亮将要升起的时候，与情人相约在黄昏时刻见面。此二句表现出了女子对爱情和英俊男子的渴望，柔情蜜意溢于言表，言有尽而又意无穷。
　　下片写今年元宵之境况，月亮依旧，花灯依旧，唯独不见了去年的情人，"泪湿春衫袖"，故人不再的伤感使主人公难抑悲伤之泪，正所谓"物是人非事事休，欲语泪先流"，表达出词人对昔日恋人的一往情深。上片约会时的欢愉热闹与下片的萧索落寞形成鲜明对比，使得主人公的失落之情更加强烈。
　　作者采用去年今日与今年今日的对比手法，以表达物是人非的伤感之情，形成回环往复，读来一叹三咏。这种例子还有很多，如崔护的《题都城南

庄》:"去年今日此门中,人面桃花相映红。人面不知何处去,桃花依旧笑春风。"韦庄的《女冠子·四月十七》:"四月十七,正是去年今日,别君时。"这些诗词以精确到某年某月某天的记忆,衬托对故人的印象之深和思念之切,都取得了非常好的艺术效果。

玉楼春·别后不知君远近

别后不知君远近。触目凄凉多少闷。
渐行渐远渐无书,水阔鱼沉何处问①?
夜深风竹敲秋韵。万叶千声皆是恨。
故欹单枕梦中寻②,梦又不成灯又烬③。

注释

①鱼沉:指杳无音信。②欹(qī):倚、依。③烬:烧尽。

赏析

这首词以一个女性的口吻描写了离愁别恨。双方一别之后,就不知道对方去了哪里,目之所及,全是凄凉之景,心中升起了郁闷之情。"渐行渐远"是双方地理上的隔离,"渐无书",是心理上的远离,家书都越来越少了,是外出丈夫慢慢把自己冷落了。一连三个"渐"字,仿佛女子的目光在追随着丈夫而去。鱼雁本可传书,如今却江水开阔,鱼沉水底,以致音讯无处可求,将女子孤苦无援的内心情感描写得真真切切。

夜深人静,孤枕难眠,秋风穿过竹林,发出簌簌的声响,一声声传入耳朵,引起无限的愁恨。想尽快入睡,到梦中去寻找丈夫,结果梦又没成,残灯已灭,大好年华就如这油灯一般,一点点被耗尽。全词融情于景,写得凄婉哀怨,将独守空闺的女子形象刻画得生动传神,其内心的离愁别恨也表现得淋漓尽致。

踏莎行·候馆梅残

候馆梅残①,溪桥柳细。草薰风暖摇征辔②。
离愁渐远渐无穷,迢迢不断如春水。
寸寸柔肠,盈盈粉泪。楼高莫近危阑倚。
平芜尽处是春山③,行人更在春山外。

注释

①候馆:驿馆、旅馆。②草薰:小草散发的清香。征辔(pèi):行人坐骑的缰绳。③平芜:平坦开阔的草地。

赏析

这首词上片写远行人离开时的所见所感。分离时候,驿外的梅花已经凋零得差不多了,只剩枝头的几朵残花,溪上的小桥边,细细柔柔的柳条开始发芽。芳草弥漫着特有的清香,暖风轻轻地吹拂着,行人骑着马徐徐往前行走,一步三回头。随着马儿越走越远,离心上人也越来越远,离愁别绪开始袭上心头,宛若游丝般将心儿缠绕,像绵绵的春水一样,无穷无尽。

下片转而描写闺中女子对远行人的思念之态,双眼噙满泪水,柔肠寸断。千万别登楼远望,这是女子对自己的叮嘱。一般情况下,登得高才能看得远,登楼远眺寄托了对离人的思念之情。然而,女子一反人之常情,不愿意登高远望。为什么呢?词人紧接着作出了回答,一望无际的草地那边,是隐隐春山,而自己思念的人还在山的那边,故登楼远望也只是徒增伤悲罢了。

不同性别的主人公能展现不同的情感,男子深沉,女子温婉,词人很好地将两者结合在一起,将离愁别绪写得含蓄隽永,令人唏嘘感慨。

醉美古词

蝶恋花·庭院深深深几许

庭院深深深几许①？杨柳堆烟②，帘幕无重数。
玉勒雕鞍游冶处③，楼高不见章台路④。
雨横风狂三月暮，门掩黄昏，无计留春住。
泪眼问花花不语，乱红飞过秋千去⑤。

注 释

①几许：多少。许，估计数量之词。②堆烟：形容杨柳浓密。③玉勒：玉制的马衔。雕鞍：精雕的马鞍。游冶处：指歌楼妓院。④章台：汉长安街名。《汉书·张敞传》有"走马章台街"语。唐许尧佐《章台柳传》，记妓女柳氏事。后以章台为歌妓聚居之地。⑤乱红：凌乱的落花。

赏 析

  此词写的是独居深闺大院中的女子的处境和幽怨。上片前三句以写景开始，"庭院深深""帘幕无重数"都是描写女子居住的环境，幽深而又封闭。"杨柳堆烟"，更加深了住所的阴冷之气，独自生活在这种与外界隔绝的阴冷环境中，身心饱受压抑与煎熬。连用三个"深"字，暗示了女子身受禁锢心事无处诉的苦闷。"玉勒雕鞍游冶处，楼高不见章台路"，转而描写院外之景。"玉勒雕鞍"指的华丽的车马，"游冶处""章台路"都是指热闹繁华的烟花柳巷。丈夫整日流连于风月场所不知归，登上高楼也望不见他所在的地方。独身幽居一重愁，丈夫不归又一重愁，望而不见更是愁上加愁，层层递进。繁华喧闹的"游冶处""章台路"和前面幽深阴冷的"庭院"形成了鲜明的对比，女子被薄情丈夫抛弃后的愁苦哀怨得以鲜明地呈现。

  下片借景抒情，"雨横风狂三月暮，门掩黄昏，无计留春住"，点明了季节、天气、时间，凄风苦雨带走了春天，"无计"是一种留不住春天的无可奈何。留不住的不只是春天，还有青春年华，还有美丽容颜，还有曾经坚韧的爱情，如今都被雨打风吹去。"泪眼问花花不语，乱红飞过秋千去"，越想越伤心，双目已泪水涟涟，含泪问花花不回答，却随风飞过秋千去，这不就是最好的回答吗？

残花随风而舞，消逝在雨水之中，预示着人与花同命运，终会被遗弃而消逝。

本词寓情于景，借景抒情，揭示了封建社会贵族女子的悲剧命运，含蓄蕴藉，意味深长。

玉楼春·尊前拟把归期说

尊前拟把归期说①，欲语春容先惨咽②。
人生自是有情痴，此恨不关风与月。
离歌且莫翻新阕③，一曲能教肠寸结。
直须看尽洛城花，始共春风容易别。

注释

①尊前：即樽前，饯行的酒席前。②春容：娇美如春的颜容。惨咽：悲伤得说不出话来。③翻新阕：给旧曲填新词。

赏析

欧阳修曾在洛阳担任留守推官，景祐元年（1034年）农历三月，任期已满，准备离开洛阳，朋友们置酒为他送行，欧阳修写下了这首咏叹离别的词。

上片开始直接描写宴席上的情景，觥筹交错之间，想向朋友们承诺，什么时候再回来相聚，但话还没说出口，佳人已双目通红，眼泪直流。"拟把""欲语"，表明词人是一而再再而三地想说，但为什么迟迟没有开口呢？也许正是因为宴席上氛围融洽，大家都短暂地忘记了即将到来的离别，词人也就不忍打破这种美好的气氛。词人因此陷入了对人生的思考之中，人生因多情而容易痴情，这离愁别恨与外面的清风明月是没什么关系的。

词人从沉思中回过神来，再将目光落回到宴席之上。离别的歌曲啊且不要一遍又一遍地吟唱，每唱一次，都能让人愁肠寸断。此时此刻，不如我们携手去把洛阳的牡丹花看个遍，这样也就不留遗憾了，能潇洒地与洛城多情的春风道别了。词人一改前面的愁郁，以极其豪放的两句作结。然而，豪气中却仍带着沉重，实际上是词人故作洒脱，希望借此来冲淡浓郁的愁情，暂时摆脱离别之苦罢了。

王安石

桂枝香·金陵怀古

登临送目①,正故国晚秋②,天气初肃。千里澄江似练③,翠峰如簇④。归帆去棹残阳里⑤,背西风、酒旗斜矗。彩舟云淡,星河鹭起,画图难足⑥。

念往昔、繁华竞逐,叹门外楼头,悲恨相续。千古凭高,对此谩嗟荣辱⑦。六朝旧事随流水⑧,但寒烟、衰草凝绿。至今商女⑨,时时犹唱,后庭遗曲⑩。

注释

①登临送目:登山临水,举目望远。②故国:旧时的都城,指金陵,今南京。③练:白色的绢。④簇:集聚。⑤棹(zhào):划船的一种工具,形似桨,代指船。⑥画图难足:用图画也难以完美地表现它。⑦谩嗟荣辱:徒然感叹荣耀耻辱。这是作者的感叹。⑧六朝:指三国吴、东晋、南朝宋、齐、梁、陈六个朝代,它们都建都金陵。⑨商女:歌女。⑩后庭遗曲:指歌曲《玉树后庭花》,传为陈后主所作,后人认为是亡国之音。

赏析

金陵作为六朝古都,有着大量的历史遗迹,王安石曾任江宁(今南京)知府,在此期间,写下不少咏史吊古之作,此词即为其中之一。

这首词上片写金陵的壮阔之景,登高远望,正值晚秋,天气渐寒,千里长江如一条白丝带绕城而过,远处山峰连绵不绝。夕阳下船只往来穿梭,酒旗迎风,彩舟映云,白鹭腾空,就是最好的画家也画不出金陵之美。作者为此美景而陶醉,也将自己浓烈的情感注入笔端,极具溢美之词。下片怀古抒情,"念往昔"转入对过去的想象,过渡自然。曾经的金陵,穷奢极欲,上演着一出出兴衰更替

的悲喜剧。千百年来，后人只能空悲叹。曾经的辉煌都已经远去，寒烟芳草年复一年，而如今的人们，还依旧唱着靡靡之音。作者以历史的眼光，高度概括了历朝兴亡的因由，批判了亡国之君的荒淫无度，警醒时人不该沉迷于声色之中，应当吸取历史教训，尽快改革发展贫弱的国家。

本词笔力刚健，立意高远，思想深刻，饱含着大政治家的情怀。

王 观

王观（1035—1100），字通叟，如皋（现江苏如皋）人，宋代词人，与秦观并称二观。其词构思新颖，造语佻丽，颇有特色。代表作有《卜算子·送鲍浩然之浙东》《临江仙·离怀》《高阳台》等。

卜算子·送鲍浩然之浙东

水是眼波横①，山是眉峰聚②。
欲问行人去那边③？眉眼盈盈处④。
才始送春归⑤，又送君归去。
若到江南赶上春，千万和春住。

注释

①水是眼波横：水像美人流动的眼波。古人常以秋水喻美人之眼，这里反用。眼波，比喻目光似流动的水波。②山是眉峰聚：山如美人蹙起的眉毛。《西京杂记》载卓文君容貌姣好，眉色如望远山，时人效画远山眉。后人遂喻美人之眉为远山，这里反用。③行人：指词人的朋友（鲍浩然）。④眉眼盈盈处：比喻山水交汇的地方。盈盈，美好的样子。⑤才始：方才。

赏析

暮春时节，词人送别即将回南方老家（浙东）的好友鲍浩然，写词告别，即

使自己回不去，但还是衷心祝愿朋友能享受大好春光。

这首词上片一语双关，把水比喻成美人眼波，把山比喻为美人眉峰，把家乡的山山水水比喻成美人。回家就像回到美人身边一样，同时也可理解为真实的美人，家乡有美人在等着朋友的归去，构思极其巧妙，写得清新秀丽，趣味横生。下片直抒胸臆，才送走春天，又要送走朋友。词人心中满是离愁别绪，却都按捺住了，转而祝愿即将上路的朋友：到了江南，若春天还在，一定要好好把玩。全词饱含惜春之情，又满是祝愿之意，比喻贴切自然，情感真实丰富，语言轻松活泼，堪称送别杰作。

苏 轼

江城子·密州出猎

老夫聊发少年狂①，左牵黄，右擎苍②，锦帽貂裘，千骑卷平冈③。为报倾城随太守④，亲射虎，看孙郎。

酒酣胸胆尚开张⑤，鬓微霜，又何妨！持节云中，何日遣冯唐⑥？会挽雕弓如满月⑦，西北望，射天狼⑧。

①老夫：作者自称，时年三十八。聊：姑且，暂且。发：抒发。狂：豪情。②左牵黄，右擎苍：左手牵着黄犬，右臂擎着苍鹰，形容围猎时用以追捕猎物的架势。③千骑：上千个骑马的人，形容随从乘骑之多。④倾城：全城的人都出来了。太守：指作者自己。⑤酒酣胸胆尚开张：极兴畅饮，胸怀开阔，胆气横生。⑥持节云中，何日遣冯唐：朝廷什么时候派冯唐去赦免魏尚的罪行呢？节，兵符，传达命令的符节。持节，是奉有朝廷重大使命。冯唐，西汉大臣，当时边防将领魏尚被免职，冯唐为其争取，后汉文帝派他去赦免了魏尚。⑦会：定将。挽：拉。雕弓：弓背上有雕花的弓。⑧天狼：星星名，又称犬星，旧说指侵掠，这里隐指西夏和辽国。

赏析

苏轼38岁时，在密州任知州。一日，他与朋友外出打猎，围观者众，收获颇丰，写下此词。

词的上片描写了打猎场面的宏大与壮观，以"老夫"开篇，充分体现了其狂傲之气。左手牵着狗，右手架着鹰，穿着锦帽貂裘，骑着骏马从平原上呼啸而过，全城的老百姓都出来围观，场面气势恢宏。为了报答大家的深情，词人决心亲自射杀猛虎。

下片叙述猎后的快意与报效国家的愿望。猎罢归来，词人开怀畅饮，年纪尚轻，鬓已微白，但那又如何呢！痛快之后，词人想起了此时自己被贬密州，心中忧心忡忡，何日朝廷才能赦免自己的罪行，重新起用自己？到那时，自己一定会勇敢杀敌，报效国家。

全词"狂"态毕露，直抒胸臆，表达了自己愿杀敌报国的豪情壮志，在浅唱低吟的北宋词坛开豪迈之先风。

江城子·十年生死两茫茫

乙卯正月二十日夜记梦。

十年生死两茫茫。不思量①，自难忘。千里孤坟，无处话凄凉。纵使相逢应不识，尘满面，鬓如霜。

夜来幽梦忽还乡，小轩窗②，正梳妆。相顾无言，惟有泪千行。料得年年肠断处，明月夜，短松冈。

注释

①思量：想念。②小轩窗：指小室的窗前。

苏轼19岁时迎娶了16岁的王弗，婚后两人琴瑟和谐，度过了一段非常美好的生活。可惜世事无常，王弗在27岁时因病去世。苏轼遭此打击，内心非常痛苦。多年后，他任职密州，一天夜里，梦见了他的妻子王弗，醒来后，泪流满面，写

下了这首情深义重、感人肺腑的悼亡词。此时,距王弗去世刚好整整十年。

上片"十年生死两茫茫"三句排空而出,十年生死相隔,相互已是茫然无知,即使努力不思念,却又不能忘记,情真语直,感人至深。妻子的孤坟还在千里之外,这十年来的颠沛流离又能向谁倾诉呢?即使相逢,估计也认不出来了,如今词人已是满脸憔悴,两鬓霜白,垂垂老矣。

下片前五句记述梦中情景。词人在梦中回到了那个曾经共度美好时光的家乡,此时的妻子正在梳妆打扮。相隔十年,两人梦中相聚,却是相顾无言,只是默默地流泪。此时的无言,既维持了梦境的安宁,也是千言万语不知从何说起的体现,正是无声胜有声。最后三句从梦中回到现实,朗朗明月之下,那妻子葬身的松岗,令苏轼年年为之断肠。苏轼曾在王弗的坟边种满了松树,此时,估计已亭亭如盖了。

东坡遇到王弗是运,王弗遇到东坡是福,她的一生虽然短暂,但却获得了苏轼深沉的爱,这份爱,苏轼数十年未曾放下,让后人为之动容。

水调歌头·明月几时有

丙辰中秋,欢饮达旦,大醉,作此篇。兼怀子由①。

明月几时有?把酒问青天。不知天上宫阙②,今夕是何年?我欲乘风归去,又恐琼楼玉宇,高处不胜寒。起舞弄清影,何似在人间!

转朱阁③,低绮户④,照无眠。不应有恨,何事长向别时圆?人有悲欢离合,月有阴晴圆缺,此事古难全。但愿人长久,千里共婵娟⑤。

①子由:苏轼的弟弟苏辙,字子由。②天上宫阙(què):指月宫。
③朱阁:朱红的华丽楼阁。④绮户:雕饰华丽的门窗。⑤婵娟:指月亮。

1076年的中秋夜,皓月当空,银辉洒遍了神州大地。苏东坡邀人通宵达旦开

怀畅饮，喝得酩酊大醉。恍惚中，思念起了与自己时隔七年未曾见面的弟弟苏辙，借着酒劲，写下了这首千古名篇。

上片望月，天上明月是什么时候开始有的呢？词人开篇就是把酒问天，问得突兀而离奇，像是在追问宇宙的起源，也像是在感慨造物的巧妙，壮思奇崛。紧接着又好奇月宫中的情况，如今是哪年哪月了，跟人间一样吗？词人想随风而去，去月宫中看看，但又担心月宫里的琼楼玉宇太高，禁不住那里的寒冷，既有向往，又有担心，此时词人的内心非常矛盾。在月光中起舞，身影相随，飘飘然，美妙至极，哪里像是在人间啊。最终，词人还是在人间寻找到了天上的快乐，更愿意选择人间的生活。天上和人间，象征着词人出世与入世两种思想，经过一番挣扎，入世思想最终还是占了上风。

下片转而怀人，月亮转过阁楼，从窗户那边落下，静静地照着无眠的人。月亮不会是对人间有什么不满吧？为什么总是在人分开的时候变圆呢？这种看似无理的埋怨，正是思念之深的体现。转而词人突然意识到，人的悲欢离合，月亮的阴晴圆缺，都是不可抗拒的自然规律，古往今来，都难以圆满。于是，一改前面的埋怨心理，送出最诚挚的祝愿：希望人能平平安安，哪怕相隔千里，也还是能够共享这一轮明月。

这首词中，融进了词人对亲人的思念，对生活的热爱，以及对人生的哲理思考，表现了词人旷达的乐观精神。

浣溪沙·山下兰芽短浸溪

游蕲水清泉寺①，寺临兰溪，溪水西流。

山下兰芽短浸溪，松间沙路净无泥。潇潇暮雨子规啼。

谁道人生无再少？门前流水尚能西。休将白发唱黄鸡②！

注释

①蕲（qí）水：县名，今湖北浠水县。②唱黄鸡：感慨时光的流逝。因黄鸡可以报晓，表示时光的流逝。

赏析

此词作于苏轼被贬黄州（今湖北省黄冈市黄州区）之后。一日，他游览黄州

郊区蕲水的清泉寺,见寺边兰溪向西而流,遂生感慨而作此词。

这首词上片描写了初春的景象。溪边的兰草刚刚发芽,嫩油油的,浸泡在溪水中。松间的小路被雨水冲刷得很干净,没有半点泥浆。傍晚时分,潇潇细雨中传来断断续续的子规啼声。景色宜人,没有半点尘世的喧嚣,让人神清气爽。下片抒发人生感慨:"谁道人生无再少"?用一句反问表达了自己不服老,还要继续一番事业的决心。并奉劝人们不要因为时间的流逝而自怨自艾,只要有决心,什么时候行动都不为晚。

全词即景抒情,富于哲理,洋溢着一种积极向上、自强不息的人生态度。

念奴娇·赤壁怀古

大江东去,浪淘尽、千古风流人物。故垒西边①,人道是、三国周郎赤壁②。乱石穿空,惊涛拍岸,卷起千堆雪。江山如画,一时多少豪杰。

遥想公瑾当年,小乔初嫁了③,雄姿英发。羽扇纶巾④,谈笑间,樯橹灰飞烟灭⑤。故国神游,多情应笑我,早生华发。人生如梦,一樽还酹江月⑥。

①故垒:过去遗留下来的营垒。②周郎:指三国时吴国名将周瑜,字公瑾。③小乔:三国时美女,周瑜妻子。④羽扇纶(guān)巾:古代儒将的便装打扮。⑤樯橹(qiáng lǔ):桅杆和船桨,这里代指曹操的水军战船。⑥一樽还(huán)酹(lèi)江月:这里指洒酒酬月,寄托自己的感情。樽,酒杯。酹,把酒洒在地上表示祭奠或起誓。

这首词描写了长江壮丽的景色,并借对三国时古战场和英雄人物的凭吊与追念,表达了自己壮志未酬的悲愤心情。上片重在写景,描绘了长江的磅礴气势,勾画了赤壁的惊险雄伟,为后续的咏人烘托了气氛。下片重在写人,描述了周瑜当年的意气风发和雄才伟略,表达了对英雄的敬仰,由此衬托出自己怀才不遇和未老先衰的愁苦，最后更是发出了"人生如梦"的感慨，40多岁的苏轼，内心开始萌生出一点点消极情绪。

全词借古抒怀，融写景、咏史、抒情为一体，意境开阔，笔调雄浑，是苏轼豪放词中脍炙人口的名篇。

卜算子·黄州定慧院寓居作

缺月挂疏桐，漏断人初静①。谁见幽人独往来，缥缈孤鸿影②。惊起却回头，有恨无人省③。拣尽寒枝不肯栖，寂寞沙洲冷。

注释

①漏断：即指深夜。漏，指古人计时用的漏壶。②幽人、孤鸿：都为词人自指。③无人省：即无人理解。省，理解。

赏析

被贬黄州的苏轼，表面豁达，但其内心深处却有着他人难以理解的孤独与寂寞。在这首词中，苏轼托物寄情，以鸿雁自喻，表现了自己的超凡脱俗。

夜深人静，一弯缺月挂在稀疏的梧桐树梢，开头两句即为全篇营造出了孤寂凄清的氛围。万籁俱寂，词人独自在月光中徘徊，如同翱翔天际的孤雁。幽人与孤鸿互相衬托，深化了词人遗世独立的形象。惊起间蓦然回头，却发现满怀愁绪，无人能理解。那孤鸿在树枝间飞来飞去，久久不肯安歇，最后停留于寂寞冷清的沙滩上。其实，词人即孤鸿，孤鸿即词人，词人以象征的手法，展现了自己被贬黄州后的孤寂现状，抒发了其特立独行、不愿随波逐流的独立精神。

黄庭坚评论此词说："语意高妙，似非吃烟火食人语，非胸中有万卷书，笔下无一点尘俗气，孰能至此！"实是贴切。

蝶恋花·春景

花褪残红青杏小。燕子飞时,绿水人家绕。
枝上柳绵吹又少①,天涯何处无芳草②!
墙里秋千墙外道。墙外行人,墙里佳人笑。
笑渐不闻声渐悄,多情却被无情恼③。

注释

①柳绵:即柳絮。②天涯何处无芳草:指春暖大地,处处长满了芳草。
③多情:指旅途行人过分多情。无情:指墙内荡秋千的佳人毫无觉察。

赏析

这首词的上片描写暮春景象。杏花凋残,枝头结出了小小的青杏,燕子翻飞,绿水围绕人家而过,枝头的柳絮被风吹散,越来越少,但此时,天下到处都是芳草萋萋了。残红、柳絮、芳草,最易惹人愁思,末句以乐景写哀情,更添词人忧愁。

下片写一墙之隔偶遇佳人,墙内荡秋千的佳人发出银铃般的笑声,墙外行人听了心驰神往。渐渐地,声音越来越小,慢慢消失了,行人心中怅然若失,多情的行人,被天真单纯、无忧无虑的佳人撩动了无限心事,久久不能平息。

全词情调伤感,意境朦胧,叙事抒情委婉含蓄,言有尽而意无穷,是苏轼一首优秀的婉约词。

晏几道

晏几道(1038—1110),字叔原,号小山,抚州临川(今属江西省南昌)人,晏殊第七子,宋代著名词人。工于言情,其小令语言清丽,感情深挚,尤负盛名。多写爱情生活,词风哀婉缠绵,是婉约派的重要作家,有《小山词》留世。与其父晏殊合称"二晏"。

临江仙·梦后楼台高锁

梦后楼台高锁，酒醒帘幕低垂。
去年春恨却来时①。落花人独立，微雨燕双飞。
记得小蘋初见②，两重心字罗衣③。
琵琶弦上说相思。当时明月在，曾照彩云归。

注释

①却来：又来，再来。②小蘋：歌女名字。③心字罗衣：心形衣领的华丽衣服。

赏析

晏几道在《小山词·自跋》里提到过，好友家有莲、鸿、蘋、云几个歌女，他去好友家喝酒作乐，席间常填词交给歌女演唱助兴，这首词就是思念其中一位歌女而写，抒发了词人的思念之情。

"梦后楼台高锁，酒醒帘幕低垂"，描述了自己在午夜梦回、宿酒初醒两种不同情境下对小蘋的思念。从前把酒言欢的高台帘幕，如今已是人去楼空，词人倍感失落与凄凉。不知不觉间，去年春天的惆怅之情又涌上了心头。词人独自站立在即将凋零的鲜花旁，眼前细雨中一对对燕子上下翻飞，更加凸显出自己的孑然一身。

遥想当时初次见到小蘋时，她穿着两重心字的罗衣，低头弹着缠缠绵绵的琵琶，充满了相思之调。那轮曾经照着小蘋离开的明月，依旧高悬天边，而身着罗衣的小蘋却像彩云一般，不知去了何方。全词字字关情，满含着词人深深的情愫和隐隐的忧伤。

鹧鸪天·彩袖殷勤捧玉钟

彩袖殷勤捧玉钟①，当年拚却醉颜红②。舞低杨柳楼心月，歌尽桃花扇底风③。

醉美古词

从别后,忆相逢。几回魂梦与君同④?今宵剩把银釭照⑤,犹恐相逢是梦中。

①彩袖:代指穿彩衣的歌女。玉钟:古时指珍贵的酒杯,是对酒杯的美称。②拚(pàn)却:甘愿,不顾惜。却,语气助词。③"舞低"二句:舞姿曼妙,直舞到挂在杨柳树梢照到楼心的一轮明月低沉下去;清歌婉转,直唱到扇底风消歇(累了停下来),极言歌舞时间之久。桃花扇,歌舞时用作道具的扇子,绘有桃花。歌扇风尽,形容不停地挥舞歌扇。这两句是《小山词》中的名句。"低"字为使动用法,使……低。④同:聚在一起。⑤剩把:只是举起。剩,通"尽(jǐn)",只管。把,持,举。银釭(gāng):银质的灯台,代指灯。

赏 析

这首词通过描写与思念之人不期而遇的喜悦来表达对故人的思念之情。

上片描写记忆中当年欢聚时的盛况,"彩袖殷勤捧玉钟,当年拚却醉颜红"。遥想当年,你身着华服,身姿婀娜,纤纤素手举着玉杯不断地向我敬酒。面对美人美酒,我也豪情大发,全然不顾醉酒失态,一杯杯喝下带有你手指香味的美酒。一个劝酒一个喝,你情我愿,其乐融融,正是一种互通情意的表现。"舞低杨柳楼心月,歌尽桃花扇底风",歌舞从傍晚就开始了,直到月下西楼,直到筋疲力尽摇不动手中的桃花扇。此情此景,何等的欢快!只可惜美好的时光都过于短暂,觥筹交错间,不觉已夜半。彩袖、玉钟、醉颜、歌舞、桃花扇等事物的描绘,作者写得浓墨重彩,极言场面之华丽欢乐。

下片写久别重逢的惊喜。"从别后,忆相逢,几回魂梦与君同":与君别后,无数次回忆起相逢时的场景,魂牵梦萦,多次在梦中与你相聚。梦而不见使人愁,梦中相逢喜悦短暂,梦醒凄凉悠长,是梦亦苦,不梦亦苦。"今宵剩把银釭照,犹恐相逢是梦中":今日相会,如梦如幻,不敢相信这是事实,且举灯将你仔细看,只恐又是在做梦。正因为多少次与你梦中相逢,才使得这次的相逢宛如梦中。不期而遇让人真是又喜又惊!

全词上片写记忆中初识时的欢乐场面,下片写梦中相会以及如梦般的真实相会,两种境界互相补充,虚实结合,写得如梦如幻,空灵婉转,情意缠绵。

李之仪

李之仪（1038—1117），北宋词人。字端叔，自号姑溪居士、姑溪老农，沧州无棣（今山东省庆云县）人。熙宁三年（1070年）进士，哲宗元祐初为枢密院编修官，通判原州，仕途多舛。擅长作词，亦能诗，著有《姑溪词》1卷、《姑溪居士前集》50卷和《姑溪题跋》2卷。

卜算子·我住长江头

我住长江头，君住长江尾。日日思君不见君，共饮长江水。

此水几时休①，此恨何时已②？只愿君心似我心，定不负相思意。

注释

①休：停止。②已：完结，停止。

赏析

这是一首仿民歌体的恋歌，语言直白，复叠回环，深得民歌神韵。

上片前两句"我住长江头，君住长江尾"，君我相对，头尾相对，以长江之长喻分隔之远，形象而具体。无时无刻不在思念你，却始终不得相见。"共饮长江水"是一种事实写照，因为双方都住在长江边上，更是一种不得相见后的自我安慰，因为自离别后，唯一的联系也就只剩下这连绵不绝的长江水了。

"此水几时休，此恨何时已？"这长江之水要什么时候才能休止？恨当作遗憾解，即不能相见的遗憾，这分隔两地的遗憾要什么时候才能结束？用江水喻离愁别恨的诗词很多，如"问君能有几多愁，恰似一江春水向东流"，水乃无形之物，又连绵不绝，愁恨同样无形，挥之不去，这就是水与愁共通的地方。而长江水，明知道不可断绝，却问几时休，有"此恨绵绵无绝期"之感。"只愿君心似我心，定不负相思意"，既知此恨无绝期，那就只能期望恋人不要变心了。此联既表明了自己坚如磐石的态度，也愿对方能像自己一样，对爱情坚贞不渝，日日思念对方，不辜负我的一片真心。此句化自顾敻的"换我心，为你心，始知相忆

深",却比原句更加委婉含蓄。

长江水贯穿全文,起到了三重作用,既是相隔两地的天然屏障,也是传递情思的载体,还是悠悠离恨的象征,妙不可言。全文语言朗朗上口,一唱三咏,感人至深。

黄庭坚

清平乐·春归何处

春归何处?寂寞无行路①。若有人知春去处。唤取归来同住。

春无踪迹谁知?除非问取黄鹂②。百啭无人能解③,因风飞过蔷薇④。

注释

①行路:指春天来去的踪迹。②黄鹂:即黄莺。③百啭:形容黄鹂宛转的鸣声。啭,鸟鸣。④因风:顺着风势。蔷薇:花木名,于春末夏初开放。

赏析

古来惜春伤春的人很多,但到词人要唤取春归同住这种程度的却不多。这首词以浪漫主义的手法,巧妙地把春天人格化,写出了他人没有的新高度。

春天到哪里去了?寂寂清清的,找不到它的踪迹。以一问句开篇,结局却是无处可寻的无奈,充分流露出了词人的失落之情。于是,只能寄希望于有人知道春的去处,赶紧唤回来与它同住。但是春来无影去无踪,又有谁能知道其去处呢?答案显而易见,无人知晓!词人忽然看见树梢的黄莺,或许它会知道呢。词人于是向黄莺问起,然而黄莺叽叽喳喳说了很多,可词人听不懂鸟语,依然一无所知。一阵微风吹过,黄莺乘风飞入了蔷薇花丛中,词人顿时明白了,蔷薇花都开了,看来夏天已经来了,春天已经走远了。

这首词以清新的语言,抒发了词人的爱春、惜春之情,以及对美好事物的热爱和追求,写得空灵蕴藉,妙趣横生。

秦 观

秦观（1049—1100），字太虚，又字少游，别号邗沟居士，世称淮海先生。汉族，高邮（今江苏）人，北宋文学家、词人。宋神宗元丰八年（1085年）进士，官至太学博士，国史馆编修。秦观一生坎坷，所写诗词高古沉重，代表作品有《鹊桥仙》等。

浣溪沙·漠漠轻寒上小楼

漠漠轻寒上小楼①，晓阴无赖似穷秋②。淡烟流水画屏幽③。自在飞花轻似梦，无边丝雨细如愁。宝帘闲挂小银钩。

注释

①漠漠：弥漫。轻寒：薄寒，有别于严寒和料峭春寒。②晓阴：早晨天阴着。无赖：词人厌恶之语。穷秋：晚秋，秋天走到了尽头。③淡烟流水：画屏上轻烟淡淡，流水潺潺。幽：意境悠远。

赏析

这首词描写了一个女子在春天早上内心泛起的淡淡哀愁与寂寞。上片写女子的心情与室内之景：在一个阴雨绵绵的早上，春寒料峭，女子缓缓地登上了闺楼。阴冷的清晨，仿佛萧瑟的深秋，令人烦恼。回看幽静而立的画屏，淡烟袅袅，流水潺潺。

下片写女子在楼上倚窗所见之景。花瓣从枝头飘落，自由自在地在空中翻舞，如梦如幻；无穷无尽的烟雨纷纷扬扬，如同心中虚无缥缈的愁绪。花似梦，梦似花；雨如愁，愁如雨。词人将景物与心情完美地结合在了一起，看似信手拈来，却成了永恒的经典。此情此景，女子触目伤情，心中泛起阵阵涟漪。回看房中，华贵的珠帘正随意地搭挂在小小银钩上，摇曳生姿。

这首词看似轻描淡写，却构思精巧，柔婉曲折，又融情入景，情景交融，意境极其优美，被誉为秦观《淮海词》的压卷之作。

八六子·倚危亭

倚危亭，恨如芳草，萋萋划尽还生①。念柳外青骢别后②，水边红袂分时③，怆然暗惊。

无端天与娉婷④，夜月一帘幽梦，春风十里柔情。怎奈向、欢娱渐随流水，素弦声断，翠绡香减⑤，那堪片片飞花弄晚，蒙蒙残雨笼晴。正销凝⑥，黄鹂又啼数声。

注释

①划（chǎn）：同"铲"，铲除。②青骢（cōng）：青白毛色的马。③红袂（mèi）：红袖，代指女子。④无端：无缘无故。娉婷：指美人。此句意为不知何故，老天赐给她如此美丽的容貌。⑤绡：薄纱。⑥销凝：销魂凝思。

赏析

这首词写的是作者对一个曾经与他相爱过的歌女的怀念，写得缠绵悱恻、柔肠寸断。

上片前三句借景抒情，写登亭所见。与情人分别后，独倚危亭，望见眼前萋萋芳草，延绵到天边，铲之不尽，正如心中那挥之不去的离愁别恨一般。一切景语皆情语，芳草本乃美好之物，无奈词人正心中苦闷不已，悠悠恨意自然而然就牵连到萋萋芳草身上了。接下来三句写记忆中分别时的情景，青青柳树下，执手相诉千般情意，折柳相送，跨上青骢骏马，徐徐而去。如今每每想起，不觉间怆然泪下。围绕一个"恨"字，由眼前实景转入记忆中的虚景，过渡极其自然流畅。

下片"无端"三句描写了当年两人相处时的美好与甜蜜。上天无缘无故把你塑造得娉娉袅袅，非寻常女子可比，庆幸一起度过了一段柔情似水的欢娱日子。此句化用自杜牧《赠别》中的"娉娉袅袅十三余，豆蔻梢头二月初。春风十里扬州路，卷上珠帘总不如"，表达得极其含蓄。"无端"二字独辟蹊径，以反话表真情，显得情感更加强烈真切。"怎奈向"三句从过去的甜蜜中过渡到如今分别

后的凄楚中来。奈何好景不长，如今琴弦已断，手帕香气已残，无可奈何花落去。"那堪"两句又拉回到了眼前景物，"片片飞花""蒙蒙残雨"，以凄景写愁情，恰到好处。一个"弄"字，一个"笼"字，音韵和谐，意思贴切，拟人手法使画面更加生动。"那堪"二字又使得愁情比呈现出来的凄景更加强烈。结尾两句融情入景，正在烦闷时，又响起几声聒噪的莺啼，让人愁闷不已。

整首词语言清新自然，情景交融，情感真挚，感人至深。

鹊桥仙·纤云弄巧

纤云弄巧①，飞星传恨②，银汉迢迢暗度③。
金风玉露一相逢④，便胜却人间无数。
柔情似水，佳期如梦，忍顾鹊桥归路⑤！
两情若是久长时，又岂在朝朝暮暮⑥？

①纤云：轻盈的云彩。弄巧：指云彩在空中幻化成各种巧妙的花样。②飞星：流星。一说指牵牛、织女二星。③银汉：银河。迢迢：遥远的样子。④金风玉露：指秋风白露。⑤忍顾：怎忍回视。⑥朝朝暮暮：指朝夕相聚。

赏析

牛郎织女的故事，千百年来感天动地，是自古文人都爱用的题材，从汉末《迢迢牵牛星》，到曹丕《燕歌行》，再到李商隐的《辛未七夕》，等等，往往都是怨恨离多聚少，这首词却别出心裁，反其道而行之，显得意境更加高远。"两情若是久长时，又岂在朝朝暮暮"，最后两句堪称爱情诗的经典。

词的上片描写牛郎织女相会前的情景。绚丽的云彩在天空中变换着身姿，流星传递着相思的愁情，牛郎织女今晚将悄悄地越过宽阔的银河去相会。这里把"纤云""飞星"都拟人化了，为了这次相聚，它们都忙碌起来了，表现出了对这次相聚的期待与欢喜之情。"金风玉露"化用李商隐《辛未七夕》诗："由来碧落银河畔，可要金风玉露时。"只要爱情真挚、纯洁、坚贞，哪怕只是一年一

醉美古词

度在七夕日相聚，也比人间那普普通通的无数次相聚要更加美好。

下片写相会时的情景。历经千辛万苦，才等来了这次难得的相见，两人含情脉脉，深情款款，如同做梦一般。但美好的时光总是太短暂，很快就又要分开了。才相见又相离，哪里忍心看回去的鹊桥归路啊。"忍顾"表不忍离去，依依惜别之情使人心酸。当读者还沉浸在别离的伤感中时，词人笔锋一转："两情若是久长时，又岂在朝朝暮暮。"只要彼此真心相爱，经得起时间的考验，又何必天天在一起卿卿我我呢！这一句反问使读者为之一振，读来荡气回肠，感人肺腑。该句既是一种豪迈洒脱，其实也是一种无奈后的自我安慰。

本词语言优美，议论振聋发聩，读起来行云流水，借牛郎织女的故事歌颂人间的爱情，是一首情韵兼胜的佳作。

踏莎行·雾失楼台

雾失楼台①，月迷津渡②。桃源望断无寻处③。
可堪孤馆闭春寒④，杜鹃声里斜阳暮。
驿寄梅花⑤，鱼传尺素⑥。砌成此恨无重数⑦。
郴江幸自绕郴山，为谁流下潇湘去⑧。

注释

①雾失楼台：暮霭沉沉，楼台消失在浓雾中。②月迷津渡：月色朦胧，渡口迷失不见。③桃源：语出晋陶渊明《桃花源记》，指生活安乐、合乎理想的隐居地方。④可堪：怎堪，哪堪，受不住。⑤驿寄梅花：陆凯在《赠范晔诗》中有"折梅逢驿使，寄与陇头人。江南无所有，聊寄一枝春。"这里作者是将自己比作范晔，表示收到了来自远方的问候。⑥鱼传尺素：这里也表示接到朋友问候的意思。⑦砌：堆积。无重数：数不尽。⑧为谁：为什么。潇湘：潇水和湘水，是湖南境内的两条河流。

赏析

1094年，对46岁的秦观来说，是他人生的分水岭。此前，在苏轼的支持下，中进士，出任国史院编修等职，一路顺风顺水。但是，不久后就开启了他接二连

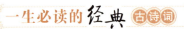

三的贬谪之旅。先被贬杭州,再被贬浙江丽水,不久,又被贬湖南郴州,并革除官职俸禄,再贬广西横县,最后贬至广东海康。1100年,宋徽宗继位,大赦天下,身心俱疲的秦观返回京师,于途中去世,客死他乡。这首词写于词人被贬郴州期间。

上片描写被贬后的凄迷与孤寂。楼台在茫茫大雾中消失,渡口在朦胧月色里隐去。心中美好的生活无处可寻,幽居在孤独的陋室里,四面八方袭来阵阵春寒,哪里忍受得住!残阳渐渐隐入山中,哀婉的杜鹃声使得夜幕下的词人内心更加凄凉。词人此时心情低落到了极点,连眼中景物都带有一层浓烈的悲苦之感。

下片抒发自己凄苦哀怨的心情。友人从远方寄来温暖的问候,却不能降低词人半分悲苦,反倒使得心中翻腾起无穷无尽的痛苦。"郴江"两句,看似不经意,却实为精心安排,郴江本可围绕着郴山欢聚一起,但它却一路北上奔潇湘而去。也许词人是在为自己的命运而感慨,自己本该继续留在京城,如今却流落到这偏僻之地了,也许是感叹连郴江都耐不住寂寞,而自己却要困守在这里。据说苏轼还将此二句书于扇面上,时时吟之。

贺　铸

贺铸(1052—1125),字方回,号庆湖遗老,卫州(今河南卫辉)人,北宋词人。能诗文,尤长于词。其词内容、风格较为丰富多样,兼有豪放、婉约二派之长,用韵特严,富有节奏感和音乐美。

青玉案·凌波不过横塘路

凌波不过横塘路①,但目送、芳尘去②。
锦瑟华年谁与度③?月桥花院,琐窗朱户④,只有春知处。
飞云冉冉蘅皋暮⑤,彩笔新题断肠句⑥。
若问闲愁都几许?一川烟草,满城风絮,梅子黄时雨。

注释

①凌波：形容女子步态轻盈。②芳尘去：指美人已去。③锦瑟华年：指美好的青春时期。④琐窗：雕绘连琐花纹的窗子。朱户：朱红的大门。⑤蘅皋（héng gāo）：长着香草的沼泽中的高地。⑥彩笔：比喻有写作的才华。

赏析

这首词上片描写作者偶然看见一位美人匆匆路过横塘，目送她的背影渐行渐远。偶见美人独自行走，作者不禁要发挥想象：这位女子来自何方，欲到何处，佳期又与谁共度？答案当然不得而知，那就只能自问自答了：也许与她相伴的只有独孤的拱桥、院子、雕窗和大红门，也许只有一年一度的春天才关心了解她的去处吧。

下片写美人独守空闺的惆怅。独立江边，看流云远去，暮色侵入天地，悲从中来，提笔写情，句句断肠。"试问闲愁都几许？一川烟草，满城风絮，梅子黄时雨。"何以断肠？只因那漫无边际排遣不开的闲愁，像一川蔓草荒烟，像满城因风而起的飞絮，像黄梅时节那令人断魂的细雨，一连三个比喻，将抽象的飘忽不定的闲愁化作有形之物，妙不可言。

这里的闲愁，可能是美人内心的，但结合作者怀才不遇、一生潦倒的背景，则更可能是作者以美人自喻，抒发自己不被重用而无所寄托的愁闷。末尾三句显示了作者高超的艺术表现能力，作者也因此获得了"贺梅子"的美称。

踏莎行·杨柳回塘

杨柳回塘①，鸳鸯别浦②。绿萍涨断莲舟路。
断无蜂蝶慕幽香，红衣脱尽芳心苦。
返照迎潮③，行云带雨。依依似与骚人语④。
当年不肯嫁春风，无端却被秋风误。

注释

①回塘：环曲的水塘。②别浦：江河的支流入水口。③返照：夕阳的回光。④依依：形容荷花随风摇摆的样子。骚人：诗人。

赏析

这是一首托物言情的作品，表面上是在描写荷花，实际却是在抒发作者对身世的感慨。全词描绘了生长在偏僻池塘中的荷花，因长得茂密阻断了采莲舟的路，因而无人来采摘，也无蜂蝶来戏耍，只能落寞地开放，落寞地凋零，独自迎着风送着雨，花瓣褪去，唯留满心的苦。夕阳中潮水回涌，行云带着雨滴砸下，荷花却在风中亭亭玉立，向人诉说着。当时没有在春风中绽放，到如今却被秋风来摧残。花如人，人如花，其中的苦楚与无奈，只有自己才能体会。

周邦彦

周邦彦（1056—1121），字美成，号清真居士，钱塘（今浙江杭州）人，北宋末期著名词人。周邦彦精通音律，曾创作不少新词调。作品多写闺情、羁旅，也有咏物之作。格律严谨，语言曲丽精雅，长调尤善铺叙，为后来格律词派词人所宗。作品在婉约词人中长期被尊为"正宗"。旧时词论称他为"词家之冠"，影响甚大。有《清真居士集》，已佚，今存《片玉集》。

苏幕遮·燎沉香

燎沉香①，消溽暑②。鸟雀呼晴③，侵晓窥檐语④。
叶上初阳干宿雨，水面清圆⑤，一一风荷举⑥。
故乡遥，何日去？家住吴门⑦，久作长安旅。
五月渔郎相忆否？小楫轻舟⑧，梦入芙蓉浦。

注释

①燎（liáo）：烧。②溽（rù）暑：潮湿的暑气。③呼晴：唤晴。旧有鸟鸣可占晴雨之说。④侵晓：快天亮的时候。侵，渐近。⑤清圆：清润圆正。⑥风荷举：意味荷叶迎着晨风，每一片荷叶都挺出水面。举，擎起。⑦吴门：古吴县城亦称吴门，即今之江苏苏州，此处以吴门泛指江南一带。⑧楫（jí）：划船用具，短桨。

赏析

古代文人一旦进入仕途，往往宦游四方，身不由己，对故乡的思念也就常常成为其作品的重要题材。周邦彦进入京师，仕途顺畅，一路升迁，但却久久不得回归故乡，思乡之情由淡转浓，酝酿出了这首感人的作品。

词的上片写景，词人在室内烧香消暑，室外鸟雀欢唱，迎接着朝阳，池中荷叶上的雨珠在阳光的照射下，晶莹剔透，不久就被晒干了，微风吹过，清圆翠绿的荷叶随风颤动，摇曳生姿，风情万种。此片写得生动形象，一个"呼"字展示了鸟雀如孩童般的活泼可爱，一个"举"字高度概括出荷花之神韵，寥寥数笔，尽得风流。

词人的家乡在遥远的江南，那里到处都是碧绿的荷叶鲜红的荷花，于是，眼前的荷花勾起了词人对家乡的思念，久居长安，仕途生活已经使词人生厌，何时才能回到家乡？最后三句，词人在梦里终于回到了他魂牵梦萦的故乡，撑一艘小船，划进了儿时常去的荷池。情到深处，却以虚幻的梦作结，给人留下无限遐想。

全词清新淡雅，不事雕饰，虚实变换的情景描述中，将词人的思乡之情表现得酣畅淋漓。

蝶恋花·早行

月皎惊乌栖不定①，更漏将残②，辘轳牵金井③。
唤起两眸清炯炯。泪花落枕红绵冷④。
执手霜风吹鬓影。去意徊徨⑤，别语愁难听。
楼上阑干横斗柄⑥，露寒人远鸡相应。

注释

①月皎：月色洁白光明。②更漏：即刻漏，古代计时器。③辘轳（lù lu）：旧时井上汲水的装置。④红绵：指用棉花填充的红色枕头。⑤徊徨：徘徊、彷徨的意思。⑥阑干：纵横的意思。斗柄：北斗七星第五至第七星似柄，故称为斗柄。

赏析

这首词写的是在秋天早晨的寒风中离家外出时那种依依不舍的情景。

上片写离别前夜二人彻夜难眠之情景。"月皎"三句直接写景，而人隐藏在景后，渲染出了离别前的凄凉之感，月色明亮，乌雀惊起，夜将破晓，听到了有人早起摇井打水的声音。分别从视觉、听觉等方面描绘了离别前夜的状态，细微的声响都知道，也就是从侧面说明二人面临分别时彻夜未眠。"唤起"二句直接写人，即将天亮，离别的声响声声入耳，催人泪下，双眼"清炯炯"，一因彻夜未睡，没有晨起的困倦之意，二因流多泪水而显得清明。泪水浸湿了红色的枕头，显得更加的湿冷。本片通过一系列的景物描写，寓情于景，情景交融，将离别前夜的不舍之情渲染得恰到好处。

下片前三句写临别时的情景。男女主人公在门前执手相看，说不完的情思与离愁，带着寒霜的秋风吹着泪水涟涟的恋人的脸，显得更加凄凉。别意在胸中涌动，欲走又回头，离别之话语不忍听，听之令人心碎。最后两句写别后之境，走远了，回头相看，恋人已渐渐模糊了，只剩下北斗星在屋檐上空孤单单地悬着，几声渺远的鸡鸣声和独行人的脚步声在寒冷的晨风中应和着。此二句描绘了一个更加广阔的境界，天地皆暗，唯有天际明星；万籁俱寂，唯有孤单的脚步声和鸡鸣，孤独的身影放在广阔的天地下，更显得惆怅万分。

全词以时间为轴，串起离别前夜、离别时、离别后三个画面，佐以特定的声响，形象地表达了恋人间难舍难分的离情别绪，情真意切，缠绵悱恻，感人至深。

毛 滂

毛滂（pāng）（1056—约1124），字泽民，衢州江山石门（今属浙江）人，宋朝词人。生于"天下文宗儒师"世家。父维瞻、伯维藩、叔维甫皆为进士。毛滂自幼酷爱诗文辞赋，其词清圆明润，秀雅飘逸，有《东堂集》，存词200余首。

惜分飞·泪湿阑干花著露

泪湿阑干花著露①，愁到眉峰碧聚②。
此恨平分取③，更无言语空相觑④。
断雨残云无意绪⑤，寂寞朝朝暮暮。
今夜山深处，断魂分付潮回去⑥。

①阑干：眼泪纵横的样子。②眉峰碧聚：古人以青黛画眉，双眉紧锁，犹如碧聚。③取：语气助词，即"着"。④觑（qù）：细看。⑤断雨残云：雨消云散。喻失去男女欢情。⑥断魂：指极度的哀思。分付：付予、付给。潮：指钱塘江潮。

赏析

毛滂早年考取功名进入仕途，并四处为官，在外地为官期间，结识了风尘女子琼芳，很快陷入热恋之中。不久后，毛滂将离开该地，两人地位悬殊，不得不就此分别。双方心里都明白，就此一别，今生恐怕再无相见之日，词人含泪写下了这首感人至深的词篇。

这首词上片写分别时的真实情景。情人泪湿脸庞，如梨花带雨，眉头紧锁，浓浓的离愁使双方都极度痛苦，以致"更无言语空相觑"。心中的千言万语都已说不出口，只能泪眼相看。此句兼有苏轼"相顾无言，惟有泪千行"和柳永"执手相看泪眼，更无语凝噎"之神韵，这种沉默，比起呼天抢地的哀号更有力量，

更能打动人心。

下片由"断雨残云"之景语引出,这悲戚之物正契合此情此景。词人遥想别后的日子,朝朝暮暮独自一人,只剩相思。今夜,当我借宿深山时,我的魂会随着潮水回到我离开的地方,与你相伴。

全词虚实结合,情景交融,缠绵悱恻。

李清照

点绛唇·蹴罢秋千

蹴罢秋千①,起来慵整纤纤手。露浓花瘦,薄汗轻衣透。见客入来,袜刬金钗溜②。和羞走,倚门回首,却把青梅嗅。

注释

①蹴:踏。此处指打秋千。②袜刬(chǎn):指跑掉鞋子以袜着地。金钗溜:意谓快跑时首饰从头上掉下来。

赏析

此词为李清照的早年作品,写尽纯情少女面对爱情来袭时的娇态。

上片写荡完秋千后的情景。少女从秋千上下来后,慵懒随意地稍微活动一下双手。"纤纤手"形容双手的娇嫩柔美,同时也点出人物的年纪。"露浓花瘦",既是实指春天的早晨,露水挂在花枝上,同时也是以露比汗,以花比人,少女娇嫩的脸庞上还挂着汗珠,烘托了人物娇美的容貌。"薄汗轻衣透",荡秋千时出的一身香汗,已经把"轻衣"湿透,这种梨花带雨的感觉将少女娇弱美丽的神态恰如其分地表现了出来。整个上片只写了蹴罢秋千后的情景,但少女荡秋千时裙裾飞扬,在空中荡来荡去的神态,宛在眼前。

下片来客是一个转折,主要描写少女忽见来客时的情态。看到客人进来了,急忙回避,鞋子都来不及穿,光穿着袜子就向里屋走去,头发上的金钗滑下来,头发松散地披在身后都顾不上了。"和羞走",羞从何来?一定是来客给少女带

来的,能让少女满面含羞的客人,想必是一位英俊潇洒的少年吧。"倚门回首,却把青梅嗅"。爱美之心人皆有之,怀春少女更加如此,都走到门口了,却又依依不舍地回首相看,怕被人看见笑话自己,故意以嗅青梅来掩饰。"走""回首""嗅",几个动词将少女又想见又不敢见的微妙心理刻画得活灵活现。

这首词语言质朴,形象生动逼真,是一首描写怀春少女的佳作。

如梦令·常记溪亭日暮

常记溪亭日暮,沉醉不知归路。兴尽晚回舟,误入藕花深处。争渡①,争渡,惊起一滩鸥鹭。

①争渡:怎渡,怎么才能划出去。"争"与"怎"相通。

赏 析

这首小令是李清照待字闺中时的作品,词中回忆了一次泛舟游玩的经过。在溪亭的日暮中,词人泛舟饮酒,流连忘返,直至游兴已尽才掉转船头往回走。结果却划进了荷花深处,找不到归路,正焦急地划动时,惊起了一群酣睡的水鸟。

全词寥寥数语,截取了游玩途中的几处镜头,组成了一幅优美的画面,极富情趣,让读者有身临其境之感。泛舟、醉酒、晚归,这些在那个时代略显出格的举动,体现了女词人无拘无束、活泼开放的天性。

如梦令·昨夜雨疏风骤

昨夜雨疏风骤①,浓睡不消残酒。试问卷帘人②,却道海棠依旧。知否?知否?应是绿肥红瘦!

①雨疏风骤:雨小风急。②卷帘人:指侍女。

赏析

　　这首小令通过词人宿酒醒来后与侍女的对话，表达了词人的爱春惜春之情。一夜风雨后，词人醉眼惺忪地从梦中醒来，怀着对屋外海棠的关心，问起侍女。粗心的侍女漫不经心地回答道："还是老样子。"词人不由得反诘：知道吗？经过一夜疏雨骤风，海棠应该已是残红满地了。短短几句对话，将词人想知道却又不忍知道海棠花现状的矛盾心理刻画得淋漓尽致，充分体现了词人对海棠花的怜惜。

　　全词清新隽永，委婉曲折，摇曳生姿。"绿肥红瘦"四个字高度概括了暮春之景象，尽显词人之功力，令人叹为观止，为历代文人所称颂。

一剪梅·红藕香残玉簟秋

红藕香残玉簟秋①。轻解罗裳，独上兰舟。
云中谁寄锦书来②？雁字回时③，月满西楼。
花自飘零水自流。一种相思，两处闲愁。
此情无计可消除，才下眉头，却上心头。

　　①玉簟（diàn）：光滑似玉的精美竹席。②锦书：泛指书信。③雁字：群雁飞时常排成"一"字或"人"字，诗文中因而以雁字表示成群飞的大雁。

赏析

　　李清照婚后不久，丈夫赵明诚即离家远游，这首敏感细腻的作品即写于这段时期。本词上片诉说了词人与丈夫分别后的孤独寂寞。荷花凋残，天气转凉，词人独自荡舟消遣，怅望天际，大雁回飞，勾起无限情思，不论白天黑夜，将人困扰。过片紧承前面的"红藕""兰舟"，引出后面透骨的相思和浓郁的闲愁，词人由己及人，推断此时的丈夫跟自己心心相印，都在苦苦思念着对方。这种思念之情难以排遣，刚刚从眉间消失，又悄悄缠上心头。"此情无计可消除，才下眉头,却上心头。"别出心裁,形象真切地展现了词人挥之不去的情思。

全词笔调清新,情感细腻,情景交融,耐人寻味。在相思情的抒发过程中,展现了词人夫妻间的恩爱和美,也体现了词人对生活的热爱。

醉花阴·薄雾浓云愁永昼

薄雾浓云愁永昼①,瑞脑消金兽②。
佳节又重阳③,玉枕纱厨,半夜凉初透。
东篱把酒黄昏后④,有暗香盈袖⑤。
莫道不销魂⑥,帘卷西风⑦,人比黄花瘦⑧。

注释

①愁永昼:愁难排遣,觉得白天太长。永昼,漫长的白天。②瑞脑:一种薰香名。又称龙脑,即冰片。消金兽:香炉里香料逐渐燃尽。金兽,兽形的铜香炉。③重阳:农历九月九日为重阳节。④东篱:泛指采菊之地。东晋陶渊明《饮酒》:"采菊东篱下,悠悠见南山。"故"东篱"亦成为诗人惯用之咏菊典故。⑤暗香:这里指菊花的幽香。盈袖:满袖。⑥销魂:形容极度忧愁、悲伤。南朝江淹《别赋》:"黯然销魂者,惟别而已矣。"⑦帘卷西风:秋风吹动帘子。西风,秋风。⑧黄花:指菊花。

赏析

婚后的李清照独自一人守在家中,时刻思念着外地的丈夫。时值重阳佳节,思念之情倍感深切,她写下了这首词遥寄丈夫。

词的上片写离别后的孤独和忧愁,屋外薄雾弥漫,浓云笼罩,室内香炉中升起袅袅烟气,日子沉闷而冗长,百无聊赖。重阳佳节,本是团聚的时刻,词人却独守空房,孤寂难眠,满心凄凉。下片写黄昏中把酒赏菊的情景,词人独自赏菊,菊香沾满衣袖,美好菊花无人同赏,萧瑟的秋天令人神伤,匆匆回到屋内,冷冷的秋风卷起帘子,寒意袭人。相比外面怒放的菊花,人显得更加憔悴瘦弱。全词不直接写离愁相思,却所有景物都笼罩着一层淡淡的愁绪,恰当地烘托出了词人白天度日如年,黑夜辗转难眠的愁苦之情。"莫道不消魂,帘卷西风,人比

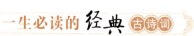

黄花瘦"三句,以花喻人,含蓄隽永,成为千古传颂的佳句。

传说词人丈夫赵明诚读到此词后,既大为赞赏,又心有不服,欲较一高下,遂数夜未眠,填词数阕,然终未超越本词。

武陵春·春晚

风住尘香花已尽,日晚倦梳头。
物是人非事事休,欲语泪先流。
闻说双溪春尚好,也拟泛轻舟①。
只恐双溪舴艋舟②,载不动许多愁。

①也拟:也想,也打算。②舴艋舟:小船,两头尖如蚱蜢。

赏析

此词为李清照晚年所作,时值金人南下,故乡青州沦陷,丈夫病故,词人只身流落金华,处境凄惨,目睹暮春之景,感慨物是人非,内心极度苦闷和忧愁。

词的上片写暮春残景和内心的悲愁。风雨已停,百花凋零,尘土含香,词人慵懒地打发着日子。丈夫不再,家国不再,精心收集的金石文物亦不再,物是人非,令词人禁不住流下两行清泪。"欲语泪先流",同样是默默流泪,此句与苏轼的"相顾无言,惟有泪千行"以及柳永的"执手相看泪眼,竟无语凝噎"又不同,苏句与柳句侧重于因情多而语凝,李句更多的是内心的悲苦无法诉说。

过片语气陡转,略带喜悦,双溪春光尚好,词人计划前往泛舟,一解心头愁闷。"只恐双溪舴艋舟,载不动许多愁。"情绪猛烈跌宕,只怕双溪那单薄的小船,载不动我沉重的愁苦啊。全词一叹三咏,哀婉动人,最后两句以船载愁,赋予愁以重量,手法夸张而又极新颖,生动地写出了词人内心深沉的愁闷,自然贴切,浑然天成。

醉美古词

声声慢·寻寻觅觅

寻寻觅觅，冷冷清清，凄凄惨惨戚戚。乍暖还寒时候，最难将息①。三杯两盏淡酒，怎敌他、晚来风急？雁过也，正伤心，却是旧时相识。

满地黄花堆积，憔悴损②，如今有谁堪摘？守着窗儿，独自怎生得黑！梧桐更兼细雨，到黄昏、点点滴滴。这次第，怎一个愁字了得！

①将息：旧时方言，休养调理之意。②损：表示程度极高。

赏析

李清照晚年饱尝国破家亡、颠沛流离之苦，作品风格更加沉郁凄婉，本词即为此时期最具代表性的一首。

词的开头连用14个叠字，一泻而下，极富表现力，充分表达了词人凄清、悲苦的情绪。天气乍暖还寒，词人难以寝息，于是喝下两三杯淡酒，却还是抵挡不住夜晚的严寒，旧时相识的大雁正一排排从天际飞过，叫声凄厉，引得词人更加伤心。院里满地的菊花开得正盛，词人如此憔悴，以至于无心摘花观赏。漫长的白日，一个人独立窗边，怎么捱得到天黑！好不容易到了黄昏，阵阵细雨飘下，打在窗外的梧桐叶上，声声断魂。此情此景，怎么能够用一个"愁"字解释得清？写愁的句子很多，李煜"问君能有几多愁，恰似一江春水向东流"，赋予愁以形；词人"只恐双溪舴艋舟，载不动许多愁"赋予愁以重。而"这次第，怎一个愁字了得"，则写愁无形无色亦无重，袅袅腾腾，难以形容，简单直白，反倒韵味无穷。

全词语言优美，情景交融，抒发了词人丧夫破家后孤苦伶仃的忧愁情绪，格调悲沉，催人泪下。

吕本中

吕本中（1084—1145），字居仁，世称东莱先生，祖籍莱州，寿州（今安徽寿县）人。宋代诗人、词人、道学家。诗属江西派，其词多为小令，题材范围偏小，偏重于个人情感的抒发，词风新奇清丽，具有自己独特的风格。著有《春秋集解》《紫微诗话》《东莱先生诗集》等。

采桑子·恨君不似江楼月

恨君不似江楼月①，南北东西。南北东西，只有相随无别离。恨君却似江楼月，暂满还亏②。暂满还亏，待得团圆是几时？

①江楼：江边的楼阁。②暂满还亏：暂时圆了，马上又残缺不圆。

赏析

这首词写离愁别恨，词句平淡无奇，但构思极其巧妙，使得内容别有一番风味。全文用白描的手法，采用反复歌唱的形式，真情流露亲切自然，深得民歌的韵味。

首句"恨君不似江楼月"开篇就是一个"恨"字，但这里并非恨君，反而是思君，而且是非常强烈的思君，思极而生遗憾。以"江楼月"喻思念之人，构思精巧，不论南北东西四处漂泊，它都能如影随形地陪伴永不分离。"南北东西"在此重复两遍，极言恋人的漂泊无定，也意指无论身处何方月亮都永远陪伴身旁。

下片"恨君却似江楼月"，与上片第一句一字之差，"却"字替换"不"字，意思却完全相反。上片是恨君不能像月亮一样陪伴左右，这里却是恨君像月亮一样圆满了却还要亏缺，不能长期团聚，等到下次团圆又不知道要到何时了。"暂满还亏"的重复，强调了月亮亏多满少，也即强调与君离多聚少的遗憾，因此久别后的团圆也就显得更加珍惜可贵了。

该词多用重复手法,反复吟咏,深具民歌重叠之美妙。又用月比人,但同是一个月亮,在上下两片中比拟的情感、表达的内容各不相同。上片赞美月亮南北东西相随无别离,下片遗恨月亮暂满还亏团圆无时,一赞一恨,构思精巧,自然贴切,毫无雕琢的痕迹,实在难得。不著相思一字,然久别之人的悠悠相思却充满在字里行间,妙不可言。

李重元

李重元(生卒年不详),约1122年(宋徽宗宣和年间)前后在世,《全宋词》收其《忆王孙》词4首,分咏春、夏、秋、冬四季;《婉约词》收2首。

忆王孙·春词

萋萋芳草忆王孙①,柳外楼高空断魂,杜宇声声不忍闻②。欲黄昏,雨打梨花深闭门。

注释

①萋萋:形容春草茂盛的样子。王孙:这里指游子,行人。②杜宇:即杜鹃鸟。

赏析

这首词描写了一个在春天里思念远行丈夫的女子形象。从见到萋萋芳草而起思念,到高楼之上离愁难耐,再到听见声声杜鹃而痛彻心扉,最后闭上闺门,任由外头雨打风吹。一系列景物似信手拈来,整个过程层层递进,将女子因思恋而带来的那种内心的愁闷和苦痛表现得淋漓尽致。无声胜有声,读之有一种心痛之感。

岳 飞

岳飞（1103—1142），字鹏举，宋相州汤阴县（今河南汤阴县）人，抗金名将，著名军事家、战略家、书法家、民族英雄，位列南宋中兴四将之首。他的词作《满江红·怒发冲冠》，是千古传诵的爱国名篇。

满江红·怒发冲冠

怒发冲冠，凭栏处、潇潇雨歇①。抬望眼，仰天长啸②，壮怀激烈。三十功名尘与土③，八千里路云和月④。莫等闲⑤，白了少年头，空悲切！

靖康耻⑥，犹未雪。臣子恨，何时灭？驾长车、踏破贺兰山缺⑦。壮志饥餐胡虏肉，笑谈渴饮匈奴血。待从头、收拾旧山河，朝天阙⑧。

①潇潇：形容雨势急骤。②长啸：大声呼叫。③三十功名尘与土：三十年来，建立了一些功名，如同尘土。④八千里路云和月：形容南征北战，路途遥远，披星戴月。⑤等闲：轻易，随便。⑥靖康耻：宋钦宗靖康二年（1127年），金兵攻陷汴京，掳走徽、钦二帝。⑦贺兰山：贺兰山脉位于宁夏回族自治区与内蒙古自治区交界处。一说是位于邯郸市磁县境内的贺兰山。⑧朝天阙：朝见皇帝。天阙，本指宫殿前的楼观，此指皇帝生活的地方。

赏 析

岳飞生活的年代，大宋江山大都已被金兵占领，于是他毅然从军，带领将士们英勇杀敌，收复失地，屡立战功，建立起赫赫威名的"岳家军"，令金兵发出"撼山易，撼岳家军难"的哀叹。然而，事业未竟，却遭馋人诬陷，十年苦心经营，毁于一旦，词人怀着极其悲愤的心情写下了本词。

这首词上片直抒胸臆,表达了词人的一腔愤怒之情。词人仰天长叹,三十年的功业化作尘土,南征北战驱驰数千里,又回到原地,但词人并没有因此而消沉,而是渴望抓紧时间建功立业,莫待年老而白白悲伤。"莫等闲,白了少年头,空悲切",不仅是对自己的勉励,更是对部下将士们的鼓舞与鞭策。词的下片表达了词人为国雪耻,再次出征,杀尽金兵,收复失地的决心。"驾长车"四句,以极其夸张的手法,表达了对侵略者恨之入骨的仇恨,以及词人自己非凡的自信和乐观精神。

全词慷慨激昂,气势磅礴,体现了词人精忠报国的浩然正气,抒发了词人强烈的忠君爱国精神。

陆 游

诉衷情·当年万里觅封侯

当年万里觅封侯,匹马戍梁州。
关河梦断何处①?尘暗旧貂裘。
胡未灭,鬓先秋②,泪空流。
此生谁料,心在天山,身老沧洲!

注释

①关河:关塞、河流。此处泛指汉中前线险要的地方。②秋:秋霜,比喻年老鬓白。

赏析

1172年,47岁的陆游应朋友之邀,往前线军中任职,度过了8个月难忘的军旅生活。1189年,陆游罢官回乡,一住就是12年,这期间,他常常回首往事,梦游战场,并写下了一系列爱国诗词。写这首词时,作者已经垂垂老矣,距当年上战场也已经过去20年。

这首词开篇两句回忆当年梁州战场上的意气风发,词人身披铁甲,手持利剑,腰跨宝马,奔走在抗金前线,为收复失地勇敢拼搏着,自豪之情至今仍溢于言表。从"关河梦断何处"起,转而描写自己如今身在老家有梦难酬的落寞。战争岁月只在梦中出现,曾经的战服已经落满了灰尘,敌人未灭,自己就已经老了,只得任老泪纵横。一生空怀报效家国之梦想,却在这偏僻乡里老去;一腔热血,在农作中慢慢冷却。作者壮志未酬,充满了对朝廷的不满,以及对自己英雄末路的悲哀和无奈之情。

卜算子·咏梅

驿外断桥边①,寂寞开无主。已是黄昏独自愁,更著风和雨。

无意苦争春,一任群芳妒。零落成泥碾作尘,只有香如故。

 释

①驿(yì)外:指荒僻、冷清之地。

陆游早年参加进士考试,名列第一,却因超越了秦桧之孙,而被秦借故取消了整个考试成绩。直至秦桧死后才步入仕途,且仕途也是几起几落,非常不顺,一腔壮志被压抑,终老乡里,但他的爱国情怀矢志不渝。陆游一生爱梅,梅花是他坚贞品质的象征。

这首词以清新的笔调描写了梅花凌雪傲霜、不畏强暴的高贵品质。它安静地开在偏僻的路边上,独自迎着风和雨,不与群芳争春,哪怕是掉落地上化作泥土,依然散发着阵阵清香。这种品质给了低谷中的陆游巨大的勇气,鼓舞他坚持继续与主和派斗争,决不与恶势力同流合污。

整首词透着悲凉,更透着傲气。作者托物言志,借高洁的梅花比喻自己历经坎坷但绝不媚俗,身处逆境但矢志不渝的忠贞品质。

醉美古词

钗头凤·红酥手

红酥手，黄縢酒①，满城春色宫墙柳。

东风恶，欢情薄。一怀愁绪，几年离索②。错，错，错。

春如旧，人空瘦，泪痕红浥鲛绡透③。

桃花落，闲池阁。山盟虽在，锦书难托④。莫，莫，莫！

注 释

①黄縢（téng）：酒名。或作"黄藤"。②离索：离群索居的简括。③浥（yì）：湿润。鲛绡（jiāo xiāo）：神话传说鲛人所织的绡，极薄，后用以泛指薄纱，这里指手帕。④锦书：写在锦上的书信。

赏 析

　　陆游20岁时娶了表妹唐婉，唐婉琴棋书画样样精通，婚后夫妻俩琴瑟和谐，常常花前月下吟诗作对，沉浸在夫妻幸福之中的陆游，功名之心渐渐淡了。这在陆母看来是万万不可的，便借唐婉不能生育，以无后不孝之名，棒打鸳鸯强行拆散了这对情深伉俪。不久后，陆游另娶，唐婉改嫁。另娶后的陆游怀着失望之情开始全心放在仕途之上，却因秦桧之故，仕途不顺，回到家乡。一次偶游沈园时，遇到了与丈夫赵士程同游沈园的唐婉，百感交集，提笔在墙上写下了这首感天动地的《钗头凤》。

　　这首词描写了自己的爱情悲剧，上片写爱情美好却横遭打击。前三句回忆过去两个人的幸福快乐的生活，几个简单的细节即表现出了夫妻间的柔情蜜意。后几句急转直下，美满的生活却惨遭破坏，导致满心痛苦，几年离乱。连续三个"错"字一迸而出，情感强烈，是对母亲强加干涉的否定，是对自己不敢违逆的悔恨。

　　下片从回忆中回到现实，春天依旧，曾经的妻子已是面容憔悴，身形消瘦，时常以泪洗面。一怀愁绪，几年离索，同样给她这个弱女子带来了巨大的痛苦。桃花凋谢，园林冷落，山盟海誓犹在耳畔，却已不能再相互传达，内心的痛苦只能埋在心底。"莫，莫，莫！"强烈的情感喷涌而出，事已至此，如今就别再去想了，本来是千言万语想要说，却就这么不了了之。作者内心的痛苦与无可奈何尽在其中。

全词节奏急促，声情凄凄，读来荡气回肠，催人泪下。在此后的数十年里，陆游多次重游沈园，写下了不少怀念唐婉的诗作，直至85岁去世前，还写下了"沈家园里花如锦，半是当年识放翁。也信美人终作土，不堪幽梦太匆匆"，依旧对唐婉念念不忘。这一段《钗头凤》旷世之爱持续了整整60年，也感动了后世一代又一代人。

唐　婉

唐婉（约1128—1156），字蕙仙，自幼文静灵秀，才华横溢。初嫁陆游为妻，被休后由家人做主嫁与同郡士人赵士程，数年后病故。

钗头凤·世情薄

世情薄，人情恶，雨送黄昏花易落。
晓风干，泪痕残。欲笺心事①，独语斜阑。难，难，难！
人成各，今非昨，病魂常似秋千索②。
角声寒，夜阑珊③，怕人寻问，咽泪装欢。瞒！瞒！瞒！

注释

①笺：写出。②病魂：指精神忧惚，似飘荡不定。③阑珊：衰残，将尽。

赏析

唐婉与陆游在沈园相遇后，次年再次来到沈园，发现了陆游题在墙上的《钗头凤》，读罢，泪如泉涌。于是，她在原作后面和了这阕词。回去后便身体状况急转直下，不久后就抑郁而终。

词的开头，就用"世情薄，人情恶"两句表达了作者对封建礼教害人的强烈不满，美丽的花朵被凄风苦雨打去，自己的爱情也遭遇同样悲惨的命运。被风雨

打过的花草，尚能被晨风吹干，而自己彻夜未合的双眼，至晓仍残留着泪痕，想把满腔心事写在信中寄给对方，却独倚斜阑，摇头苦笑，难，难，难！如今夫妻缘分已尽，自己已经嫁为他人妻，封建礼教之下，纵是百般情意，她也不能做出这种事情。

下片开篇强调两人空间上天各一方，时间上今非昔比，几年的煎熬使人油尽灯枯，柔弱多病的生命如风中的秋千索，随时可能随风而去。角声凄怨，长夜难眠，自改嫁后，身边都是不能理解自己心情之人，只能日日强颜欢笑，把自己的痛苦掩埋在心底。且自己身在赵家，心在远方，这样的心思也只能瞒！瞒！瞒！

与陆游词相比，这首词侧重于描写自己凄楚的处境。封建社会的女子，在爱情上比男性被动，要承受的压力也比男性更大，此时的唐琬，处境比陆游更加悲惨。这两首词情深似海，在宋词史上可谓珠联璧合，交相辉映。

朱淑真

朱淑真（约1135—约1180），号幽栖居士，祖籍歙（shè）州（今安徽歙县），宋代女词人，亦为唐宋以来留存作品最丰盛的女作家之一，现存《断肠诗集》《断肠词》传世。

蝶恋花·送春

楼外垂杨千万缕，欲系青春①，少住春还去②。
犹自风前飘柳絮③，随春且看归何处？
绿满山川闻杜宇。便作无情④，莫也愁人苦⑤。
把酒送春春不语。黄昏却下潇潇雨。

①系：拴住。②少住：稍稍停留一下。③犹自：依然。④便作：即便。⑤莫也：岂不也。

赏析

朱淑真早年嫁与一位小官吏,但因对方才学不能相称,心灵无法沟通,致使婚姻不幸。这首词表面上是伤春惜春,结合女词人婚后生活的不幸,实际上也是对青春年少的珍惜与怀念。

美好春光稍纵即逝,不为人的意志而转移。青春年岁也是一样,留也留不住,面对春天的离去、青春的远去,词人愁肠百结,就连本乃无情的鸟儿也能体察人之苦,唱出了凄婉之声。留春不住,那就姑且把酒送一送吧,无奈春不言不语,却独自起下了滂沱雨,送春亦不可,使人的无奈与愁苦更深沉。全词清新婉丽,蓄思含情,满纸淡淡的哀伤,一个多愁善感的女子形象宛在眼前。

辛弃疾

辛弃疾(1140—1207),原字坦夫,改字幼安,别号稼轩,历城(今山东济南)人,南宋著名豪放派词人。一生力主抗金,曾上《美芹十论》与《九议》,条陈战守之策。其词多表达强烈的爱国激情,倾诉壮志难酬的悲愤,对当时执政者的屈辱求和颇多谴责;也有不少吟咏祖国河山的作品。题材广阔又善化用前人典故入词,风格豪迈又不乏细腻柔媚之处。

青玉案·元夕

东风夜放花千树①。更吹落、星如雨②。
宝马雕车香满路③。凤箫声动,玉壶光转④,一夜鱼龙舞⑤。
蛾儿雪柳黄金缕⑥。笑语盈盈暗香去。
众里寻他千百度⑦。蓦然回首,那人却在,灯火阑珊处⑧。

①花千树:花灯之多如千树开花。②星如雨:指焰火纷纷,乱落如雨。③宝马雕车:豪华的马车。④玉壶:比喻明月。亦可解释为指灯。

醉美古词

⑤鱼龙舞：指舞动鱼形、龙形的彩灯，如鱼龙闹海一样。⑥蛾儿、雪柳、黄金缕：皆为古代妇女元宵节时头上佩戴的饰品。这里指盛装的妇女。⑦千百度：千百遍。⑧阑珊：零落稀疏的样子。

赏析

这首词上片再现了元宵节夜晚的繁华与热闹，街道上火树银花，夜空中焰火如星，香车宝马川流不息，人们在灯火辉煌中载歌载舞，彻夜狂欢。下片着重描写词人追寻一位与环境格格不入的超凡脱俗的女子。大街上美女如云，一个个笑靥如花，词人的目光越过那些庸脂俗粉，一遍又一遍苦苦搜寻，蓦然回首，却发现那位女子就站立在不远的灯光幽暗之处，淡泊清醒地看着人群。这位女子，即为词人自身写照。当时的南宋朝廷偏安一隅，粉饰太平，词人洞察形势，却空怀壮志，无路请缨，只能将内心的怨恨付诸笔端，抒发自己不愿同流合污的志向。

全词构思精妙，婉转含蓄，以热闹开始，以冷清结束，对比强烈，突出了人物形象。对于"众里寻他千百度，蓦然回首，那人却在灯火阑珊处"三句，王国维在《人间词话》里认为，是"古今之成大事业、大学问者"必经的最高境界。

鹧鸪天·晚日寒鸦一片愁

晚日寒鸦一片愁①。柳塘新绿却温柔②。
若教眼底无离恨③，不信人间有白头。
肠已断，泪难收。相思重上小红楼。
情知已被山遮断，频倚阑干不自由。

①晚日：夕阳。②新绿：初春草木显现的嫩绿色。③教：使，令。眼底：眼中，眼睛跟前。

赏析

此词是词人从一位女性的视角描写的相思离情,表达美人相思的苦闷,是豪放派词人辛弃疾一首不可多见的优美的婉约词。

上片"晚日寒鸦"描写了黄昏时刻,夕阳的余晖染红了天边的云彩,染红了归巢的寒鸦的翅尖。寒鸦尚且知道归巢,远行的意中人却迟迟没有归来,让人不禁愁从心起。身旁池塘边的柳树爆青了,泛起了温柔的绿色,充满生机,惹人无限怜爱。看似简单的景致描述,其实颇有深意:一来点明季节是春天,二来美好的春景只能独自观赏,更是增添了愁情,使思念更加浓烈。"若教眼底无离恨,不信人间有白头",以前没经历过这让人备受煎熬的离愁别恨,不知道愁是一种什么样的感受,而今自己亲身经历了,才相信了人因愁闷而一夜白头的事情完全有可能。这里作者没有直说愁到底有多么浓烈,却通过能理解一夜白头衬托出愁之深、苦之深。

下片描写相思后的举动,"肠已断,泪难收",直截了当,表达相思之苦痛如洪水涌泄,柔肠寸断,眼泪不息。于是再次登上小红楼,希望能望得更远,能看见远行人的身影。"情知"二句写明明知道山峰挡住了远望的视线,想看到远行人的身影那只是徒然,却还是不由自主地一次次登楼远眺,好一个不由自主啊!"频"字与上一句的"重"字呼应,表明登楼凭栏远望的次数已经数不胜数了,足见其相思之切。

西江月·夜行黄沙道中①

明月别枝惊鹊,清风半夜鸣蝉。
稻花香里说丰年,听取蛙声一片。
七八个星天外,两三点雨山前。
旧时茅店社林边②,路转溪桥忽见。

注释

①黄沙道:指的是从江西省上饶县黄沙岭乡黄沙村的茅店到大屋村的黄沙岭之间约20公里的乡村道路,南宋时是一条繁华的官道。②茅店:乡村旅店。社林:土地庙附近的树林。

赏析

辛弃疾因力主抗金收复失地而遭弹劾罢官,回到家乡后,过着悠闲隐逸的生活,创作了大量乡村田园题材的作品,此词即为其中之一。

这首词描绘了黄沙道中清新恬静的夏夜景象,明月高悬,清风徐来,乌鹊惊飞,蝉鸣不息。稻花的清香溢满田园,又是一个丰收之年。聒噪的蛙声响彻四野,辽阔的夜空中缀着几颗疏星,山前飘下几滴细雨,绕过树林边那熟悉的小店,忽然就看到了溪边青草中的小木桥。

全词融合了词人的视觉、听觉和嗅觉,景物信手拈来,不事雕饰,却充满了生活情趣。随着词人的脚步,读者也领略到了黄沙道中的优美风光。

丑奴儿·书博山道中壁①

少年不识愁滋味,爱上层楼。爱上层楼,为赋新词强说愁。
而今识尽愁滋味,欲说还休。欲说还休,却道天凉好个秋。

注释

①博山:山名,在今江西省广丰县西南。

赏析

辛弃疾去职还乡、闲居带湖期间,常上博山游玩,虽说是游玩,却又无心赏景,满怀都是忧国忧民的愁绪,本词就是作于这种情境下。

词的上片写自己年少时雄心壮志,不知愁为何物,却故作深沉,总是矫揉造作地写些忧愁的诗词。下片写词人而今历尽艰辛,饱尝忧愁滋味,却故作洒脱,对愁苦避而不谈,而是感慨天凉好个秋。全词通过今昔对比,反映了词人不同人生阶段的经历,突出了词人后期饱受压抑、报国无门的哀痛失望之情。

全词构思巧妙,含蓄蕴藉,言浅意深,平淡的词句中蕴含着深沉悲凉的情感,多处重复叠句的使用,增添了词的韵味,让人回味无穷。

清平乐·村居

茅檐低小①,溪上青青草。
醉里吴音相媚好②,白发谁家翁媪③?
大儿锄豆溪东,中儿正织鸡笼。
最喜小儿亡赖④,溪头卧剥莲蓬。

注释

①茅檐(yán):茅屋的屋檐。②吴音:吴地的方言。作者当时住在信州(今上饶),这一带的方言为吴音。相媚好:指相互逗趣,取乐。③翁媪(ǎo):老翁、老妇。④亡(wú)赖:这里指小孩顽皮、淘气。亡,通"无"。

赏析

这首词由远及近,描写了农村中一个五口之家的生活和劳动场景,反映出春日农家的悠闲情趣。村舍茅檐下,一对白发老人用悦耳的吴语亲切地叙着家常,大儿子在溪东给豆子除草,二儿子在家门口织鸡笼,小儿子躺在溪边剥莲蓬吃,将大人勤劳、小孩天真顽劣的形象表现得淋漓尽致,充满了乡村闲适生活的情调,体现了词人对田园安宁平静生活的羡慕与向往。

破阵子·为陈同甫赋壮词以寄之①

醉里挑灯看剑,梦回吹角连营。
八百里分麾下炙②,五十弦翻塞外声③。沙场秋点兵④。
马作的卢飞快⑤,弓如霹雳弦惊⑥。
了却君王天下事⑦,赢得生前身后名。可怜白发生!

醉美古词

注释

①陈同甫：即陈亮，词人朋友，力主抗金。②八百里：指牛。《世说新语·汰侈》"晋王恺有良牛，名'八百里驳'"。后诗词多以"八百里"指牛。麾（huī）下：指部下。炙：烤肉。③五十弦：本指瑟，泛指乐器。翻：演奏。塞外声：以边塞作为题材的雄壮悲凉的军歌。④沙场：战场。点兵：检阅军队。⑤马作的卢（dí lú）飞快：战马像的卢马那样跑得飞快；作，像……一样；的卢，马名。一种额部有白色斑点性烈的快马。相传刘备曾乘的卢马从襄阳城西的檀溪水中一跃三丈，脱离险境。⑥霹雳（pī lì）：特别响的雷声，比喻拉弓时弓弦响如惊雷。⑦了（liǎo）却：了结，完成。天下事：此指恢复中原之事。

赏析

这首词打破结构上的成规，前九句为一层，描写词人醉后梦回角声连天的军营，将士们大块吃牛肉，弹唱着雄壮的塞外音乐，快马风驰电掣，强弓万箭齐发，词人身处其中，热血澎湃，渴望为国家收复失地一统江山，赢得功名。这九句写得气势豪迈、酣畅淋漓，充分展示了军队的豪迈气概和词人杀敌报国的决心，体现了其建功立业的积极思想。词的最后一句猛然跌落，并戛然而止，词人回归现实：江山沦陷，报国无门，徒生满头白发。满眼都是消极之情，否定了前面的昂扬斗志，宣泄了词人壮志未酬、英雄迟暮的一腔悲愤之情。

永遇乐·京口北固亭怀古①

千古江山，英雄无觅，孙仲谋处②。舞榭歌台③，风流总被，雨打风吹去。斜阳草树，寻常巷陌④，人道寄奴曾住⑤。想当年、金戈铁马，气吞万里如虎⑥。

元嘉草草⑦，封狼居胥⑧，赢得仓皇北顾⑨。四十三年⑩，望中犹记，烽火扬州路⑪。可堪回首⑫，佛狸祠下⑬，一片神鸦社鼓⑭。凭谁问，廉颇老矣⑮，尚能饭否？

注释

①京口：古城名，即今江苏镇江。②孙仲谋：三国时的吴王孙权，字仲谋，曾建都京口。③舞榭歌台：演出歌舞的台榭，这里代指孙权故宫。榭，建在高台上的房子。④寻常巷陌：极狭窄的街道。寻常，古代指长度，八尺为寻，倍寻为常，形容狭窄。引申为普通、平常。巷、陌，这里都指街道。⑤寄奴：南朝宋武帝刘裕小名。⑥"想当年"三句：刘裕曾两次领兵北伐，收复洛阳、长安等地。金戈，用金属制成的长枪。铁马，披着铁甲的战马。这里指代精锐的部队。⑦元嘉草草：元嘉是刘裕子刘义隆年号。草草，轻率。刘义隆好大喜功，仓促北伐，反而让北魏主拓跋焘抓住机会，以骑兵集团南下，兵抵长江北岸而返，使刘军遭受重创。⑧封：在山上筑坛祭神。狼居胥：山名，在内蒙古自治区西北部。汉武帝元狩四年（前119年），霍去病远征匈奴，歼敌七万余，于是"封狼居胥山，禅于姑衍"。⑨赢得仓皇北顾：即赢得仓皇与北顾。宋文帝刘义隆命王玄谟率师北伐，为北魏太武帝拓跋焘击败，魏趁机大举南侵，直抵扬州，吓得宋文帝亲自登上建康幕府山向北观望形势。赢得，剩得，落得。⑩四十三年：作者于宋高宗赵构绍兴三十二年（1162年），从北方抗金南归，至宋宁宗赵扩开禧元年（1205年），任镇江知府登北固亭写这首词时，前后共四十三年。⑪烽火扬州路：指当年扬州地区，到处都是抗击金兵南侵的战火烽烟。路，宋朝时的行政区划，扬州属淮南东路。⑫可堪：表面意为可以忍受得了，实则犹"岂堪""那堪"，即怎能忍受得了。堪，忍受。⑬佛（bì）狸祠：北魏太武帝拓跋焘小名佛狸。450年，他曾反击刘宋，两个月的时间里，兵锋南下，五路远征军分道并进，从黄河北岸一路穿插到长江北岸。在长江北岸瓜步山建立行宫，即后来的佛狸祠。⑭神鸦：指在庙里吃祭品的乌鸦。社鼓：祭祀时的鼓声。整句话的意思是，到了南宋时期，当地老百姓只把佛狸祠当作供奉神祇的地方，而不知道它过去曾是一个皇帝的行宫。⑮廉颇：战国时赵国名将。《史记·廉颇蔺相如列传》记载，廉颇被免职后，跑到魏国，赵王想再用他，派人去看他的身体情况，廉颇的仇人郭开贿赂使者，使者看到廉颇，廉颇为之米饭一斗，肉十斤，被甲上马，以示尚可用。使者回来报告赵王说："廉颇将军虽老，尚善饭，然与臣坐，顷之三遗矢（通假字，即屎）矣。"赵王以为廉颇已老，遂不用。

赏析

1205年，韩侂(tuō)胄执政的南宋朝廷开始积极筹划北伐事宜。此时，闲置多年，年已66岁的辛弃疾也被委以重任，出任镇江知府一职。一时间，朝廷主战情绪高涨，军务一派繁忙景象，辛弃疾一边积极准备进攻，一边却看到了隐藏在繁荣背后的严重问题。执政者轻敌冒进，一意孤行，令他忧心如焚。一日，他登上京口的北固亭，抚今追昔，写下了这首雄壮悲凉的词作。

词的上片怀古，词人登临北固亭，面对锦绣江山，追忆起当年击退曹魏、三分天下的孙权，以及两次北伐、收复失地的宋武帝刘裕，表达了自己要报效国家建功立业的志向。词的下片讽刺刘义隆好大喜功草率进兵，致使军队遭受重创，借此警醒执政者千万不要冒失，以免重蹈刘义隆覆辙。紧接着，词人回顾了43年来的抗金形势，以及如今百姓们完全不了解当年被入侵者的情况，表达了收复失地的刻不容缓。最后以廉颇自喻，表达了词人报国的耿耿忠心和强烈渴望。

全词大量使用典故，紧扣题意，自然贴切，具有很强的说服力。情感深沉，散发着爱国主义的思想光辉。明代杨慎认为此词乃辛词第一。

姜 夔

姜夔(kuí)（1154—1221），字尧章，号白石道人，饶州鄱阳（今江西省鄱阳县）人。南宋文学家、音乐家。姜夔对诗词、散文、书法、音乐无不精善，是继苏轼之后又一难得的艺术全才。其作品素以空灵含蓄著称，题材广泛，有《白石道人诗集》《白石道人歌曲》《续书谱》《绛帖平》等书传世。

扬州慢·淮左名都

淳熙丙申至日①，予过维扬②。夜雪初霁，荠麦弥望③。入其城则四顾萧条，寒水自碧，暮色渐起，戍角悲吟。予怀怆然，感慨今昔，因自度此曲。千岩老人以为有"黍离"之悲也④。

淮左名都⑤，竹西佳处，解鞍少驻初程。过春风十里⑥，尽荠麦青青。自胡马窥江去后⑦，废池乔木⑧，犹厌言兵。渐黄昏，清角吹寒⑨。都在空城。

杜郎俊赏⑩，算而今、重到须惊。纵豆蔻词工⑪，青楼梦好⑫，难赋深情。二十四桥仍在⑬，波心荡、冷月无声。念桥边红药⑭，年年知为谁生？

注释

①淳熙丙申：淳熙三年（1176年）。至日：冬至。②维扬：即扬州。③弥望：满眼。④千岩老人：南宋诗人萧德藻，字东夫，自号千岩老人。姜夔曾跟他学诗，又是他的侄女婿。黍离：《诗经·王风》篇名。据说周平王东迁后，周大夫经过西周故都，看见宗庙毁坏，尽为禾黍，彷徨不忍离去，就作了此诗。后以"黍离"表示故国之思。⑤淮左名都：指扬州。宋朝的行政区设有淮南东路和淮南西路，扬州是淮南东路的首府，故称淮左名都。左，古人方位名，面朝南时，东为左，西为右。名都，著名的都会。⑥春风十里：杜牧《赠别》诗中有"春风十里扬州路，卷上珠帘总不如。"这里用以借指扬州。⑦胡马窥江：指金兵侵略长江流域地区，洗劫扬州。这里应指第二次洗劫扬州。⑧废池乔木：废毁的池台。乔木，残存的古树。二者都是乱后余物，表明城中荒芜，人烟萧条。⑨渐：向，到。清角：凄清的号角声。⑩杜郎：即杜牧。唐文宗大和七年到九年，杜牧在扬州任淮南节度使掌书记。俊赏：俊逸清赏。钟嵘《诗品序》："近彭城刘士章，俊赏才士。"⑪豆蔻：形容少女美艳。豆蔻词工：杜牧《赠别》："娉娉袅袅十三余，豆蔻梢头二月初。"⑫青楼：妓院。青楼梦好：杜牧《遣怀》诗："十年一觉扬州梦，赢得青楼薄幸名。"⑬二十四桥：扬州城内古桥，即吴家砖桥，也叫红药桥。杜牧有《寄扬州韩绰判官》诗："二十四桥明月夜，玉人何处教吹箫。"⑭红药：红芍药花，是扬州繁华时期的名花。

赏析

姜夔在序言中交代了这首词的写作背景，当时词人于冬至日路过扬州，只见城外全是荠麦，入得城内，满眼萧条。暮色中，响起了阵阵凄凉的号角声，词人面对扬州的今昔巨变，感慨万千，写下了这首有亡国之悲色彩的作品。

词的上片写扬州战后的颓败之景。词人路过扬州,慕其名声而欲停留赏玩,结果却是城外城内一片荒凉破败,早无昔日繁荣之态,这一切都是拜金兵南侵所赐。经过两次战火的洗礼,扬州尽毁,兵荒马乱的日子让人们无比厌倦,不愿提及。黄昏中,残阳的余晖洒满全城,四处响起清冷的号角声,久久回荡在这座空城的上空。此片通过"荠麦""废池""乔木""清角"等,生动地表现出了扬州的破败与荒凉。

杜牧于扬州最繁荣的时期曾在此度过一段较长的岁月,并写下大量描写扬州繁华的诗词佳作。下片从杜牧落笔,说纵使才高八斗的杜牧今日重到扬州,也会吃惊,难再写出那些深情的作品了。二十四桥仍在,桥边芍药仍在,只是再无人来欣赏,此片通过想象唐朝的杜牧,巧妙地对比了扬州昔日的繁华与今日的萧条。

全词语言清雅空灵,情感悲凉凄怆,巧妙地化用了大量杜牧诗句入词,余味无穷,表达了对入侵金兵的痛恨和对扬州被毁于一旦的惋惜之情。

踏莎行·燕燕轻盈

自沔东来,丁未元日至金陵①,江上感梦而作。
燕燕轻盈,莺莺娇软②,分明又向华胥见③。
夜长争得薄情知,春初早被相思染。
别后书辞,别时针线,离魂暗逐郎行远。
淮南皓月冷千山④,冥冥归去无人管。

①沔(miǎn)东:唐、宋州名,今湖北汉阳(属武汉市),姜夔早岁流寓此地。丁未元日:孝宗淳熙十四年(1187年)元旦。②燕燕、莺莺:指所思念的女子。苏轼《张子野八十五岁闻买妾述古令作诗》:"诗人老去莺莺在,公子归来燕燕忙。"③华胥(xū):梦境。④淮南:指合肥。

这首词描写了词人对恋人的思念,起首三句以"燕燕""莺莺"表现了恋人

的轻盈体态和温软声音，并引出了自己的日思夜想。"夜长"两句为梦中情境，抒写了恋人对词人的埋怨：长夜漫漫，春天初到就被我的相思染尽，可你这薄情郎哪里知道呢！明明是自己相思，词人却借口恋人思念自己，只因相思之情由女性之口说出，更显婉转动人。

下片写词人睹物思人，别后的书信，临别时的针线活，饱含着恋人对自己的深情厚谊，自己远行，恋人魂魄千里相伴。紧接着，词人想象恋人魂魄回飞之景，千山之中，一片冰冷的月光飞回遥远的家乡，路途艰辛，却无人照料，言语间饱含着词人的怜爱之情。

全词构思奇绝，意境幽远，感情深邃，抒发了词人对恋人动人心魄的爱恋之情。

暗香·旧时月色

辛亥之冬，余载雪诣石湖①。止既月②，授简索句，且征新声，作此两曲。石湖把玩不已，使工妓隶习之，音节谐婉，乃名之曰《暗香》《疏影》。

旧时月色，算几番照我，梅边吹笛？唤起玉人，不管清寒与攀摘。何逊而今渐老③，都忘却春风词笔。但怪得、竹外疏花④，香冷入瑶席。

江国，正寂寂。叹寄与路遥，夜雪初积。翠尊易泣⑤，红萼无言耿相忆⑥。长记曾携手处，千树压、西湖寒碧⑦。又片片吹尽也，几时见得？

①石湖：在苏州西南，与太湖通。范成大居此，因号石湖居士。②止既月：指住满一月。③何逊：南朝梁诗人，喜梅，曾专程回到扬州老宅，观赏自己所种的梅花，其《咏早梅》一诗很有名。杜甫诗："东阁官梅动诗兴，还如何逊在扬州。"④但怪得：惊异。⑤翠尊：翠绿酒杯，这里指酒。⑥红萼：指梅花。耿：耿然于心，不能忘怀。⑦千树：杭州西湖孤山的梅花成林。

醉美古词

赏析

　　这首词以梅花为线索,糅进了词人的个人身世盛衰之感。全词不断在过去与现在之间往复穿梭:首先,从开头到"与攀摘"回忆了当年与美人月下吹笛,不畏严寒,共摘梅花的风流韵事,妙不可言;其次,从"何逊"开始转入现在,写如今词人江郎才尽,文思枯竭,再也写不出那些艳丽的动人词曲,而竹林外的梅花依旧将阵阵幽香送入室内,平白撩起词人诗情。草木的常春与自己的年老,引起了词人淡淡的忧伤。下片开头继续留在现今,写词人独处异乡的冷寂:想折梅相寄,又怕千山万水相阻隔;想借酒消愁,又酒未入口泪先流;想赏梅以遣愁,又相思相忆更深。再次,"长记"两句又回忆起当年携手同游西湖梅林的惬意生活。西湖水寒,花枝压树,携美人同游,何等的恣意。最后,末两句又重回现实,语气变得低缓深沉,梅花纷纷随风飘落,何时才能重见?此句一语双关,同时也暗指不知何时才能与佳人相见,引出无限情思。

　　全词言辞秀美,用字精工,结构错综往复,音律和谐婉转,抒发了词人对身世飘零的慨叹。

疏影·苔枝缀玉

　　苔枝缀玉①,有翠禽小小,枝上同宿。客里相逢,篱角黄昏,无言自倚修竹。昭君不惯胡沙远②,但暗忆、江南江北。想佩环、月夜归来,化作此花幽独。

　　犹记深宫旧事,那人正睡里,飞近蛾绿③。莫似春风,不管盈盈,早与安排金屋④。还教一片随波去,又却怨、玉龙哀曲⑤。等恁时、重觅幽香⑥,已入小窗横幅⑦。

　　①苔枝缀玉:苔枝,长有苔藓的梅枝。缀玉,梅花像美玉一般缀满枝头。②"昭君"四句:杜甫《咏怀古迹五首》其三:"群山万壑赴荆门,生长明妃尚有村。一去紫台连朔漠,独留青冢向黄昏。画图省识春风面,环佩空归夜月魂。千载琵琶作胡语,分明怨恨曲中论。"③蛾:形容眉毛

的细长。绿：眉毛的青绿颜色。④安排金屋：《汉武故事》载，汉武帝刘彻幼时曾对姑母说："若得阿娇作妇，当作金屋贮之。"盈盈，仪态美好的样子，这里借指梅花。⑤玉龙哀曲：马融《长笛赋》："龙鸣水中不见已，截竹吹之声相似。"玉龙，即玉笛。李白《与史郎中钦听黄鹤楼上吹笛》诗："黄鹤楼中吹玉笛，江城五月落梅花。"哀曲，指笛曲《梅花落》。此曲是古代流行的乐曲，听了使人悲伤。唐皮日休《夜会问答》说听《梅花落》曲"三奏未终头已白"，可见一斑。故曰"玉龙哀曲"。⑥恁（nèn）时：那时候。南唐冯延巳《忆江南》词："东风次第有花开，恁时须约却重来。"⑦小窗横幅：晚唐崔橹《梅花诗》："初开已入雕梁画，未落先愁玉笛吹。"陈与义《水墨梅》诗："晴窗画出横斜枝，绝胜前村夜雪时。"此翻用其意。

赏 析

《暗香》与《疏影》为词人同时所作，是咏梅的姊妹篇，但其蕴意略有不同，前者以梅为触发物，重在抒发自己身世的飘零之感，后者推进一步，梅与人合二为一，重在赞美梅花的高贵品质。

词的上片描写梅花的幽独。苍老遒劲的树干上长满了青苔，枝头缀满如玉般的花朵，枝上有珍禽相伴同眠。在幽暗的黄昏中，梅花倚着修竹，独自在篱角绽放，如孤芳自赏的佳人一般。于是，词人浪漫地开展想象，这幽美的梅花就是远嫁塞外、日夜思念家乡的王昭君魂魄所化。先后以珍禽、修竹、美人，衬托出了梅花的高洁，意境凄美。

下片写由梅花的飘落而生怜惜之情。全篇多用典故，以寿阳公主之典引出梅花凋落的唯美，以陈阿娇之典表达对梅花凋落的无限怜爱之情，以听《梅花落》曲而白头之典加深全篇的悲怆氛围，待到枝头凋尽，只剩疏影横斜映于小窗之上。

全词大量化用典故，但熔铸绝妙，屡屡用出前人所不及的高度，语言空灵蕴藉，气氛凄婉动人，细腻而生动地抒发了词人的爱梅惜梅之情，不愧为大家之作。

醉美古词

刘克庄

刘克庄（1187—1269），字潜夫，号后村，福建莆田人，南宋诗人、词人、诗论家，宋末文坛领袖，辛派词人的重要代表，词风豪迈慷慨。晚年致力于辞赋创作，提出了许多革新理论。

贺新郎·九日[1]

湛湛长空黑[2]。更那堪、斜风细雨，乱愁如织。老眼平生空四海[3]，赖有高楼百尺。看浩荡、千崖秋色。白发书生神州泪，尽凄凉、不向牛山滴[4]。追往事，去无迹。

少年自负凌云笔[5]。到而今、春华落尽，满怀萧瑟。常恨世人新意少，爱说南朝狂客[6]，把破帽年年拈出。若对黄花孤负酒，怕黄花、也笑人岑寂[7]。鸿北去，日西匿。

注释

①九日：指农历九月九日重阳节。②湛（zhàn）湛：深远的样子。③空四海：望尽了五湖四海。④牛山滴：谓丈夫不应无谓洒泪。牛山，在山东临淄县南。⑤凌云笔：谓笔端纵横，气势干云。⑥南朝狂客：指孟嘉。晋孟嘉为桓温参军，尝于重阳节共登龙山，风吹帽落而不觉。⑦岑（cén）寂：高而静。

赏析

重阳节是古人登高望远的日子，值此佳节，词人登上山顶，却是乌云密布，风雨交加，使得自己心乱如麻。回想自己曾多次登高，饱览过祖国的大好江山，并常常为国家山河破碎而洒泪，但绝不曾因人生苦短而感伤。遥想当年年少，意气风发，渴望一展抱负，到如今，空剩满怀落寞。作者饱含入世之思想，渴望为国家尽自己的绵薄之力，反感那些不管国家安危、一味追求魏晋之风的读书人。不过，虽有满腔热情，却对国家现状无能为力，也只能借酒消愁了。"鸿北去，

日西匿"一句，既是眼前实景，也有其背后的象征意义，词人也希望能够收复北方失地，但可能性很小，反倒是南宋朝廷日薄西山、大厦将倾了。

全词由登高望远有感而发，夹叙夹议，表达了自己壮志难酬之感，批评了时人安于现状的心态，充满了对国家的热爱和惋惜之情。

卜算子·片片蝶衣轻

片片蝶衣轻①，点点猩红小。道是天公不惜花，百种千般巧。朝见树头繁，暮见枝头少。道是天公果惜花，雨洗风吹了②。

①蝶衣轻：花瓣像蝴蝶翅膀那样轻盈。②了：尽。

赏析

这首词上片首先描写花的娇美，花瓣如蝶翅一般轻盈，红艳艳的非常惹人喜爱，正是由于上天的爱惜，才把花生得如此千娇百媚，赞扬了上天对花的爱护有加。下片写花的易逝，早上还是繁花似锦，傍晚就都凋零在地了，如果上天真的爱花惜花，又怎么会让它被风吹雨打去呢？全词先扬后抑，表面上是在感叹老天爷对鲜花的随意摧残，实际上是抗议朝廷对自己屡用屡废，致使词人历经坎坷与挫折，空有远大的抱负，表达了词人对朝廷强烈的不满。

吴文英

吴文英（约1200—1260），字君特，号梦窗，晚年又号觉翁，四明（今浙江宁波）人。一生未第，游幕终身。其词作数量丰沃，风格雅致，存词340余首，有《梦窗词集》一部。

满江红·翠幕深庭

翠幕深庭，露红晚①、闲花自发。春不断、亭台成趣，翠阴蒙密。紫燕雏飞帘额静，金鳞影转池心阔。有花香、竹色赋闲情，供吟笔。

闲问字②，评风月。时载酒，调冰雪。似初秋入夜，浅凉欺葛。人境不教车马近，醉乡莫放笙歌歇。倩双成、一曲紫云回③，红莲折。

注释

①露红晚：露出红色的时间较晚。指开花较往年晚。②问字：引申作朋友之间互相探讨学习的意思。③双成：即西王母身边仙女董双成，这里借指歌妓。紫云：唐时妓女名，为李愿所蓄妓。杜牧赴李愿家中宴，见之良久曰："名不虚得，宜以见惠。"诸妓回首破颜。因有曲子《紫云回》。事见《唐诗纪事》。

赏析

这首词上片描写院中的晚春景色。院内绿树成阴，晚开的红花还在悠闲自在地绽放着，春光还在，亭台楼阁相映成趣，空中有雏燕学飞，池中有金鳞闲游，有花香扑鼻，有竹色映眼，此情此景引得词人诗兴大发。

下片写词人与友人于院中盛会的欢乐场面。高朋满座，大家交流学习，吟风弄月，饮酒作乐，不觉夜之寒凉。此处远离喧嚣，无尘世俗事打扰，大家且放声高歌，不要停歇，醉梦中，美人弹奏了一曲又一曲悦耳的仙乐。

全词清新隽永，韵味无穷，体现了词人的闲情逸致和对世外桃源的向往之情。

蒋 捷

蒋捷（约1245—1305），字胜欲，号竹山，宋末元初阳羡（今江苏宜兴）人。咸淳十年（1274年）进士。深怀亡国之痛，隐居不仕，其气节为时人所重。长于词，与周密、王沂孙、张炎并称"宋末四大家"。有《竹山词》1卷，收入毛晋《宋六十名家词》本、《疆村丛书》本。

一剪梅·舟过吴江①

一片春愁待酒浇。江上舟摇，楼上帘招②。
秋娘渡与泰娘桥③。风又飘飘，雨又萧萧。
何日归家洗客袍？银字笙调④，心字香烧⑤。
流光容易把人抛。红了樱桃，绿了芭蕉。

注释

①吴江：今苏州市吴江区。②帘招：指酒旗。③秋娘渡、泰娘桥：吴江两处地名，秋娘与泰娘是唐代两著名歌女。④银字笙：镶有银字的笙。⑤心字香：心字形的香。

赏析

南宋灭亡后，蒋捷隐居于江浙一带。一日，词人乘舟经过吴江，只见风雨萧条，惹得他满怀羁旅忧愁，伤感之情流诸笔端，写下此词。

全词开篇点题，一个"愁"字总领全篇。词人端坐舟中，舟在江上摇，旗在楼上招，很快就穿过了欢乐场所秋娘渡与泰娘桥，看似轻快明丽，却奈何瑟瑟寒风潇潇暮雨始终围绕船头，使得情景凄清无比。细雨纷纷，令人断魂，词人由羁旅之愁而起思家之情，何时才能回到家中不再四处漂泊，享受片刻安宁？"何日"三句充分表达了词人对漂泊的厌烦和对归家的渴望。"流光容易把人抛。红了樱桃，绿了芭蕉。"感叹时光飞逝，春天才来，夏天又到，人也在其中

醉美古词

消磨着一圈又一圈的年轮。最后三句以植物颜色变化，喻示时光的飞速流逝，精彩绝妙。

本词语言灵动，句句押韵，读来朗朗上口，伤春与思归相辅相成，其愁倍加感人。

少年听雨歌楼上，红烛昏罗帐。
壮年听雨客舟中，江阔云低、断雁叫西风①。
而今听雨僧庐下，鬓已星星也。
悲欢离合总无情，一任阶前、点滴到天明②。

注释

①断雁：失群孤雁。②一任：听凭。

赏析

全词由"听雨"贯穿起三个不同时期不同地点的画面：第一个场景为少年时在歌楼之上，灯红酒绿，纸醉金迷，那时词人寻欢作乐，放荡不羁，不识人间愁滋味；第二个场景为中年时在客舟之中，江阔云低，断雁哀鸣，那时词人羁旅天涯，四处漂泊，饱尝人间的艰辛；第三个场景为而今年老时在僧庐之下，双鬓斑白，心境凄凉，此时词人已大彻大悟，心如止水，看淡人间悲欢离合。

斗转星移，三个场景串联起一生的悲欢离合，前两个场景为回忆，有一种迷离隐约之感，后一个情景从回忆中拉回到了现实，国家破灭，江山沦落，词人看似麻木的内心却潜含着深深的亡国之痛。

三、金元明清词

元好问

元好问（1190—1257），字裕之，号遗山，世称遗山先生。太原秀容（今山西忻州）人，金末元初著名文学家、历史学家。元好问擅作诗、文、词、曲，以诗作成就最高，其"丧乱诗"尤为有名；其词为金代一朝之冠，可与两宋名家媲美，是宋金对峙时期北方文学的主要代表，又是金元之际在文学上承前启后的桥梁，被尊为"北方文雄""一代文宗"。

摸鱼儿·雁丘词

泰和五年乙丑岁，赴试并州，道逢捕雁者云："今旦获一雁，杀之矣。其脱网者悲鸣不能去，竟自投于地而死。"予因买得之，葬之汾水之上，垒石为识，号曰"雁邱"。时同行者多为赋诗，予亦有《雁丘词》。

问世间、情是何物，直教生死相许①？天南地北双飞客②，老翅几回寒暑。欢乐趣，离别苦，就中更有痴儿女③。君应有语④。渺万里层云，千山暮雪，只影向谁去？

横汾路，寂寞当年箫鼓，荒烟依旧平楚⑤。招魂楚些何嗟及，山鬼暗啼风雨⑥。天也妒，未信与，莺儿燕子俱黄土⑦。千秋万古，为留待骚人⑧，狂歌痛饮，来访雁邱处。

①**直教**：竟使。**许**：随从。②**双飞客**：指大雁双宿双飞，秋去春来。

③就中更有痴儿女：指这雁群中更有痴迷于爱情的。④"君应"四句：万里长途，层云迷漫，千山暮景，处境凄凉，形影孤单为谁奔波呢？⑤"横汾"三句：这葬雁的汾水，当年汉武帝横渡时何等热闹，如今寂寞凄凉。汉武帝《秋风辞》："泛楼船兮济汾河，横中流兮扬素波。箫鼓鸣兮发棹歌，欢乐极兮哀情多。"平楚，楚指丛木。远望树梢齐平，故称平楚。⑥"招魂"二句：我欲为死雁招魂又有何用，雁魂也在风雨中啼哭。招魂楚些，《楚辞·招魂》句尾皆有"些"字。何嗟及，悲叹无济于事。山鬼，此指雁魂。⑦"天也妒"三句：不信殉情的雁与普通莺燕一样都寂灭无闻变为黄土，它将声名远播，使天地嫉妒。⑧骚人：诗人。

赏析

这是一首歌颂大雁至死情深的作品，借物喻人。从序中可以看出，作者去并(bīng)州（今太原市）考试，路上碰到一个捕雁的人，告诉他说：今天捕到一只大雁，把它杀了，另一只脱网逃跑了的大雁悲鸣不已，在上空久久盘旋不离开，最后竟然一头撞向大地而死。词人听了非常感动，买下了两只大雁，把他们埋葬在了汾水岸上，并堆了一个石头墓作为标记，与词人同行者无不动容，写诗感慨，词人也写了这首词来纪念这对大雁。

词的开头，一个"问"字迎面而来，问世间爱情到底是什么，竟然能叫人以生死相许，这是对殉情大雁震撼人心的痴情的感慨与赞美。接下来是对这一双大雁的过往和未来的想象，"天南地北双飞客，老翅几回寒暑"，分别从空间和时间上写大雁双宿双飞了几度寒暑，感情深厚，有过团聚的欢乐，也有过离别的酸苦，就跟人世间的那些痴情男女一样。"君应有语"，称颂那只为爱殉情的雁，后面三句是它殉情前的心理描述，跨越万里，飞过千山，云层渺渺，暮雪纷纷，它孤身一人形单影只心无所托，苟活又有何意义呢？

"横汾路"三句，描写当年汉武帝巡视时的热闹场景，而今已是荒烟一片，感慨繁华热闹终究会烟消云散，只有真情才会万古长存，突出大雁殉情的意义。"招魂"两句化用《楚辞》中典故，反衬大雁殉情的不朽。苍天也会感动于大雁的真情，不会让它像莺儿燕子一样化作黄土。末尾四句坚信大雁一定会千秋万代留下好名声，多年后还会有人来此祭奠这对大雁的亡灵。

全文借这对大雁的事迹，谱写了一曲缠绵悱恻、凄婉动人的爱情悲歌，乃歌颂爱情的千古佳作。

杨 慎

杨慎（1488—1559），字用修，号升庵，四川新都（今成都市新都区）人，明代文学家，明代三大才子之首。

临江仙·滚滚长江东逝水

滚滚长江东逝水，浪花淘尽英雄。

是非成败转头空。青山依旧在，几度夕阳红。

白发渔樵江渚上①，惯看秋月春风。

一壶浊酒喜相逢。古今多少事，都付笑谈中。

注 释

①渔樵：此处并非指渔翁、樵夫，此处指隐居者。渚（zhǔ）：原意为水中的小块陆地，此处意为江岸边。

杨慎曾被贬云南永昌卫，客居30年，后死于戍地，期间写下了著名的《廿一史弹词》，这首词即其第三段《说秦汉》的开场词，当时并没有太大的名气，直到毛宗岗父子批注《三国演义》时，将其放在了卷首，得以广为流传。

这是一首咏史词，上片借江水永存，英雄易逝，抒发了人生虚无的感慨，豪放中有内敛，高亢中有深沉。下片借惯看历史兴衰，我自岿然不动的隐逸高人，表达了自己淡泊名利、寄情山水的愿望。作者饱读史书，并且有残酷的人生体验，得以看透世事，对兴衰荣辱有自己深刻的理解。在历史的长河中，人力是极其渺小的，英雄们的纷纷扰扰，只是人们的下酒佐料罢了。

全词慷慨悲壮，读来荡气回肠，折射出作者高远的意境和旷达的胸怀。

唐 寅

一剪梅·雨打梨花深闭门

雨打梨花深闭门，忘了青春，误了青春。
赏心乐事共谁论？花下销魂，月下销魂。
愁聚眉峰尽日颦^①，千点啼痕，万点啼痕。
晓看天色暮看云，行也思君，坐也思君。

①颦（pín）：皱眉。

这首词描写了一位女子对薄情郎君的思念与埋怨。两人相恋不久即分开，从此女子孤身一人独来独往，相思浓郁，相会却难，只能写下一首首多情的诗词寄托情思。几度春去秋来，青春空耗，曾经的花前月下，徒留回想，令人黯然神伤。只剩下终日蹙着眉头，以泪洗面，坐看南来北往的流云与飞鸟，对恋人朝思暮想，魂牵梦萦。

全词语言清丽婉转，回环往复，有一种流畅的音乐之美；情感真挚，哀婉动人，生动地描绘了一位深陷思念之苦的女子。

纳兰性德

纳兰性德（1655—1685），字容若，号楞伽山人，满洲正黄旗人，清代最著名词人之一。纳兰性德自幼饱读诗书，文武兼修，主持编纂了一部儒学汇编《通志堂经解》，其词以"真"取胜，词风清丽婉约，格高韵远，在清代乃至整个中国词坛上都享有很高的声誉。

长相思·山一程

山一程,水一程,身向榆关那畔行①。夜深千帐灯。
风一更,雪一更,聒碎乡心梦不成。故园无此声。

①榆关:即山海关,在今河北秦皇岛市山海关区。

平定三藩之乱后,康熙出山海关前往盛京祭祖,纳兰性德随行,生长于京城的词人进入酷寒的关外,顿觉无比凄凉,思念起关内的家乡,写下了这首词。

这首词描写了出关途中的所见所感,上片记述了将士们出关时的盛况,一路跋山涉水向关外前行。夜深时刻,成千上万的军帐中点起油灯,散射出金黄的光芒,星星点点,照亮了整个山坡。

下片写词人夜宿营中所感,帐外,狂风裹挟着暴雪呼啸而来,拍打着军帐,发出嘈杂的声响,词人辗转反侧,不由得思念起温暖而宁静的家乡,家乡是听不到如此凌厉的风雪之声的。

全词真切自然,格调雅致,抒发了首次远行的词人对家乡浓浓的思念之情,朴素之中见真情,显得格外感人。

如梦令·万帐穹庐人醉

万帐穹庐人醉①,星影摇摇欲坠,归梦隔狼河②,又被河声搅碎。还睡,还睡,解道醒来无味③。

①穹庐:圆形的毡帐。②狼河:白狼河,即今大凌河,在辽宁省西部。③解道:知道。

赏析

纳兰性德随驾东巡,抵达了辽宁的白狼河,部队驻扎河畔,加以休整。夜深,饱经旅途劳顿的词人从睡梦中醒来,对家乡的思念更加浓烈,写下了本词。

词的开头描写了驻扎地的壮阔景象,千万顶帐篷中,将士们开怀畅饮,酩酊大醉,遥远的天际,几颗孤星映在天幕,俯瞰着大地,摇摇欲坠,此两句展示了一幅辽阔的塞外之景,写得开阔至极,蔚为壮观。此时,词人远在他乡的军营中,隔着宽阔的白狼河,有家归不得,好不容易梦回故乡,却又被聒噪的河水声扰乱。睡吧,睡吧,让梦境继续,醒来也没什么意思。

全词通过环境和自身感受的描写,充分展现了词人对军务的厌倦,和对家园的无限怀念,情意朴实而动人。

木兰词·拟古决绝词柬友①

人生若只如初见,何事秋风悲画扇②?
等闲变却故人心,却道故人心易变③。
骊山语罢清宵半,泪雨霖铃终不怨④。
何如薄幸锦衣郎,比翼连枝当日愿⑤。

①柬:给……信札。②何事秋风悲画扇:用汉朝班婕妤被弃的典故。班婕妤为汉成帝妃,被赵飞燕谗害,退居冷宫,后有诗《怨歌行》,以秋扇闲置为喻抒发被弃之怨情。以秋扇比喻女子被弃。这里是说本应当相亲相爱,但却成了相离相弃。③故人:指情人。却道故人心易变,一作"却道故心人易变"。④"骊(lí)山"二句:用唐明皇与杨玉环的爱情典故。《太真外传》载,唐明皇与杨玉环曾于七月七日夜,在骊山华清宫长生殿里盟誓,愿世世为夫妻。白居易《长恨歌》:"在天愿作比翼鸟,在地愿作连理枝。"对此作了生动的描写。后安史乱起,明皇入蜀,于马嵬坡赐死杨玉环。杨死前云:"妾诚负国恩,死无恨矣!"明皇此后于途中闻雨声、铃声而悲伤,遂作《雨霖铃》曲以寄哀思。⑤"何如"二句:化

用唐李商隐《马嵬》诗中"如何四纪为天子，不及卢家有莫愁"之句意。薄幸，薄情。锦衣郎，指唐明皇。

  这首词以女子的口吻，抒发了对男子薄情的不满，以及与之断绝关系的决心。主人公希望他们之间的感情如初次见面般美好，结果却落得被抛弃的境地，令人心伤。汉代班婕妤曾以扇子"夏用秋藏"比喻女子被弃，此处即以画扇自喻。薄情的人啊，你轻易就变了心，却还说情人间本来就容易变心，如此的冷漠无情，哪里还是昔日那个相亲相爱的恋人啊！

  词的下片描写唐玄宗与杨贵妃的爱情悲剧，他们曾有过海誓山盟，在安史之乱后，唐玄宗却不得不于外逃途中含泪赐死玉环，待回朝途中，大雨滂沱，雨声、驼铃声交织在一起，引起唐玄宗的无限哀思，写下了凄婉的《雨霖铃》，此处借此典故表达了主人公希望两人能真心相爱，哪怕是生离死别都毫不怨恨的态度。但是薄情郎啊，你又怎么比得上唐玄宗呢，他好歹还有过那些"在天愿作比翼鸟，在地愿为连理枝"的海誓山盟。

  全词哀怨凄婉，意境悲凉，情感动人，塑造了一个对爱情忠贞不渝的被弃女子形象，抒发了女子被弃后的幽怨之情。